# 한국 소설과 근대성 담론

김정남

국학자료원

국립중앙도서관 출판시도서목록(CIP)

한국 소설과 근대성 담론 / 김정남 저. -- 서울 : 국학자료원, 2003
    p. ;    cm

ISBN  89-541-0093-7 93810 : ₩17000

813.609-KDC4
895.7309-DDC21                              CIP2003000838

　이 책은 근대성(modernity)에 대한 문학적 인식과 미학적 양상에 관한 연구서이다. 여기서 말하는 문학적 인식이란 작가의 분신으로서 작중 인물이 인식하는 역사적 근대성(modernity as a stage in the history)의 문제이고, 미학적 양상이란 역사적 근대성에 대응하는 미학적 전략, 즉 미적 근대성(aesthetic modernity)의 문제이다. 그간 근대성이 인문학의 화두로 떠올라 제영역에서 떠들썩하게 논의되었지만, 그 실상은 서구의 이론을 보다 빨리 수입하고 정리하고 인용하는 데 급급했음을 부인할 수 없다. 또한 한국 문학에 있어서도 파행적 근대화라고 하는 한국 사회의 근대성의 문제를 텍스트에 범박하게 끌어들여 해석한 것이 마치 근대성에 대한 문학적 논의인 것처럼 오인되기도 했다. 이러한 까닭에 텍스트는 없고 메타 텍스트만 무성하게 번창했던 것이다. 물론 이 자리가 그러한 점을 비판하고 성토하는 자리가 되어서는 안 된다는 사실을 알고 있다. 어쨌든 이러한 무성한 논의를 정리하고 문학적으로 해석해 보고자 한 것이 필자의 의도이다.

　이 책의 내용은 2부로 구성된다. 제1부는 김승옥 소설을 텍스트로 인물의 근대 인식의 문제와 서술 상황에서 나타나는 미적 근대성의 양상을 고찰한 것이다. 첫째, 근대 인식에 있어서는 전쟁 체험과 '자기 세계', 근대적 일상성과 소외의 문제로 나누어 분석하였다. 둘째, 서술 상황에서 나타나는 미적 특질은 모두 근대성의 논리에 저항하는 미학적 의미를 지니는데, 이는 세부적으로 통사구조, 이미져리 구조, 시간 구조, 공간 구조, 화자의 특성에서 구체적으로 드러난다.

　　제2부는 이호철과 최수철, 이청준의 소설에 관한 논문들을 엮은 것이다. 이들의 작품에서 텍스트로 삼은 것은 모두 '소외'(alienation)라는 공통 분모를 가지고 있다. 여기서 소외라고 하는 것은 모두 근대 사회의 모순 속에서 파생되는 것으로서 근대성의 일부가 된다. 이호철 소설에서는 한국 전쟁과 분단 상황 그리고 남한 사회의 파행적 근대화의 모순 속에서 빚어지는 소외와 그 극복의 양식을 고찰하였다. 최수철 소설에서는 <말(馬)처럼 뛰는 말(言)>을 중심으로 언어 시장에서 언어 자본이 교환되는 방식과 담론 장애로 인해 발생하는 소외의 문제를 통해서 담론의 사회적 의미를 도출하고자 했다. 마지막으로 이청준 소설에서는 그의 장인 계보 소설을 중심으로 예술가의 소외와 예술의 존재성에 대하여 고찰하였다. 문화 산업의 논리가 예술 전반을 지배하고 그로 인해서 예술의 탈예술화(Entkunstung)가 가속도를 내고 있는 현실에서, 장인적 예술가를 내세운 그의 소설은 예술의 무목적성과 자율성을 옹호하면서 산업 사회의 논리에 저항하고 있다.

　　파시스트적 가속도로 질주하고 있는 근대의 기획은 지금도 우리의 삶의 속에서 이성과 과학과 합리성의 이름으로 존재를 억압하고 있다. 사실 이러한 논리 앞에서 예술은 현실적으로 무기력하다. 그러나 이처럼 현실적으로 아무런 힘이 없기 때문에 예술가는 상징적으로 현실과 싸움을 벌인다. 아도르노(T. W. Adorno)는 현대 사회에 만연되어 있는 자본주의적 공포로부터 벗어나기 위해서 예술가는 현실을 상징적으로 죽이고 '견디는 능력'에 의해서만 행복을 찾을 수 있다고 말한다. 이러한 방식은 받아들이기에 따라서 단순한 허무주의 이상의 것으로 받아들여지지 않을 수도 있겠으나 예술의 진정성(authenticity)도 이러한 관점 밖으로 나갈 수 없다. 예술이 현실에 직접적으로 개입해 들어가면 예술은 현실의 일부가 되어버리고, 반대로 현실의 수면 아래로 깊이 가라앉을 경우에는 정신적 폐쇄주의에 빠질 수밖에 없다. 그러므로 예술은 사이에 존재하며 주변적으로 존재한다. 이러한 예술의 일부로서 소설에 접근하는 인문학적 의의는 세계와 인간의 존재성에 대한 탐구에 기여함으로써 얻어지는 것이라고 믿는다. 그러나 이러한 의의도 극히 간접적인 방식을 취한다는 점을 잊어서는 안 된다. 문학과 문학 연구가 거창한 일을 할 수 있다고 믿었던 시대 ― 거대담론의 시대 ― 는 종말을 고했다. 문학은 사회적 신념이 되어서도 안 되고, 정치적 이념 아래 복무할 수도 없으며 이념적 동일성을 나타내어서도 안 된다. 문학은 '거기 있음'으로 현실과 거리를 두고 있고, 문학 연구란 그 거리와 존재 방식에 대하여 조명하는 것에 지나지 않는다. 이것이 문학이 현실에 개입해 들어가는 방식이다.

　머리말에 많은 사설을 늘어놓은 셈이 되었다. 그 동안 필자가 썼던 석·박사 논문과 학회지를 통해서 발표했던 논문들을 묶으면서 문학 인생의 한 토막을 정리하는 것 같은 느낌이다. 속이 후련하고 아무런 미련도 없다. 이 책이 나오기까지 부족하기 짝이 없는 제자에게 많은 가르침을 주시고 문학 연구의 신념을 심어주신 현길언 선생님과 해박한 문학 이론으로 문학 연구의 안목을 열어주신

이승훈 선생님과 논문 지도를 맡아주신 박철희 선생님, 조건상 선생님, 이상호 선생님께 고개 숙여 감사드린다. 그리고 어려운 출판 시장의 여건 속에서도 출판을 맡아주신 정찬용 사장님과 이길연 편집 주간님, 그리고 여러 차례의 원고 수정과 편집에 노고가 많으셨던 편집부 직원 여러분께 심심한 감사의 말씀을 드린다. 또한 따뜻한 위로와 격려로 힘이 되어주신 모교 은사님들과 시인 박세현 선생님은 결코 잊을 수 없는 분이시다. 그리고 무엇보다도 문학의 길을 계속 갈 수 있는 원동력이 되어준 나의 간악한 운명과 젊은 시절 먹물처럼 토해냈던 괴로움을 말없이 받아준 동해 바다에게 고맙다는 말을 전해야겠다. 또한 사랑하는 가족과 늘 내 삶의 중심을 차지하고 있는 하늘 나라에 계신 아버지께도.

2003년 8월

서해 鳥耳島에서 저자 씀.

# 제1부  김승옥 소설과 근대성 담론

## 제2부 한국 소설과 소외 의식

# 제1부  김승옥 소설과 근대성 담론

# Ⅰ. 서 론

## 1. 연구 목적 및 방법

김승옥(1941~ )은 1962년 한국일보 신춘문예에 단편 <생명연습>이 당선되면서 작품활동을 시작했고, 미완의 장편 ≪먼지의 방≫(1980)을 집필하다가 활동을 중단하기까지 단편 소설 15편, 중편 소설 3편, 장편 소설 4편, 미완의 작품 2편, 콩트 36편을 발표했다.[1] 등단과 더불어 김현, 최하림, 서정인 등과 함께 동인지 ≪산문시대≫(1962년 여름 창간)에 참여하였고, 참신한 언어적 감각과 미학적 상상력으로 60년대 소설의 새로운 지평을 연 그는 '감수성의 혁명'[2]이나 '60년대 문학의 기수'[3]라는 평가를 받기도 했다.

이러한 그의 문학적 의미는 당대의 역사적 상황에 대한 작가의 인식과

---

1) 단편 소설 : <생명연습>(1962), <건>(1962), <力士>(1963), <누이를 이해하기 위하여>(1963), <확인해본 열다섯 개의 고정관념>(1963), <무진기행>(1964), <싸게 사들이기>(1964), <차나 한잔>(1964), <서울 1964년 겨울>(1965), <들놀이>(1965), <염소는 힘이 세다>(1966), <야행>(1969), <그와 나>(1972), <서울의 달빛 0장>(1977), <우리들의 낮은 울타리>(1979)
중편 소설 : <환상수첩>(1962), <다산성>(1966), <재롱이>(1968)
장편 소설 : ≪내가 훔친 여름≫(1967), ≪60년대식≫(1968), ≪보통여자≫(1969), ≪강변부인≫(1978)
미완의 작품 : <빛의 무덤 속으로>(1966), ≪먼지의 방≫(1980)
2) 유종호, <감수성의 혁명>, ≪비순수의 선언≫, 유종호 전집 1, 민음사, 1995.
3) 천이두, <존재로서의 고독>, ≪문학과 시대≫, 문학과지성사, 1982.

그것을 소설화하기 위한 미학적 전략에 의해서 논의해야 할 필요가 있다. 왜냐하면 문학은 인간과 세계에 대한 작가의 인식을 미학적으로 형상화한 결과이기 때문이다. 이러한 관점에서 본 연구는 다음과 같은 연구 목적과 방법을 통하여 김승옥 문학의 의미를 논의하려고 한다.

본 연구는 김승옥 소설의 인물이 인식한 역사적 근대성의 문제와 서술 상황에서 나타나는 미적 근대성의 양상을 도출하여 근대성 담론의 문제를 밝히는 데 목적이 있다. 이를 위하여 근대성(modernity)에 대한 개념적 전제와 한국적 특수성을 밝히는 것이 논의의 선결적인 조건이다. 근대성은 우선 '역사적 근대성'과 '미적 근대성'으로 나누어 설명할 수 있다. 역사적 근대성이란 발전의 원칙, 과학과 기술의 가능성, 이성 숭배, 그리고 자유의 관념을 근간으로 하는 근대의 기획(modernity project)[4]과 관련된다. 반면, 미적 근대성은 역사적 근대성에 대응하는 미학적 전략이라는 의미를 내포하고 있다.[5]

한국적 상황에서 역사적 근대성은 세계사적 근대화[6]의 파행적 양상을 압

---

4) 하버마스(J. Habermas)에 의하면 '근대화'는 자본 형성, 자원 동원, 생산력의 발전과 노동 생산성의 증대, 중앙집권화된 정치권력의 수립과 국가적 정체성의 형성, 도시적 삶의 형식, 가치와 규범의 세속화 등을 목표로 내세우는 자본의 발전 이데올로기 내에서 작용한다. (위르겐 하버마스, 장은주 역, ≪의사소통의 사회이론≫, 관악사, 1995, pp.223‒225.)

5) 본 연구에서 사용하는 '역사적 근대성'과 '미적 근대성'은 M. 칼리니스쿠의 개념에 따른 것이다. 그는 모더니티를 다섯 가지 양상(모더니티, 아방가르드, 데카당스, 키치, 포스트모더니즘)으로 구분하면서 '역사적 모더니티'와 '미적 모더니티'를 구분하고 있다. (Calinescu, Matei, *Five faces of modernity : Modernism, Avant-Garde, Decadence, Kitsch, Postmoderisn*, Durhum : Duke University Press, 1987, pp.41‒46.) 이러한 관점에서 심미적·문화적 개념으로서의 모더니티는 '자본주의적 근대성'에 근거한 예술적 관습에 대한 저항으로서 의미를 지닌다. (나병철, ≪근대성과 근대문학≫, 문예출판사, 1995, p.149.)

6) (역사적) 근대성(modernity)이란 사회적 삶의 독특한 형태로서 근대 사회(modern society)의 특성을 나타내는 개념이다. 근대 사회는 16세기경 서유럽에서부터 출현하기 시작하였지만, 근대성 자체는 18세기 계몽주의 철학 속에서 그 확실한 이념적 내용을 갖추게 된다. 19세기에 이르면서 근대성은 산업주의(industrialism)를 근간으로 하는 사회적, 경제적, 문화적 변동들과 같은 뜻을 지니게 되며, 그 이후에는 전 지구적 현상으로 자리잡게 된다. (김성기, <세기말의 모더니티>, 김성기 쌂, ≪모더니티란 무엇인가≫, 민음사, 1994,

축적으로 드러냈다. 특히 60년대는 한국 전쟁의 후유증이 하나의 폭력적 양상으로 인간을 억압하던 시대였으며, 자유당 독재 체제와 4·19, 그리고 5·16이라는 반동적 군사 쿠데타에 의해서 자유와 인권의 문제는 도외시되고, '선성장 후분배'라는 상황적 논리에 의해 억압적 근대화로 질주하기에 이른다. 전란의 폐허 위에서 다시 시작된 근대화는 사회를 급속하게 자본주의적 질서로 재편하였고, 사람들은 근대의 일상 속에서 대상에 대한 욕망과 그에 따른 소외를 경험하게 된다.

이러한 맥락에서 본 연구는 첫째, 60년대 한국의 역사적 근대성을 김승옥 소설의 인물들이 어떻게 인식하고 대응하는가 하는 문제를 크게 '전쟁 체험' 과 '근대적 일상성의 체험'으로 나누어 고찰하고자 한다. '전쟁 체험'에 있어서는 이데올로기의 대립과 갈등이라는 한국 전쟁의 파괴적 현실에 대응하는 인물의 내면 세계와 그 대응 양상을, '근대적 일상성의 체험'에서는 산업화·도시화라는 자본주의적 근대화를 경험하게 되는 일상적 삶의 국면을 통해 근대 인식의 문제를 고찰하고자 한다.

둘째, 서술 상황에 나타나는 미적 근대성의 문제는 김승옥 소설에서 구현되는 소설 미학적 측면을 분석하여 그의 문학의 미적 특성을 고찰하고자 한다. 이를 위하여 본 연구에서는 서사학적 방법을 원용하여 김승옥 소설에 나타난 미학적 특질을 통사구조, 이미져리 구조, 시·공간 구조, 화자의 특성으로 나누어 분석하고자 한다.[7] '통사구조'와 '이미져리 구조'에서는 수사상

---

p.16.)

7) 본고의 서사학적 연구는 기존의 서사학과 문체론의 방법을 포괄하는 연구 영역을 지칭한다. 즈네뜨(Gérard Genette)에 따르면, 서사학의 제문제는 ① 시간의 양상 (tense) : 서사와 스토리의 시간적인 관계를 다루는 것, ② 서사(술)법 (mood) : 서사가 '재현'되는 형식과 정도를 다루는 것, ③ 입장 (instance) : 서술하기 그 자체가 서사 속에서 암시하는 방식들, 즉 서술 상황과 서술하는 입장에 대한 연구로 한정된다. (Gérard Genette, 권택영 옮김, ≪서사담론≫, 교보문고, 1992, pp.20 - 21.) 따라서 본고에서 사용하는 서사학적 연구는 기존의 담화 구조에 관련된 제한적 연구 범주를 가지고 있었던 서사학과 문체론적 연구

의 문체적 특성을, '시·공간 구조'와 '화자의 특성'에서는 담화 구조의 특성을 분석하게 될 것이다.

요컨대, 본 연구에서는 인물이 인식한 근대의 문제와 그것을 형상화하는 소설 미학적 측면에서 도출되는 미적 근대성의 양상을 사회적 맥락과 관련하여 분석하고자 한다. 이러한 연구 방법은 그의 소설을 60년대적 상황을 놓고 연역적으로 접근해 들어가는 사회학적 연구에 대한 보완적 의미에서 시작되었다. 즉 문학 텍스트를 하나의 역사의 자료로 취급하는 사회학적 연구는 그 방법론에서도 본말이 전도되었을 뿐만 아니라, 텍스트가 가지는 미학적 문제를 간과할 수 있기 때문이다. 따라서 본 연구는 당대의 역사적 근대성의 문제를 수용하고 형상화하는 미적 근대성의 층위에서 나타나는 근대성의 문제를 고찰하고자 하는 것이다.

## 2. 연구사 검토 및 문제제기

김승옥 소설에 대한 선행 연구는 '근대성 담론 연구'라는 본 연구의 목적 및 방법에 비추어볼 때, 사회학적 연구와 소설 미학적 연구 그리고 소설사적 평가에 이르기까지 나름의 성과와 한계를 지니고 있다. 본 연구의 방법론인 근대성 담론 연구는 첫째 근대의 인식과 대응 양상, 둘째 형상화 방법으로서의 미적 근대성에 초점이 맞추어진다면, 기존의 사회학적 연구와 소설 미학적 연구는 모두 선행 연구로서 많은 시사점을 준다. 또한 이러한 분석 작업은 그의 문학사적 의의를 실증적으로 살펴보는 계기가 되기 때문에 소설사적 의의를 재검토하는 의미도 아울러 지니고 있다. 이러한 선행 연구 검토의

---

영역(통사구조, 이미지, 수사(修辭) 등)을 포괄한다.

필요성 안에서, 본 절에서는 기존 연구의 의미와 한계를 첫째 비평적 논의[8]
와 소논문 형태의 단편적 연구, 둘째 이에 근거한 문학사적 평가, 셋째 학위
논문과 같은 본격 연구로 설정하기로 한다.

연구사의 첫 번째 범주는 다시 사회학적 접근과 소설 미학적 접근으로
구분할 수 있다. 첫째, 사회학적 접근[9]은 한국 전쟁과 4·19, 산업화·도시화
라는 텍스트 외적 현실이 소설에 어떻게 반영되었는가 하는 문제를 살펴본
연구 경향이다. 대체로 사회학적 접근은 한국 전쟁과 60년대 산업화·도시화
에 따른 사회적 문제가 작품 안에 반영되고 있다는 관점에서 이루어졌다.
문학 작품은 현실과 긴밀하게 조응하지만, 문학이 곧 현실은 아니다. 이러한
의미에서 그의 소설이 당대의 문제를 형상화하고 있다고 하더라도 그러한

---

8) 김승옥 소설에 대한 비평적 논의들은 활동 당시 현장 비평가들에 의해서 행해진 것이 대
　부분을 차지하는데, 이들의 논의는 그의 소설에 대한 다양한 접근의 통로를 열어주었지
　만, 엄정한 학문적 접근이 아니라는 점에서 본 연구와 관계되는 핵심적인 논의들만 언급
　하기로 한다.
9) 이러한 관점에서 곽근은 <乾>이 이데올로기로 빚어지는 숙명적 비극을 그리고 있다고
　말하면서, 이와 같은 연장선상에서 <생명연습>, <염소는 힘이 세다>, <무진기행>,
　<재룡이>의 주인공의 의식에 전쟁의 상처가 깊이 연루되어 있다고 보았다. (곽근, <작
　품의 심층적 의미> ― 김승옥의 「乾」을 중심으로, ≪始林≫5, 1985, p.181.)
　유종호는 소설은 사회 현실에 대한 근친성으로 말미암아 세태 습속 재현과 무관할 수 없
　다고 말하면서 김승옥의 소설이 도시화 초기 징후를 인상주의적으로 포착하고 있다고 언
　급하였다. (유종호, <슬픈 도회의 어법>, ≪한국소설문학대계≫45, 동아출판사, 1995,
　p.546.)
　정과리도 그의 소설이 개항 후 한국인의 상황과 그것에 대한 반응(유혹과 공포)을 당대
　의 시각에서 제시했다고 평가하였다. (정과리, <유혹, 그리고 공포>, ≪문학, 존재의 변
　증법≫, 문학과지성사, 1985, p.170.)
　류보선은 김승옥 소설에 대하여 비판적 견해를 피력하는데, 4·19의 흔적이 그의 소설에
　있어 기껏해야 정향성 없는 '자기 세계'를 확립하는 것으로 내면화되었다고 비판하고 이
　러한 자기 세계의 집착이 개인과 사회의 대립적 인식을 가져왔다고 보았다. (류보선, <김
　승옥론> ― 개인과 사회의 대립적 인식과 그 의미, 권영민 엮음, ≪한국현대작가연구≫
　―황순원에서 임철우까지, 문학사상사, 1991, p.303.) 그는 이러한 그의 소설을 '주체성
　부재의 미학'(Ibid., p.298.)이라고 지칭하면서 이것은 김승옥 개인의 문제라기 보다 60년
　대 문학 전체의 문제라고 주장한다.

문제에 접근하는 작가의 세계관과 상상력에 의해서 굴절된다. 그러므로 이와 같은 사회사적 상황을 통한 접근은 작품의 미학적 가치와 의미를 도외시하게 된다. 문학이 현실과 관계맺고 있는 것은 내용이 아닌 허구적 글쓰기 방식 그 자체이다. 따라서 본고에서 규명하고자 하는 근대성 담론의 연구는 그 연구 방법에 있어 이러한 반영론적 접근의 한계를 넘어서 그의 소설에 구현되고 있는 근대성 담론을 역사적으로 생동하는 허구적 글쓰기의 차원에서 고찰하고자 하는 것이다.

둘째, 작품 자체의 형식적 특질에 주목한 소설 미학적 연구는 문체론[10], 시·공간 구조 연구[11]에 입각한 연구가 주로 진행되었다. 그러나 이러한 측면의 연구가 김승옥 소설의 미학적 특성을 규명하는 단초를 제공하는 것은 사실이지만, 다음과 같은 문제점을 남겼다. 우선, 이들의 연구가 <무진기행>과 같은 특정 작품에 국한되어 있다[12]는 점이다. 물론, 특정 작품이 한

---

10) 김현은 김승옥의 소설의 문체가 중문과 복문의 교묘한 배합, 청각적 이미지와 시각적 이미지의 교합 등으로 서구적인 냄새를 풍기면서도 번역투 같지 아니한 교묘한 문체를 내보인다고 하여 김승옥 소설의 문체적 특성을 언급하였다. (김현, <구원의 문학과 개인주의>, ≪현대 한국 문학의 이론/사회와 윤리≫김현문학전집 2, 문학과지성사, 1991, pp.389 - 390.)
　박선부는 김승옥 소설을 모더니즘 문학의 관점에서 분석하고 있는데, 구조의 공간성과 기법의 영상성 등에 주목하고 있다. 특히 그는 김승옥 소설의 문체에서 영상의 몽따주적 구성과 에피퍼니에 주목하였으며, 스토리의 선형적 연속이 아니라 '주제의 공간적 정서의 건축'이라 할 만큼 입체적 공간 구성을 하고 있음을 밝혀내었다. (박선부, <모더니즘과 김승옥 문학의 위상>: 김승옥 작품으로 본 모더니즘의 형이상학·공간성·그리고 그 影像性, ≪비교문학≫7, 1982, pp.175 - 182.)
11) 이어령은 현대소설에서 소설 공간은 단순한 배경이 아니며 공간적 미학의 구조를 통해 관념, 의식, 심리를 나타내며, 이미지의 질서로 엮어진 의미의 총화가 공간이라고 말하면서 소설 기법으로서 공간이 차지하는 위상을 강조하였고, 이러한 관점에서 <무진기행>의 '무진'을 逆유토피아라고 결론지었다. (이어령, <죽은 욕망 일으켜세우는 逆유토피아>, ≪다산성 - 자선대표작품선≫, 한겨레, 1988, pp.365 - 367.)
　김윤식도 그의 소설에 나타나는 귀환 형식의 여로형 플롯을 속죄양 형식과 연관지으면서 <무진기행>에 있어 고향 '무진'의 원죄의식과 준거 관계를 검토하였다. (김윤식, <속죄의식과 공동환상의 형식>, ≪우리 소설과의 만남≫, 민음사, 1986, p.224 - 225.)

작가의 순작품을 해석하는 데 주요한 모델이 될 수는 있으나, 다른 작품으로 해석을 확대하지 못했다는 한계가 있다. 또한 기존의 소설 미학적 연구가 시간 구조(순서, 빈도, 지속), 담화와 관련된 공간 구조, 시점(초점화와 인칭의 문제), 인물구조 연구 등에 집중된 나머지 텍스트 외부의 문제와는 단절되는 양상을 드러내는 것이다.

그러나 소설의 플롯이나 공간 구조 등의 미학적 장치가 텍스트의 의미와 어떻게 연관되는가 하는 점에 주목한 연구는 이러한 미학적 연구의 비역사성을 극복하는 대안적 의미를 갖는다. 예컨대, <서울 1964년 겨울>의 플롯이 인관 관계가 파탄되어 있는 반플롯의 플롯으로 연속성이 단절된 삶의 절망적 상황을 드러내고 있음[13)]에 주목한 연구는, 그 연구 방법에 있어 시사점을 던진다. 그것은 작품의 미학적 구조에 대한 세밀한 탐구 위에서 텍스트의 내용과 외적 맥락을 함께 수용할 때 작품의 총체적 의미를 찾아낼 수

---

12) 연구사에서 자세하게 연급되지 않은 <무진기행>에 대한 소설 미학적 연구는 다음과 같다.
　　명형대, <무진기행의 환상적 공간구조>, 《한국문학논총》3, 1980.
　　안성수, <귀향 모티프와 요나 콤플랙스의 변증법>: 「무진기행」의 의미분석, 《현산 김 종훈 박사 회갑기념 논문집》, 집문당, 1991.
　　이광풍, <동일성의 상실과 회복>: 김승옥의 「무진기행」, 《난대 이웅백 박사 회갑기념 논문집》, 1983.
　　이상우, <의식소설의 한 전형>: 김승옥의 「무진기행」을 중심으로, 《현대 소설론》, 양문각, 1993
　　류승렬, <김승옥의 「무진기행」연구> ― 이미지 분석을 통한 공간 패턴, 《국문학연구 ― 송랑 구연식 박사 회갑 기념논총》, 1985.
13) 현길언, <치열한 시대 인식과 그 극복 양식> ― 서울 1964년 겨울 ―, 《소설은 어떻게 읽을 것인가》, 나남 출판, 1997, p.217.
　　특히 현길언은 이후 저작인《한국 현대소설론》에서 이 작품을 공간성의 차원에서 세밀하게 분석하고 있다. 그는 이 작품이 아무런 관계도 없는 세 사람(나, 안, 사내)은 시간을 보내기 위해 무의미한 시간에 예속된 공간을 거쳐가는 기록이라고 파악하였다. 이처럼 시간이 공간을 지배할 경우 인물의 공간 선택의 여지가 없어지기 때문에 공간과 공간, 시간과 사간 사이의 관계가 흩어진다는 사실을 간파해 내었다. (현길언, 《한국 현대소설론》, 태학사, 2002, p.225.)

있다는 사실을 말한다. 이러한 연구 방법은 본 연구에서 논의하고자 하는 근대성 담론과 다시 연관된다. 본 연구가 인물의 근대 인식과 대응 양상, 미적 근대성의 관점에서 작품의 미학적 구조와 기법에 주목한 것은 근대의 인식론과 미학적 형상화를 아우르며 이를 통해 작가 김승옥이 인식한 근대성에 대한 총체적 담론을 향해 가기 위함이다.

두 번째 범주로서 그의 소설에 대한 문학사적 평가를 살펴보기로 한다. 이와 같은 사적인 평가는 현장비평의 일환으로 언급된 소설사적 의의와 문학사에서 검증된 형태로 기술된 평가를 포괄한다.

소설사적인 평가는 '개인의 발견'[14], '새로운 감수성'[15], '미학적 상상력'[16], '신세대 문학 활동'[17] 등이 말해주듯이 50년대의 전후 문학과 변별되

---

14) 현장 비평가로서 김주연은 김승옥 소설의 새로움은 '개인의 발견' 과 사소한 것에 사소하지 않음을 밝혀내는 '트리비얼리즘'에 있다고 말하면서, 60년대 소시민 의식과 관련지어 그의 문학 세계를 평가하였다. 또한 김치수는 60년대 작가들은 그 이전 세대와는 다른 일상적 자아의 추구와 소시민 의식의 자각에 있으며 이러한 경향은 김승옥 소설의 현란한 문체에서 발견된다고 보았다. (김주연, ≪상황과 인간≫, 박우사, 1969, pp.214 - 219.)

15) 김윤식은 ≪산문시대≫(1962 창간)이라는 동인지와 그를 연결시키면서 김승옥을 포함한 이들의 문학은 새로운 감수성의 문학이 바야흐로 시작되었음을 알리는 신호로 평가했다. 그것은 유종호의 말로 표현하자면 일상의 저변에서 경이를 조성하는 '감수성의 혁명'이라는 의의를 지니지만, 60년대를 지배한 문학적 감수성의 정체란 대학 문과의 강의실과 책 속에만 있을 뿐 현실 속에는 실재하지 않는 환상적인 것이라고 비판적 견해를 피력한다. (김윤식, ≪한국현대문학사≫, 서울대학교 출판부, 1992, pp.607 - 611. 김윤식·정호웅 공저, ≪한국소설사≫, 예하, 1993, pp.355 - 360.)

16) 조남현은 그의 소설이 기존의 풍교론(風敎論) 중심의 소설관과 도덕적 상상력(moral imagination)에서 미학적 상상력, 심리학적 상상력으로 전회했다는 사실을 발견할 수 있다고 보았다. 특히 그의 초기 단편의 주인공들은 도덕 의식의 진공 상태에서, 혹은 선악 관념의 대기권 밖에서 삶을 이끌어가려는 몸짓을 보이고, 작가는 이런 인물들을 긍정하고 있는 것(조남현, <미적 세계관의 입사식>, ≪문학과 정신사적 자취≫, 이우출판사, 1984, p.257.)이 증좌이다. 이와 같은 선악관념을 떠난 주관적 미의식의 탐구는 새로운 감수성과 감각적 문체의 창출로 이어진다.

17) 권영민은 김승옥의 등장은 1960년대 신세대 문학 활동의 첫 장면에 해당한다고 말하면서, 스타일리스트로서 김승옥은 개인의 감성에 의해 포착되는 현실의 문제를 치밀하게

는 김승옥 소설의 새로움에 주목한 것이다. 이러한 김승옥 소설에 대한 문학사적 평가는 기존의 평론적 논의와 단편적 연구 성과에 근거한 것이라는 점에서는 신뢰할 수 있지만, 소설사를 기술하는 처지에서 보면 이러한 논평 역시 김승옥 소설의 대표작에 국한되어 내려진 것이라는 점에서 미진함을 거론하지 않을 수 없다. 따라서 이러한 소설사적인 의미부여는 본 연구 과정에서 보다 실증적으로 재검토될 것이다.

세 번째 범주로서 학위논문의 경우를 살펴보면, 연구가 매우 활성화되어 있는 양상을 보이는데, 최근까지 30여편이 넘는 석·박사학위논문이 제출되어 있다.[18] 그 중, 박사학위논문은 김승옥 소설에 대한 단일한 연구와 시대론과 주제론, 장르론을 포함해서 모두 5편이 제출되어 있다. 이 논문들은 모두 텍스트의 내적 구조와 외적 맥락을 총체적으로 파악하려는 연구 방법에서 출발하고 있는 있다는 공통점이 있다. 그 구체적인 연구 방법론은 문화기호학적 방법[19], 미적 근대성의 문제[20], 주체 생산의 문제[21], 미적 감수성

---

묘사함으로써 전후 소설이 지니지 못했던 독특한 문체의 감각을 산문 속에 살려 놓고 있다고 평가하고 있다. (권영민, 《한국현대문학사》, 민음사, 1993, pp.203 - 205.)

18) 학위논문의 경우는 석사학위논문은 제외하고 박사학위논문을 중심으로 연구의 성과와 한계를 논의하고자 한다.

19) 안혜련은 문화기호학의 방법으로 김승옥 소설 전반을 분석하여 텍스트의 의미를 찾아내고 60년대 사회·문화적 맥락을 검토하고자 했다. (안혜련, 《김승옥 소설의 문화기호학적 연구》, 전남대 대학원 박사학위논문, 1999.) 그러나 기호학적 용어만 동원되었을 뿐, 실제 분석에서는 문화 기호학의 방법이 정치하게 적용되지 못하고 기존의 문학 사회학의 방법을 답습하고 있어 새로운 결론이 도출되지 못했다.

20) 김민수는 최인훈과 김승옥 소설의 '미적 근대성'을 언급하는 자리에서, 그의 소설이 '감각적 근대 인식과 주관성의 미학'이라는 미적 근대성으로 당대 현실을 반성하고 비판하였음을 보여주었다. (김민수, 《1960년대 소설의 미적 근대성 연구》 — 최인훈과 김승옥의 소설을 중심으로, 중앙대 대학원 박사학위논문, 1999.) 그러나 김승옥 소설의 숱작품을 대상으로 한 것이 아니라 소설을 내용과 주제의식에 따라 '소제목 붙이기'식의 도식적이고 기계적인 구분을 하고 있다는 점에서 김승옥 소설의 미적 특질을 총체적으로 제시하기에는 설득력에 있어 미흡한 점이 있다.

21) 이호규는 이호철, 최인훈, 김승옥 세 작가의 60년대 작품들을 주체 생산의 관점에서 분

과 근대적 일상성의 탐구22), 비극 소설의 관점에서 비극적 전망의 문제23)를
탐구한 것이 그것이다.

　　그러나 이들 논문에는 몇 가지 공통적인 비판의 여지가 있다. 첫째는 연구
방법론의 수립과 그 적용에 있어 기계적이고 도식적인 측면이 노정되고 있
다는 사실이며, 둘째는 김승옥 소설의 제한된 몇 작품만 편의주의적으로

---

　　석하였다. 그는 김승옥 소설의 인물들이 보여주는 갈등과 방황, 삶에 대한 치열한 모색
과 집착이 기존 습속의 부정성을 극복하고자 하는 새로운 세속적 주체, 일상적 주체의
모습을 보여준다고 파악하였다. (이호규, ≪1960년대 소설의 주체 생산 연구≫ — 이호
철, 최인훈, 김승옥을 중심으로, 연세대 대학원 박사학위논문, 1999.) 그러나 그가 대상
으로 삼고 있는 작품들도 몇 작품에 한정되어 있을 뿐만 아니라 1) 경제 성장 제일주의
와 근대화, 2) 소외와 세속화, 계층의 분화, 3) 부끄러움 — 소통 회복 지향의 일상적 주
체라는 세 개의 절로 내용을 구성하고 있어 매우 빈약한 논리 구조를 보이고 있다. 특히
그 분석의 내용에 있어서도 내용 해설의 차원에서 벗어나지 못하고 있으며, 논리의 비약
이 노정되고 있다.
22) 김명석은 김승옥 소설의 미적 특질과 주제적 특질을 감수성의 글쓰기, 자아와 일상성
　　탐구의 측면에서 고찰하였다. (김명석, ≪김승옥 소설 연구≫, 연세대 대학원 박사학위
　　논문, 2000.) 그는 김승옥의 소설이 감각적 문체에 머물지 않고 감각적 세계 인식에 다
　　가간다고 보고, 이러한 미적 세계관이 작가적 상상력의 근원이 되고 있다고 파악했다.
　　또한 1960년대 서울에서의 일상성의 경험을 형상화하고 자본주의적 일상성의 본질을
　　탐구했다는 데 문학사적 의의가 있다고 보았다. 그러나 문제는 그가 김승옥의 소설의
　　주제적·미적 특질을 밝히기 위해서 사용하고 있는 '일상성'과 '감수성'이라는 개념이다.
　　이러한 상식적인 개념을 가지고 그의 소설을 분석했기 때문에 주제면에서는 일상성의
　　탐색, 미적 특질면에서는 감수성의 글쓰기라는 일반적인 결론 이외에 어떠한 새로운 사
　　실도 이끌어내지 못했다.
23) 김주언의 경우는 비극소설의 관점에서 1960년대 최인훈, 서정인, 김승옥을 중심으로 분
　　석하고 있다. (김주언, ≪한국 비극소설 연구≫ — 1960년대 최인훈·서정인·김승옥을 중
　　심으로, 단국대 대학원 박사학위논문, 2001. ) 그러나 이 논의는 비극 소설의 개념이 불
　　명확하다는 데 우선적인 문제가 있고, 선정한 이들 작가가 어떻게 비극적 전망 안에 놓
　　이며, 이들이 어떻게 한국 비극 소설을 대표하는가 하는 등의 비판과 의문점이 발생한
　　다. 더구나 김승옥의 경우, <생명연습>, <무진기행>, <서울 1964년 겨울>이라는 세
　　편의 작품을 중심으로 논의를 하고 있는데, 이 작품도 '자기 세계와 자기 소외', '본향
　　상실의 비극', '비극 공간으로서의 도시'에 각각 일대 일로 대응시키는 '소제목 붙이기'
　　식의 범박한 논의를 하고 있다. 이 세 편의 작품이 김승옥 소설을 대표할 수 있을지는
　　모르지만, 반대로 그 세 편의 작품이 그의 소설의 미적 특질을 포괄할 수는 없는 것이다.

선정하고 있다는 점이다. 따라서 이렇게 선택된 작품들을 기계적으로 어떠한 경향에 대응시키기 때문에 김승옥 소설 세계 전반에 걸친 총체적 면모를 파악할 수 없었다.

지금까지 비평적 논의와 소논문 형태의 단편적 연구, 문학사적 평가, 학위 논문에 이르는 김승옥 소설의 선행 연구를 비판적으로 검토하였다. 이상의 비판점은 본 연구의 목적이자 방법인 근대성 담론 연구의 필요성을 강화한다. 본 연구는 김승옥 소설의 全작품을 텍스트로 해서 첫째, 한국 전쟁과 급속한 산업화·도시화라는 당대의 파행적 근대화의 문제를 그의 소설의 인물들이 어떻게 인식했으며 대응했는가 하는 점을 고찰하려고 한다. 둘째, 서술 상황에서 나타나는 미적 특질을 분석하여 수사상의 문체적 특성과 담화 구조의 특성을 밝힘으로써 역사적 근대성에 대응하는 그의 소설의 미적 근대성의 양상을 도출해 내려고 한다. 이와 같은 연구 방법은 그의 소설의 인식론적·미학적 측면을 서로 연관지으면서 김승옥 소설의 총체적 특성을 밝혀낼 수 있을 것이며 이러한 결과물을 통해서 그의 소설이 60년대 공간에서 차지하는 위상과 의의를 도출할 수 있을 것으로 본다.

# Ⅱ. 인물의 근대 인식과 대응 양상


본 장에서는 김승옥 소설의 인물들이 인식한 당대의 역사적 근대성의 문제를 다루고자 한다. 이러한 근대 인식의 문제는 김승옥의 소설에서는 크게 전쟁 체험과 산업화·도시화에 의한 근대적 일상성의 경험이라는 문제로 요약될 수 있다. 그의 소설에서 전쟁 체험과 그로 인한 외상은 그 이후 전개되는 근대적 일상성에 끊임없이 개입해 들어오는 문제이기 때문에 이 양자는 서로 연관된다. 따라서 본 장의 논의는 김승옥 소설의 인물들에 있어 원체험이라고 할 수 있는 한국 전쟁의 문제와 그로 인한 현실 인식의 문제, 그리고 근대적 일상성의 국면에서 만날 수 있는 고향 상실의 문제, 사물화의 문제, 근대적 제도성의 문제, 대중문화의 문제를 포괄하여 이러한 파행적 근대화라는 외적 현실에 대한 작가의 대응 양상을 작품의 인물들을 통해서 논의하려고 한다.


## 1. 전쟁 체험과 대응 양상

본 절에서 논의하게 될 전쟁 체험의 문제가 근대 인식과 관련된다는 것에 대한 논거는 한국 전쟁의 성격과 개념 규정에서 시작되어야 할 것이다. 한국 전쟁은 외래적인 이데올로기와 미·소간의 냉전체제라는 국제적인 역학 관계에 의해서 비롯된 것이다.[1] 따라서 한국 전쟁은 자본주의적 근대성에 대한 대안으로 나타난 사회주의와의 갈등과 대결의 산물이라는 점에서 역사적 근대성의 일부를 차지한다. 문제는 이와 같은 이념의 대결이 우리 민족 내부에서 나타난 것이 아니라 외발적(外發的)인 것이었다는 점에 한국 전쟁의 특수성이 있다.

이러한 전쟁과 이념적 갈등은 김승옥 소설에서 주로 <생명연습>과 <乾>의 유년기 체험이나 <무진기행>과 <재룡이>의 청년기 체험, 그리고 여타 작품에서의 추체험(追體驗)으로 나타난다. 그렇다면, 이념의 갈등으로 촉발된 한국 전쟁이라는 당대의 파행적 역사적 근대성을 김승옥 소설의 인물들이 어떻게 인식하고 대응했는가에 대하여 고찰하기로 한다.

## 1) 외적 폭력성과 '자기 세계'

김승옥 소설에 있어 '자기 세계'는 그의 소설에 있어 지층을 차지하는 근원적인 문제다. 본 연구에서는 <생명연습>, <乾>, <확인해본 열다섯 개의 고정관념>, <무진기행>, <서울 1964년 겨울>, <재룡이> 등의 작품을 통해서 '자기 세계'의 파괴, 왜곡, 고착 양상과 그로 인한 세계 인식의 문제를 고찰하고자 한다.

김승옥 소설에 '자기 세계'의 원형적 특성을 간직하고 있는 작품은 등단작인 <생명연습>이다. 이 작품은 한국 전쟁 당시 '여수'에서 벌어졌던 가족 이야기가 현재 '한교수'와의 대화 속에 병렬적으로 놓이면서 다양한 '자기

---

1) 이 전쟁이 1945년 해방과 더불어 부과된 잠정적인 분단체제의 극복을 위한 한반도내의 치열한 대항관계의 연속선상에서, 그리고 결국에는 남북한, 미국, 중국의 정규적인 군사력이 한반도를 그 전역(戰域)으로하여 상호충돌하게 되는 일련의 과정과의 연계하에서 위치지워져야 된다. (최봉대, <'한국전쟁'의 기원과 그 성격을 둘러싼 몇 가지 문제>, 최장집 편, 《한국전쟁연구》, 태암, 1990, p.16.)

세계'의 국면을 보여준다. 이 작품에서 '자기 세계'를 표상하는 인물의 행위
는 (1) 극기(克己)를 동반하거나, (2) 반륜적(反倫的) 행위를 나타내거나, (3)
사회적 얼굴(social mask)과 상반되는 은밀한 행위로 나타나거나, (4) 구체적
인 실체가 없는 '포즈'로 나타난다.[2] 그런데, 이러한 '자기 세계'의 모습들
중에서 반륜적(反倫的) 행위로서의 자기 세계의 모습은 전쟁이라는 외적 폭
력성과 긴밀한 관계를 갖는다. 이 작품에 나타난 파행적인 가족사에서 전쟁
체험은 왜곡된 '자기 세계'를 갖도록 하는 가장 강력한 외부적 요인으로
작용한다. 여기서 인물들은 모두 도덕 의식의 진공 상태 혹은 선악 관념의
대기권 밖에서 삶을 이끌어 가려는 모습[3]을 보이고 있는데, 낯선 사내를
집에 들이는 어머니, 이런 어머니를 때리고 급기야 살해하려는 욕망에 시달
리는 형, 그런 형을 바닷가 낭떠러지에서 떠밀어 버리는 나와 누나, 그리고
낭떠러지에서 스스로 몸을 던져 죽은 형의 근저에는 전쟁이라는 파괴적 현
실이 자리를 차지하고 있다.

　　어머니는 '밀수선 선장'에서 '세관 관리' 그리고 '헌병문관'(憲兵文官)을
차례로 집에 들였고, 세 번째 사내가 다녀간 후 급기야 형은 어머니를 때리

---

2) 첫째, '자기 세계'를 표상하는 행위가 물리적인 극기를 동반하는 경우는 자신의 눈썹과
　　머리를 밀어버린 학생, 손수 자신의 생식기를 잘라버린 전도사가 이에 해당된다.
　　둘째, '자기 세계'를 표상하는 행위가 반륜적인 행위로 나타나는 경우는 喪夫한 후로 낯
　　선 사내를 집에 들이는 어머니, 그 어머니를 살해할 궁리를 하는 형, 그런 형을 낭떠러지
　　에서 밀어버리는 '나'와 '누나'가 이에 해당한다.
　　셋째, 사회적 얼굴과 상반되는 개인의 은밀함은 한 밤에 시가지 야경을 바라보며 수음을
　　하는 애란인 선교사의 모습에서, 직선을 자를 대고 그린 사실에 괴로워하는 만화가 오선
　　생의 모습에서 발견할 수 있다.
　　넷째, 구체적인 실체가 없이 도출된 '포즈'로서의 '자기 세계'는 '하더라'체를 쓰기를 좋
　　아하거나 어감의 감손을 막기 위해 '연민'을 '련민'으로 발음하는 '강영수', '정순'과의 사
　　랑을 식히기 위해 일부러 그녀를 범하고 영국 유학을 떠나 옥스포드제(製) 자기 세계를
　　가지고 있는 '한교수', 세상에서 가장 귀여운 것이 여신(女神)의 멘스라고 여기는 '한교수
　　의 딸'이다.
3) 조남현, *op. cit.*, p.257.

고 만다. 어머니의 외도에 따른 형의 패륜 행위는 여기에서부터 시작된다.

> 피난지에서 어머니가 한번 좋은 처녀가 있는데 결혼할래, 하고 물었더
> 니, **아무리 전쟁중이라도 어머니가 미쳐버린다는 건 슬픈 일이에요**, 라는
> 대답을 하고 나서, 어머니를 똑바로 쳐다보면서 싸늘한 웃음을 지었다. 어
> 머니는 얼른 고개를 숙임으로써 그 시선을 피했지만 떨구는 어머니의 눈
> 속에는 그 파란 불이 켜져 있었던 것이 기억된다. 피난지에서 돌아와서부
> 터 어머니가 사내를 집안으로 데리고 오는 일은 없었다.
>
> (생명연습, 1, pp.37 - 38, 강조 - 인용자)[4]

피난지에서 어머니는 자신의 외도에 대한 부채의식을 덜기 위해서 형에게
결혼을 권유하지만, 형은 '아무리 전쟁중이라도 어머니가 미쳐버린다는 건
슬픈 일'이라고 말하며 어머니의 외도를 용서하지 않는다. 피난지에서 돌아
오면서 어머니는 사내를 집안으로 데리고 오는 일이 없었지만, 그렇다고
과거 어머니의 외도가 형에게 용인될 수는 없었다.

> 사닥다리를 삐걱거리며 올라가는 것을 보고 있노라면, 아아 형은 하늘
> 로 가는구나, 라는 말이 저절로 입에서 나왔다 다락방은 이 세상에 있지
> 않았다. 그건 하늘에 있었다.
> 그곳은 지옥이었고 형은 지옥을 지키는 마귀였다. 마귀는 그곳에서 끊
> 임없이 무엇을 계획하고 계획은 전쟁이었고 전쟁은 승리처럼 보이나 실은
> 패배인 결과로서 끝났고 지쳐 피를 토해냈고 ─마귀의 상대자는 물론 어
> 머니였고 어머니는 눈에 불을 켠 채 이겼고 이겼으나 복종했다. 형은 그
> 다락방에서 벌레처럼 끊임없이 부스럭거리는 소리를 내고 있었다.
>
> (생명연습, 1, p.32)

---

4) 본 연구의 텍스트는 김승옥, ≪김승옥 소설 전집≫1 - 5권, 문학동네, 1995.로 하며 인용
   문의 출전은 (작품명, 전집 권 수, 페이지) 순으로 적기로 한다.

　피난지에서 돌아와 '변변치 않던 집이 거의 완전히 허물어져 버린'(p.30) 폐허 위에 다시 판잣집을 짓고 살게 되면서 형은 그 집의 '다락방'에 틀어박혀 모친 살해를 구상하게 된다. 전쟁의 소용돌이가 지나간 후, 형은 마침내 '다락방'이라는 유폐적 공간에 처박힌 채, 어머니에 대한 '끈덕진 살의'(p.30)를 품게 된다.

> 　형은 무엇인가를 기어이 하고야 말리라고 예기하고 있던 나는 그렇기 때문에 다락방에서 끊임없이 부스럭거리며 살고 있는 형을 공포에 찬 눈으로 주시하고 있었다. (중략)
> 　형이 어두운 다락방에서 우리에게 숨기며 쉬지 않고 무엇인가를 만들어 가고 있듯이 나와 누나도 형과 어머니에게서 몇 가지 비밀을 만들어놓고 우리의 평안과 생명을 그 비밀왕국 안에서 찾고 있었다.
>
> (생명연습, 1, p.38)

　위의 인용문에서 '형'이 다락방에서 끊임없이 부스럭거리며 살고 있는 모습은 유폐된 '자기 세계'를 함의하고 있다. 그 공간에서 '형'은, 낯선 사내를 집에 들이는 어머니를 살해할 궁리를 하고 있었으며 '나'와 '누나'도 나름의 평안과 생명을 '비밀왕국' 안에서 만들어 가고 있었던 것이다. 요컨대, '자기 세계'의 공간적 이미지는 '다락방', '비밀왕국', '성'(城)의 이미지로 변주되면서 타자와의 단절성과 고립성을 강조하고 있다.

> 　누나와 나는 그 다음날 저녁, 등대가 있는 낭떠러지에서 밤 파도가 으르렁대는 해변으로 형을 떠밀었다. 우리는 결국 형 쪽을 택한 것이었다. 미친 듯이 뛰어서 돌아오는 우리의 귓전에서 갯바람이 윙윙댔다. 얼마든지 형을, 어머니를 그리고 우리들을 저주해도 모자랐다. **집으로 돌아와서 불을 켜자 비로소 야릇한 평안을 맛볼 수 있었다.**
> 　그리고 얼마 지나지 않아서였다. 판자문을 삐걱거리며 열고 물에 흠씬

젖은 형이 살아서 돌아온 것이다. 우리의 눈동자는 확대된 채 얼어붙어버
렸다. 형은 단 한마디, 흐흥 귀여운 것들, 해놓고 다락방으로 삐걱거리며
올라갔다. 그리고 사흘 있다가, 등대가 있는 그 낭떠러지에서 스스로 몸
을 던져 죽은 것이다. **나와 누나의 눈에는 감사의 눈물이 번쩍거리고 있
었다.**

(생명연습, 1, p.43, 강조 - 인용자)

　결국, 나와 누나는 모친 살해를 구상하던 형을 낭떠러지에서 떠밀어 버린
다. 그러나 그런 가족 살해라는 패륜적 행위를 하고서도 '야릇한 평안'을
느끼거나, 다시 형이 살아 돌아오자 공포로 얼어붙었던 나와 누나는 형이
스스로 목숨을 끊자 감사의 눈물을 보인다. 가족 간의 패륜적 살해에서 이들
은 윤리적 죄책감보다는 마음의 안정과 평안을 느끼고 있는 것이다.

　요컨대, 이 작품에서 나타난 파행적 가족사는 아버지의 죽음에서 비롯되
며, 이후 전쟁을 배경으로 시작되는 어머니의 외도와 형의 모친 살해 구상,
형을 낭떠러지에서 떠미는 동생들의 행동, 다시 살아온 형의 자살로 이어진
다. 이러한 왜곡된 '자기 세계'와 파행적 가족사를 껴안고 있는 현실은 전쟁
이다. 전란 상황 속에서의 가난과 가족 간에 벌어지는 반륜적 행위는 전쟁이
라는 파괴적 타자성이 이 가족 구성원들 모두에게 간접적으로 매개되었을
가능성을 내포하고 있다.

　한편, <乾>에서는 전쟁으로 인한 '자기 세계'의 파괴와 그 왜곡 양상을
명시적으로 드러내고 있다. 이 작품은 빨치산의 습격, 그로 인한 방위대 건
물의 전소와 '형'의 무전여행 계획의 좌절, 빨치산 시체의 목격과 매장, 형과
형의 친구들의 '윤희 누나' 윤간 음모, 그에 능동적으로 동참하는 '나'라는
몇 가지 화소로 구성되어 있다. 여기서 '자기 세계'는 빨치산의 습격에 의해
서 불타기 전의 '방위대 본부'의 공간성과 그 공간에서 벌어지는 인물들의

행위에 의해서 나타난다.

> 방위대 본부는 옛날 어느 굉장한 부호가 살던 저택인데 넓기도 넓지만
> 우선 나무가 많아서 먼 곳에서 보면 마치 숲이 울창한 공원 같은 느낌이
> 드는 아름다운 곳이었다. (중략) 6·25도 나기 전엔 그 집은 아무도 살고
> 있는 사람이 없이 썩어가는 빈집으로서 우리들 아이들의 놀이터가 되어주
> 었었다. (중략) 아니 안방이 아니라 안방의 동쪽 벽 아래에 깔린 다다미
> 한 장을 들어내면 나무로 된 마룻바닥이 드러나고 그 바닥엔 위로 들어올
> 리도록 된 문이 있는데 그것을 열면 그 밑에 나타나는 **어두컴컴한 지하실**
> 인 것이다. 아아, 하루종일 그 지하실에 틀어박혀 우리는 얼마나 가슴 뛰
> 는 놀이들을 하였던가.
>
> (乾, 1, p.47, 강조 - 인용자)

이 작품에서 '방위대 본부'는 유년의 원형적 공간으로서 의미를 지니는데,
특히 이 건물의 '어두컴컴한 지하실'은 '미영'이와의 추억의 공간이고 백회
벽(白灰壁)에 크레용으로 그림을 그리며 놀았던 동심의 공간이다. 이러한
공간이 전쟁 당시 인민군들의 군사 본부로 사용되고 인민군이 쫓겨가고 나
서는 시방위대가 그 본부를 사용하게 되고, 마침내 빨치산의 습격으로 불에
타 버리고 만다. 전쟁 당시 '방위대 본부'의 군사적 전용(轉用)은 '나'와 아이
들의 놀이 공간을 빼앗은 것이 되며, 이 건물의 전소는 이러한 놀이 공간과
'미영'이와의 추억을 모두 앗아간 것이 된다. 이것은 바로 전쟁의 파괴적
속성에 기인한 '자기 세계'의 상실을 의미한다.

이러한 '자기 세계'를 파괴하는 또 하나의 요인은 빨치산 시체의 목격과
매장과 관련된다.

> "빨갱이 시체 구경도 한 이태만에 하는군."

어느 영감이 그렇게 말하며 침을 탁 뱉더니 돌아서서 갔다. 몇 사람이
그 뒤를 이어 역시 땅에 침을 뱉고 가버렸다. 나도 그래야만 하는 것처럼
땅바닥에 침을 뱉고 살그머니 사람들 틈을 빠져나왔다. 내가 몸을 돌렸을
때 두어 발자국 저편에 벽돌이 쌓여 있는 더미의 강렬한 색깔이 나의 눈
을 찔렀다. 엉뚱하게도 나는 거기에서야 비로소 무시무시한 의지(意志)를
보는 듯 싶었다. 적갈색과 자주색이 엉켜서 꺼끌꺼끌한 촉감의 피부를 가
진 괴물이, 밤중에 한 남자가 몸을 비틀며 또는 고통을 목구멍으로 토하며
죽어가는 것을 바로 곁에서 묵묵히 팔짱을 끼고 보고 있다가 그 남자가
드디어 추잡한 시체가 되고 그리고 아침이 와서 시체를 구경하는 사람들
이 몰려들었을 때, 나는 모든 걸 다 보았지, 하며 구경꾼들 뒤에서 만족한
웃음을 웃고 있었다.

(乾, 1, p.54)

여기서 빨치산의 시체는 한국 전쟁과 이데올로기적인 대립이라는 집단과
이념이 낳은 희생물로서 상징적 의미를 지닌다. 그런데 이 시체를 향해서
마을 사람들은 침을 뱉고, 어린 유년 화자인 '나' 역시 그들을 따라 마치
그래야 하는 것처럼 침을 뱉는다. 이것은 한 마을에 몰아닥친 이념적 적대의
식의 최대치를 보여준다.

이후 시체를 매장하기 위해 아버지와 내가 그 곳으로 갔을 때, 그 시체의
유일한 연고자인 노파를 만나게 되고, 그 노파는 관 뚜껑을 닫기 전에 관
옆에 쭈그리고 앉아서 시체의 누런 얼굴을 손바닥으로 하염없이 쓸어준다.
이 장면을 통해서 우리는 전쟁이 한 가정을 붕괴시키고 말았음을 여실하게
확인할 수 있다.

오후에 '나'는 시체 매장이 진행되자 구덩이 속으로 근방에서 긁어모은
돌을 던져넣었는데, 나중에는 마치 '돌팔매질하듯이'(p.60) 던졌다고 술회한
다. 이러한 공격적 행동은 어른들의 빨치산에 대한 이념적 적대의식을 모방
한 것일 수도 있지만, 보다 근원적으로는 전쟁과 그 후유증이 남긴 상처가

나의 의식을 왜곡했기 때문에 나타나는 행위라고 파악된다.

결국, 방위대 본부의 전소와 빨치산 시체의 목격과 매장을 둘러싼 일들을 겪은 '나'는 급기야 형과 형의 친구들의 '윤희 누나' 윤간에 동조하게 된다.

> 자, 미영아, 너의 집을 제공하라고 한다. 매가(賣家)라는 글이 적힌 너털너털한 종이조각이 붙은 너의 집 대문 앞을 지나칠 때마다 그러나 나는 그 집이 빈집이라는 생각을 해본 적이 한번도 없었다. 적어도 그런 생각을 해본 적이 없었다고 고집하고 싶다. 미영아, 하고 부르면 곧 네가 뛰어나올 것 같았다. 아니라면, 어느 날엔가는 아름다운 일본의 크레용을 내게 대한 선물로 가지고 돌아와서 네가 다시 그 집에 살게 되리라는 기대를 간직하고 있었다. **너의 빈집이 내게는 용궁처럼 신비스러운 곳이었다.** 나는 온갖 화려한 공상을 그곳에서 끄집어낼 수 있었다. 그런데 자, 미영아, **나는 이제 몇 분 안으로 이러한 모든 것 위에 먹칠을 해버리려고 하는 것이다.**
>
> (乾, 1, p.63)

매가(賣家)라는 딱지가 붙어 있는 '미영이의 집'은 나에게 '용궁처럼 신비스러운 곳'이었으나, 형과 형의 친구들이 '윤희 누나'를 윤간하는 장소로 타락한다. 그런데 중요한 것은 이런 형들의 음모에 '나'가 자발적으로 가담한다는 사실이다. '윤희 누나'에게 가서 형들의 음모를 숨긴 채, 미영이네 빈 집으로 혼자 나와 달라는 이야기를 전하는 것이 바로 그것이다. 이러한 나의 타락은 바로 전쟁의 파괴성에 의해, 나의 공간 즉 '자기 세계'가 상실되면서 나타나게 된 것이다.

요컨대, '자기 세계'의 상실에는 방위대 본부의 화재, 빨치산 시체의 목격과 매장 등의 전쟁의 파괴적 힘이 가로놓여 있다. 결국, 나는 전쟁의 파괴적 힘에 의하여 '자기 세계'를 상실하고 타락으로서의 '입사식'(initiation)을 경험하게 되는 것이다.

김승옥의 소설에서 <생명연습>, <乾>에서 나타난 전쟁 체험을 통한
'자기 세계'의 왜곡과 파괴의 모습은 이후 작품에서도 지속적으로 추구된다.
<재룡이>에서는 전쟁을 체험하고 귀향한 '재룡이'를 통해서 전쟁이라는
외부적 폭력이 한 인간의 정신을 황폐하게 만들었음을 보여주고 있다.

> 재룡이가 이상할 정도로 사람이 달라졌다는 것은 누구보다도 노파가 먼
> 저 알아보았다.
> (중략)
> 달처럼 둥글둥글하던 얼굴은 메주처럼 길어지기만 했고, 메주에 곰팡이
> 슬 듯 허연 버짐이 더께더께 번져 있는 것이었다.
> 더구나 눈. 암팡지고 다부지게 생긴 허우대와 달리, 날 받아놓은 처녀보
> 다 더 유순하고 고운 재룡이의 마음씨는 오로지 저 눈에서 나오는 것이라
> 고 인근에 평판도 높았던 그 눈이 변해 있는 걸 보면 볼수록, 노파의 심정
> 은 딱하다는 걸 지나 섬찟 무섬증조차 드는 것이었다.
>
> (재룡이, 2, p.209)

위의 인용문에서 '노파'는 전쟁에서 돌아온 '재룡이'의 '번들거리고 뺄겋
고, 그래서 잔인해 보이는' 그의 눈에 무서움을 느낀다. 이것은 전쟁에 의해
서 파괴된 개인의 인간성을 암시한다. 살기 위해 서로를 죽여야 하는 전쟁이
라는 살육의 시간을 겪은 '재룡이'는 눈에서 무서운 살기를 내뿜는 것이다.
그에게 변한 것은 이것만이 아니다.

> 우선 몸을 움직여 일하는 것을 싫어하게 돼버린 것 같았다. 싫어하는 정
> 도가 아니라 일하는 것을 무서워하는 것 같기만 했다. 어쩌면 일하는 법을
> 말짱 잊어버렸는지도 몰라 보였다.
> (중략)

원래 잠을 좋아하던 재룡이었었다. 하지만 이 말의 뜻은 한번 잠들면 장
남심한 친구들이 허벅다리에 불총을 놓거나 자지 끝을 실로 묶어 그 실의
다른 끝을 문고리에 잡아매어 문을 열었다 닫았다 해도 모를 만큼 깊이
잠을 잔다는 얘기였지, 지금처럼 밤낮 가리지 않고 어디서건 더위 먹은 닭
처럼 비실비실 쓰러져서 곧 숨이 끊어지려는 걸 막느라고 안간힘을 쓰듯
이 답답한 소리로 코를 골며, 식은땀을 뻘뻘 흘리며, 더구나 이따금 짐승
의 울부짖음처럼 사납고 귀에 설은 헛소리를 버럭버럭 내지르며 잔다는
뜻은 아니었었다.

(재룡이, 2, pp.210 - 211)

전쟁에서 돌아온 그는 식은땀을 뻘뻘 흘리며 짐승의 울부짖음과 같은 사
납고 귀에 설은 헛소리를 지르며 잠을 잔다. 이러한 그의 '많아진 잠과 추악
하고 사나운 잠버릇'에도 역시 전쟁 체험의 충격과 그것이 남긴 정신적인
후유증을 보여준다. '농한기에도 삼십리 깊은 지리산 속까지 가서 마른 솔잎
을 긁고 있었다'는 그가 일을 하지 않는다는 것은 일체의 생산성에 대한
의욕을 상실했음을 보여준다.

이러한 성격의 왜곡은 그의 친구 '상만'과 대조를 이룬다. '상만'은 군대
가기 전에 이웃집 처자를 겁탈하고, "민자가 내 새끼 뱄다. 민자는 내 여편네
다. 자, 너 이년, 내 새끼 안 낳아놓으면 귀신이 돼서도 또 붙어먹을 태여
어."(p.213)라는 말을 대숲이 쩌렁쩌렁하게 울려놓고서야 군대에 들어간다.
전쟁 상황에서 입대를 앞둔 '상만'이의 이런 패륜적 행위는, 전쟁이 끝나고
고향에 돌아오자 그의 애를 배어 시집에서 쫓겨난 민자와 정식으로 살림을
차리고 죽물(竹物)로 재산도 모아가며 오순도순 살기 시작함으로써 변화된
양상을 보인다.

이에 재룡이의 어머니인 '노파'는 "전쟁이 뭔가 했더니 결국은 난장판이
란 말인 모양이여. 얼마나 난장판이면 글쎄, 상만이 넋하고 재룡이 넋이 뒤

바뀌어져버렸을 거냔 말이어."(p.237)라고 말하는 것이다. 이와 같은 대비는 전쟁 이후 왜곡된 '재룡이'의 심리적 상황을 보다 선명하게 드러낸다. 요컨대, <재룡이>에서는 무서운 눈빛, 노동 의욕 상실, 많아진 잠과 사나운 잠버릇을 통해서 전쟁이 한 인간의 '자기 세계'를 파괴했음을 보여주고 있다.

<확인해본 열다섯 개의 고정관념>에서 제시하는 15개의 고정관념의 계열체들 중에서 다음과 같은 것은 전쟁 체험이 남긴 '자기 세계'의 모습을 보여준다.

나는 전쟁터에 팔을 내버리고 온 용사를 하나 알고 있는데 그는 편하게 지내면서도 우울해할 줄 알게 되었다. 그 사람은 지금 시골의 내 집에 있는 바로 내 형인데 집안 사람들은 모두 그에 대한 관심을 잠시도 게을리 하지 않는다. (중략) 형이 우울해할 줄 알게 됐다는 건 정말 대단한 사실이다. '미로'의 팔 없는 비너스처럼 형은 팔을 정말 알맞게 처리해버렸다. 팔만 떼어버린다는 조건으로 전쟁이 꼭 한번만 더 일어났으면 좋겠다.

(확인해본 열다섯 개의 고정관념, 1, pp.115 - 116)

위에서 전쟁터에서 팔을 잃고 온 형이 우울할 줄 알게 되었다는 사실을 강조한다. 여기서 우울함을 알게 됐다는 것은 다름 아닌 '자기 세계'를 가지게 됐다는 것을 의미한다. 전쟁이 남긴 부상이라는 외형적 불구는 마침내 정신적 차원으로 치환되면서 한 개인의 의식을 괴롭히고 마침내 우울할 줄 아는 내면적 의식이라는 '자기 세계'로의 침잠과 고착, 나아가 세계와의 단절을 낳게 한 것이다.

<무진기행>은 세계와 절연된 '나'의 의식 세계의 단면을 다음과 같이 제시한다.

6·25 사변으로 대학의 강의가 중단되었기 때문에 서울을 떠나는 마지

막 기차를 놓친 나는 서울에서 무진까지의 천여 리 길을 발가락이 몇 번
이고 불어터지도록 걸어서 내려왔고 어머니에 의해서 골방에 처박혀졌고
의용군의 징발도 그 후의 국군의 징병도 모두 기피해버리고 있었다. 내가
졸업한 무진중학교의 상급반 학생들이 무명지에 붕대를 감고 '이 몸이 죽
어서 나라가 산다면……'을 부르며 읍 광장에 서 있는 트럭들로 행진해
가서 그 트럭들에 올라타고 일선으로 떠날 때도 나는 골방 속에 쭈그리고
앉아서 그들의 행진이 집 앞을 지나가는 소리를 듣고만 있었다. 전선이 북
쪽으로 올라가고 대학이 강의를 시작했다는 소식이 들려왔을 때도 나는
무진의 골방 속에 숨어 있었다. 모두가 나의 홀어머님 때문이었다. 모두가
전쟁터로 몰려갈 때 나는 내 어머니에게 몰려서 골방 속에 숨어서 수음을
하고 있었다. 이웃집 젊은이의 전사통지가 오면 어머니는 내가 무사한 것
을 기뻐했고, 이따금 일선의 친구에게서 군사우편이 오기라도 하면 나 몰
래 그것을 찢어버리기도 하였었다.

(무진기행, 1, p.130)

위의 인용문에서 병역 기피는 과거의 사실이고 당시의 병역 기피가 모두
어머니에 의한 것이라는 상황 판단은 현재의 시점에서 이루어진다. 전쟁이
라는 외적 현실에 대한 공포에 의해서 나타난 당시 '나'의 병역 기피를 모두
홀어머니 때문이었다고 말하는 현재의 진술은 당시의 병역 기피에 대한 핑
계에 불과하며, 현재 고향 '무진'이 일깨우는 부끄러운 자아상으로부터 벗어
나고자 하는 의식의 일환인 것이다. 따라서 '나'의 병역 기피는 모두 어머니
에 의한 것이었다고 강변하고 있지만, 자발적으로 기피한 것이라고 보는
것이 타당하다. 여기서 '나'가 병역 기피로 처박히게 된 '골방'의 이미지는
나의 내면적 의식으로서의 '자기 세계'를 암시한다. 모두가 전선으로 몰려
갈 때도 '나'는 골방에 숨어 수음을 했고, 나약한 스스로를 모멸하고 오욕
을 비웃을 수밖에 없었던 것이고, 이것은 세상과 절연된 '자기 세계'의 단면
이다.

## 2) '자기 세계'와 현실 인식

우선, <생명연습>에서 직접적으로 언급되고 있는 '자기 세계'의 모습을 보기로 한다. 여기서 제시되는 '자기 세계'는 타자와의 동질성을 한 치도 인정하지 않는 폐쇄적인 공간적 이미지로 나타난다.

> '자기 세계'라면 그것을 가지고 있는 사람을 몇 명 나는 알고 있는 셈이다. '자기 세계'라면 분명히 남의 세계와는 다른 것으로서 마치 함락시킬 수 없는 성곽과도 같은 것이 아닌가 생각한다. 그 성곽에서 대기는 연초록빛에 함뿍 물들어 아른대고 그 사이로 장미꽃이 만발한 정원이 있으리라고 나는 상상을 불러일으켜보는 것이지만 웬일인지 내가 알고 있는 사람들 중에서 '자기 세계'를 가졌다고 하는 이들은 모두가 그 성곽에서도 특히 지하실을 차지하고 사는 모양이었다. 그 지하실에는 곰팡이와 거미줄이 쉴새없이 자라나고 있었는데 그것이 내게는 모두 그들이 가진 귀한 재산처럼 생각된다.
>
> (생명연습, 1, p.26)

위의 인용문에 나타나는 바와 같이, '자기 세계'는 '남의 세계와는 다른 것으로서 마치 함락시킬 수 없는 성곽'의 이미지로 제시된다. 그런데, 다른 이들이 가진 '자기 세계'는 '나'가 생각하는 성곽 내부의 이미지와는 달리 곰팡이와 거미줄이 쉴새없이 자라나는 '지하실'의 폐쇄적 이미지로 표상된다.

이러한 고립된 개인의 의식으로서의 '자기 세계'는 전쟁 체험과 연관되면서 외부적 폭력성과 대비되는 유토피아적 공간(<건>의 '방위대 본부')으로, 세계의 공포로부터 자신을 보호하는 유폐적 공간(<무진기행>에서 병역을 기피하던 '골방')으로 나타난다. 또한 '자기 세계'가 외부의 폭력성이 전이되거나 그로 인해 '자기 세계'가 파괴되었을 때는 심각한 정신적 왜곡을 경험하게 된다. (<생명연습>에서 가족들 간의 반륜적 행위, <乾>에서 '윤희 누나' 윤간에 동조하는 '나', <재룡이>에서 전쟁을 경험하고 돌아온 '재룡이'의 변화된 모습 등) 따라서 김승옥 소설에서 '자기 세계'는 세계의 폭력성으로부터의 도피이며 혹은 그것으로부터 독립된 곳에 존재하려고 하는 욕망의 발현으로 볼 수 있다.

여기서, 김승옥의 문학을 60년대 문학의 지평 속에서 '부성상실'(父性喪失)의 문학으로 규정한 것은 재고될 필요가 있다. "60년대 문학을 지배한 감수성의 정체가 대학 문과의 강의실과 책 속에만 있을 뿐 현실 속에 실재하지 않는 것이고, 환상의 세계를 현실 밖에서 보고 그것을 기준으로 삼아버렸기 때문에 그들은 사생아의 운명을 감수하면서라도 스스로 부성(父性)을 획득하는 수밖에 없었다"는 견해[5]가 그것이다. 요컨대, 전쟁이 모든 것을 파괴했고 이 때문에 개인이 사회화하는 데 있어 전범이 되는 '부성'이 상실되었다는 것이다.

그러나 김승옥의 문학은 '아비 없음'이라는 결핍의 상태가 아니라 오히려 전쟁과 이념적 갈등이라는 부성이 지배하는 사회에 대한 반역의 양식이라 할 수 있다. 전쟁과 이념적 갈등을 겪은 자에게 부성의 논리는 거부의 대상이 될 뿐이다. 따라서 존재가 부성의 논리에서 독립될 때 찾아가야 할 곳은 '자기'뿐이며, 이것이 그의 문학에서 '자기 세계'로 나타난 것이다.

결국, 이러한 '자기 세계'의 고착은 이후 그의 소설에서 '개인과 사회, 존재와 당위에 대한 대립적 인식'[6]을 낳게 한다. 그러므로 김승옥 문학은 '자기 세계'의 확립을 끊임없이 탐색하거나, 아니면 외부적 폭력성에 눌려 '자기 세계'를 상실하는 두 가지의 갈림길 위에서 길항(拮抗)하게 된다.

---

5) 김윤식·정호웅, *op. cit.*, p.358.
6) 류보선, *op. cit.*, p.297.

한편, 김승옥의 '자기 세계'의 문제를 4·19와 같은 60년대의 사회상과 관련시킬 수 있다. 김승옥이 창작 방법으로 힘겹게 확보한 것은 남과 다른 '자기 세계'의 확립이었고 이 원리는 기성의 모든 틀을 거부하겠다는 강렬한 의지이자 4·19체험을 매개로 형성된 것이기에 단호하고 독선적일 수 있다[7]고 할 수 있다. 김승옥의 소설의 '자기 세계'는 사회와 절연된 유토피아적 공간이거나 왜곡되고 뒤틀린 인간 군상들이 서식하는 공간이다.

여기서 '자기 세계'가 갖는 문학사적이 의미를 생각해 볼 필요가 있다. 그의 소설에 있어 '자기 세계'란 기성의 관념 체계, 허구화된 제도, 내용없는 윤리 감각 등에 묻혀 사는 삶을 거부하고 자기 고유의 삶의 논리를 찾아 헤매는 것으로 이해될 수 있다.[8] 그러나 그것은 이상적 행위가 될 수 없기에 단절과 소외 의식에 의해서 또 다른 문제로 귀결된다. 이러한 관점에서 '자기 세계'는 4·19의 역사적 한계와 관련지어 생각해 볼 수 있다. 4·19는 혁명의 주체적 여건이 성숙되지 못한 채 돌발적으로 일어난 혁명에 불과[9]할 뿐이며 추상적 자유주의의 한계를 내포하고 있었다. 이러한 4·19의 흔적은 김승옥 소설에서 '자기 세계'로 내면화되면서 '의지에의 두려움과 역사에의 공포를 표백하고 있는 징후적 의식'[10]으로 나타난다.

따라서 '자기 세계'의 모습이 극기의 형태를 띤다고 할지라도(<생명연습>), 신성일과 엄앵란과 허장강을 넘어설 수 없는 대중문화의 통속적 상상력에 대한 거부의 몸짓(<확인해본 열다섯개의 고정관념>)을 보인다 할지라도 실체가 무엇인지 뚜렷하지 않다. 물론 전술한 것처럼 불분명한 자기 세계의 존재도 타자의 위협과 파괴성으로부터 자신을 지키는 방어 기제로 기능

---

7) *Ibid.*, p.309.

8) *Ibid.*, p.300.

9) *Ibid.*, p.303.

10) 한형구, <김승옥론> ― 김승옥 문학의 문학사적 성격 ―, 이주형 外, ≪한국현대작가연구≫, 민음사, 1989, p.228.

하기는 하지만, 그것은 구체적 실상은 일체의 타자성과 구분되는, 아니 구분되기를 바라는 개인의 감각과 의식이라고 볼 수 있다.

이러한 세계와 일체의 타자성에 대한 움추림과 공포는 <무진기행>에서 병역기피와 골방에서의 수음 등으로 나타나고, <서울 1964년 겨울>에서는 타인을 고려할 줄 모르는 고립된 개인의 모습으로, <확인해본 열다섯 개의 고정관념>에서는 추운 골방에서 자신의 고정관념만을 떠올리며 한 발도 밖으로 나가지 못하고 꼼짝없이 누워있는 '나'의 모습으로 나타나는 것이다.

지금까지 김승옥의 소설에 나타난 '자기 세계'의 모습을 전쟁 체험과 관련하여 전쟁이라는 외적 폭력성이 '자기 세계'에 미친 영향과 그로 인해 파괴되고 왜곡된 '자기 세계'가 세계 인식에 미치는 영향에 대하여 고찰하였다. 김승옥 소설에 나타나는 '자기 세계'란 전쟁이라는 극단적인 상황 속에서 자아를 지키는 심리적 방어 기제 (defense mechanism)의 기능을 하고, 파괴된 '자기 세계'는 변형되거나 왜곡된 정신 세계로 고착되며, 이러한 고립적이고 유폐적인 '자기 세계'는 자아와 세계를 대립적으로 인식하게 하는 근원이 된다. <乾>에서 유년의 유토피아적 공간이 '방위대 건물'의 파괴와 이념과 제도의 희생물인 '빨치산의 시체'의 목격과 매장을 둘러싼 사건을 경험한 '나'는 '윤희 누나' 윤간에 능동적으로 동참하고 있다. 이것은 전쟁이라는 외부적 폭력에 '자기 세계'가 손상되었음을 의미하고, 결국 '나'는 외부의 폭력성과 파괴성을 내면화하게 된다. 또한 <생명연습>에서도 낯선 사내를 집에 들이는 '어머니'나 이러한 어머니를 죽일 계획을 세우고 있는 '형', 형을 바닷가 낭떠러지에서 밀어버리는 '나'와 '누나'의 행동의 배후에는 '전쟁'이라는 폭력성이 자리잡고 있는 것이다. 그러므로 김승옥은 외적 폭력성과 억압이 개인에게 가하는 파괴적 속성을 통해서 이념적 갈등이나 전쟁과 같은 외적 폭력성을 비판하고 있는 것이다.

## 2. 근대적 일상성과 소외

김승옥의 소설은 한국 전쟁 이후에 급속도로 해체되기 시작한 전통 사회의 붕괴와 자본주의화의 가속도로 인하여 발생하는 사회·구조적인 모순과 병폐를 다양하게 보여준다.[11]

실제로 오늘의 한국 사회는 전통적 한국 사회와는 근본적으로 다른 사회로 변모하였으며 동시에 서구의 근대화된 사회들과도 다른 독자적인 성격을 갖는 사회구조를 가지게 되었다. 지난 100년 동안의 한국 사회구조의 변화는 정치적으로는 민주화, 경제적으로는 산업화, 생태적으로는 도시화, 사회적으로는 평등화, 문화적으로는 개체화, 종교적으로는 세속화 등의 일반적 변화 지향을 가지고 이루어진 것으로서 우리가 흔히 말하는 '근대화'의 지향을 맞는 사회 변동이었음에는 틀림없다.[12] 그러나 이와 같은 근대화가 한국 사회에 안정적으로 정착되었느냐는 의문점과 이것이 파생한 여러 가지 병폐 또한 간과되어서는 안 될 것이다.

이러한 관점에서 그의 소설에 나타나는 '근대적 삶의 논리와 소외의 양상'

---

11) 이러한 관점에서 50년대 전란의 잿더미 속에서 시작된 60년대의 근대화(산업화·도시화)는 퇴니스(Ferdinand Tönnies)의 관점에 따르면, '게마인샤프트'(Gemeinshaft)에서 '게젤샤프트'(Gesellshaft)로의 전환을 의미한다.

'게마인샤프트'(Gemeinshaft)의 속성은 본래의 의식적인 기도(企圖)로는 이루어지지 않는 하나의 사회 단위로서 우리가 가정에 소속된 것과 마찬가지로 사회적 특성을 나타낸다. 반대로 '게젤샤프트'(Gesellshaft)는 고립되어서는 그들의 고유한 이익을 효과적으로 추구할 수 없음을 인식하고서 서로 결합한 개개인들이 면밀히 생각해 낸 본질적 계약 관계가 존재한다. 여기서는 인간과 인간의 분리는 너무나도 심각한 것이기에, 모든 사람은 그 스스로 고립되어 있으며 다른 모든 사람들에 대항하는 긴장 상태가 언제나 존재한다. 따라서, 게젤샤프트는 인간의 상호관계에 잠재적 적대 관계와 잠재적인 전쟁이 내재하고 있는 사회이다. 역사적인 측면에서는 사회는 '게마인샤프트'가 우월하던 시대에서 '게젤샤프트'가 우월한 시대로 이행했다고 퇴니스는 보고 있는 것이다. (프릿쯔 파펜하임, 정문길 역, 《근대인의 소외》, 정음사, 1985, pp.84 - 86.)

12) 임희섭·강신표, <서문>, 한국사회과학연구소편, 《한국사회론》, 민음사, 1980, p.8.

은 60년대 한국 사회의 근대화가 그 토대가 되었다고 할 수 있다. 여기서 말하는 근대적 삶은 자본주의 사회의 논리와 한국 사회 근대화의 기형적 단면의 축도로서 의미가 있다. 이러한 제 양상은 김승옥 소설에서 다음과 같은 몇 가지 측면으로 요약된다.

## 1) 도시 체험과 고향 상실

김승옥 소설에 나타나는 고향 상실의 문제는 <무진기행>의 '무진'과 '서울'의 공간적 의미 분석을 통해서 확인할 수 있다. 이 작품은 부유한 아내 덕분에 제약회사 전무로의 승진이 약속되어 있는 '나'(윤희중)가 젊은 날의 고통과 비애가 숨쉬고 있는 '무진'에서 이박삼일의 시간을 보내고 다시 떠나는 여로형의 작품이다. 이 작품에서 '도시'와 '고향'의 대비적 구조는 '서울'과 '무진'의 의미와 상통한다. 즉 도시적 삶의 공간은 일상적이고 세속적인 공간으로서 전무 승진을 앞두고 있는 '윤희중'의 출세와 연결된다. 이러한 '윤희중'에게 '무진'은 어떠한 의미를 지니는 공간인가?

> 내가 나이가 좀 든 뒤로 무진에 간 것은 몇 차례 되지 않았지만 그 몇 차례 되지 않은 무진 행이 그러나 그때마다 내게는 서울에서의 실패로부터 도망해야 할 때거나 하여튼 무언가 새출발이 필요할 때였다. 새출발이 필요할 때 무진으로 간다는 그것은 우연이 결코 아니었고 그렇다고 무진에 가면 내게 새로운 용기라든지 새로운 계획이 술술 나오기 때문만도 아니었었다. 오히려 무진에서의 나는 항상 처박혀 있는 상태였었다. ……(중략)……
>
> 그렇다고 무진에의 연상이 꼬리처럼 항상 나를 따라다녔던 것은 아니다. 차라리, **나의 어둡던 세월이 일단 지나가버린 지금은 나는 거의 항상 무진을 잊고 있었던 편이었다.**
>
> (무진기행, 1, pp.128 - 129, 강조 - 인용자)

윤희중에게 있어 고향 '무진'은 징병기피와 골방에서의 수음, 그리고 독한 담배꽁초로 대변되는 어둡던 청년 시절이 있었던 공간이고, 이러한 어두운 자아의 모습과 마주 대할 수 있는 무진은 현실적 공간으로서의 '서울'의 후면에 존재하는 내면적 공간이다. 이러한 고향의 모습은 <생명연습>에서 낯선 사내를 집안에 들이는 어머니를 죽이자는 제안을 해오는 형, 그리고 이러한 형을 바닷가 절벽에서 떼미는 동생들이 존재하는 공간으로 나타난다. 또한 <乾>에서는 전쟁의 폐허 속에서 동네 누나 '윤희'의 윤간에 가담하게 되는 어린 '나'가 있는 공간이며, <환상수첩>에서는 서울에서 깊은 상심을 안고 고향으로 도피하는 '정우'와 폐침윤 2기 진단을 받고 고향에 내려와서 춘화를 제작하는 '임수영'과 집에 불이나 눈을 뜰 수 없게 된 '김형기', 그리고 몸무게가 병적으로 가벼워 징병 면제를 받은 '김윤수' 등의 불구적 인물들이 존재하는 음울한 공간이다.

따라서 김승옥 소설에 나타나는 고향은 전쟁의 상처와 그로 인한 정신적 외상이 고스란히 살아있는 공간이다. 이때, 고향은 성장기의 좌절과 방황이 점철된 정신적 외상의 원적지로서의 의미를 지닌다. 그러나 김승옥 소설에서 도시는 전쟁의 상처와 성장기의 방황을 고향에 묻어둔 상경인(上京人)들이 자본주의적 삶의 질서 안에서 성공과 좌절을 경험하는 공간이다. 이러한 고향과 도시의 관계 속에서 고향은 안식과 평안을 주는 휴식의 공간이라기보다는 정신적 원적지로서 자신의 내면을 응시할 수 있게 해주는 제의적 공간으로 나타난다.

이러한 고향의 의미를 가장 잘 보여주는 작품은 <무진기행>이다. 이 작품에서 '윤희중'은 어둡던 세월이 일단 지나가 버리고 출세가도를 달리기 시작하면서부터 무진을 잊고 있던 편이었다고 술회한다. 여기서 고향을 잊는다는 것은 '돈'과 '빽'으로 표상되는 도시적 삶에로의 편입 내지 동화를 의미한다. 이러한 현실은 인간의 의지와는 상관없는 생산 양식을 산출함으로써 물화(reification), 추상적인 노동, 환상적인 욕망의 문제를 낳게 하는데,13) 이것은 자본주의적 일상에서 현대인들이 경험하게 되는 일반적인 소외의 양상이다. 따라서 이와 같은 근대적 타자성 자체가 함의하는 고향 상실은 타락으로서의 입사(initiation)이다. 바로 여기서 <무진기행>의 '윤희중'은 도시에서의 성공을 떳떳하게 느끼지 못하고 수치로 인한 도피로서 '무진'으로 귀향을 하게 되는 것이다. 결국 <무진기행>은 도시화, 세속화라는 욕망으로 변신된 자아에 대한 성찰이라는 의미를 지니며, 이는 '나'가 무진에서 자신의 분신과 같은 인물들을 통해서 자신의 모습을 확인하게 된다. '나'는 고향 '무진'에 며칠 머물면서 겪었던 일들과 만난 사람들 — 거리의 광인, 순수를 유지하고 있는 중학 후배, 세무 서장, 음악 선생 — 과 안개, 골방의 회상 등등의 모티프를 통해서 지난날의 자신을 탐색하고 있다.14) 여기서 세무 서장이 된 '조', 무진을 떠나고 싶어하는 '하인숙', 순수함을 유지하고 있는 중학 후배 '박' 등의 인물은 '나'를 구성하는 분신들이다.

이러한 도시적 공간에서의 '고향 상실'은 <누이를 이해하기 위하여>에서 보면, 화려한 도시의 불빛에 이끌려 도시로 간 누이의 이야기를 통해서 그 일면을 확인할 수 있다.

누이는 도시로 갔었다. 어머니와 내가 누이를 도시로 보냈었다. 그리고 며칠 전 갑자기, 거진 이 년 만에 이곳으로 다시 돌아왔었다. 누이가 도시에 가 있던 그 이 년 동안 나는 얼마나 지금 우리 앞에서 지상을 포옹하고 있는 이 자연 현상들에게 누이의 평안을 빌었던가. 그러나 도시에서는 항상 엉뚱한 일이 일어나는 모양이었다. 어떠한 일들이 누이를 할퀴고 자나

---

13) 정문길, 《소외론 연구》, 문학과지성사, 1989, p.85.
14) 현길언, *op. cit.*, p.266.

갔었을까, 어떠한 일들이 누이를 빨아먹고 갔었을까, 어떠한 일들이 누이를 찢고 갔었을까, 어떠한 일들이 누이에게 저런 침묵을 떠맡기고 갔었을까. (중략)

　누이가 돌아오고, 누이가 도시에서의 기억을 망각하려고 애쓰는 듯한 침묵 속에 빠져드는 것을 보고 우리는 아마 누이가 도시에서 묻혀온 고독이 병균처럼 우리 자신들조차 침식시켜 들어오는 것을 느끼게 되었다.

(누이를 이해하기 위하여, 1, pp.101 - 102)

바다가 있는 고향을 떠나 도시로 간 누이[15]는 2년만에 다시 고향에 내려온다. '도시가 범해오지 않는 한, 우리는 한 고장을 지키기에 충분한 만족'(p.103)을 가지고 있지만, 고향의 바다와 들과 해풍과 황혼을 떠나 도시로 간 누이는 온갖 상처를 간직한 채, 고향에 돌아와 침묵으로 도시가 남긴 상처에 항거한다. 여기서 도시란 근대의 표상으로서 자본주의적 삶의 질서와 논리로 형성된 공간이다. '차게 빛나는 푸른색의 아스팔트 위에 그들의 영혼과 육체를 눕혀버리고 말'(p.100) 패배와 좌절은 바로 배금주의와 도회적 어법에 길들여진 인간관계 속에서 나타나는 소외이다. 이러한 도시적 삶은 자신이 떠나온 고향을 간절하게 그리워하게 한다.

　별도 보이지 않는 밤에, 고향의 논두럭이 그리워서 중랑교 쪽 어느 논두럭에 가서 서다. 개구리들이, 거꾸러져라거꾸러져라거꾸러져라,고 내게 외쳐대다.

(누이를 이해하기 위하여, 1, p.110)

기차는 어둠 속으로 사라져갔다. 그 기차가 고향으로 가는 기차라는 걸

---

15) 이는 60년대 도시화와 산업화에 따라서 나타난 '이촌향도'와 관계된다. 김승옥 소설의 주로 시골출신으로 도시에 상경한 인물들의 삶을 그리고 있는데, 그들이 경험하는 도시적 소외는 근대인의 고향 상실과 연관된다.

나는 알았다. 창마다 환한 불빛을 쏟아내며 기차는 남쪽으로 사라져갔다. 기차의 맨 뒤칸에 붙은 빨간 등조차 어둠 속으로 잠겨버릴 때까지 나는 서 있었다. 저 기차를 타면 내일 아침엔 고향에 도착할 거다. 그리고 남쪽은 따듯한 거다. 왜 이 추위 속에 나만 남아 있느냐.

(확인해본 열다섯 개의 고정관념, 1, p.123)

여기서 고향을 떠나온 '나'는 고향을 간절히 그리워하지만, 고향에 돌아가는 것은 쉽지 않다. 서울에 올라온 이들은 마음 속에서만 고향을 그리워할 뿐이다. 도시라는 근대적 삶의 공간에서 경험하게 되는 소외는 <서울, 1964년 겨울>에서 아내의 시체를 병원에 팔아버린 어느 서적 월부 외판원의 죽음조차 방관하는 비정한 공간으로 나타난다. 이러한 도시적 경험은 고향에 돌아와도 씻을 수 없는 상처로 남고, 돌아갈 수 없는 이들은 계속 마음 속에서만 고향을 그리워하며 냉엄한 도시적 삶 속에서 던져진 채 살아가야 하는 것이다. 이렇게 고향으로부터 떨어져나간 이들이 부딪혀야 하는 도시적 삶 역시, 또 하나의 오욕(abjection)[16]인 것이며, 이것이야말로 근대인이 경험하게 되는 본향 상실의 비애다.

## 2) 도시적 삶의 논리와 사물화

김승옥의 소설은 근대의 축도로서 '도시' 공간에서 나타나는 자본주의적 소외의 제 양상을 형상화하고 있다. 현대 사회 생활의 가장 중요한 부분인 경제적 생활 속에서 대상의 질적 측면과 인간 사이의 모든 진실된 가치는 소멸되어 가고 — 인간과 사물 간의 관계 뿐 아니라 인간 간의 관계 역시도

---

16) 그들의 심정은 크리스테바가 말하는 이른바 오욕(abjection)의 의미로 이해할 수 있다. '왜 쓰는가', 곧 '왜 문학작품을 쓰는가(선택하는가)'라는 궁극적인 물음에 대해 크리스테바는 인간이 세상에 태어날 때 모친으로부터 떨어져나가는 순간의 그 오욕스러움, 그 저주스러움, 그 형언할 수 없는 낭패감을 내세워 해답을 삼고자 하고 있다.

그러하다 — 매개되어지고 타락한 관계, 철저히 수량적인 가치만을 지닌 관계로 대체되어 가고 있다.[17] 이러한 소외의 양상은 6·70년대 가속화하던 한국 사회의 근대화 과정에서 여실하게 드러나고 있는데, 김승옥은 이러한 현실을 날카롭게 포착하고 있다.

<차나 한잔>에서는 해직된 시사 만화가를 통해서 그가 경험하게 되는 비정한 도시적 인간관계의 단면을 보여준다.

> "오늘치 만화 좀……"
> 하면서 문화부장은 손을 내밀었던 것이었다. 그는 당황해졌다. 그가 짐작하고 있던 사태 속에서는 문화부장의 지금 얘기는 불필요한 게 아닌가. 그는 옆구리에 끼고 있던 서류봉투를 살그머니 좀더 힘을 주어 끼면서 땀이 송글송글 맺히고 빨개진 얼굴을 손바닥으로 닦으며 말했다.
> "그려오지 않았는데요."
> 말하고 나서 그는 금방 후회했다. 어쩌면 자기의 짐작이란 게 얼토당토 않은 게 아닐까…… 자기의 신경과민으로 자기는 지금 큰 실수를 저지르고 있는 건 아닌지…… 그러나 문화부장의 다음 말은 그의 그러한 희망에 찬 기대를 산산이 부숴버렸다.
> "그럼 알고 계셨군요."
> 문화부장은 자리에서 일어서면서 그에게 말했다.
> "차나 한잔 하러 가실까요?"
>
> (차나 한잔, 1, p.180, 강조 - 인용자)

---

17) 루시앙 골드만, 조경숙 역, ≪소설 사회학을 위하여≫, 청하, 1982, p.22.
　　골드만(L. Goldmann)은 주인공의 타락은 주로 매개화 현상(mediatisation), 즉 진정한 가치가 내재적 차원으로 끌려 들어감으로써 자명한 현실로서는 저버리는 현상으로 표현된다(Ibid., p.20.)고 설명한다. 인간과 상품 사이의 자연적이고 건전한 관계는 물건의 '사용가치'에 지배될 때이지만, '교환가치'라는 생산형태에 의해 만들어진 새로운 경제 현실이 매개화 현상이다. 때문에 인간의 의식과 생산이 맺고 있던 관계가 배제되거나 혹은 내재적인 것이 되어 버리는 것이다.(Ibid., p.21.)

위의 인용문에는 자신이 해고당할 것을 미리 알고 있던 신문 연재 만화가에게 해고를 알리는 '문화 부장'의 기만적 언술이 잘 드러나 있다. '문화 부장'은 만화가에게 해고를 통보하는 자리에서 "오늘치 만화 좀……"이라고 말하며 속내를 감추려고 하나, 그려오지 않았다는 만화가의 말에 "그럼 알고 계셨군요."라는 말로 해고를 우회적으로 전달하고 있다. '문화 부장'의 이러한 어법은 "저는 이형(李兄)을 두둔했습니다만…… 국장님도 이형의 만화는 항상 칭찬을 하셨댔는데…… 그…… 독자들이 자꾸 투서를……."(pp.180-181)에서 드러나듯이 자신은 해고와는 아무런 관련이 없다는 사실을 내세우는 것에 지나지 않는다. 심지어 '문화 부장'은 이미 차기 기고가로 미국 시사 만화가를 내정했음에도 불구하고 그에게 다음에 그릴 만화가를 추천해보라고 말할 만큼 기만적이다. 따라서 이와 같은 '도회의 어법'은 자신의 속내를 교묘하게 감추고 타인을 기만하는 언술이라 할 수 있다.

그의 맞은편에서 걸어오던 키가 큰 사람이 여전히 걸음을 계속하면서 그에게 말했다. 그가 관계하고 있던 신문사의 카메라맨이었다.
"어디 가세요?"
그는 반가워서 빠른 말씨로 인사를 했다.
카메라맨은 벌써 그를 지나치면서
"이형, 다음에 **좀** 봅시다."
라고 말하고 가버렸다.
그는 그네들의 말투를 알고 있었다. 저 **도회(都會)의 어법**을. 그리고 그는 항상 그 어법에 잘 속았었다. 방금 카메라맨이 말한 '다음에 좀 봅시다.'는, 그 뜻을 따라서 정확히 표기하자면 '그럼 다음에 또 만납시다. 안녕히 가십시오'이다.
그런데 그들은 '**좀**'이라는 부사를 집어넣어서 듣는 사람을 환장하게 만들어버린다. '다음에 좀 만납시다.' 어쩌면 당신에게 일자리를 얻어줄 수도 있을지 모르니까요인가? 생각해보라. 그렇게밖에 들리지 않지 않는가?

　　그는 아침나절에 그가 관계하던 신문사에서 문화부장에게 속히우던 일이
생각났다.

(차나 한잔, 1, p.197, 강조 - 인용자)

　　여기서 중요한 사실은 실직 만화가가 여실히 경험하게 되는 '도회적 어법'
이다. 위의 인용문에서 드러난 '도회적 어법'이란 '좀'이라는 부사를 집어넣
어서 청자의 판단 혼란을 조장하고, 불분명한 뉘앙스로 청자가 다의적으로
해석할 수 있는 여지를 남기거나, 화자의 속내를 숨기고 청자를 기만하는
의사소통 행위이다. 따라서 카메라맨이 '다음에 좀 봅시다.'라고 하는 말은
듣는 입장에서는 안녕히 가시라는 말인지, 새로운 직장을 구해주겠다는 말
인지 '해고 만화가'의 심사를 더욱더 괴롭게만 할 뿐이다.

　　"차나 한잔, 그것은 일종의 추파다. 아시겠습니까, 김선생님?" 그는 혀
가 잘 돌아가지 않았다. "그것은 내가 그 속에서 성실을 다했던 하나의
우연이 끝나고……"
　　그는 술을 한모금 꿀꺽 마셨다.
　　"새로운 우연이 다가온다는 징조다. 헤헤, 이건 낙관적이죠, 김선생님?"
그는 김선생이 방금 비워낸 술잔에 취해서 떨리는 손으로 술을 따랐다.
**"차나 한잔. 그것은 이 회색빛 도시의 따뜻한 비극이다.** 아시겠습니까?
김성생님, 해고시키면서 차라도 한잔 나누는 이 인정. 동양적인 특히 한국
적인 미담……말입니다."

(차나 한잔, 1, p.199, 강조 - 인용자)

　　그는 문화부장의 '차나 한잔 하자'는 말이 결국 해고 통보를 위한 우회적
인 술책임을 알고 있다. 그리고 이러한 우회적인 어법이 '회색빛 도시의 따
뜻한 비극'이라는 역설적 표현을 통해서 가식과 위선으로 포장된 형식적인
인간관계를 적실하게 드러내고 있다.

이러한 도시적 인간관계는 관계의 피상화와 사물화를 낳게 된다. 인간이 타자와 진정한 소통적 관계를 가지지 못하는 것이 피상화라고 한다면, 사물화란 인간을 하나의 교환가치로 인식하는 데에서 발생한다. 고용된 성실한 만화가를 도회적 어법으로 해고하는 것은 가진 자의 일방적인 논리이며, 이것은 결국 자본에 의한 인간 가치의 사물화를 함축한다고 할 수 있다.

한편, 피폐한 도시적 삶에서 나타나는 '자본'의 특성과 그 편입과정은 <염소는 힘이 세다>에서 여실히 드러난다. 이 작품은 귀머거리 할머니와 어머니, 누나 그리고 서술자인 '나'가 살고 있는 서울의 가난한 가정을 배경으로 염소의 죽음을 둘러싼 사건들로 이루어져 있다. 의지할 데라고는 하나도 없는 가난한 가정에서 염소가 죽었다는 사실은 심대한 정신적·물질적 상실감을 안겨주는 사건이다. 그런데, 여기서 '염소는 힘이 세다'는 것은 무엇을 의미하는가? 이 작품에서 이러한 진술은 유년 화자인 '나'에 의해서 이루어지는데, 이러한 관점은 고통스러운 가족의 현실에 비추어 볼 때, 하나의 아이러니(irony)인 것이다. 따라서 '염소는 힘이 세다. 그러나 염소는 오늘 아침에 죽었다. 이제 우리 집에는 힘센 것은 하나도 없다.'(p.244)는 진술은 이 가족의 고통스러운 삶의 모습을 반어적으로 전달하는 것이다.

> 염소는 힘이 세다. 그러나 염소는 며칠 전에 죽었다. 이제 우리 집에 힘센 것은 하나도 없다. 힘센 것은 모두 우리 집의 밖에 있다. 아저씨는 우리 집의 밖에서 살고 있다. 따라서 아저씨는 힘이 세다. **힘이 약한 사람은 힘이 센 사람에게 복종할 수밖에 없다.**
>
> 아저씨는 말했다. "미련하게 염소를 왜 파묻어요? 그걸 이용해보도록 하세요. 꽃 파는 것보담야 훨씬 나을걸요." 할머니도, 병을 앓고 누워 계신 어머니도 아저씨의 의견에 고개를 끄덕거리셨다. (중략) 우리 집에 죽어버린 힘센 염소가 털이 벗겨지고 여러 조각으로 잘려져서 그 가마솥 속에 들어가 앉았다. 부엌에 뚝배기가 많아졌고 누나는 추운 날씨임에도 불

구하고 아마에 땀이 송글송글 돋을 만큼 뚝배기 속에서 뛰어다니지 않으
면 안된다.

(염소는…, 1, pp.249 - 250, 강조 - 인용자)

이렇게 염소는 아저씨의 제안에 따라 '정력 보강 염소탕'(p.250)으로 팔리
게 되고, 온 집안에는 고약한 고기 기름 냄새로 진동하게 된다. '힘이 약한
사람은 힘이 센 사람에게 복종할 수밖에 없다.'는 진술에서 나타나듯이 이
가정의 사람들은 이제 외부의 힘에 의해서 현실을 수용하게 된다. 즉, 이전
까지는 어머니와 누나가 종로 거리를 오락가락하며 하던 '꽃장사'와 '돼지기
름보다 더 고약한 냄새'를 풍기는 '염소탕 장사'는 생계수단의 전환이라는
의미를 넘어서 가족의 삶 자체를 뒤바꾸어 놓는다. 이는 염소, 고기기름의
동물적 이미지와 꽃을 파는 어머니와 누나의 식물성 이미지로 대비되는데,
식물성 이미지와 대비되는 동물성 이미지는 외부의 힘과 자본을 상징하고,
염소의 죽음을 계기로 이 가정이 이를 수용한 것으로 볼 수 있다.

이러한 현실 논리의 수용은 '누나'를 통해서 보다 극명하게 드러난다. 염
소탕 장사를 시작하고 단골 손님이 늘어갈 즈음, '합승 정거장 사내'가 염소
탕을 먹으러 왔고, 누나에게 지분거리던 그는 급기야 헛간에서 누나를 강간
하게 된다. 그러나 이 사건은 누나가 합승 버스 안내양으로 취직되는 계기가
되었고, 그녀는 "아무것도 아냐, 나도 취직할 수 있을 뿐일걸"(p.259)이라는
식으로 받아들인다. 염소는 어쨌든 누나를 힘세게 만들어준 것이다.

요컨대, 이 작품은 서울의 가난한 가정을 배경으로 염소의 죽음을 계기로
한 가정의 구성원들이 힘과 자본의 현실 논리를 어떻게 수용하고, 그에 편입
해 가는가 하는 점을 보여주고 있다. 이러한 현실 입사 과정은 결국 힘과
자본에 대한 정신적 굴복과 타락의 의미를 함의하고 있다.

김승옥 소설에서 이러한 비정한 도시적 삶의 문제를 부조리한 실존적 차

원의 문제로 형상화한 작품이 <서울 1964년 겨울>이다. 이 작품은 구청
병사계 직원으로 근무하는 '나'와 대학원생 '안'이 선술집에서 만나 술잔을
기울이며 말을 나누게 되면서 시작된다. 그런데, 그들이 나누는 대화란 실상,
서로의 공감대 없이 이루어지는 단절된 대화의 연속일 뿐이다.

> "안형, 파리를 사랑하십니까?"
> "아니오, 아직까진……" 그가 말했다. "김형은 파리를 사랑하세요?"
> "예"라고 나는 대답했다. "날을 수 있으니까요. 아닙니다. 날을 수 있는
> 것으로서 동시에 내 손에 붙잡힐 수 있는 것이니까요. 날 수 있는 것으로
> 서 손 안에 잡아본 적이 있으세요?"
>
> (서울 1964년 겨울, 1, p.203)

> "김형, 꿈틀거리는 것을 사랑하십니까?" 하고 그가 내게 물었던 것이다.
> "사랑하구 말구요." 나는 갑자기 의기양양해져서 대답했다. 추억이란
> 그것이 슬픈 것이든지 기쁜 것이든지 그것을 생각하는 사람을 의기양양하
> 게 한다.
>
> (서울 1964년 겨울, 1, p.204)

> "평화시장 앞에 줄지어 선 가로등들 중에서 동쪽으로부터 여덟번째 등
> 은 불이 켜 있지 않습니다." **나는 그가 좀 어리둥절해하는 것을 보자 더
> 욱 신이 나서 얘기를 계속했다.**
> "……그리고 화신백화점 육층의 창들 중에서는 그 중 세 개에서만 불빛
> 이 나오고 있었습니다."
> 그러자 이번엔 내가 어리둥절해질 사태가 벌어졌다. 안의 얼굴에 놀라
> 운 기쁨이 빛나기 시작했기 때문이다.
> 그가 빠른 말씨로 얘기하기 시작했다.
> "서대문 버스정거장에는 사람이 서른두 명 있는데 그 중 여자가 열일곱
> 명이었고, 어린애는 다섯 명 젊은이는 스물한 명 노인이 여섯명입니다."
>
> (서울 1964년 겨울, 1, p.207, 강조 - 인용자)

이러한 모호하고 불분명한 대화는 이들의 대화가 타인을 고려하고 이해하려는 의도에서 출발하지 않고 있다는 것을 단적으로 보여준다. 그들은 의사소통을 통해서 서로에게 공감하며 대화를 나누고 있는 것이 아니라, 자신의 말로 인해 타인이 어리둥절해하거나 당황하는 것을 즐기며 자기의 세계에 빠진 채로 말을 하고 있는 것이다.

이들은 이러한 부조리한 대화를 주고받고 있다가 술자리를 떠나려던 차에 어떤 사내가 말을 걸어온다. 그 사내는 자신이 얼마든지 돈을 대겠으니 함께 갈 것을 제안한다. 그리고 그들은 중국집으로 향하고 그 자리에서 사내는 자신의 내력을 이야기한다.

> "들어주셨으면 고맙겠습니다……오늘 낮에 제 아내가 죽었습니다. 세브란스병원에 입원하고 있었는데, ……" 그는 이젠 슬프지도 않다는 얼굴로 우리를 빤히 쳐다보며 말하고 있었다.
> "네에에." "그거 안되셨군요"라고 안과 나는 각각 조의를 표했다.
>
> (중략)
>
> "아내의 시체를 병원에 팔았습니다. 할 수 없었습니다. 난 서적 월부판매 외교원에 지나지 않습니다. 할 수 없었습니다. 돈 사천원을 주더군요. 난 두 분을 만나기 얼마 전까지도 세브란스병원 울타리 곁에 서 있었습니다. 아내가 누워 있을 시체실이 있는 건물을 알아보려고 했습니다만 어딘지 알 수 없었습니다. 그냥 울타리 곁에 앉아서 병원의 큰 굴뚝에서 나오는 희끄무레한 연기만 바라보고 있었습니다. 아내는 어떻게 될까요, 학생들이 해부 실습하느라고 톱으로 머리를 가르고 칼로 배를 찢고 한다는데 정말 그러겠지요?"
>
> (서울 1964년 겨울, 1, pp.213 - 215)

이상에서 사내가 밤거리에 나온 이유는 분명해졌거니와 그 사내는 '나'와 '나'에게 아내의 시체를 판 돈을 다 쓸 때까지 함께 있어줄 것을 요청하고 이들은 그것을 승낙한다. 그러나 이들의 동행은 역시 서로에 대한 이해와 동정에 기반한 것이 아님은 또한 분명하다. 이들은 모두 각자 자신들만의 이유로 밤거리에 나온 것이다. 이들은 모두 객체화되고 단자화되어 있는 개인들일 뿐이다. 또한 그들은 구체적인 지향점도 가지고 있지 않은 바, 우연히 중국집에 들어가고, 양품점에 들어가 넥타이를 사고, 택시를 타고, 불구경을 갈 뿐이다.

> "내 아냅니다" 하고 사내는 환한 불길 속을 손가락질하며 눈을 크게 뜨고 소리쳤다. "내 아내가 머리를 막 흔들고 있습니다. 골치가 깨질 듯이 아프다고 머리를 막 흔들고 있습니다. 여보……"
> "골치가 깨질 듯이 아픈 게 뇌막염의 증세입니다. 그렇지만 저건 바람에 휘날리는 불길입니다. 앉으세요. 불 속에 아주머님이 계실 리가 있습니까?"라고 안이 아저씨를 끌어앉히며 말했다. 그리고 나서 안은 나에게 나지막하게 속삭였다. **"이 양반, 우릴 웃기는데요."**
>
> (서울 1964년 겨울, 1, p.218, 강조 - 인용자)

이들이 모두 개별화 되어 있는 존재들이기 때문에 '안'은 불길 속에 아내가 있다고 착각할 정도로 괴로워하는 '사내'에 대해서 '우릴 웃기는데요.'라는 냉소적 반응을 보일 수 있는 것이다. 이러한 냉소는 '사내'가 월부 책값을 받으러간 장면에서도 드러난다. '사내'는 월부 책값을 요구했으나 시간이 너무 늦은 탓에 내일 낮에 오라는 여자의 말과 함께 대문이 닫히자, 그는 가끔 "여보"라고 중얼거리며 오랫동안 운다. 그런데 여기서 중요한 것은 '나'와 '안'의 태도이다. 이들은 '여전히 열 발짝쯤 떨어진 곳에서 그가 울음을 그치기를 기다리고 있었다.'(p.222)라는 진술에서 '열 발짝쯤 떨어진 곳'이라는 지점이 바로 그들의 '사내'에 대한 무관심한 태도를 나타내는 공간적 거점이다.

벽으로 나누어진 방들, 그것이 우리가 들어가야 할 곳이었다.

(서울 1964년 겨울, 1, p.222)

"화투라도 사다가 놉시다."헤어지기 전에 내가 말했지만
"난 아주 피곤합니다. 하시고 싶으면 두 분이나 하세요."라고 안은 말하
고 나서 자기의 방으로 들어가버렸다.

(서울 1964년 겨울, 1, p.223)

그들은 결국, 여관방에 투숙하게 되는데, 혼자 있기 싫다는 사내의 말에
'나'는 화투라도 사다가 놀자는 제안을 하지만 '안'은 피곤을 이유로 자신의
방에 들어가 버리자, '나' 역시 피곤해 죽겠다며 자신의 방으로 들어간다.
'벽으로 나누어진 방'은 바로 개인주의로 무장한 개별화된 주체의 모습을
상징적으로 보여주는 장치이다. 결국 사내는 모두가 돌아간 텅 빈 방안에서
홀로 죽음을 맞게 된다. 그러나 이러한 죽음을 전하는 '안'의 태도는 사내의
죽음을 더욱더 비극적인 것으로 만든다.

"그 양반, **역시** 죽어버렸습니다." 안이 내 귀에 입을 대고 그렇게 속삭
였다.
"예?" 나는 잠이 깨끗이 깨어버렸다.
"방금 그 방에 들어가 보았는데 역시 죽어버렸습니다."
"**역시……**" 나는 말했다. "사람들이 알고 있습니까?"

(서울 1964년 겨울, 1, p.223, 강조 - 인용자)

위의 '역시'라는 말을 통해서 보면, '안'은 사내의 죽음을 예상하고 있었
고, 그 사실을 전해 들은 '나'도 마찬가지였음을 확인할 수 있다. 이들은
결국 사람들이 아직 모르는 틈을 타 급하게 옷을 입고 여관에서 도망하듯
뛰쳐나온다.

요컨대, <서울, 1964년 겨울>은 신원만 단편적으로 제시되는 '나', '안'. '사내'라는 익명적 개인을 통해서, '사내'의 고통에는 철저한 무관심으로 대했던 그들이, 결국 그의 죽음까지도 방관하고 말았음을 보여준다. 이러한 60년대 도시 공간에서 경험하게 되는 개인주의, 고립성, 파편화, 단자화 등은 산업화, 도시화에 따른 인간의 실존적 위기 상황이라 할 수 있다.

### 3) 근대 사회의 제도성

근대의 제도는 어느 시대에나 있었던 제도와 다르다. 제도의 문제는 권력의 문제와 결부되는데, 권력이 총칼에서 나오는 물리적인 것이라기보다는 제도화된 규율(discipline)에 의해서 발생한다는 점에 근대 권력의 특징이 있다.[18] 규율은 강제적이며 그 목적은 모든 사람을 서열화하고 동질화하고 배제하는 규격화(normalization)의 전략에 의해서 작동한다.[19] 여기서 개인은 표준(norm)의 힘을 통해서 조절되며, 이 힘은 눈에 보이지 않기 때문에 효과적이다.[20]

김승옥의 소설에서 근대 사회의 규율과 제도성의 문제는 <力士>의 '양옥집'의 질서가 이를 암시적으로 제시한다. '창신동' 빈민촌에서 깨끗한 양옥집으로 이주해 온 '나'는 이 집의 질서를 다음과 같이 진술하고 있다.

---

18) 푸코(Michel Foucault)는 근대 권력의 탄생을 프랑스 혁명을 전후해서 형벌 체계가 감옥 제도로 바뀐 것에서 찾는다. 감옥 제도는 이전에 단순히 억압하고 금지하는 방식이 아니라 규율에 의해서 개인의 신체에 적용되는 미시적 권력이다. 이러한 근대 사회의 개인들은 미시적 권력에 의해 병영, 학교, 공장, 병원, 학교 등에서 다양한 방식으로 규율을 수행하도록 요구받는다. 바로 여기에 근대적 제도성의 특성이 숨어 있다. (미셸 푸코, 오생근 역, ≪감시와 처벌≫, 나남, 1994, pp.212 - 224 참고)

19) *Ibid.*, p.274.

20) McNay, Lois, *Foucualt : A criticism Introduction*, Cambridge : polity, 1994, pp.94 - 95.

가풍이 없는 가정은 인간들의 모임이 아니다. 가풍이란 질서정신에 의
해서 성립되어야 한다.

(중략)

가풍, 내게는 낯설기 짝이 없는 단어였지만 며칠 동안에 나는 그 말의
개념이 아니라 바로 그의 실체를 온몸에 느끼게 되었다. '규칙적인 생활
제일주의'가 맨 먼저 나를 휘감은 이 집의 가풍이었다.

(力士, 1, pp.73 - 74)

위의 인용문에서 드러나듯이 창신동의 무질서한 생활과는 반대로 양옥집
에는 이른바 '규칙적인 생활 제일주의'라는 질서 있는 공간이다. 이에 따라
서 아침 6시 기상, 아침 식사, 출근 혹은 등교, 오전 10시경 며느리와 할머니
가 돌리는 미싱소리, 12시경 라디오 음악 소리, 오후 4시엔 며느리가 연주하
는 '엘리제를 위하여', 오후 6시 반 모든 식구 귀가와 저녁식사, 식후 10여분
잡담, 끝나면 자기 방에 들어가서 공부, 10시 5~6분 경 식모가 주전자와
컵을 대청마루에 놓는 달그락 소리, 그 소리가 그치면 모두 문을 열고 나와
서 한 컵씩 물을 마시고 '안녕히 주무십시오'를 한 차례 돌리고 취침, 이렇게
규칙적인 생활의 리듬의 '정식(正式)의 생활'(p.74)21)은 '나'에게는 낯설고
곤혹스러울 수밖에 없다.

처음에 나는 이 집에 대하여 존경심을 가졌다. 그러나 나는 이내 그것이
처음 보는 경치에 보내는 감탄과 같은 성질의 것밖에는 되지 않음을 알았
다. 이해와 감정과는 별개의 문제라는 것을 발견한 것도 그때였다. 이 가

---

21) 푸코가 말하는 '감시와 처벌'이라는 근대 사회의 매커니즘에서 보았을 때, 이는 감옥에
서 규율에 따른 시간표에 의해서 수감자들의 행위가 감시되는 것과 유사하다. 수감자의
신체는 이러한 시간표에 의해 길들여진다. 푸코는 여기서 권력이 인간의 신체에 작용하
는 것에 주목한다. 이렇게 길들여진 규율로 인해서 주체는 권력의 囚人으로 전락하게
된다.

족의 계획성 있는 움직임, 약간의 균열쯤은 금방 땜질해버릴 수 있도록 훈
련되어 있는 전진적 태도, 무엇인가 창조해내고 있다는 듯한 자부심이 만
들어준 그늘 없는 표정—문화라는 말을 쓸 수 있는 인간이 희구하는 것
이 아니었던가.

(중략)

　나는 이 양옥의 식구들 생활을 빈 껍데기에 비유하고 있었다. **빈 껍데
기의 생활, 아니라면 적어도 방향이 틀린 생활, 습관적인 생활에 불과하
다는 생각이 나를 끌고 갔다.**

(力士, 1, p.86, 강조 - 인용자)

　위의 인용문에서 결국 '나'는 '양옥집'의 규율에 대하여 반감을 나타내고
있음을 확인할 수 있다. '양옥집'의 규칙적인 생활에 의한 전진적 태도나
창조의 자부심이 사실은 어떠한 보이지 않는 규율에 의해서 강제되는 것이
며, 이러한 규율이 내면화된 식구들의 생활은 '빈 껍데기'에 불과한 것임을
자각하고 있는 것이다. 이것은 근대의 규율화된 제도성에 대한 반감이며
근대의 '풍경'[22]에 대한 비판적 인식이다. 여기서 '나'가 '양옥집'의 풍경을
발견할 수 있었던 것은 '빈민가'의 삶에서 이질적인 '양옥집'의 생활을 하게
되었기 때문이다. 곧, 그 둘 사이의 거리(距離)가 '나'에게 비판적 거리를
확보해 준 것이 된다. 그러나 '양옥집'의 식구들은 그 풍경이 내면화되었기
때문에 규격화된 삶을 자각하지 못하고, 따라서 풍경의 기원을 발견할 수
없는 것이다.[23]

---

22) 여기서 말하는 '풍경'이란 가라타니 고진(柄谷行人)의 개념이다. 그가 말하는 '풍경'은
　　중세적인 관념성에 대응하는 '근대'의 제도이며 인식틀이다. 여기서 '풍경'이 하나의 제
　　도로서 출현했다는 사실이 중요하다. 이는 문학에서 '언문일치'라는 근대적인 문학적 제
　　도에 비견될 수 있는데, 가라타니 고진(柄谷行人)은 일본 근대문학의 기원을 바로 이
　　'풍경의 발견'에서 찾는다. '풍경'이 일단 성립되면 그 기원은 은폐된다. 왜냐하면, '현
　　실'이 풍경 그 자체이며 결국 우리의 '자의식'이 되기 때문이다. (가라타니 고진, ≪일본
　　근대문학의 기원≫, 민음사, 1997, pp.17 - 61.)

이와 같이 양옥집의 질서는 근대적 제도와 그에 따른 규율과 합리성을 의미하지만, 그 질서가 할아버지의 독단적인 결정과 지침에 의해서 이루어지는 것이기 때문에 내용적으로는 매우 봉건적이고 가부장적이다. 따라서 이 양옥집이라는 공간은 봉건과 근대가 함께 존재하는, 그것이 아이러니하게 결합된 양태를 드러낸다. 이와 같은 공간의 상징은 사회사적 맥락에서 바라보면, 외면적으로는 근대적 제도와 규율로 변화했지만, 내면적으로는 전통적 권위주의 체제를 유지하고 있었던 60년대 한국사회의 환유[24]로 파악할 수 있다.

한편, ≪내가 훔친 여름≫에서는 목적 없는 무전여행을 떠난 '나'(이창수)와 '친구'(장영일)는 여수에서 카바레 홀을 장식한다는 명목으로 '강동우'씨 집에서 기거하게 되는데, 이 가정의 모습에서 이와 같은 모습을 확인할 수 있다. 이 집에서 열린, 소위 여수지역 발전을 위한 집회는 이를 상징적으로 보여준다.

> "끝까지 본 연구소의 모임에 참석해주신 여러분께 우선 감사합니다. 그러면 지금부터 자유 토론으로 들어가겠습니다. 그러나 워낙 많은 분들이 계시기 때문에, 두 가지 주제를 내걸고 가능한 대로 그 범위 안에서 얘기를 진행해주셨으면 감사하겠습니다. 첫째 주제는 우리 여수가 어떻게 발전했으면 좋겠는가 하는 것을 얘기해보자는 것이고, 둘째 주제는 앞으로

---

23) 물론, <力士>는 액자소설로 되어 있고, 내화의 두 공간―창신동 빈민가와 양옥집―에서의 생활에 대하여 이야기를 들려준 젊은이가 피화자인 '나'에게 판단을 요구했을 때 ("어느 쪽이 틀려 있었을까요?") 나는 "글쎄요."라고 대답할 뿐 어느 쪽으로도 판단을 하지 않는다. 하지만, 이러한 판단 유보는 외화에서 피화자의 것이고, 내화의 경우 화자는 결국 '양옥집'의 생활에 대해서 분명 반감을 나타내고 있으며, '양옥집'의 규율의 실체를 발견하는 쪽으로 선회하고 있다.

24) 김치수는 빈민가의 삶을 현대사회의 혼돈적, 무정부적 양상의 알레고리로, 양옥집의 질서를 고도의 능률화로 돌진하는 현대 메커니즘의 한 축소판으로 파악하였다. (김치수, <아웃사이더·독백의 미학>, ≪한국현대소설론≫, 형설출판사, 1983, pp.394-395.)

우리는 어떠한 태도로 사회 속에서 살아야 할 것인가라는 것입니다. 둘 다
좀 막연한 주제입니다만, 앞의 것은 각자가 자기 나름으로, 여수가 이런
여수가 됐으면 하는 꿈을 구체적으로 얘기해가는 가운데 문제점을 찾아내
어 토론해보자는 것이고, 둘째 것은 특히 직업문제로서, 말하자면 서로 다
른 직업에 종사하고 있는 우리들이 어떻게 상부상조하여 모두가 자기 직
업에 불만 없이, 그리고 다른 직업을 경멸하는 일이 없이 살아갈 수 있을
까 하는 문제를 얘기해보자는 것입니다.

(내가 훔친 여름, 3, pp.155 - 156)

여기서 강동우는 '여수지역 사회문제 연구소'를 세우고, 자신이 여수지역
발전의 중책을 맡고 있음을 자임하며, 구체성이 결여된 여수지역 발전과
직업 선택의 문제라는 공소한 논의를 일삼고 있다. 특히 미국 유학 경력이
있는 강동우는 '나'와 '친구'를 대하는 태도에서부터 교양있는 엘리트적 면
모를 보이지만, 실상 대중 앞에 나서기를 좋아하는 소영웅주의자에 지나지
않는다. 따라서 강동우 씨 집의 이러한 모습은 당대의 근대화 추진 세력의
환유이면서, 강동우와 그 일파의 행동들은 대중과는 유리된 채 그들을 회유
하고 기만하는 60년대 근대화의 알레고리인 셈이다.

한편, <다산성>의 '토끼도 뛴다'를 보면, 근대 사회의 실천적 이념인 '실
용주의'의 말로를 확인할 수 있다.

"글쎄요. 이것이 저의 결론이 될 수 있을는지 모르겠습니다만 들어보십
시오. 전 어렸을 때부터 토끼를 사랑했습니다. (중략) 좀 자란 뒤에 사람이
토끼를 기르는 것은 그것을 이용하기 위해서라는 것을 알았습니다. 토끼
의 가죽과 털, 토끼의 고기, 토끼의 혈청, 대강 이런 것을 이용하기 위해서
입니다. 토끼에 대한 생각은 저의 경우, '그것을 이용하기 위해서 둔다'는
것 이상이었습니다. 이용이라고 하더라도 반드시 분해되어서만 사람을 도
웁는다는 게 좀 시원찮은 느낌의 원인을 좀 나중에 알게 됐습니다. **저는**

토끼의 생명력까지도 이용하고 들었던 것입니다. (하략)

(다산성, 2, pp.120 - 121, 강조 - 인용자)

위에서 '연출자'는 토끼의 생명력까지도 이용하겠다고 말하고 있는데, 그는 조건반사를 이용해서 '일정한 빛과 일정한 냄새와 일정한 소리를 제공하는 한 토끼는 훌륭한 연기자가 되는 것'이라고 생각한다. 결국 '토끼가 사람 이상의 연기를 한다'느니 '과학이 예술을 돕는다'느니 하는 식의 케치 프레이즈(p.131)는 '국민무대'의 연극공연을 보러오는 관객 수와 수준을 향상시킨다. 그러나 연출자의 기대와는 반대로 예기치 못한 사태가 발생한다. 모든 사람의 관심을 한 몸에 받고 있던 토끼는 관객의 웃음 소리에 놀라 관객석으로 뛰어내렸고 장내는 수런거리기 시작한 것이다. 결국, 연극은 연출자의 분노와 굴욕감이 섞인 사과방송을 끝으로 실패로 돌아가고 만다.

우리는 여기서 토끼의 생명력과 조건반사를 이용해서 연극에 그것을 도입하고자 했던 '국민무대' 연출자의 의도를 통해서 진보를 위해서는 자연의 생명력까지 마음대로 이용할 수 있다는 과학만능주의와 인간중심의 물질주의적 사고에 의하여 작동하는 근대 사회의 메커니즘을 확인할 수 있다.

### 4) 대중매체와 대중문화

김승옥 소설의 인물들은 근대 사회의 한 단면으로서 대중문화의 문제를 경험한다. 이 속에서 인물들은 대중문화에 함몰되거나 그와는 정반대로 그와 같은 대중문화를 경멸하는 서로 다른 양상이 드러난다. 대중문화에 함몰되어 있는 인물의 경우는 ≪내가 훔친 여름≫의 '숙자'를 통해서 확인할 수 있다. 이 작품에서 '숙자'는 보조적 인물로 '나'와 '영일'이 도착한 '여수'에서 다방 종업원으로 일하게 되고, 마지막엔 '나'와 여인숙에서 정사를 나누게 된다.

처음엔 까맣게 몰랐다가 두어 달 지난 후에야 친구들의 귀띔으로 알고 나서, 아마 여수에 놈팡이라도 하나 생긴 게지 싶어서 여객선에 있는 친구에게 몇 차례 뒤를 밟아보라고 했더니 그냥 극장에만 들어갔다가 나오더라는 것이었다.

영화에 환장했나 싶어 그 정도로 알고 자기 몰래 돈 꾸어쓴 일만 가지고 나무랐더니, 웬걸, 이 미친년이 울면서 한다는 소리가,

"오빠 오빠, 나 그 남자 없으면 못 살겠어요. 그 남자 품에 한 번만이라도 안겨봤으면……"

하더라는 것이었다.

그 남자가 누구냐고 했더니, 제 주제야 가당찮게도 신성일인가 뭔가 하는 배우라 대답하더라는 것이었다.

(내가 훔친 여름, 3, p.62)

위의 인용문은 '나'(이창수)와 '친구'(장영일)가 여수행 기차간에서 우연히 만난 어느 사내가 자신의 누이동생에 대하여 토로하는 대목이다. '돌산'이라는 섬에 사는 '숙자'라는 이 여자는 '신성일'이 나오는 영화를 보고 그를 짝사랑하여 그를 만나기 위해 서울로 올라갔고, 결국 오빠에게 붙잡혀 다시 고향으로 돌아가는 길인 것이다. 남대문 경찰서 보호실에서 오빠를 만난 '숙자'는 신성일이 준 부채만 하나 들고는 이 부채만 있으면 무슨 짓을 해서라도 살아갈 자신이 있으니 오빠만 내려가라고 말할 정도로 대중문화에 함몰되어 있는 여인이다.

그녀가 영화와 현실을 구분하지 못하고 현실에서 영화적 환상을 구현하려 하는 것은 다음의 장면에서 구체적으로 드러난다.

"이젠 그만 울어."
아가씨의 뺨을 가볍게 토닥이며 내가 말했다.
**"울지 않으려고 했어요. 이럴 땐 대개 울지 않거든요……"**

나는 아가씨가 무슨 얘길 하는지 알아듣지 못했다.

"……그렇지만 너무 아파서……"

우리는 한동안 조용히 누워 있었다.

아가씨가 싫을 만큼 뜨거운 숨결을 내 귀뺨에 내쉬며 속삭이기 시작했다.

**"이젠 이름을 알으켜주세요."**

"아……"

**"제가 묻기도 전에 미리 이름을 말해버리실까봐 조마조마했어요. 이젠 제 이름도 물어주세요."**

나는 잠깐 동안 어리둥절했다.

그러나 제기랄 이 냄새나는 여름이 **어느 영화장면 흉내를 내자는 것을** 나는 알아차렸다.

(내가 훔친 여름, 3, p.191, 강조 - 인용자)

위의 인용문은 여인숙에서 정사를 나눈 뒤 '나'와 '숙자'가 주고받는 대화의 일부이다. 강조한 대화를 따라가다 보면, '숙자'가 하는 말은 자신의 말이 아니라 영화 속의 한 장면을 흉내내고 있는 것임을 알 수 있다. 여기서 영화라는 가공된 현실을 실제 현실과 구분하지 못하고, 현실을 영화의 연장으로 오인하는 것을 통해서 대중문화가 인간의 의식을 근원적으로 파괴하고 있음을 알 수 있다.

한편, <확인해본 열다섯 개의 고정관념>에서 추운 방에 누워 있는 '나'는 만나기로 되어 있는 '영희'를 생각하며, 자신의 상상력이 대중문화의 상상력에 의해 억압당하고 있음을 경멸한다.

영이는 지금 찬바람이 부는 거리를 헤매고 있을 거다. …(중략)… 그때 멋있게 차린 사내가 여자 앞으로 다가온다. 슬퍼 보이는군요, 하고 사내가 말한다. 그러자 여자는 정말 자기는 지금 슬프다고 느낀다. 따뜻한 곳으로

가시죠, 하고 사내가 말한다. 울림이 있어서 신뢰하고 싶은 목소리. 여자는 조금 불안해하며 사내를 따라서 걷는다. 여자와 사내는 어디로 갔을까? 쓸데없는 상상을 했다. **우리의 상상도 이젠 틀 속에 갇혀버렸다.** 누군가를, 기다림에 지쳐버린 한 여자를 어떤 멋있는 사내와 만나게 해놓고 그들을 소재로 상상을 백여 명의 사람에게 하도록 했을 때, 대동소이(大同小異), 신성일과 엄앵란과 허장강을 벗어나지 못하고 있다. 망할 놈의 영화가 사람들의 상상력을 압박하고 있다. **여자들의 자기 용모에 대한 판단력조차 영화가 압박하고 있다.** 배우들 중에 자기가 닮은 배우가 있으면 자기도 미인이라고 생각해버린다. 아무리 못생긴 경우에도 말이다. 배우들 중에 자기가 닮은 배우가 없으면 자기는 미인이 아니라고 생각해버린다. 그 자기가 세상에서 가장 이쁠 경우에도 말이다. 그러다가 마침 자기와 닮은 배우가 하나 스크린에 나타나면, 그제야, 아 나도 미인이라고 기뻐한다. **사람들을 영화의 압박에서 해방시킬 수는 없을 것 같다.** 이것도 이젠 내 고정관념 중의 하나이다. 그 압박은 사람들의 내부에서, 내부의 아주 깊은 곳에서 행해지고 있으니까.

(확인해본 열다섯 개의 고정관념, 1, p.123, 강조 - 인용자)

위의 인용문에서 '나'는 찬바람이 부는 추운 거리에 외롭게 서 있는 여인(영이)과 '슬퍼 보이는군요', '따뜻한 곳으로 가시죠'와 같은 상투적인 말로 여자를 유인하는 멋있는 남자를 상상하는 것이, 대중영화의 상상력의 틀 속에 갇혀버린 통속적 상상력임을 토로하고 있다. 또한 영화라는 대중매체는 여성의 용모에 대한 판단 기준을 스크린에 나를 닮은 여자가 나오느냐 그렇지 않느냐에 달려있다고 말하며, 대중 매체가 대중의 의식을 마비시키고 그 의식이 획일적이고 통속적인 미적 기준으로 작용하고 있음을 비판하고 있다. 이것은 '사람들을 영화의 압박에서 해방시킬 수는 없을 것 같다.'라는 고정관념으로 이어지며, 이러한 대중 매체에 의한 대중의 의식 마비는 개성적인 개인의 의식에 내부적으로 작용하고 이것은 대중문화의 시대에

피할 수 없는 하나의 숙명이라고 경멸조로 토로하고 있다.

이상의 김승옥 소설에서 단편적으로 언급되고 있는 대중문화에 대한 견해는 대중문화가 '대량문화'이며 이것은 필연적으로 '상업문화'의 속성을 지닐 수밖에 없다는 데 기인한다. 그것은 대량소비를 위해서 대량생산된 것이며 관중은 무분별한 대량 소비자 집단으로 전락한다. 따라서 대중문화 자체는 어떤 공식에 의해서 만들어지며, 대중 조작적이다.[25] 특히 프랑크푸르트 학파의 비판이론에서는 상품화된 문화에 의한 대중의 통제를 설명하고 있는데, 예술의 물화(reification) 현상과 표준화, 순응, 속임수와 같은 조작(manipulation)[26]의 이유를 들어 대중문화를 비판하고 있다. 물론, 이러한 대중문화에 대한 관점은 견해에 따라서는 긍정적으로 옹호하는 입장을 취하고 있는 것이 현재 부각되고 있지만, 60년대 사회 상황 속에서 김승옥은 상업영화라는 문화 상품이 대중의 의식을 통속적인 상상력에 고착시키고 나아가 탈승화(desublimation)[27]의 문화 기제의 역할을 한다는 점에 대해서는 확고한 견해를 견지하고 있다.

한편, ≪60년대식≫의 '뒷골목의 동학'에서는 도시 뒷골목의 도색 영화 극장의 모습을 통해서 근대 사회의 문화 산업이 대중에게 공급하는 저질문화의 속성을 여실하게 드러내고 있다.

두 칸 정도 되는 방안은 먼저 온 손님들로 빽빽했다. 작은 보자기만한 화면에서는 벌거벗은 여자가 역시 벌거벗은 남자의 그것을 한참 빨고 있는 중이었다. 그것은 어떤 쾌락을 추구하는 행위라기보다는 병에 걸린 사람끼리 서로를 치료해 보려고 안간힘을 쓰고 있는 것 같았다. 구경꾼들 역시 마찬가지였다.

---


25) John storey, 박모 역, ≪문화연구와 문화이론≫, 현실문화연구, 1995, p.23.
26) 강명구, ≪소비대중문화와 포스트모더니즘≫, 민음사, 1993, p.28.
27) Marcuse, Herbert, 차인석 역, ≪1차원적 인간≫, 삼성출판사, 1990, p.46.

음탕한 기색은 전연 없고 자못 엄숙하고 심각했다. 동학란(東學亂)을 일
으키기 직전, 사랑방에서 녹두장군의 열변을 듣고 있는 머슴들의 표정이
아마 이러했으리라. 국회의원의 정견 발표회장에 모여있는 사람들도, 목
사님의 설교를 듣고 있는 신자들도, 교향악 연주회장에 모여있는 사람들
도 이들보다 더 진지한 표정은 아닐 것이다. (중략) 하나 같이 젊은이들이
었다. 짐작건대 이발소 직공들도 있고 대학생도 있고 그럴듯한 회사의 월
급쟁이도 있는 모양이었다.

도인은 방안을 가득 채우고 있는 공기가 답답해서 견딜 수 없었다. 이제
멀지 않아 폭발하리라. 마치 동학도처럼, 기독교도처럼.

(60년대식, 3, pp.306 - 306)

위의 인용문은 '도인'이 자신의 헌책들을 팔아버리고 뒷골목의 사내에게
이끌려 도색 영화를 보는 장면이다. 여기서 그 극장 안의 관객들에 대한
묘사가 중요하다. 관객들은 연령은 대체로 젊으나 그 직업과 신분에 있어
매우 다양하고, 그들의 모습은 마치 동학도와 같이, 기독교도와 같이 진지하
게 묘사되고 있다. '도인'은 이러한 분위기에 참을 수 없는 답답함을 느낀다.
여기서 그가 느끼는 답답함은 정서적인 차원에 국한되지 않고 '시청각교육
시대'의 타락한 문화로 인식하는 데까지 나아가고 있다. 도색 영화를 보는
이들을 동학도나 종교인의 진지함으로 묘사한 것에서 상황적 아이러니가
발생한다. 이러한 상황적 아이러니는 도색 영화 속의 남녀의 행위에 대해
'너희들은 구원받을 수 있어'(p.306)라고 말하는 데에서 극대화된다. 도색
영화 속 행위를 통한 '구원'이란, 기실 일차원적이며 순간적인 도피에 불과
하다. 이러한 60년대 대량 소비문화 속의 타락한 문화적 풍속도는 근대 문화
산업의 이면에 놓인 저질문화의 도피적 속성을 보여주고 있다.


60년대 급속한 산업화와 도시화는 전통적인 삶의 구조를 해체하고 수많

은 인간 소외의 현상을 경험하게 한다. 그의 소설에서 상경인의 도시 체험에서 나타나는 고향 상실의 문제(<무진기행>, <누이를 이해하기 위하여>), 사물화된 인간관계와 자본의 특성을 나타내는 도시적 일상성(<차나 한 잔>, <염소는 힘이 세다>), 이러한 도시 체험 속에서 경험하게 되는 익명성·개인주의·소통단절의 문제(<서울, 1964년 겨울>), 근대 사회의 제도성의 문제 (<力士>의 '양옥집', <내가 훔친 여름>의 '강동우의 집', <다산성>에서 토끼의 조건반사를 연극에 이용하려는 연출자), 마지막으로 대중문화의 문제(<확인해본 열다섯 개의 고정관념>에서 '사람들을 영화의 압박에서 해방시킬 수는 없을 것 같다'는 고정관념, ≪내가 훔친 여름≫에서 신성일을 사모하는 섬 처녀, ≪60년대식≫에서 '뒷골목의 동학'으로 지칭되는 삼류 도색영화)가 그 주요 내용이다. 이상과 같이 김승옥은 근대화 과정에서 필연적으로 경험하게 되는 자본주의적 소외의 제 양상을 형상화하여 자본주의적 근대성에 의해 구조화된 일상의 모순을 비판하고 있다.

지금까지 제Ⅱ장의 1절과 2절을 통해서 인물의 근대 인식과 대응 양상을 고찰하였다. 이를 위하여 인물의 근대 인식을 전쟁 체험과 근대적 일상성의 체험으로 구분하여 인물이 외적인 폭력성과 모순에 어떻게 대응했는가 하는 점을 분석적으로 살펴본 것이다. 이러한 인물의 대응 양상은 역사적 근대성에 대한 작가적 인식의 지표라고 한다면, 역사적 근대성을 소설적으로 형상화하기 위한 과정에서 드러나는 미적 근대성의 양상도 근대성 담론의 일부를 차지하게 된다. 이러한 맥락에서 제Ⅲ장에서는 서술 상황에서 나타나는 미적 근대성의 양상을 고찰하고자 한다.

# Ⅲ. 서술 상황에서 나타나는 미적 근대성

언어가 인간의 사고와 삶을 반영하는 것이라면 거기에는 각 시대마다 형성되는 공통적인 담론의 방식이 존재한다고 할 수 있다. 따라서 근대의 의식과 삶에 맞는 근대적 언어와 양식이 있다고 할 수 있다. 이를테면, 고대와 중세와 같은 현실 외부의 초월적 심급(천상계나 유교이념)이 존재하지 않는 것이 근대 소설(그리고 근대성)의 특징인 것이다. 그리고 근대적 담론도 각 시대마다 서로 다른 담론의 양상을 드러낸다. 그렇다면, 60년대 한국 소설에서 김승옥의 소설이 드러내는 미학적 양식은 개별 작가가 구현하는 근대적 문학 담론의 한 층위이다. 따라서 본 연구는 김승옥 소설의 서술 상황[1])에서 나타나는 미적 근대성을 고찰하기 위하여 서사학적 방법을 원용하여 통사구조, 이미져리 구조, 시·공간 구조, 화자의 특성으로 나누어 분석하고자 한다. 이를 통해서 도출된 미적 특질은 텍스트 분석 자체로 머무는 것이 아니라 그것이 가지는 사회적 기능과 60년대 한국 소설에서 그의 작품이 차지하는 의미로 확대된다. 이러한 문학 텍스트와 컨텍스트의 문제를 서사학적 분석을 토대로 고찰하는 것은 역사적으로 생동하는 허구적 글쓰기의 미학적 메커니즘을 파악한다는 점에서 의의가 있다.

---

1) '서술 상황'의 개념은 슈탄젤(Franz K. Stanzel)이 시점 분석을 통하여 이야기가 독자에게 중개되는 방식을 연구하면서 사용한 개념을 가리키지만, 본고에서는 텍스트의 서술에 관계되는 제반 요소를 포괄하는 의미로 사용한다.

# 1. 통사구조의 특성

김승옥 소설의 문체상의 특성은 선행 연구자들에게도 중요한 문제로 인식되었다. 문체론적인 변형은 변형문법(transformational grammar)과 친연성을 갖는데[2] 이는 통사규칙의 활용(접속, 내포)에 의하여 개성적인 문체를 창출하게 된다는 것을 말한다. 특히 김현은 김승옥의 소설의 문체가 중문과 복문의 교묘한 배합, 청각적 이미지와 시각적 이미지의 교합 등으로 서구적인 냄새를 풍기면서도 번역투 같지 아니한 교묘한 문체를 내보인다[3]고 언급하였다. 즉, 그의 소설의 문체론적 특성은 독특한 통사구조와 다양한 이미지의 활용을 통해서 드러나고 있다는 것이다. 우선, 본 절에서는 통사론적인 관점에서 그의 소설에 나타나는 문장이 드러내는 효과와 의미에 대하여 논하기로 한다.

## 1) 겹문장의 활용과 인식의 복합성

김승옥의 소설에 나타나는 문장의 특성을 고찰하기 위해, 먼저 문법적인 측면에서 학교 문법에서 다루어지는 문장의 갈래를 먼저 검토하고 논지를 전개하도록 한다. 학교 문법에서 문장의 종류는 '홑문장'과 '겹문장'으로 나누어지는 바, 그 하위 분류는 각주의 설명과 같다.[4]

---

2) Barthes, Roland, "Style and Its image", Seymour Chatman(Edited and in part translated), *Literary Style : A symposium*, London : Oxford University press, 1971, p.10.

3) 김현, *op. cit.*, pp.389 - 390.

4) 문장은 주어와 서술어의 관계가 한 번만 이루어지는 '홑문장'과 한 번 이상 이루어지는 '겹문장'으로 나누어진다. '겹문장'은 '안김과 안음'과 '이어진 문장'으로 구분된다. '안김과 안음'은 그 절의 종류에 따라서 '명사절로 안김', '서술절로 안김', '관형절로 안김', '부사절로 안김', '인용절로 안김'으로 나뉜다. '이어진 문장'은 연결어미에 의해서 이어진 두 절 사이의 관계에 따라 '대등하게 이어지거나 종속적으로 이어짐'으로 구분된다. (남기심·고영근, ≪표준 국어문법론≫(개정판), 탑출판사, 1993, pp.374 - 403. 참고)

　　김승옥의 소설의 문장 구조를 이러한 분류 기준을 통하여 본다면, 겹문장
중에서도 '대등하게 이어진 문장'이 빈번하게 사용되고 있음을 확인할 수
있다. 문제는 이와 같은 문장이 드러내는 미적 효과를 찾아내고 이것을 다시
미적 근대성의 차원에서 의미를 부여하는 데 모아진다. 다음의 인용문을
통하여 이러한 문장들이 갖는 미학적 효과에 대하여 살펴보기로 한다.
　　첫째, 이러한 문장은 상황에 대한 트리비얼(trivial)한 묘사에 효과적이다.

> 　　[S11964년 겨울을 서울에서 지냈던 사람이라면 누구나 알 수 있겠지
> 만], [S2밤이 되면 거리에 나타나는 선술집] ―[S3오뎅과 군참새와 세 가
> 지 종류의 술 등을 팔고 있고], [S4얼어붙은 거리를 휩쓸며 부는 차가운
> 바람이 펄럭거리게 하는 포장을 들치고 안으로 들어서게 되어 있고], [S5
> 그 안에 들어서면 카바이트 불의 길쭉한 불꽃이 바람에 흔들리고 있고],
> [S6염색한 군용(軍用) 잠바를 입고 있는 중년사내가 술을 따르고 안주를
> 구워주고 있는 그러한 선술집에서], [S7그날 밤, 우리 세 사람은 우연히
> 만났다.]
>
> 　　　　　　　　　　　　　（서울 1964년 겨울, 1, p.202, [ ] ― 인용자)

　　위의 인용문은 1964년 서울 시내의 어느 선술집의 풍경을 묘사하고 있다.
그런데, 이 문장의 구조를 살펴보면 모두가 대등적 연결어미에 의해서 연속
적으로 절을 배치하고 있다는 점이다. 즉, S1과 S2는 '～만', S3부터 S7까지
의 문장은 '～고'에 의해서 이어지고 있는 것이다. 이러한 서술을 하나의
문장 안에서 소화하고 있는 것은 단문으로 진술되는 일반적인 경우와는 미
학적 차원에서 다른 느낌을 준다. 그것은 상황이나 정서를 병렬적으로 제시
하여 부분들의 집합을 통한 전체 인식이라는 미적 효과를 거둔다.
　　둘째, 이러한 문장은 대상에 대한 정서적 반응을 복합적으로 구성할 수
있다.

> [S1그 양식은 유행가가 내용으로 하는 청승맞음과는 다른, 좀더 무자비
> 한 청승맞음을 포함하고 있었고] [S2「어떤 개인 날」의 그 절규보다도 훨
> 씬 높은 옥타브의 절규를 포함하고 있었고], [S3그 양식에는 머리를 풀어
> 헤친 광녀(狂女)의 냉소가 스며 있었고] [S4무엇보다도 시체가 썩어가는
> 듯한 무진의 그 냄새가 스며 있었다.]
>
> (무진기행, 1, p.137, [ ] - 인용자)

위의 문장은 주어 "그 양식은"에 모두 네 개의 서술어가 결합되어 있는데,
S1부터 S4까지의 문장이 대등적으로 이어진 문장이다. 이러한 문장 구조
속에서 '하인숙'이 부른 '목포의 눈물'에 대한 '나'의 정서적 반응은 복합성
을 띨 수 있다. 즉, ①일상적인 청승맞음과는 다른, 무자비한 청승맞음을
포함하고 있음. ②어떤 개인 날 보다도 높은 옥타브의 절규를 포함하고 있음,
③광녀의 냉소가 스며 있음, ④썩어가는 무진의 냄새가 스며 있음이라는
모두 네 가지의 정서적 반응이 복합적으로 제시된다. 이러한 대등적으로
이어진 문장에 의한 정서의 병렬적 제시는 독자로 하여금 서술자가 제시하
는 정서적 흐름에 총체적으로 진입하게 하며, 또한 이러한 진술은 ①의 진술
을 통해 나타난 정서적 울림과 동시에 ②가 제시되고, 또 이것이 가지는
울림과 동시에 ③이 제시되는 방식으로 감정상의 복합적 울림을 주도록 고
안된 것이라고 볼 수 있다. 이를 통해서 독자는 작가가 제시하는 정서의
다양한 무늬를 체험할 수 있는 것이다.

셋째, 이러한 문장은 상황의 의미를 순간적으로 반전하여 전체적으로 역
설적 의미를 획득하기도 한다.

> 그곳은 지옥이었고, 형은 지옥을 지키는 마귀였다. [S1마귀는 그곳에서
> 끊임없이 무엇을 계획하고] [S2계획은 전쟁이었고] [S3전쟁은 승리처럼
> 보이나] [S4실은 패배인 결과로서 끝났고] [S5지쳐 피를 토해냈고] — [S6

마귀의 상대자는 물론 어머니였고] [S7어머니는 눈에 불을 켠 채 이겼고]
[S8이겼으나] [S9복종했다.]

(생명연습, 1, p.32, [ ] - 인용자)

'형은 어머니를 상대로 전쟁을 계획했으나 실패했고, 어머니는 이겼지만
복종했다'는 진술로 요약될 수 있는 이 문장은, S1부터 S9까지가 모두 대등
적 연결 어미 '~고', '~나'에 의해서 중첩적으로 제시되면서 독자로 하여금
진술 상호간의 정서적 이질감을 증폭시키고, 종국적으로 역설적 의미를 재
구하게 한다.

넷째, 이질적인 장면을 대등적으로 연결함으로써, 고립적이고 개별적인
존재의 모습을 문체적인 측면에서 수용한다.

[S1중국집에서 거리로 나왔을 때는 우리는 모두 취해 있었고], [S2돈은
천원이 없어졌고] [S3사내는 한쪽 눈으로는 울고 다른 쪽 눈으로는 웃고
있었고], [S4안은 도망갈 궁리를 하기에도 지쳐버렸다고 내게 말하고 있었
고], [S5나는 "악센트 찍는 문제를 모두 틀려버렸단 말야, 악센트 말야"라
고 중얼거리고 있었고], [S6거리는 영화 광고에서 본 식민지의 거리처럼
춥고 한산했고], [S7그러나 여전히 소주 광고는 부지런히], [S8약 광고는
게으름을 피우며 반짝이고 있었고], [S9전봇대의 아가씨는 '그저 그래요'
라고 웃고 있었다.]

(서울 1964년 겨울, 1, p.215, [ ] - 인용자)

위의 문장은 ①우리 모두가 취해 있었음, ②천원이 없어졌음, ③사내는
한 쪽 눈으로 울고, 다른 쪽으로는 웃고 있었음, ④안은 도망갈 궁리를 하기
에도 지쳐버렸다고 말했음, ⑤나는 악센트 찍는 문제를 모두 틀려버렸다고
중얼거렸음, ⑥거리는 식민지 거리처럼 춥고 한산했음, ⑦소주 광고는 부지
런히 반짝이고 있었음, ⑧약 광고는 게으름을 피우며 반짝이고 있었음, ⑨전

봇대의 아가씨는 '그저 그래요'라고 웃고 있었음과 같은 9개의 진술은 각각
독립적인 의미를 가지고 있다고 볼 수 있다. 왜냐하면, 첫 번째 진술에서
우리가 모두 취해 있었다는 사실과 두 번째 진술에서 천 원이 없어졌다는
사실은 긴밀한 의미관계가 없기 때문이다. 그 이하의 진술에서도 세 번째
사내의 표정과 네 번째 내가 도망갈 궁리를 하기에도 지쳐버렸다는 진술과
다섯 번째 악센트 찍는 문제를 모두 틀려버렸다는 것과 여섯 번째 거리가
춥고 한산했다는 것과 일곱 번째 부지런히 반짝이는 소주 광고와 여덟 번째
게으름을 피우며 반짝이는 약 광고와 아홉 번째 전봇대 광고의 아가씨는
모두 논리적인 관련성이 없는 이질적 장면의 병치라고 볼 수 있는 것이다.
이와 같은 이질적 장면의 병치는 소설 <서울 1964년 겨울>에서 중심적으
로 다루고 있는 도시적 공간에서 경험하는 인물들의 소외의 양상을 문체
(style)적인 측면에서 함의하고 있다고 할 수 있다. 왜냐하면, 여기서 진술하
는 모든 상황은 모두가 개별적이고 불소통적인 관계이기 때문이다.


## 2) 어절의 확장과 일탈적 언술

　김승옥의 소설에 나타나는 서술방식으로 두드러진 것 중에 하나가 어절이
유연하게 확장된다는 점이다. 특히 관형절이나 목적어가 유연하게 확장되는
것이 그 특징이다.


　　다락 방 밑의 판잣방에 담요를 깔고 우리 식구가 거처했고, 온돌방은
　　[어머니처럼 생선이나 조개 따위의 해물을 새벽에 열리는 경매시장에서
　　양동이에 받아가지고 첫 기차를 타고 순천(順天)이나 구례(求禮)방면의
　　장이 서는 고장을 찾아가서 팔고는 막차로 돌아와서 다음날 새벽을 기다
　　리는 것이 생활인] 생선장수 아주머니들의 하숙방으로 내주고 있었다.
　　　　　　　　　　　　　　(생명연습, 1, pp.30 - 31, [ ] - 인용자)

위의 인용문에서 '어머니처럼~생활인'까지의 어절은 '생선장수 아주머니'를 수식하는 관형절이다. 일반적으로 관형절이 이처럼 길어지는 것은 좋은 문장의 형태로 볼 수 없고, 오히려 두 개의 문장으로 나누어 서술하는 쪽을 택하는 것이 좋을 것이다. 즉, "판잣방에는 우리 식구가 거처했고, 온돌방은 생선 장수 아주머니들의 하숙방으로 내주고 있었다. 그런데 그 생선장수 아주머니는~" 식의 문장이 더 자연스러운 것이다. 왜냐하면, 관형절이 길어지면 문장의 수식 관계나 호응이 어색할 수 있으며, 읽어 나갈 때, 호흡에도 문제가 될 수 있다. 그런데 이러한 예는 김승옥의 소설에서 빈번하게 나타난다.

여기에 예시한 문장은 우리 집에 살고 있는 사람들의 주거 공간에 대한 이야기인데, 이 문장 속에서 세 들어 사는 아주머니들의 삶을 이야기하고 있다. 아주머니들의 일상적인 삶을 한 문장 속에 장황하게 서술하는 태도는 일종의 삽입 서사[5]의 성격을 띠는데, 현재의 중요 서술 포인트에서 어긋나는 일종의 전경화된 부분이라고 볼 수 있다. 따라서 이것은 표준적인 서술 규칙에서 의도적으로 벗어난 경우이며, 이것은 독자로 하여금 텍스트의 해독을 부자연스럽게 하는 등 텍스트의 기만성(deception)[6]을 증대시키는 요인으로 볼 수 있다. 또한 이러한 미적 효과는 언어의 경제성의 측면에서 보았을 때, '탈경제성'의 특성을 지닌다. 그것은 생선 장수 아주머니들의 하숙방에 대한 인식을 지연시키면서 해독을 어렵게 하고 있기 때문이다.

관형절이 확장되는 것은 위에서 살펴본 것과 같이 의미 해독을 지연시키는 효과 외에 관형절 자체 의미를 강조하기 위해 사용되기도 한다.

---

5) Gerald Prince 저, 최상규 역, 《서사학》─서사물의 형식과 기능, 문학과지성사, 1998, p.47.
6) *Ibid.*, p.207.

[미소를 침묵으로 바꾸어놓는, 만족을 불만족으로 바꾸어놓는, 나를 남
으로 바꾸어놓는, 요컨대 우리가 만족해 있던 것을 그 반대로 치환(置換)
시켜버리는] 세계였던 것인가. 누이는 적어도 우리가 보낼 때에는, 훈련을
받기 위해서 그곳에 간 것이 아니라 완성되기 위해서 간 것이었다.
(누이를 이해하기 위하여, 1, p.102, [ ] - 인용자)

위의 인용문에서도 '미소~바꾸어놓는', '만족을~바꾸어놓는', '나를~
바꾸어 놓는', '우리가~치환시켜버리는'의 4개의 절은 모두 '세계'를 수식
하는 관형절이다. 그런데 여기서는 관형절이 절 속에서 확장된 것이라기보
다는 독립적인 4개의 절이 중첩되어 서술되고 있는 형태이다. 이와 같은
서술은 서술자가 바라보는 세계의 의미를 강조해 주는 효과를 얻는다고 볼
수 있다. 이 문장 역시 장황하게 늘어난 관형절을 서술절로 삼아 다시 서술
하면 안정적인 문장 형식을 얻을 수 있다. 그러나 문장을 이렇게 처리하지
않고 독립적인 4개의 관형절을 연속적으로 늘어놓고, 마지막 네번째 관형절
에서 이들을 '요컨대~'로 요약하여 주며 '세계'라는 체언을 수식하는 구조
를 가지는 것은 관형절의 의미(세계의 기만성)를 강조하기 위해서라고 볼
수 있다.

한편, 목적어를 반복적으로 확장한 예가 있다.

그러나 상처가 남는다고, 나는 고개를 저었다. 오랫동안 우리는 다투었
다. 그래서 전보와 나는 타협안을 만들었다. **한 번만, 마지막으로 한 번만**
**이 무진을, 안개를, 외롭게 미쳐가는 것을, 유행가를, 술집 여자의 자살을,**
**배반을, 무책임을** 긍정하기로 하자. 마지막으로 한 번 만이다.
(무진기행, 1. p.152, 강조 - 인용자)

위의 예시문에서 보는 바와 같이 강조된 문장의 목적어가 반복되고 있음
을 알 수 있다. 이러한 문장이 나타내는 효과는 다음과 같다. 첫째, <무진

기행>의 서사 과정의 은유적 의미를 담고 있다. 즉, 무진의 '안개'로 시작된 이야기는, 한 때 내가 청년시절에 외롭게 미쳐갔던 일과 음악선생 '하인숙'이 불렀던 '목포의 눈물'과 술집 여자의 자살과, 내가 '하인숙'과의 약속을 배반한 것과 그것이 가지는 무책임성이라는 서사 과정을 모두 요약하면서 중요 서술 포인트를 환기하고 있다.

한편, 이와 같은 문장은 서술 방식에 있어 운율적 효과를 거둔다. 일반적으로 시에서 말하는 운율적 요소는 서사물에서도 가능하다. 산문의 리듬에 대해서 Riffaterre는 두 개의 다른 관점, 즉 微單位 리듬(micro-rhythm)과 巨單位 리듬(macro-rhythm)을 구분하였다. 미단위 리듬은 대략 문장(sentence) 내의 리듬으로서 대체로 운율이라고 보아도 좋다. 거단위 리듬에 속하는 것으로 단락(paragraph)이 있는데, 이는 문장을 단위로 한 청각적, 시각적, 조리적 리듬의 흐름이 단락 속에서 뭉뚱그려지면 그것이 단위가 되어 글 전체와 유기적인 관계 속의 일원이 된다는 의미이다. 이는 구조주의 이론에서 보는 전체와 부분의 관계와 같다.[7] 그러므로 이러한 서술의 운율적 자질은 문체와 밀접하게 연관되면서 소설 텍스트를 읽는데, 독특한 미감으로 작용한다.

> 영이는 지금 어디쯤 갔을까? 그 여자는 지금 꽤 낙심해 있을 거다. 세상에서 가장 나쁜 초조감은 무엇을, 누군가를 기다릴 때 생기는 초조감이다. 기다린다. **멋있는 웃음을, 사람들의 박수를, 뜨거운 포옹을, 밥을, 당선 통지서를, 시장의 칭찬을, 수(秀)를, 이쁜 아들을, 죽음을, 아침이 되기를 또는 밤이 되기를, 바다를, 용기를, 도통하기를, 엿장수를, 성교(性交)를, 분노차를, 완쾌를**…… 그러나 결국 환멸을 기다린 셈이 아닐까?
>
> (확인해본 열다섯 개의 고정관념, 1, p.122, 강조 - 인용자)

---

7) 김상태, ≪문체의 이론과 해석≫, 집문당, 1993, pp.90 - 97.

여기서 살펴보고자 하는 것은 미단위 리듬인데, 위 문장의 경우 목적어를 계속 늘어놓으면서 운율을 획득하고 있다. 특히 '기다린다'는 서술어와 뒤에 이어지는 목적어들을 배치하여 전체적으로 도치문의 형태를 이루고 있다. 이러한 대등적으로 이어진 목적어들은 모두 각운의 효과를 주면서 운율을 형성하게 되는 것이다. 이와 같은 관점에서 앞에서 언급한 대등하게 이어진 문장의 중첩적인 배열도 운율적 효과를 거두고 있다고 볼 수 있다.

지금까지 논의한 겹문장의 활용과 어절의 확장을 통해 서술되는 장문(長文)은 정상적인 문장의 길이와 배열원칙에 위배되는 일탈적 언술이다. 이러한 정문(正文)에서 벗어난 문장의 의도적 사용은 형식주의자들이 말하는 '낯설게 하기'(defamiliarization)[8]의 한 방식으로 이해할 수 있다. 자동화된 산문어의 진술 방식을 의도적으로 長型化하여 일탈적인 효과를 거두고 있는 것이다.

### 3) 의문문의 활용과 심리 표출

일반적으로 의문문은 의문형 종결 어미에 의해서 실현되는데, '판정 의문문', '설명 의문문', '수사 의문문'으로 나누어진다.[9] 김승옥의 소설에는 이와 같은 의문형 종결어미에 의한 의문문이 다량 나타나는데, 문제는 이러한 문장이 소설 속에서 어떤 기능을 하는가에 모아진다.

---

8) 예술에 대한 우리의 지각은 자동화(automatization)되어 있기 때문에 이와 같은 지각 작용을 방해하거나 최소한 그 방해의 기법에 주의를 쏟게 하는 기술을 다양하게 발전시킨다. (빅토르 쉬클로프스키, 한기찬 옮김,<기술로서의 예술>, ≪신비평과 형식주의≫, 고려원, 1991, p.167.)
9) 이주행, ≪현대국어문법론≫, 대한교과서주식회사, 1992, p.184.
청자가 '예'나 '아니오'로 대답하기를 요구하는 의문문을 '판정 의문문'이라고 하며, 의문사 '누구, 무엇, 어디' 등을 사용하여 구체적인 정보의 설명을 요구하는 의문문을 '설명 의문문'이라고 하며, 형태는 의문문이면서 의미상으로는 의문문이 아닌 의문문을 '수사 의문문'이라고 한다.

그의 소설의 진술은 대화의 부분을 제외하고, 서술자의 진술이 이루어지는 이른바 '말하기'(telling) 부분에서 나타나는 의문문은 '설명 의문문'이나 '수사 의문문'의 형태로 이루어진다. '설명 의문문'도 문법적으로만 그러할 뿐, '수사 의문문'의 일환으로 이루어지는 것들이 대부분이다. 이러한 전제 하에 그의 소설에 나타나는 의문형의 진술이 가지는 효과에 대하여 알아보기로 한다.

첫째, 판단 유보 혹은 내면적 정황의 혼란을 나타내기 위하여 사용된다. 다음의 인용문은 그것을 잘 보여주고 있다.

> 개구리 울음소리가 반짝이는 별들이라고 느낀 **나의 감각은 왜 그렇게 뒤죽박죽이었을까.** 그렇지만 밤하늘에서 쏟아질 듯이 반짝이고 있는 별들을 보고 개구리의 울음소리가 귀에 들려오는 듯했었던 것은 아니다. 별들을 보고 있으면 나는 나와 어느 별과 그리고 그 별과 또 다른 별들 사이의 안타까운 거리가, 과학책에서 배운 바로써가 아니라, 마치 나의 눈이 점점 정확해져가고 있는 듯이 나의 시력에 뚜렷이 보여오는 것이었다. 나는 그 도달할 길 없는 거리를 보는 데 홀려서 멍하니 서 있다가 그 순간 속에서 그대로 가슴이 터져버리는 것 같았었다. **왜 그렇게 못 견디어했을까.** 별이 무수히 반짝이는 밤하늘을 보고 있던 옛날 **나는 왜 그렇게 분해서 못 견디어 했을까.**
>
> (무진기행, 1, p.140, 강조 - 인용자)

위의 인용문에서 강조된 부분은 모두 의문문의 형태를 취하고 있다. 그런데 모두 '왜'라는 의문사를 동반하여 구체적인 설명을 요구하는 '설명 의문문'의 형태를 취하고 있다. 그런데, 이것을 내용적인 측면에서 보면, 모두가 '수사 의문문'의 일환으로 구사되고 있는 진술이다. 말하자면, 서술자는 이에 대하여 구체적인 설명을 하기 위한 것이 아니라 수사적인 차원에서 위와

같은 의문문 형태의 진술을 하고 있는 것이다. 이러한 진술은 서술자인 '나'
의 내적인 혼란상을 표현하는 역할을 한다고 볼 수 있다. 다시 말해서 자신
의 심리적 상황에 대하여 판단을 유보하거나 불투명한 심리적 정황임을 강
조하기 위한 것이라고 볼 수 있다.

둘째, 이러한 의문형의 진술은 인물의 내면적 정황을 토로하는 기능을
갖는다.

> 누구냐? 네 입을 빌려서 떠들고 있는 놈. 그따위 말로 널 유혹했단 말이
> 지? 그 따위 말로 내 자리를 빼앗았단 말이지? 여자의 자물쇠는 그따위
> 말로 열린단 말이지? 열리자마자 문 안으로 정액을 쏟아넣어 그 말을 네
> 자궁 속에 단단히 풀칠해놓았단 말이지? 우린 이제 모두 죽게 될 테니까,
> 하며 슬픈 얼굴을 짓고 사내들이 다가오면 네 문은 스스로 열린단 말이
> 지? 누구냐? 이름을 대란 말야. 네 주둥아리를 통해서 말하고 있는 그 놈.
> 아직도 네 자궁 속에 살아서 까불어대고 있는 놈. 개 같은 욕망에 시대의
> 구실을 붙여 널 유혹한 놈.
>
> (서울의 달빛 0장, 1, pp.300 - 301)

위의 인용문에서 의문문은 대답을 요구하는 의문문이라기보다는 인물의
내면적 갈등을 토로하는 진술로 보는 것이 타당하다. 이것이 평서문의 형태
로 평이하게 제시된다면, 번민하는 주인공의 내면적 정황을 이처럼 효과적
으로 전달하지 못할 것이기 때문이다.

이상에서 논의한 바와 같이, 대등적 연결 어미에 의해서 중첩되는 문장이
나 관형절과 목적어가 유연하게 확장되는 문장, 마지막으로 내면 정황을
토로하기 위한 의문문 등의 활용과 그 기능상의 문제를 토대로 이러한 통사
구조가 갖는 미적 의미를 미적 근대성의 문제와 결부시키면 다음과 같은

의미를 부여할 수 있다.

첫째, 어절의 중첩과 유연한 확장과 같은 통사적 특성을 보이는 문장은 선행적으로 부여된 제도나 통제적 인식에서 벗어난 것으로서 의미를 지닌다. 이와 같은 장문(長文)은 정상적인 문장의 길이와 배열원칙에 위배되는 일탈적 언술이다. 이러한 문장의 의도적 사용은 형식주의자들이 말하는 '낯설게 하기'(defamiliarization)의 한 방식으로 이해할 수 있는데, 자동화된 산문어의 진술 방식을 의도적으로 長型化하여 일탈적인 효과를 거두고 있는 것이다. 따라서 어절의 중첩과 유연한 확장과 같은 통사적 특성을 보이는 문장은 표준 문법이 함의하는 제도로부터의 일탈을 의미하며 이는 근대적 제도성과 합리성에 대한 미학적 반응으로서 의미를 지닌다.

둘째, 이러한 문장은 개인의 자의식을 형상화하는데 기여한다. 대등적 연결 어미에 의해서 구성되는 다양한 의미자질, 관형절이나 목적어에 의해서 전경화된 진술, 그리고 의문문에 의해서 토로되는 주체의 의식은 상황과 정서의 집중적 서술에 용이하다. 따라서 이러한 문장은 현실에 대한 객관적 서술보다는 그것의 자기 인식적 서술을 드러낸다는 점에서 의식의 개인화 경향을 함의한다고 할 수 있다. 따라서 그의 소설의 문장 구조는 주관적 미의식을 바탕으로 외적 현실에 대응하고 있다고 할 수 있다.

셋째, 이러한 문장은 산문어에 운율적 자질을 부여함으로써 시적 언어의 형식적 특질을 산문어에 적용했다고 볼 수 있다. 이러한 미단위 리듬의 형성은 그의 소설이 단순한 서사물이 아니라 각각의 어휘와 문장이 음운론적으로 혹은 의미론적으로 서로 관계 맺고 있는 심미적 언어 예술임을 드러내는 것이라 할 수 있다.

## 2. 이미져리 구조의 특성

김승옥의 소설은 이미지의 활용이 돋보인다. 그런데, 그가 사용하는 이미지 제시 구문은 몇 개의 이미지가 연결되어 이미지의 다발, 즉 이미져리를 형성한다. 그가 주로 사용하는 이미지는 리얼리즘 소설과 같이 대상에 대한 정확하고 객관적인 분석에 바탕을 두고 있는 것이 아니라, 대상에 대한 주관적(혹은 자기 조작적) 인식을 토대로 하여 제시된다. 그가 제시하는 이미져리는 각각 다음의 세 가지 측면으로 구분해 볼 수 있다.

### 1) 연쇄적 이미져리와 정서의 감각화

여기서 말하는 연쇄적 이미져리란 각각의 이미지가 순차적으로 연결되면서 하나의 이미져리를 형성하는 것을 말한다.

> 무진에 명산물이 없는 게 아니다. 나는 그것이 무엇인지 알고 있다. 그것은 안개다. 아침 잠자리에서 일어나서 밖으로 나오면, 밤 사이에 진주해 온 적군들처럼 안개가 무진을 뺑 둘러싸고 있는 것이었다. 무진을 둘러싸고 있는 산들도 안개에 의하여 보이지 않는 먼 곳으로 유배당해버리고 없었다. 안개는 마치 이승에 한(恨)이 있어서 매일 밤 찾아오는 여귀(女鬼)가 뿜어내놓는 입김같았다. 해가 떠오르고, 바람이 바다 쪽에서 방향을 바꾸어 불어오기 전에는 사람들의 힘으로써는 그것을 헤쳐버릴 수가 없었다. 손으로 잡을 수 없으면서도 그것은 뚜렷이 존재했고 사람들을 둘러쌌고 먼 곳에 있는 것으로부터 사람들을 떼어놓았다. 안개, 무진의 안개, 무진의 아침에 사람들이 만나는 안개, 사람들로 하여금 해를, 바람을 간절히 부르게 하는 무진의 안개, 그것이 무진의 명산물이 아닐 수 있을까!
>
> (무진기행, 1, p.126)

무진의 명물인 안개는 밤 사이에 진주해 온 적군→여귀(女鬼)가 뿜어내놓은 입김→손으로 잡을 수 없는 비물리적 존재→사람들을 떼어놓는 격리의 이미지→해와 바람과 대비되는 몽환적 이미지 등의 비유적 이미지로 연결되면서 '무진'의 공간적 이미지를 형상화하고 있다. 여기서 무진은 하나의 심상적 예술품(object d'Art Imagery)[10]이라고 부를 만큼 충만한 이미지를 구성하고 있다.

> 그 여자의 「목포의 눈물」은 이미 유행가가 아니었다. 그렇다고 「나비부인」 중의 아리아는 더욱 아니었다. 그것은 이전에는 없었던 어떤 새로운 양식의 노래였다. 그 양식은 유행가가 내용으로 하는 청승맞음과는 다른, 좀더 무자비한 청승맞음을 포함하고 있었고 「어떤 개인 날」의 그 절규보다도 훨씬 높은 옥타브의 절규를 포함하고 있었고, 그 양식에는 머리를 풀어헤친 광녀(狂女)의 냉소가 스며 있었고 무엇보다도 시체가 썩어가는 듯한 무진의 그 냄새가 스며 있었다.
>
> (무진기행, 1, p.137)

위의 진술은 <무진기행>에서 하인숙의 노래 '목포의 눈물'을 들은 '나'의 정서적 반응이 서술되고 있다. 그런데 이러한 서술이 독특한 이미지에 의해서 서술되고 있는 것이 그 특징이다. 먼저 '그 여자'(하인숙)의 노래는 '청승맞음'→'절규'→'광녀의 냉소'→'시체가 썩어가는 듯한 무진의 냄새'로 이어지면서 일련의 연쇄적 이미져리를 구성하고 있다. 이러한 연쇄적 이미져리들이 대등적으로 이어진 문장에 의해서 연결되면서 최종적으로 '시체가 썩어가는 듯한 무진의 냄새'로 귀결되고 있는 것이다. 또한 이미지의 활용의 측면에서 하인숙의 '목포의 눈물'라는 노래의 청각적 이미지는 '시체가 썩어가는 듯한 무진의 냄새'라는 후각적 이미지로 이어지면서 공감각적 이미지

---

10) 전혜자, <'내재적 장르'로서의 「무진기행」>, ≪인문논총≫창간호, 경원대학교 인문과학연구소, 1992, p.16.

를 구성한다.

요컨대, <무진기행>에서 나타나는 시각, 청각, 촉각, 후각 등을 활용한 몽타주적인 공감각적 이미지는 대상에 대한 주관적 정서를 영상화하면서 대상을 감각적으로 묘사함으로써 시적 효과를 드러내는 데 기여한다.[11]

## 2) 대립적 이미져리와 이원적 상징 구도

김승옥의 소설에 나타나는 대비적 이미져리는 '내부'와 '외부'의 대립으로 나타난다. 여기서 말하는 '내부'와 '외부'는 '자아'와 '세계', '자기 세계'와 '타자의 세계', '유년의 근원적 공간'과 '성인의 현실적 공간', '고향'과 '도시'를 두루 포괄하는 의미로 사용된 것이다. 이렇게 대비적 이미져리가 풍부한 함의를 지닐 수 있는 것은 그만큼 김승옥 소설에 대비적 이미져리가 다양한 방식으로 구축되고 있음을 의미한다.

그의 등단작인 <생명연습>에서 '자기 세계'는 다음과 같은 이미져리로 제시된다.

> '자기 세계'라면 그것을 가지고 있는 사람을 몇 명 나는 알고 있는 셈이다. '자기 세계'라면 분명히 남의 세계와는 다른 것으로서 마치 함락시킬 수 없는 성곽과도 같은 것이 아닌가 생각한다. 그 성곽에서 대기는 연초록빛에 함뿍 물들어 아른대고 그 사이로 장미꽃이 만발한 정원이 있으리라고 나는 상상을 불러일으켜보는 것이지만 웬일인지 내가 알고 있는 사람들 중에서 '자기 세계'를 가졌다고 하는 이들은 모두가 그 성곽에서도 특

---

11) 박선부는 에피퍼니(epiphany)적 영상 기법과 감각적 묘사를 일반적인 모더니스트의 취향으로 규정한다. 그는 Ralph Freedman의 '서정 소설'(영상 내지 이미지의 조립에 초점을 두는 것)을 예로 들면서 이들 영상 간의 관계는 선형적으로는 불연속적이나 공간적으로는 건축적(spatially architectonic)이라고 말한다. 따라서 <무진기행>은 비교문학적인 관점에서 파운드의 '삽화적 기법'과 엘리오트의 영상의 활용이 보편화된 작품으로 '입체적 건축 소설'(Architectonic Novel)로서의 위상을 지닌다. (박선부, *op. cit.*, pp.161 - 185.)

히 지하실을 차지하고 사는 모양이었다. 그 지하실에는 곰팡이와 거미줄
이 쉴새없이 자라나고 있었는데 그것이 내게는 모두 그들이 가진 귀한 재
산처럼 생각된다.

(생명연습, 1, p.26.)

여기서 '자기 세계'는 연초록빛 대기와 만발한 장미꽃의 성곽 내부의 이
미지와 곰팡이와 거미줄이 쉴새없이 자라는 지하실의 이미지로 제시된다.
그런데 내가 상상하는 '자기 세계'는 전자와 같이 밝고 아름다운 이미지이지
만, 다른 사람이 생각하는 '자기 세계'는 후자의 경우처럼 어둡고 음습한
이미지이다. 그러나 이 두 이미지의 공통점은 '함락시킬 수 없는 성곽'이라
는 폐쇄적 이미지를 공유하고 있다는 점에 있다. 결국, '자기 세계'란 다른
사람과 분명하게 구별되는 자아 의식에 있어 지층을 이루고 있는 근원적
공간임에는 틀림없다.

그런데, 이러한 '자기 세계'는 <乾>에서 '방위대 본부'의 이미지와 통
한다.

아니 안방이 아니라 안방의 동쪽 벽 아래에 깔린다다미 한 장을 들어내
면 나무로 된 마룻바닥이 드러나고 그 바닥엔 위로 들어올리도록 된 문이
있는데 그것을 열면 그 밑에 나타나는 어두컴컴한 지하실인 것이다. 아아,
하루종일 그 지하실에 틀어박혀 우리들은 얼마나 가슴 뛰는 놀이를 하였
던가.

(乾, 1, pp.47 - 48)

이 어두컴컴한 지하 공간은 시내 아이들과 백회벽(白灰壁)에 그림을 그리
던 공간이며, 하얀색 크레용을 내밀며 그림을 그려보라던 '미영이'와의 추억
의 공간이다. 이러한 가슴뛰는 놀이공간으로서의 '방위대 본부 지하실'은

우리들의 놀이터이자 왕국이며 유토피아적인 원형적 공간이라는 상징적 의미를 가지고 있다.

그러나 이러한 원형적 공간인 이 건물은 전쟁의 발발로 인해 인민군의 군사 본부로, 시방위대의 건물로 사용되고, 급기야 빨치산의 습격으로 파괴된다. 이것은 외부 세계의 파괴적 힘에 의해 원형적 공간으로서의 '자기 세계'가 파괴된 것을 의미하며, 이로 인한 정신적 충격은 타락한 어른의 세계로 입사하게 한다. 요컨대, <乾>에서 '자기 세계'의 이미져리는 이념적 대립과 갈등, 전쟁 등의 현실의 파괴적 힘과 대비되는 유토피아적 원형성을 간직하고 있는 공간인 셈이다.

한편 <염소는 힘이 세다>의 경우, 염소의 죽음으로 힘이 있는 것이 아무 것도 존재하지 않는 '나'의 집은 염소탕을 끓여 파는 것을 계기로 외부의 자본과 힘을 수용한다. 즉 이 작품은 힘의 존재 유무로 집의 '안'과 '밖'이 대비되는데, 염소탕의 고약한 '기름 냄새'와 염소가 죽기 전 생계수단이었던 어머니와 누나의 '꽃장사'는 서로 동물성 이미지와 식물성 이미지로 대비된다. 여기서 동물성 이미지가 외부의 자본과 힘을 상징한다고 보았을 때, 이 가정은 염소의 죽음을 계기로 외부의 현실 논리를 수용한 것으로 파악할 수 있다.

한편, '고향'과 '도시'의 대비적 이미지는 다음과 같은 양상을 드러낸다.

> 들과 바다 — 아름다운 황혼과 설화가 실려 있지 않은 해풍 속에서 사람들은 영원한 토대를 장만할 수가 없다. 그래서 사람들은 도시로 몰려갔다. 그리고 더러는 뿌리를 가지게 됐고 그렇지만 많은 사람들은 처참한 모습으로 시들어져갔다는 소식이었다. 차라리 이 황혼과 해풍을 그리워하며 그러나 이 고장을 돌아오지는 못하고 차게 빛나는 푸른색의 아스팔트 위에 그들의 영혼과 육체를 눕혀버리고 말았다는 안타까운 소식이었다.
> (누이를 이해하기 위하여, 1, p.100)

위의 인용문에서 '고향'의 이미지는 바다와 해풍이 있는 공간으로서 '물'의 이미지가 제시되고, 반대로 '서울'의 이미지는 '시들어가는' 메마름의 이미지로 제시된다. 이러한 것은 도시적 삶의 척박함을 드러내주는 하나의 장치인 셈이다. 그런데, 여기서 하나의 공통적인 것은 고향의 '물' 이미지이다. <생명연습>과 <무진기행> 등의 작품에서 고향은 언제나 바다가 있는 공간으로 제시되고, <무진기행>에서도 작품 전체를 안개와 같은 축축한 '물'의 이미지가 작품 전체를 지배하며, <환상수첩>에서도 '정우'가 고향에 내려온 이튿날은 하루 종일 비가 내림으로써 '물'의 이미지를 강화한다. 요컨대, 원형적인 '고향'의 이미지나 '도시'의 메마른 현실로부터의 도피는 언제나 '물'에 대한 강한 인력(引力)이 작용한다.

<力士>에서는 지금까지 살펴본 '내부'와 '외부'의 대립과는 다른 '이질적인 것의 동시적 공존'이라는 아이러니한 상황을 포착하는 데 기여한다. 여기서 말하는 동시적 공존은 '빈민가'와 '양옥집', '전통 사회'와 '근대 사회'의 공존을 의미한다.

> 빈민가에 저녁이 오면 공기는 더욱 탁해진다. 멀리 도시 중심부에 우뚝우뚝 솟은 빌딩들이 뭄뚱이의 한편으로는 저녁 햇빛을 받고 다른 한편으로는 짙은 푸른색의 그림자를 길게 길게 눕힌다. 빈민가는 그 어두운 빌딩 그림자 속에서 숨쉬고 있었다.
>
> (力士, 1, p.79)

위에 간략하게 인용한 글에서도 김승옥이 보여주는 이미지는 선명하다. 다시 소설의 공간 구조에서 논의될 내용이지만, 위에서 제시된 이미져리는 빈민가의 모습을 제시하기 위해서 도심부의 이미지와 대립시키고 있다. 즉 도심부에는 우뚝우뚝 솟은 빌딩들이 저녁 햇살을 받고 있는 모습과 그 어두운 빌딩 그림자 속에서 숨쉬고 있는 빈빈가의 모습은 선명하게 대비된다.



> 나는 천천히 고개를 돌려 천장을 올려다보았다. 천장은 아무런 무늬도 없는 갈색 베니어로 되어 있었다. 무늬가 있다면 파문(波紋)을 닮은 나뭇결이 겨우 알아볼 수 있을 정도인 것이다. 더구나 천장이 꽤 높았다. 나의 방은 이렇지 않은 것이다. 일어서면 머리를 숙여야 할 정도로 천장이 낮고 거기엔 육각형의 무늬 있는 도배지가 발라져 있는데 그것은 처음엔 푸른색이었던 모양이지만 지금은 빗물이 새어서 만들어진 얼룩 등으로 누렇게 변색되어 있다. 더구나 내 방의 천장은 지금 내가 누워서 보고 있는 천장처럼 팽팽하지도 않고 가운데 부분이 축 늘어져서 포물선을 이루고 있는 것이다. 빈민가의 집들에서만 볼 수 있는 천장. 그렇다, 나의 방은 동대문 곁에 있는 창신동(昌信洞) 빈민가에 있는 것이다.
>
> (力士, 1, P.68)

위의 인용문은 낮잠에서 깨어난 '나'가 '창신동 빈민가'에서 병원처럼 깨끗한 '양옥집'으로 이사온 사실을 잊고, 현재 자신이 있는 '양옥집'과 '창신동 빈민가'의 방을 대비하여 생각하는 대목이다. 양옥집의 방은 깨끗하게 발라진 회벽, 나무 무늬가 있는 갈색 베니어 천장, 높고 팽팽한 천장을 갖추고 있는데, 이는 낮고 빗물에 얼룩진 천장, 축 늘어져 포물선을 그리고 있는 천장과 대비된다. 그리고 이것은 창신동 방에서 들을 수 있는 빈민가의 소음(장사치 여자들이 떠들어대는 소리, 집안에서 나는 수돗물 소리, 옆방에서 들려오는 웅웅거림, 자동차의 덜커덕거리는 軌音과 경적 소리)과는 다르게 '마치 여름날 숲속에 들어와 있는 것처럼 고요'(力士, 1, p.70)하며, 뒤이어 들려오는 피아노 소리는 창신동 빈민가와 대조된다.

여기서 제시되고 있는 대비적 이미져리는 '빈민가'의 무질서하고 퇴폐적인 생활과 '양옥집'의 질서가 잡히고 규칙적인 생활이라는 상반된 의미를

전달하고 있다. 이러한 대비적인 이미져리로 제시된 두 공간의 상징적 의미
는 앞으로 논의하게 될 '공간 구조의 특성'에서 자세히 언급하기로 한다.

또한 중국 남자와 한국 여자의 혼혈아로 태어난 '서씨'는 중국에서 대대
로 내려오는 力士 가문의 후예인데, 그가 근대적 도시의 한복판에서 동대문
의 돌을 들어 올리며 선조들에게 자신의 가문의 힘이 유지되고 있음을 보여
주는 행위 역시 대비적이다. 더 이상 力士가 필요없고 과거와 같은 존경의
대상이 되지 않는 근대의 공간에서 '서씨'는 자신의 존립 근거를 상실하게
되는 것이다.

한편, 이와 같은 대립적 이미져리는 다음과 같은 도형 상징으로 나타나기
도 한다. <확인해 본 열다섯개의 고정 관념>이라는 작품에서 '나'는 추운
방에서 배고픔을 견디며 홀로 누워 있다. 그러면서 '나'는 벽의 귀퉁이가
허술해 보인다고 생각한다. '나'는 허술해 보이는 벽을 장식하려고 했던 몇
가지 것들을 제시한다. 그것은 크게 둘로 나누어 보면, 하나는 사각형의 이
미지이고, 다른 하나는 원형(圓形)의 이미지이다.12)

| 사각형의 이미지 | 원형(圓形)의 이미지 |
|---|---|
| 선반의 굵은 직선<br>사각형의 여행 가방<br>몬드리안의 켄버스<br>일본제 부채 | 아침 해<br>일본제 카드(금빛 장식과 빨간 동그라미)<br>영화 포스터(킴 노박의 볼과 머리) |

일반적으로 사각형은 원(圓)과 대비해서 생각할 때, 지상적인 삶, 내적
통일성을 성취하지 못한 불완전한 삶, 복잡한 인간 내면을 상징13)한다. 따라

---

12) 김정남, <김승옥의 "확인해본 열다섯 개의 고정관념"의 텍스트성 연구>—변증법적 문
　　학 연구를 위한 반성적 시론(試論)—, ≪한양어문≫제16집, 한양어문학회, 1998, p.306.

서 '나'는 유폐적인 공간에서 불완전하고 복잡한 의식으로 자신의 고정관념을 더듬고 있는 것이라고 볼 수 있다.

원형(圓形)의 이미지는 이와 정반대다. 여기서 우리는 사각형이 무한히 내부를 향해 반복된 결과 원이 상징하는 신성한 세계에 도달[14]한다는 사실을 상기해 볼 필요가 있다. 그것은 지상적 삶의 극한을 파고들면, 원(圓)으로 표상되는 순수한 정신, 혹은 천상의 세계가 있음을 상징[15]한다. 또한 금빛의 이미지는, 일반적으로 금이 햇살의 이미지이며 성스러운 지성을 상징[16]한다고 보았을 때, 이것은 어떤 초월적 이미지로 제시되고 있는 것이다. 그러나 '나'는 금빛 글씨로 장식되어 있는 붉은 동그라미가 그려진 카드를 손에 넣지 못한다. 이것은 '나'가 내적 통일성이 성취되지 못한 불완전한 삶에서 원과 금빛이 상징하는 완벽성의 세계, 성스러움의 세계로 나아가지 못하고 있음을 의미한다.[17]

### 3) 파편적 이미져리와 탈유기성

파편적 이미져리는 연쇄적이거나 대립적으로 형성되는 이미져리가 아니라 다양한 이질적인 이미지가 동시에 제시될 때 나타난다. 이러한 파편적 이미져리는 '脫전체', '脫유기성'을 나타내면서 개별적으로 존재하는 대상의 소외와 혼란상을 드러낸다.

> 중국집에서 거리로 나왔을 때는 우리는 모두 취해 있었고, 돈은 천원이
> 없어졌고 사내는 한쪽 눈으로는 울고 다른 쪽 눈으로는 웃고 있었고, 안은

---

13) 이승훈, 《문학상징사전》, 고려원, 1995, p.400.
14) *Ibid.*, 256.
15) *Ibid.*, pp.256 - 257.
16) *Ibid.*, p.68.
17) 김정남, *op. cit.*, pp.305 - 307.

도망갈 궁리를 하기에도 지쳐버렸다고 내게 말하고 있었고, 나는 "악센트 찍는 문제를 모두 틀려버렸단 말야, 악센트 말야"라고 중얼거리고 있었고, 거리는 영화 광고에서 본 식민지의 거리처럼 춥고 한산했고, 그러나 여전히 소주 광고는 부지런히, 약 광고는 게으름을 피우며 반짝이고 있었고, 전봇대의 아가씨는 '그저 그래요'라고 웃고 있었다.

(서울 1964년 겨울, 1, p.215)

위의 인용문에서 '술에 취한 사람들', '한쪽 눈으로는 울고 다른 쪽 눈으로는 웃고 있는 사내', '도망가기에도 지쳐버린 안', '중얼거리고 있는 나', '식민지 거리처럼 춥고 한산한 거리', '부지런히 돌아가는 소주 간판', '게으름을 피우며 반짝이는 약 광고', '웃고 있는 전봇대의 아가씨'가 병립적으로 제시되고 있다. 모두가 춥고 쓸쓸한 도회지의 밤풍경으로 수렴되는 것이지만, 이미져리가 제시되는 방식에 있어 이들은 모두 필연적인 관계가 있는 것들이 아니며 서로 개별적으로 존재한다. 즉, 술에 취한 사람들 속에는 한쪽 눈으로는 울고 다른 쪽 눈으로는 웃고 있는 사내가 있고, 도망가기에도 치쳐버린 '안'이 있고, 중얼거리고 있는 '나'가 있는 것이다. 또한 식민지 거리처럼 춥고 한산한 1964년 겨울의 서울은 부지런히 돌아가는 소주 간판과 게으름을 피우며 반짝이는 약 광고와 전봇대에 붙어 있는 포스터 속에는 웃고 있는 아가씨가 묘한 대비를 이루며 흩어져 있는 것이다. 따라서 이러한 개별적인 이미지의 제시는 파편적 이미져리를 구축한다. 이러한 파편적 이미져리는 <서울, 1964년 겨울>의 '나'와 '안'과 '사내'라는 익명적 인물들의 개별적 존재성과 소외를 드러내는 하나의 장치인 것이다.

한편, 자아의 혼란한 내면 상황을 드러내기 위해서 사용되는 경우가 있다.

영이는 지금 어디쯤 갔을까? 그 여자는 지금 꽤 낙심해 있을 거다. 세상에서 가장 나쁜 초조감은 무엇을, 누군가를 기다릴 때 생기는 초조감이다.

기다린다. 멋있는 웃음을, 사람들의 박수를, 뜨거운 포옹을, 밥을, 당선 통
지서를,사장의 칭찬을, 수(秀)를, 이쁜 아들을, 죽음을, 아침이 되기를 또는
밤이 되기를, 바다를, 용기를, 도통하기를, 엿장수를, 성교(性交)를, 분뇨차
를, 완쾌를…… 그러나 결국은 환멸을 기다린 셈이 아닐까?
(확인해본 열다섯 개의 고정관념, 1, p.122)

위의 인용문에서 '나'는 응모한 소설이 낙선되어 절망한 심정으로, 만나기
로 한 '영이'를 생각하고 있다. 이러한 상황 속에서 '나'의 의식은 수상식
장면을 연상하듯 '멋있는 웃음'과 '사람들의 박수'와 '뜨거운 포옹'을 '당선
통지서'에 앞서 제시하고, '뜨거운 포옹'의 '뜨거운'에서 연상되었을 것으로
보이는 '밥'을 그 사이에 삽입하고 있다. 그리고 '사장의 칭찬'과 '수'(秀)까
지 이어진 '나'의 의식의 흐름은 난데없이 '이쁜 아들을, 죽음을, 아침이 되
기를 또는 밤이 되기를, 바다를, 용기를, 도통하기를, 엿장수를, 성교(性交)
를, 분뇨차를, 완쾌를'로 서술되면서 단위 이미지의 연결에 있어 개연성을
완전히 상실하고 있다.

또한 '웃음과 박수'의 청각적 이미지, '뜨거운 포옹'이라는 냉온 감각을
수반하는 촉각적 이미지, '사장의 칭찬'의 청각적 이미지, '이쁜 아들'이라는
시각적 이미지, '죽음'이라는 추상적 이미지, '아침, 밤, 바다'의 시각적 이미
지, '용기와 도통'이라는 추상적 이미지, '엿장수' 소리의 청각적 이미지,
'성교' 행위가 수반하는 촉각 이미지, '분뇨차'라는 후각 이미지, '완쾌'라는
추상적 이미지로 다양한 이미져리를 제시하고 있다. 이와 같이 오감(五感)을
일관성 없이 오가며 사이사이에 관념적 추상어를 끼워 넣어 혼란상을 증폭
시키고 있는 이러한 이미지 제시 패턴은 인물의 혼란한 내면 상태, 나아가
의식 분열을 형상화하기 위한 작가적 의도에서 기인한다.

이상에서 논의한 바와 같이, 문체적인 측면에서 그의 소설의 감수성은 충만한 이미지를 활용하는 이미져리 구조에 의해서 나타난다. 이렇듯 다양한 이미지가 서로 부딪히면서 빚어내는 이미져리는 그의 소설을 심상적으로 풍요롭게 하는 것 이외에도 미적 근대성의 한 층위를 형성한다.

첫째, 이러한 이미져리의 활용은 심미적 미의식의 표출이라는 측면에서 그 의미를 부여할 수 있다. 대상을 형상화하되 다양한 이미져리의 활용에 의해서 구현되고 있는 그의 소설은, 세계에 대한 감각적 인식의 구체적인 발현이다. 이러한 그의 소설의 미학적 상상력은 '감수성의 혁명'이라는 그의 소설의 수식 어구에 대한 미학적 증좌인 것이다.

둘째, 이미져리의 다양한 활용은 기법적인 측면에서 입체적 정서 공간을 구축한다. 이렇게 구성된 이미져리는 서사의 선형적 구성 논리보다는 시적으로 대상을 영상화하거나 공감각적으로 형상화함으로써 합리성이라는 현실 세계의 논리와는 정반대의 경향을 드러낸다. 따라서 김승옥의 소설은 합리성과 보편성에 의해서 제도화된 현실 세계에 비합리성과 주관성(미적 자율성)을 바탕으로 저항하고 있다고 할 수 있다.

셋째, 형식에 대한 창조적·유희적 요소가 강화된 그의 문학은 이성과 진보라는 근대성의 원리의 파행적 양상(전쟁, 이념적 갈등, 산업사회의 모순 등)에 대한 미학적 저항이라는 의미를 갖는다. 그것은 대립적 이미지의 활용에서 '자아', '고향', '유년', '식물성', '전통'이라는 '내부'의 삶이 '타자', '도시', '성인', '동물성', '근대'라는 '외부'의 힘에 의해서 파괴되거나 굴복되는 현실을 통해서 자본, 이념, 합리성 등으로 무장한 근대적 삶의 논리를 비판하는 것이다. 더욱이 파편적 이미져리에서 구현되는 주체의 파편화된 의식 상태는 근대의 기획이 가져온 병리적 모순이 개인의 의식마저도 분열시켰음을 보여준다.

## 3. 시·공간 구조의 특성

　소설에 있어 시간과 공간은 형식적으로는 나뉘어질 수 있지만, 이 둘은 서로 분리되지 않고 늘 함께 있으면서 서로 침투해 미학으로 형상화된다.[18] 여기서 소설의 시간은 작가가 의도한 시간으로서 작가의 의해서 선택되고 해석된 시간이다.[19] 따라서 과거, 현재, 미래로 흐르는 자연적 시간은 작가에 의해서 새롭게 재조립된다. 이러한 측면에서 한 작가의 소설에 나타나는 시간 구조의 특성은 작가의 세계 인식의 지표가 될 수 있다.

　소설의 공간은 인물들이 살아가는 제한된 공간으로서 작가에 의해서 계획된 공간이다.[20] 따라서 소설의 공간은 자연 공간을 재해석한 공간인 것이다. 이러한 소설의 공간은 여러 가지 형태로 표현되고 다양한 의미를 지니는 것이며 심지어 작품의 존재 이유가 되는 경우도 있다.[21] 따라서 소설의 공간은 단순한 배경 이상의 의미를 지니며, 작가가 선택한 공간은 작품 속에서 구조화되면서 기능적으로 작용하게 된다.

　이러한 시·공간[22]의 문제는 김승옥 소설에서 다양한 방식으로 구성되고

---

18) 현길언, *op. cit.*, p.165.

19) *Ibid.*, p.171.

20) *Ibid.*, p.197

21) 롤랑 부르뇌프, 레알 월레 공저, 김화영 편역, 《현대소설론》, 문학사상사, 1992, p.148.

22) 소설에서 시공간(時空間)은 바흐친(M. Bakhtin)에 따르면 크로노토프(chronotope)라는 용어로 설명된다. 크로노토프란 문학작품 속에 예술적으로 표현된 시간과 공간 사이의 내적 연관을 의미한다. 문학예술 속의 크로노토프에서는 공간적 지표와 시간적 지표가 용의주도하게 짜여진 구체적 전체로서 융합되는데, 바흐친은 크로노토프를 장르를 규정하는 의미를 지닌다고 보았다. (M. Bakhtin, <소설 속의 시간과 크로노토프의 형식> — 역사적 시학을 위한 소고 —, 《장편소설과 민중언어》, 창작과비평사, 1988, pp.260 – 261.) 그러나 본고에서 말하는 시공간은 바흐친이 장르를 규정하는 지표로 사용된 크로노토프와는 본질적으로 차이가 있다. 따라서 본고에서는 크로노토프라는 용어를 사용하지 않고, 시공간 구조(space-time structure)라는 일반적인 개념의 용어를 사용하기로 한다.

구조화된다. 본 절에서는 시·공간 구조의 문제를 중심으로 그의 소설이 구현하고 있는 미적 근대성의 양상을 고찰하고자 한다.

## 1) 시간 구조의 유형과 특성

서사물에 있어서 시간은 '독서의 시간'(reading-time)과 '플롯의 시간'(plot-time)으로 구분될 수 있다. 이것은 체트먼(S. Chatman)의 구분에 따르면, 각각 '담론의 시간' — 담론을 읽는 데 걸리는 시간 — 과 '이야기의 시간' — 서사물에서 의미화된 사건들의 지속 시간 — 이다.[23] 그러므로 '플롯의 시간'은 작가에 의해서 시간이 재조직된 형태를 띠게 된다. 그러므로 소설에서 시간은 '시간 변조적(anachronus) 계기성'을 가질 수밖에 없다. 따라서 이전의 사건을 회상하기 위해서 이야기의 흐름을 차단하는 소급제시(analepsis)와 사건들 도중에 뒤이어 일어나는 사건들로 앞질러가는 사전제시(prolepsis)를 가지게 되는 것이다.[24]

이러한 서사의 기본적인 시간 변조에 의하여, 본고에서는 시간 구조를 크게 직선적 시간[25], 역전적 시간[26], 순환적 시간[27], 무시간(achrony)[28]으로

---

23) S. Chatman, 한용환 역, ≪이야기와 담론≫ — 영화와 소설의 서사구조 —, 고려원, 1991, p.83.

24) *Ibid.*, p.85.

25) 직선적 시간은 시간 순서에 의한 연대기적 기술 방식에 의하여 나타난다. 물론 이와 같은 시간도 요약(Summary), 멈춤(Pause), 생략(Ellipsis), 장면(Scene)에 따라서 자연적 시간을 재해석한 시간이지만, 서사의 운동이 과거 - 현재 - 미래의 선조적(linearty) 진행이라는 점에 있어서는 자연적 시간과 같은 흐름을 보인다.

26) 역전적 시간이란 소급제시(analepsis)에 의하여 현재의 서사 진행을 차단하고 과거의 사건을 기술하는 것을 말한다.

27) 순환적 시간이란 '떠남→통과→회귀'의 재생의식을 바탕으로 한 영원회귀의식으로 시간을 구성하는 것을 말한다. 대체로 김승옥의 소설에서는 여로형 플롯에서 이러한 순환적 시간을 나타낸다.

28) 한편, 시간적인 연결을 도무지 할 수 없는 시간의 불일치가 있어 분석가가 그 내용으로부터 추론해서 정의내릴 수 없게 하는 경우가 있다. 이러한 시간의 불일치가 나타나는

유형화하여 김승옥 소설에 나타난 다양한 시간 구조의 양상을 분석하고 이를 바탕으로 그의 소설의 시간관을 규명하고자 한다.

## (1) 직선적 시간과 전망의 상실

선형적인 연대기적 기술 방식을 취하는 직선적 시간 구조는 그의 소설에서 가장 많은 부분을 차지한다. 이러한 시간 구조를 나타내는 작품으로 <싸게 사들이기>, <차나 한잔>, <들놀이>, <염소는 힘이 세다>, <야행>, <우리들의 낮은 울타리>, <서울 1964년 겨울>, ≪내가 훔친 여름≫, ≪60년대식≫을 들 수 있다. 여기서 이들 작품의 연대기적 시간을 스토리 텔링에 따라서 언급하는 것은 큰 의미가 없다. 다만, 이러한 직선적 시간 구조가 작품에서 수행하는 기능적 측면과 시간관의 측면에서 내용을 언급할 때 의미있는 것이 된다.

<싸게 사들이기>는 '대한서점'이라는 동대문 근처의 한 헌책방에서 책을 미리 찢어 놓고 나중에 싸게 사는 방식으로 책을 사들이는 'K'의 행위와 헌 책방 주인인 '곰보'가 이에 속는 것과, 헌 책방의 안채에서 곰보 아내가 벌이는 매춘 행각과 남편인 '곰보'의 묵인, 이에 대한 'K'의 환멸이 연대기적으로 제시된다. 서술자는 헌책방에서 있는 'K'의 행동과 그를 중심으로 주변 인물들이 벌이는 행동을 현재 시제로 서술하고 있기 때문에 직선적인 시간 구조를 드러내고 있다. 결국 이 작품은 세태 소설로서 60년대 풍속도에 대한 작가의 관찰과 이를 통한 세태 풍자의 의미를 갖는다.

<차나 한잔>에서는 '신문 연재 만화가'의 하루의 행적을 추적하는 직선적 시간 구조를 드러낸다. 그의 행적은 '10시쯤 집을 나섬→신문사에서 해고 통보→다방→버스→다른 신문사 편집국→다방→약국→선배 만화가 김선생

---

경우를 무시간성(achrony)이라 한다. (Gérard Genette, *op. cit.*, p.72.)

과의 술자리→집'의 순으로 이동된다. 이러한 순차적으로 진행되는 시간 속에는 아침부터 시작된 설사와 그로 인한 고충이 기술되면서 존재론적인 위기감을 더해주며, 도회적 어법으로 다가온 해고 통보와 그에 대한 환멸의 감정이 하루 동안의 방황의 이력을 통해서 세밀하게 그려지고 있다. 여기서 말하는 도회의 어법이란 해고통보를 하는 자리에서 문화부장이 말한 '오늘치 만화 좀……'(p.180)이나 카메라맨이 '이형, 다음에 좀 봅시다.'등의 말에서 느껴지는 의미의 모호함을 의미한다. 전자를 해고통보를 직접적으로 전달할 수 없는 상황에서의 우회적 어법이며, 후자는 '다음에 어쩌면 당신에게 일자리를 얻어 줄 수도 있을지 모른다'(p.197)는 듯한 분위기를 풍기는 기만적인 어법인 것이다. 이러한 도회적 어법에서 드러나듯이 사물화된 인간 관계에서는 진정한 소통적 관계란 있을 수 없으며, '그'는 이러한 현실에 대해서 환멸의 감정을 느끼는 것이다.

<염소는 힘이 세다>는 서울의 가난한 가정을 배경으로 어느 날 갑자기 찾아온 염소의 죽음을 둘러싼 이야기를 연대기적으로 서술하고 있다. 물론 이 작품은 유년 화자를 통해서 '염소는 힘이 세다. 그러나 염소는 오늘 아침에 죽었다. 이제 우리 집에 힘센 것은 하나도 없다. 힘센 것은 모두 우리 집의 밖에 있다.'는 서술이 '오늘'→'며칠 전'→'보름쯤 전'으로 이동하며 반복 서술되고 있고, 이러한 시간 속에서 죽은 염소는 '정력 보강 염소탕'으로 끓여지고, 이것을 먹으러 오는 기운이 센 사람들 중의 하나인 '합승 정거장' 사내에게 누이가 강간을 당하며, 경찰의 무허가 영업 단속으로 문을 닫고, 누이가 버스 안내양으로 취직되는 일들이 자연적인 시간 순서에 의해서 서술되고 있다. 그러나 여기서 직선적 시간 구조는 특색있는 구조로 짜여있다. 이 작품은 '염소는 힘이 세다'라는 반복 서술을 시작으로 독립된 단락(paragraph)으로 구성되어 있는데, 이러한 것은 '장면'(Scene)을 통한 서사적

인 건너뜀이라고 볼 수 있다. 결국 하나의 단락이 하나의 장면으로 제시되는 구성 방식인 것이다.

<서울 1964년 겨울>은 서울의 겨울 밤, 구청 병사계 직원인 '나'와 대학원생 '안', 서적 월부판매 외교원인 '사내'의 우연한 만남에서 사건이 시작된다. 아내의 시체를 병원에 팔아버린 '사내'는 '돈이 다 없어질 때까지 함께 있어줄 것'(p.215)을 요구하고 이에 응한 '나'와 '안'이 그와 함께 시간을 보내게 된다. 이들은 다음과 같은 곳을 떠돌아다니게 되는데, 그것은 선술집→중국집→양품점→택시 안→화재 현장→월부 책값을 받으러 간 어느 집 대문 앞→여관방→다음 날 아침, 버스 정류장으로 이동된다.

여기서 겨울 밤 선술집에서 우연히 만난 세 사람이 밤거리를 떠돌다가 여관에서 밤을 지내고, 다음 날 아침 예상했던 사내의 죽음이 확인되자 '나'와 '안'이 서둘러 여관을 떠나는 시간의 흐름으로 볼 때, 이 작품의 시간 구조는 직선적이다. 하지만, 이 작품에서 이들의 공간 이동은 강력한 시간의 지배를 받고 있다는데 그 특징이 있다. 이들은 무의도적으로 시간을 보내기 위해서 무의미한 시간에 예속된 공간을 거쳐가는 것이고, 이처럼 시간이 공간을 지배할 경우 인물의 공간 선택의 여지는 없어지기 때문에 주체와 세계는 극심한 단절을 낳게 되는 것이다.[29]

≪내가 훔친 여름≫은 부분적인 소급제시를 제외하고는 시간은 미래를 향해서 뻗어있다. 소제목으로 구분된 장(章)은 모두 하나의 사건의 단위를 기술하고 있다.

**어느 날** : 가짜 서울대생 '장영일'이 자신이 중학 친구임을 내세워 고
향집에 찾아 옴

---

29) 현길언, *op. cit.*, p.225.

**나의 겨울** : '나'(이창수)는 교수의 인세를 다 써버리고 고향인 '무진'으
　　　　　　　로 귀향함 (소급제시)
**우리는 사기꾼** : 서로가 위악적인 대화를 나누던 끝에 '장영일'이 여행
　　　　　　　을 제안함
**지선 풍경** : 여수행 기차에 무임 승차
**묘한 구직** : '나'는 응용미술학과 학생으로 '강동우'에게 소개됨
**새로운 계급** : 카바레 홀 장식을 위해 일한다는 명목으로 강동우氏 집
　　　　　　　에 기거하게 됨
**야광충** : '여수 지역 사회문제 연구소'를 세운 강동우의 소위 여수 지
　　　　　　　역 발전을 위한 집회
**훔쳐라, 여름을** : 섬 아가씨(신성일을 짝사랑하여 자기 오빠에게 끌려
　　　　　　　고 향으로 돌아가던 아가씨)와 여인숙에서 정사

　　이상의 시간 구조는 '나의 겨울'을 제외하고 '나'와 '장영일'의 여수로의
여행과 여수에서 벌어진 일들을 선형적으로 서술하고 있다. 이 작품에서
충동적으로 시작된 여행은 미지의 세계를 향한 막연한 동경과 탈출을, 여행
지에서의 경험은 위선과 기만의 세계에 대한 환멸의 감정을 낳게 한다. 결국,
이 작품에서 고향 '무진'을 떠나 도착한 '여수'라는 공간도 새로운 곳이 아니
며 '나'는 '여수'라는 환멸의 그 끝자리에서 출구가 막혀버린 자신의 모습을
발견하게 된다.

　　또한 ≪내가 훔친 여름≫과 같이 소제목으로 구분된 서사의 단위가 연대
기적 시간의 흐름을 보이는 작품으로 ≪60년대식≫이 있다. 이 작품은 사립
고등학교 사회 선생인 '도인'의 행적을 중심으로 사건이 기술되는데, '도인,
유서를 쓰다', '애경양을 찾아서', '도인, 자살하기 싫다', '바람맞는 사람들',
'산상수훈'(山上垂訓), '도인, 알거지 되다', '맥주와 호텔', '시청각 시대',
'뒷골목의 동학'으로 구분된 시간의 단위는 60년대적 삶의 풍경을 만화경적

으로 제시하고 있다. 그것은 '이 시대가 답답하여 견딜 수 없는 모든 사람을 대신하여 죽으려 한다'(p.202)는 '도인'의 관념화된 자살 충동, 대중 가수로 출세를 한 도인의 아내 '주리'(朱利)를 통한 60년대 대중문화의 모습, 고바우 집 영감의 딸로 결혼 상담소에서 '선'을 미끼로 사기 행각을 벌이는 '이애 경', '뒷골목의 동학'에 나오는 도시 뒷골목의 포르노 극장의 풍경을 통해서 60년대 세태를 풍자하고 있다.

이상에서 직선적 시간 구조를 나타내는 작품들에 대하여 논하였다. 이에 근거하여, 지금부터는 이러한 직선적 시간 구조에서 드러나는 작가의 시간 관이 무엇인가에 대해서 논하기로 한다.[30] 전술한 바와 같이 직선적 시간은 과거→현재→미래의 선형적 서술 방식을 취한다. 이러한 시간은 그 서사 진행의 형식적 측면에서 본다면, '사실적 시간'에 속한다. 사실적 시간이란 진보에 대한 신뢰를 나타내는 역사적 시간이다.[31] 그러나 김승옥의 소설의 직선적 시간 구조가 진보에 대한 신뢰를 나타내는 미래지향적 시간이라고 보기는 매우 어렵다. 형식적으로 직선적 시간은 미래를 행해서 서사적 운동 을 하지만, 김승옥 소설에 있어 시간의 의미를 추적해 들어가면, 오히려 직 선적 시간은 '실존적 시간'을 강하게 내포한다. '실존적 시간'은 시간이 하향 수직성의 세계로 나타나며 삶의 갈등이나 대립이 그대로 수용되는 양상을 보인다.[32] 그것은 직선적 시간 구조를 나타내는 김승옥 소설의 모든 인물들 이 자아와 세계의 이원론적 대립을 극복하지 못하고 그것을 수용할 수밖에

---

30) 작가의 시간관을 파악하기 위하여 본 연구에서는 문학적 시간을 1) 사실적 시간, 2) 낭
   만적 시간, 3) 초월적 시간, 4) 실존적 시간, 5) 순환적 시간, 6) 순간적 시간으로 구분한
   것(이승훈, 《문학과 시간》, 이우출판사, 1983, pp.193-194)에 이론적 토대를 둔다.
31) *Ibid.*, p.193.
32) 이러한 점에서 '초월적 시간'과 '실존적 시간'은 차이가 있다. 삶의 세계를 대립과 긴장
   의 이원론적 태도를 보인다는 점에서는 공통점이 있지만, 전자가 그러한 태도가 환기하
   는 갈등이나 대립이 해소됨에 비하여 후자에선 그러한 갈등이나 대립이 그대로 수용된
   다. (*Ibid.*, p.194.)

없는 현실에 환멸의 감정을 품고 좌절하기 때문이다. 이러한 좌절의 양상은 위의 서사 구조 분석의 결말 부분에서 모두 드러나고 있는 현상이다. 요컨대, 김승옥 소설에 나타나는 직선적 시간은 형식적 진행 방향에 있어서는 '사실적 시간'을 나타내지만, 시간의 의미에 있어서는 '실존적 시간'을 드러내는 것이다.

### (2) 역전적 시간과 전망의 부재

소급제시(analepsis)에 의한 시간 역전의 구조를 나타내는 작품은 <乾>, <그와 나>, <생명연습>, <力士>, <누이를 이해하기 위하여>, <서울의 달빛 0장>을 들 수 있다. 물론 여기 제시한 작품들은 전체적인 작품의 구조가 과거와 현재가 다채롭게 직조되어 있는 경우도 있지만, 반대로 부분적으로 역전이 나타날 뿐, 전체적으로 직선적인 시간을 나타내는 경우도 있다. 후자에 해당하는 작품이 <乾>과 <그와 나>, <力士>이다. 전체적인 시간 구조에서 보자면 부분적인 것임에도 불구하고 이 작품들을 시간 역전 구조에 포함시킨 것은 과거에 해당하는 진술이 작품에서 핵심적인 모티프로 기능하고 있기 때문이다. 우선, 이러한 부분적인 시간 역전의 경우를 보기로 한다.

<乾>은 '빨치산 시체의 목격과 매장', '방위대 건물의 전소'라는 외부적 폭력성을 경험한 '나'가 동네 형들의 '윤희 누나' 윤간에 능동적으로 동참함으로써 현실의 폭력성을 내면화하는 입사식의 과정을 보여주고 있다. 이러한 작품의 전체적인 사술상에서 '방위대 건물'에 대한 서술은 소급제시로 나타난다. 이는 '전쟁 체험과 자기 세계'라는 절에서 자세히 논의한 바, '방위대 건물'에서 시간은 유년기의 환상적인 놀이로 나타난다.

애들 중에서 그림을 제일 잘 그리던 내가 그 지하실의 백회벽(白灰壁)
에 크레용으로 그림을 그리면서 한 아이는 초 동강이에 불을 켜서 들고
나의 손이 움직이는 방향으로 불빛을 보내주었고 그리고 나머지 아이들은
부러움과 감탄의 눈초리로 내가 그리는 그림을 바라보고 그 그림 속에서
많은 애기를 끄집어내어서 지껄이며 떠들고 그 그림을 자기들이 그린 것
처럼 아껴주고 다른 마을의 애들을 끌고 와서 자랑도 해주곤 했다. 그 중
에서도 미영이라는 계집애를 잊을 수가 없다. 내게 크레용을 갖다주기도
하고 학교에서는 연필이나 연필꽂이를 나누어주던 미영이. 1학년 때 어느
날이었던가, 이상스럽게도 둘만 그 지하실에 남게 되었을 때 나는 자신도
알지 못하는 사이에 불쑥 미영이를 꽉 껴안아버렸었다. 그러자 미영이는
깜짝 놀라서 울음을 왁 터뜨리더니 그만 무안해진 내가 손을 풀자 느닷
없이 자기가 쥐고 있던 하얀 크레용을 ― 분명히 하얀색이었다 ― 내게 내
밀며, 이쁜 꽃 그려봐, 하는 것이어서, 하얀색의 벽에 하얀색의 크레용으
로 무슨 그림을 그리라는 말인지, 이번에는 내가 어리둥절해버린 적이 있
었다.

(乾, 1, p.48)

위의 인용문에서 드러나는 바와 같이, '방위대 본부'의 지하실은 유년기의
'가슴 뛰는 놀이' 공간으로 나타난다. 이 공간이 놀이 공간이 되었던 시기는
6·25가 나기 전에 이 집에 아무도 살지 않았을 때의 일이고, 전쟁이 발발하
자 이 건물은 인민군들의 군사 본부로, 인민군들이 쫓겨가고 난 뒤에는 시방
위대의 본부로 활용된다. 그리고 급기야 빨치산 습격에 의해서 '방위대 본
부'는 전소된다. 결국, 이러한 전쟁과 이념적 대립이라는 외적 폭력은 '나'에
게서 유년기의 유토피아적 공간과 그 추억을 앗아간 것이 된다.

빨치산 시체의 목격도 '나'에게 정신적 충격을 주게 되는데, 일본으로 피
난 간 미영이가 언젠가 돌아올 것을 기대하며, '용궁처럼 신비스러운 곳'으
로 생각하고 있던 '미영이네 빈 집'은 동네 형들의 '윤희 누나' 윤간의 장소

로 타락하게 된다. '나'는 전쟁과 이념적 갈등이라는 세계의 폭력성을 목격하고 그 폭력성을 '윤희 누나'에게 외향 투사한 것이다.

요컨대, <乾>의 '방위대 본부'에 대한 부분적인 시간 역전은, 작품에서 본격적인 플롯으로 제시된 지배적 경향은 아니지만, '전쟁 체험'이라는 외적 폭력성의 시간과 대비되는 유년기의 유토피아적 시간으로 의미가 있다.

<그와 나>의 경우도 부분적인 시간 역전이 드러나는데, 이것 역시 전체적인 플롯에 의한 재구성이라기보다는 선명한 주제 의식을 드러내기 위한 장치로 활용된다. 이 작품에서 소급제시로 서술되고 있는 부분은 다음과 같다.

> 그 무렵까지도 나의 고향에서는 소집 영장을 받고 입대하는 장정들에게 동네마다 제법 성대한 환송식을 차려주고 있었다.
>
> (중략)
>
> 입영 날짜는 아직 멀었는데도 벌써부터 수건을 두르고 벌겋게 술취한 얼굴로 이집 저집 찾아다니며 술 내놔라 밥 내놔라 어리광을 부리고 다녔다. 그의 입영 환송식은 동회 앞마당에서 성대하게 거행되었다. 동장님의 환송사가 있었고 주민들이 모은 축의금 전달이 있었고 그는 답사를 했고 우리는 만세 삼창까지 해줬다. 식이 끝나서 그는 장정들의 집결 장소인 역 앞 광장으로 갈 준비를 하느라고 그때까지 신고 있던 비교적 깨끗한 구두를 벗어놓고 헌 농구화로 갈아 신고 있었다.
>
> 그런데 그때 그는 땅바닥에 한 끝을 단단히 박고 있는 녹슨 쇠못에 발바닥을 깊이 찔린 것이었다. 피가 꽤 많이 흘렀다. 동장님이 재빨리 상처에 담뱃가루를 바르고 붕대로 처매주었다. 아픈 것을 참고 우리들에게 억지로 웃어 보이고 갔다. 그러나 다음날 아침 그는 논산(論山)에 있지 않고 자기 집 안방에 누워 있었다. 다리가 퉁퉁 부어 있었다. 얼마 후에 그는 기피자로 체포되었고 체포된 며칠 후에 파상풍으로 죽어버렸다.
>
> (그와 나, 1, pp.283 - 284)

위의 소급제시 부분은 서울대 신입생인 '나'가 상경하는 열차 안에서 초라한 지방 도시를 떠나는 해방감에 느끼다가 그 해방감 속에 숨어 있는 인생의 함정을 생각하며 떠올린 일화다. 그것은 입대 환송식을 마치고 나서 우연히 발에 녹슨 쇠못을 찔려 파상풍으로 죽게 된 이웃집 청년의 이야기다. 이러한 과거의 일화는 '하찮은 녹슨 쇠못 한 개!'(p.284)로 상징되는 '불가시적인 작은 우연'(p.284)이 인생을 파멸로 이끌 수 있음을 보여준다. 이러한 기억은 '나'의 확고부동한 인생관으로 자리잡게 된다. '나'는 4·19 당시 교문 쪽으로 몰려가는 학생들을 바라보며 이것이야말로 '녹슨 쇠못'이라고 생각하며 시위에 대한 강한 거부감을 나타낸다. 급기야 경찰들이 발포를 시작하자, '이거야말로 녹슨 쇠못 정도가 아니다.'(p.288)라고 말하며 인생에 어리광 같은 도락이 끼어들 자리가 없음을 강조한다. 결국, '나'에게 경찰의 총에 맞아 죽은 사람들은 '녹슨 쇠못'의 교훈이 진리임을 확인시켜주는 계기에 불과한 것이다.

이러한 소급제시는 거리의 측면에서는 기본 서사의 기간 밖에 있는 회상으로서 '외적 회상'(external analepsis)[33]에 해당하며, 기간의 측면에서는 '완결된 회상'(complete analepsis)[34]으로서 기본 서사와 다시 연결된다. 따라서 이렇게 서사의 진행에서 전경화되어 있는 회상의 부분은 삶의 비가시적인 우연이라는 상징적 의미를 가지며 '나'의 이념적 반동성의 근거로 작용한다.

한편, 전체적인 작품의 구조에 있어 다양한 시간 역전을 활용하고 있는 작품으로 <생명연습>, <역사>, <누이를 이해하기 위하여>, <서울의 달빛 0장>이 있다.

우선, <생명연습>의 시간 구조를 분석하기 위하여 다음과 같은 시퀀스

---

33) Gérard Genette, *op. cit.*, p.38.
34) *Ibid.*, p.51

로 서사를 분절해 보기로 한다.


(1) '나'와 '한교수'는 다방문을 열고 들어서는 눈썹을 밀어버린 학생
    에 대해서 이야기한다

(2) '나'는 사변이 있던 다음해 봄, 어머니와 누나 그리고 형과 함께 여
    수에서 살고 있었다. '나'와 '누나'는 구호물자를 나누어주는 교회
    에 다녔으며, 부흥회에 참석하기도 하였다.

(3) 옛날에 그 전도사 이야기를 한교수에게 건넨다.

(4) 사회학과 박교수님의 사모님이 신병으로 돌아가셨다는 이야기를
    한교수에게 하고, 한교수는 만화가 오선생님의 이야기를 꺼낸다.

(5) 우리 가족이 형의 죽음 뒤에 환도가 있을 무렵 서울로 이사한 후에
    도 방학이 되면 여수에 내려가서 그(영수)와 바닷가를 헤메었다.
    그는 자기 세계를 가진 사람이다.

(6) 한교수님댁에 돌러갔을 때, '세상에서 가장 귀여운 게 뭘까?'라는
    '나'의 질문에 '여신의 맨스'라고 대답한 교수님의 딸도 자기 세계
    를 만들어가고 있는 듯하다.

(7) 형은 사변 전에 폐가 나빠져서 중학교를 그만두었다.

(8) 피난지에서 돌아와 사흘 걸려서 된 판잣집의 다락방에 형이 기거
    하고, 그 밑의 판자방엔 어머니와 누나 그리고 내가 거처하고 있었
    다. 어머니는 생선이나 조개를 양동이에 받아 이고 도시나 읍으로
    팔로 다녔다. 형은 스물 두 살이었고, 사변 전에 폐가 나빠져서 중
    학교를 그만 두었다. 그때 형은 어머니를 죽이자고 '나'와 '누나'에
    게 말한다.

(9) 한교수와 '나'는 다방문을 나서고, 한교수는 옛날 얘기 하나를 꺼
    낸다.

(10) 30년 전 얘기다. 졸업이 가까워 올수록 한교수는 같은 동경 유학생
     인 정순과의 결혼문제와 런던 유학 사이에서 고민한다. 졸업을 일
     년 앞둔 어느 봄날 한교수는 정순의 육체를 몇 번 범한다. 그 후
     한교수의 사랑은 식어질 수 있었고, 한교수는 런던 유학을 떠난다.

(11) 어제 그 여자가 죽었는데, 사회학과 박교수의 사모님이다.

(12) 형을 따라 새벽에 해변에 나간 적이 있던 무렵 어느날 저녁때, 어머니는 사내를 데리고 집으로 돌아왔다. 그 사내는 어머니와 함께 밤을 보내고 새벽에 나갔다. 그 때 형은 학교에 가지 않았다. 그리고 또 다른 사내를 데리고 들어왔을 때, 형은 어머니를 때렸다. 피난지에서 돌아온 후, 어머니가 사내를 집안으로 데리고 오는 일은 없었다.

(13) 누나는 형과 어머니 사이의 오해를 풀기 위해서, 어머니의 남자 관계는 아버지를 찾아 헤매던 일이라는 내용의 편지를 형에게 쓴다.

(14) 한교수에게 옛날 일을 후회하냐는 질문을 한다.

(15) 누나와 '나'는 형을 등대가 있는 낭떠러지에서 떠밀었다. 그러나 형은 살아서 돌아왔다. 그리고 사흘 있다가 등대가 있는 낭떠러지에서 스스로 몸을 던져 죽었다.

(16) 만화가 오선생님은 일을 하다가 문득 윤리의 위기 같은 것을 느낄 때가 있다고 한다.

(17) '나'는 '한교수'에게 입관식 참석 여부와 현재의 심정을 묻는다.


위의 장면들은 '플롯의 시간'에 따라 요약한 것이다. 이 플롯의 시간은 작가에 의해서 예술적으로 재배열된 시간의 질서를 의미한다. 이것은 자연적인 시간과 구별되며 이것은 논자에 따라서 문학적 시간, 주관적 시간, 경험적 시간 등으로 불리어지는 '허구적 시간'에 속한다. 이것을 다시 플롯에 따라서 재배열하면 다음과 같다.


A. '나'와 한교수 사이에서 현재 일어난 일

: (1) (4) (9) (11) (14) (17)


B. '나'와 '한교수'의 연상작용에 의해서 제시되는 일

: (5) (6) (10) (16)

C. 6·25를 전후하여 고향인 여수에서 가족과 벌어진 일
: (2) (3) (7) (8) (12) (13) (15)

위의 세 가지 구조의 사건은 A가 '副 스토리 라인', 뒤의 B와 C가 '主 스토리 라인'라고 할 수 있는데, A에서 B와 C로 옮겨가면서 시간 역전이 이루어진다. 그런데 A에서 B로 역전되는 것은 연상 작용 등의 관련성을 가지고 있지만, A에서 C로 넘어가는 과정은 부 스토리 라인의 관련성의 양상을 찾기가 어렵게 되어 있다. 따라서 이 텍스트의 시간 구조는 '나와 한교수 사이에서 일어나는 일들'(A)에서 '여수에서 가족과 벌어진 일들'(C)을 기술하는 쪽으로 심화되는데, 주 스토리 라인과 부 스토리 라인은 상호 병립적으로 놓이게 된다. 이와 같은 병렬적 시간 구조는 시간의 계열적 구조 속에서 유사성을 가지고 있는데, 그것은 모두 '자기 세계'를 확인한다는 의미에서 은유적인 시간의 축을 형성한다.

<力士>는 액자 구조로 되어 있기 때문에 외화와 내화 사이의 시간적 단절이 놓여 있다. 즉 외화(外話)는 '나'가 '머리털이 덥수룩한 한 젊은이'에게서 들은 이야기임을 밝히고 있고, 내화(內話)는 그 젊은이를 화자로 하여 서술하고 있기 때문에 이 두 시점 사이에는 시간적 차이가 존재하고 있는 것이다. 또한 내화의 경우도 기본 서사와 소급제시가 연상에 의해서 매개되면서 다음과 같은 양상을 드러낸다.

| 기본 서사 | 회상의 매개체 | 회상 내용 |
| --- | --- | --- |
| 양옥집에서 잠을 깬 '나'는 자신이 거처하고 있는 공간을 자신의 공간으로 인식하지 못하고 낯설어 함 | 피아노 소리 | 약 1주일 전에 창신동의 지저분한 방에서 이 깨끗한 양옥으로 하숙을 옮겼다는 사실을 떠올림 |

| | | |
|---|---|---|
| 양옥집 식구들의 얼굴을 생각함 | 양옥집 식구들의 얼굴 | 창신동 빈민가 사람들을 떠올림 ('영자'라는 창녀, 열 살난 딸을 데리고 사는 절름발이 사내, 사십대 막벌이 노동자 徐氏) |
| 「엘리제를 위하여」를 치고 있는 며느리에 대한 할아버지의 교육적 배려 | 며느리의 손을 굳어버리게 할 수 없다는 할아버지의 교육적 배려에 대하여 알게 됨 | 빈민가의 절름발이 사내는 딸을 꿇어앉히고 회초리로 때려가며 혹독하게 교육시킴 |
| 양옥집의 하얀 방이 서먹서먹하게 느껴짐 | 양옥집의 하얀 방이 불러일으키는 이질감 | 力士인 서씨가 동대문 성벽의 돌을 옮기는 일화, 역사 집안의 혈통을 이어받은 서씨의 내력에 대한 서술 |

위의 표는 무질서하고 퇴폐적인 공간인 '창신동 빈민가'에서 질서가 잡히고 규칙있는 '양옥집'으로 하숙을 옮긴 '나'(외화의 젊은이)가 두 가지 상반되는 생활 공간에서 경험하게 되는 이질적인 생활 방식과 그에 따른 정서적 반응을 보여주고 있다. 이러한 서술을 위해서 내화의 시간 구조는 '양옥집'에서의 생활을 서술하고 있는 기본 서사(first narrative)에서 '빈민가'의 생활을 '회고적으로 보완'[35]하는 방식을 채택하고 있음을 알 수 있다. '나'는 '양옥집'에서 겪게 되는 생활의 이질감과 그에 따른 정서적 부적응의 순간마다 '창신동 빈민가'를 떠올리고 이러한 회상에 의해서 시간 구조는 기본 서사와 소급제시의 교체(alternation)로 나타난다. 이러한 시간 구조는 '빈민가'의 생활과 '양옥집'의 생활을 대비시키면서 비동시적인 것의 동시적인 공존이라는 이질적 상황성을 증폭시키는 기능을 담당한다. 이러한 공간의 상징적 의미는 공간 구조에서 언급하기로 한다.

---

35) 이를 즈네뜨는 '회고적 보완'으로 설명하는데, 이는 사건이 발생한 후에 서술에서 빠졌던 틈새를 채우는 회상을 말한다. (*Ibid.*, p.40.)

<누이를 이해하기 위하여>는 '축전'(祝電), '프로필', '갈대들이 들려준 이야기', '누이의 결혼', '일지초'(日誌抄), '다시 축전'(祝電)으로 구분된 소제목들이 모두 이질적인 시간으로 나타나고 있으며, 소제목의 내용들도 각각 다채로운 시간 구조를 나타내고 있다.

| 순서 | 소제목 | 내용 |
|---|---|---|
| ① | 축전(祝電) | 누이에게 '축 순산(順産)'이란 전보를 보냄 |
| ② | 프로필 | 작중 화자가 서울에 와서 만난 위선적인 인물(자칭 소설가라는 작자)에 대하여 서술 |
| ③ | 갈대들이 들려준 이야기 | 도시에서의 누이의 좌절과 이를 이해하기 위한 작중 화자의 상경 |
| ④ | 누이의 결혼 | 누이와 시골 청년과의 결혼, 출산 |
| ⑤ | 일지초(日誌抄) | 도시 생활에서 느낀 작중 화자의 단편적인 글들 |
| ⑥ | 다시 축전(祝電) | 누이의 출산을 다시 축하, 누이에 대한 나의 소망 |

위의 표는 6개의 장으로 분장(分章)되어 있는 각각의 내용을 간추려 본 것이다. 이러한 소제목 단위의 이야기를 다시 연대기적으로 재배열하면 다음과 같다.

$$③ \rightarrow ② \rightarrow ④ \rightarrow ①\cdot⑥$$
$$\downarrow \qquad\qquad\qquad \uparrow$$
$$\rightarrow \quad ⑤ \quad \rightarrow$$

위에서 스토리의 시간으로 재구성한 시간을 통해보면, 이 작품의 플롯의 시간이 매우 다양한 시간 변조를 활용하고 있음을 알 수 있다. ③에서 도시로 떠난 누이의 좌절과 그런 누이를 이해하기 위한 나의 상경을, ②에서는 도시에서 만난 위선적인 인물('자칭 소설가라는 작자')을 통해서 도회적 삶에 물든 상경인의 모습을, ④에서 고향의 젊은이를 만나 결혼하여 정착하게 된 누이와 출산을, ①·⑥에서 누이에게 순산을 축하하는 전보를 제시하며, ⑤에서는 작중 화자가 경험한 도시적 삶의 고뇌가 단편적인 글들로 제시되고 있다.

문제는 이러한 스토리의 시간을 작가는 자연적 시간의 순서를 자유롭게 변조하고 있다는 사실이다. 더욱이 각 장과 장 사이에는 서사적 흐름을 이어주는 진술이 제거된 채 서술되고 있다. 따라서 이 작품은 서사물의 가독성(可讀性 readability)의 차원에서 보았을 때, 가해성(可解性 legibility)[36]의 정도가 매우 낮은 텍스트이다. 결국 독자는 이 소설을 다 읽어야지만 전체적인 서사저 얼개를 재구성할 수 있다 이러한 방식의 시간 구성은 일종의 '훼방 형식'으로서 독자의 서사 이해를 어렵게 만드는 의도적인 장치이다. 이러한 의도된 시간 구성을 통해서 독자로 하여금 일종의 시간과의 놀이(The Game with Time)[37]를 체험한다고 할 수 있다. 결국, 놀이로서의 시간 체험은 직선적 시간(서술의 종적인 흐름)으로부터의 해방을 의미하며 시간 구성의 유희적 요소를 강하게 내포한다.

<서울의 달빛 0장>은 자연적 시간을 재구성한 구성의 묘미를 보여주고 있는 작품이다. 이 작품을 플롯의 시간으로 시퀀스를 나누어 보면 다음과 같다.

 

    (1) '나'(대학 시간 강사)가 차(레코드)를 샀다는 소식을 듣고 형님과 어머니가 전화를 걸어옴
    (2) 아내(탤런트 한영숙)와 이혼 후의 방탕한 '나'의 생활

---

36) Gerald Prince, *op. cit.*, p.201.
37) Gérard Genette, *op. cit.*, p.142.

(3) 부산에서 서울로 올라오는 비행기 안에서 아내를 만나게 된 경위

(4) 결혼하기까지의 일들

(5) 결혼을 앞두고 군대시절 걸렸던 성병에 대해서 불안함을 느낌을
가짐

(6) 첫날밤 아내가 처녀가 아니라는 사실을 알게 되고 아내에게 성병
을 옮음

(7) 술집에서 호스테스로 들어오는 아내를 목격하고 증오의 감정을
느낌

(8) 이혼 이후의 방탕한 생활

(9) 李기사가 새로 구입한 차를 가지고 옴

(10) 방송국 앞 다방에서 아내를 만나고 위자료를 건넴

위의 분절된 시퀀스에서 (1)과 (9)와 (10)은 '오늘'의 일들이고 나머지 (2)
에서 (8)까지는 군대시절, 아내와의 만남, 결혼, 이혼, 이혼 이후의 방탕한
생활이 소급제시되고 있다. 즉, 주문한 차가 오기로 되어 있는 '오늘'의 기본
서사 속에서 과거의 사건들이 소급제시되다가, 다시 기본 서사로 이어져
레코드를 타고 아내를 찾아가 위자료를 건네는 자리에서 아내와의 완전무결
한 몌별(袂別)을 느끼는 것으로 끝맺고 있는 것이다.

이렇게 처음과 끝부분의 두 축에 기본 서사를 배치하고 그 속에 기본 서사
와 관련된 과거의 서사가 놓이는 작품은 구조적 치밀성과 완결성을 돋보이
게 한다. 그것은 과거의 서사를 감싸고 있는 앞과 뒤의 기본 서사가 서로
대응되면서 작품의 구조를 떠받치고 있기 때문이다. 또한 이러한 시간 구조
는 독자로 하여금 기본 서사에서 출발한 서사적 단서를 가지고 소급제시
부분에서 서사적 실마리를 풀어갈 수 있게 하는 기능도 담당하고 있다.

이상에서 김승옥 소설에 구현되는 역전적 시간 구조에 대하여 분석하였
다. 그의 소설에서 나타나는 시간 역전에 의한 소급제시는 미래에 대한 전망

이 닫혀버린 자리에서 발생한다. 그것은 미래로부터 버림받았다는 고독한 욕망의 표현이며 역사적 시간에 대한 회의와 불신으로 이해할 수도 있다.[38] 이러한 점에서 그의 소설의 소급제시는 '낭만적 시간'의 한 층위를 형성한다. 그것은 <乾>에서 '방위대 건물'과 '미영이네 집'으로, <그와 나>에서는 '녹슨 쇠못'의 일화로, <力士>에서는 '창신동 빈민가'에서의 생활로, <누이를 이해하기 위하여>에서는 '황혼과 해풍이 있는 고향'으로 나타난다.

그러나 <생명연습>이나 <서울의 달빛 0장>의 경우는 이에 해당하지 않는다. <생명연습>의 경우, 한국 전쟁을 전후하여 고향에서 벌어진 일들(낯선 남자를 들이는 어머니, 이런 어머니를 죽이려는 형, 또 그런 형을 벼랑에서 밀어버리는 나와 누이)은 현재의 단절된 역사적 전망을 과거를 통해서 충족시키려는 낭만적 시간과 다르다. 또한 <서울의 달빛 0장>의 소급제시도 현재의 파멸적 상황에 대한 근본적 원인으로 제시되고 있기 때문에 낭만적 시간과는 거리가 멀다. 그 이유는 이 작품에서 나타나는 소급제시가 '실존적 시간'을 포함하고 있기 때문이다. 이 때 과거의 삶은 모두 현재의 갈등과 대립의 근본적인 원인으로 작용하고 있으며 그 갈등은 현재에도 풀리지 않기 때문에 역사적 시간으로부터도 단절되는 양상을 드러내다.

### (3) 순환적 시간과 전망의 거부

순환적 시간 구조를 나타내는 작품으로 <무진기행>과 <환상수첩>을 들 수 있다. 김승옥의 소설에서 순환적 시간 구조를 드러내는 작품은 여로형 플롯에 의해서 나타나는데, '출발→여행→귀환'의 구조에 의해서 형상화된다.

---

38) 이승훈, *op. cit.*, p.193.

먼저 <무진기행>은 '무진으로 가는 버스', '밤에 만난 사람들', '바다로 뻗은 긴 방죽', '당신은 무진을 떠나고 있습니다.'의 소제목이 붙어 있는 4개의 부분으로 나누어져 있다. 이 소제목은 시간적인 순서에 따라 진행되면서 삼박 사일간의 이야기를 보여주고 있다.

이것을 시퀀스의 단위로 정리하면 다음과 같다.

(1) 며칠 전, 주주총회에서 '나'를 제약회사 전무 이사로 앉히기 위해서 일을 꾸미는 동안, 무진에 내려가 있으라는 아내의 권유를 받고 '나'는 무진으로 내려온다.
(2) 저녁에 무진 중학의 후배인 '박'의 방문을 받으며, 식사 후 세무서장이 된 친구 '조'를 만나며, 그의 집에서 음악 선생인 '하인숙'을 만난다.
(3) 다음 날, 어머니 묘에 성묘를 하고 나서, '조'의 사무실을 방문한다. 오후에 바닷가 방죽에서 '하인숙'을 만나 옛날에 폐병을 치료하기 위해 거처하던 집에서 그녀와 성관계를 갖는다.
(4) 이튿날 아침 아내에게 온 전보를 받고, 심한 부끄러움을 느끼며 무진을 떠난다.


(1)에서는 무진행 버스 속에서 아내에게 무진행을 권유받던 장면을 소급 제시하고 있으며, 병역기피 등의 무진에 대한 어두운 기억을 소급제시하고 있다. 버스를 타고 무진을 향하여 가는 시간 속에 이 이야기를 포함시킨 것은 '나'가 무진에 다가갈수록 의식 또한 무진 속으로 빠져들고 있음을 보여주기 위함이다. (2) '박', '조', '하인숙'등과의 만남이 주로 서술되어 있다. (3)에서는 폐병을 치료하던 집에서 '하인숙'과 정사를 나누고, 폐병시절을 소급제시한다. (4)에서는 아내의 전보를 받고 상경하는 장면이 제시된다.

여기서 '나'가 기억하는 무진의 과거는 '한결같이 어둡던 청년시절'이며 폐병·수음·병역 기피자의 시간으로 표상되어 있다. '서울에서의 실패나 새 출발'은 서울의 현재와 미래를 뜻한다. 그러나 현재와 미래와 맞설 수 없을 때, '나'는 과거로 도피하는 것이다. 그런데 이 도피는 여행이지 완전한 은거는 아니다. 왜냐하면, 나의 삶의 대부분은 서울의 현재 시점에서 영위되며, 미래지향을 나타내는 서울에서의 시간의 실체개념은 '출세'(대회생제약회사 전무)이기 때문이다.

이상 <무진기행>의 서술 구조는 현재의 무진에서 일어난 일 이외의 서술은 주로 과거의 우울했던 시절의 소급제시가 중심이며, 과거의 실체는 현재의 실체와 대비되는 바, '과거·무진·어둡던 청년시절'과 '현재·서울·출세'가 각각 대비적으로 나타난다. 이러한 '플롯의 시간'을 갖는 <무진기행>의 시간 구조는 과거의 무진, 몇 번의 무진행, 그리고 이번의 무진행이 모두 '나'에게는 암담하고 부끄러움 삶의 모습을 확인하는 것 이상의 의미를 지니지 못하며, 이러한 무진(과거)으로의 도피는 언젠가 다시 반복될 수 있음을 암시하는 순환적 시간 구조를 드러낸다.

<환상수첩>은 액자 구조로 되어 있는데, 외화(外話)의 서술자인 '임수영'이 내화(內話)의 서술자인 '정우'의 수기를 소개하는 형식으로 되어 있다. 여기서 순환적 시간 구조를 나타내는 부분은 바로 내화의 스토리이다. 물론, 부분적으로 시간 역전이 나타나기는 하지만, 전체적으로는 서울에서 하향한 '나'가 고향에서도 안식을 얻지 못하고 여수와 섬을 여행하고 다시 돌아오는 귀환형의 순환적 시간 구조를 가지고 있다. '나'는 자신의 삶의 환부가 어디 있는지 정확하게 알지 못하는 존재이며 하향의 이유도 삶의 고뇌의 원인도 뚜렷하게 제시되어 있지 않지만, 60년대 초반의 젊은이들의 고뇌와 절망의 분위기를 함의하고 있다. 그도 그럴 것이 고향에 돌아와서 만난 친구들은 모두 정신적·육체적 상태가 정상과는 거리가 있는 인물이다. '수영'은 폐침

윤 2기 진단을 받고 고향에 내려와 춘화를 제작해서 팔고 있고, '형기'는
집에 불이나 가족 모두가 죽고 자신은 장님이 되어 있으며, '윤수'는 몸무게
가 병적으로 가벼워 징병을 면제받았고, 춘화의 모델이 된다. '나'에게 이러
한 인물들이 존재하는 고향은 정신적 안식처라기보다는 어리석은 도피처임
을 확인시켜 줄 뿐이다. 여행지에서 만난 서커스단도 유랑의 생활을 하는
쓸쓸한 존재들이며 결국 그들은 서커스단을 해체하고 각자의 길을 가게 된
다. 이 과정에서 서커스 단원인 '미아'라는 여자를 만나게 되고 '윤수'는
그녀와의 결혼을 약속한다. 그러나 고향에 돌아온 '윤수'는 '수영'의 여동생
인 '진영'을 윤간한 깡패들과 싸우다가 죽게 된다. 내화는 '나'가 '형기'의
손을 잡고 인가 없는 바닷가에 가는 것으로 끝을 맺고 있지만, 외화에서
'수영'(외화의 서술자)이 그의 죽음을 확인시켜준다. 결국 이 작품은 세계에
대한 무한한 절망과 여행이라는 무한한 동경에서 귀환하여 죽음('윤수'와
'나')이라는 최후의 선택을 하기까지의 순환적 여로를 보여준다.

　일반적으로 순환적 시간 구조는 시간이 반복적 구조로 나타나고, 이러한
시간은 원형적 시간, 신화적 시간의 의미를 지니며, 일종의 재생의식과 영원
회귀의식을 나타낸다.[39] 그러나 김승옥의 소설에서 순환적 시간 구조를 나
타내고 있는 <무진기행>과 <환상수첩>은 '과거의 신성했던 시간을 반복
함으로써 영원한 삶을 살려는 의지'를 얻게 되는 재생의식과는 거리가 멀다.
<무진기행>에서 '나'(윤희중)에게 고향 '무진'은 과거의 신성한 공간이라
기보다는 '나'의 정신적 외상의 원적지이고, <환상수첩>에서도 '나'(정우)
에게 고향은 정신적·육제적 불구성을 가진 친구들이 괴롭게 살아가는 공간
이다. 따라서 이들에게 고향은 재생의 공간이라기보다는 자신의 실존적 상
황을 일깨워주는 공간인 셈이다. 그러므로 김승옥 소설에 나타나는 순환적

---

39) *Ibid.*, p.194.

시간 구조는 실존적 시간과 결합된 귀환형 구조를 나타낸다고 할 수 있다.

한편, 이러한 순환적 시간은 선형적(직선적) 시간에 대한 회의와 거부를 지향한다.[40] 일반적으로 직선적 시간은 진보와 발전이라는 미래지향적 시간성을 함의한다. 그러나 순환적 시간 구조는 선형적 시간이 내포하는 역사주의에 대한 반동이며 미래적 시간에 대한 환상을 거부한다. 김승옥 소설에서 순환적 시간 구조란 일체의 미래지향적 전망과 단절된 현재 속에서 과거를 유추적으로 반복하는 폐쇄회로와 같은 구조인 셈이다.

### (4) 무시간과 시간의 해체

무시간적 시간 구조를 드러내는 작품으로 <확인해본 열다섯 개의 고정관념>을 들 수 있다. 시간 구조가 심리적 시간에 의해서 이루어지고 있어 이것을 논리적인 시간의 질서로 이해하기 어려운 경우가 있는데, 이러한 경우를 무시간성(achrony)이라 한다. 이는 어떤 원리에 따르는 질서의 부재를 의미하기 때문에 마치 꿈의 현시적 내용같은 것으로서, 질서의 부재는 지각의 전인과적 상태를 반영한다.[41]

김승옥의 단편, <확인해 본 열다섯개의 고정관념>은 텍스트가 의식의 흐름(stream of consciousness)에 의해 자신의 고정관점을 늘어놓는 방식으로 짜여져 있어, 무시간성의 양상을 나타낸다. 다음은 이 작품의 고정관념에서 제시하고 있는 15개의 고정관념이다.

> 1) 벽의 그 귀퉁이가 허술해 보이는 그것은 이젠 내 고정관념 중의 하나이다. (111, 괄호 안의 숫자는 해당 페이지임.)
> 2) 직선은 몬드리안에서 그쳐버렸다는 생각도 이젠 내 고정관념 중의

---

40) *Ibid.*, p.362.
41) *Ibid.*, p.266.

하나이다. (112)

3) 일본사람들은 금빛을 좋아하나보다라고 생각했는데 그것도 이젠
   내 고정관념 중의 하나이다. (113)

4) 예쁜 여자 앞에서 내 약점이 드러날 때는 더욱 창피한 법이라는 생
   각도 이젠 내 고정관념 중의 하나이다. (113)

5) 수단이 흔히 목적을 배반한다는 그것도 이젠 내 고정관념 중의 하
   나이다. (114)

6) 손처럼 처리하기 곤란한 물건은 없다는 생각도 이젠 내 고정관념
   중의 하나이다. (115)

7) 그 전쟁이 꼭 한 번만 일어나면 세계엔 평화가 온다는 생각도 이젠
   내 고정관념 중의 하나이다. (116)

8) 어차피 믿어 주지 않을 해명은 하지 않는 게 정직하다는 생각도 이
   젠 내 고정관념 중의 하나이다. (116)

9) 부잣집 아가씨들에겐 이해하기 곤란한 취미가 있다는 생각도 이젠
   고정관념 중의 하나이다. (117)

10) 프라이드가 아름다울 수 있는 가장 빠른 길이라는 생각도 이젠 내
    고정관념 중의 하나이다. (118)

11) 정직해 보고 싶은 기회를 주지 않는 게 세상이다라는 생각도 퍽 흔
    한 생각이지만, 이젠 내 고정관념 중의 하나이다. (120)

12) 괴로워하며 '사이'에 위치하는 게 최선의 태도라는 생각도 이젠 내
    고정관념 중의 하나이다. (121)

13) 현재 있는 것은 옛날부터 쭈욱 있어왔을 거다. 이것도 이젠 내 고정
    관념 중의 하나이다. (121)

14) 사람들을 영화의 압박에서 해방시킬 수는 없을 것 같다. 이것도 이
    젠 내 고정관념 중의 하나이다. (123)

15) 동그라미를 저 벽에 붙이러 일어나보자. 할 수 있겠지? 자아, 내게
    가장 귀중한 고정관념으로써. (124)


그렇다면, 이 15가지의 고정관념은 이 텍스트의 구조와 어떻게 연결되는

가? 야콥슨(R. Jakobson)은 소쉬르(F. saussure)의 언어에 대한 통찰을 바탕으로 하여 언어 운용의 두 가지면, 즉 계열적(paradigmatic) 관계와 통합적(syntagmatic) 관계에 대하여 논하였다. 여기서 전자는 유사성(similarity)에 의한 수직의 축이고, 후자는 인접성(contiguity)의 원리에 의한 가로의 축이다. 따라서 언어의 운용이란 화자가 낱말을 선택하고 그것을 언어의 구문 체계에 따라 문장으로 결합시키는 것[42]이다. 여기서 계열체는 기억의 연쇄 속의 요소로 존재하는 어사들의 잠재적(in absentia) 결합 방식이라면, 통합체는 현재적(in presentia) 관계이며 실제적 연쇄 속에 현존하는 둘 혹은 그 이상의 어사들의 결합방식[43]을 가리킨다. 결국 모든 진술은 유사성의 계열체의 축에서 인접성의 통합의 축으로 투사하여 이루어지는 것이다.

이러한 언어운용에 관한 야콥슨의 이론은 <확인해본……>의 텍스트 구조를 이해하는 데 용이하다. 그것은 이 텍스트에서 15가지의 고정관념의 계열체들이 '나'의 '의식의 흐름'(stream of consciousness)을 통해서 서술되고 있기 때문이다. 다시 말하면, <확인해본……>은 15가지의 고정관념의 계열체들이 나의 '의식의 흐름'을 통해서 통합체로 투사되어 텍스트를 구성하고 있는 것이다. 그런데, 이와 같은 고정관념의 계열체들이 '나'의 의식 속에 잠재되어 있는 것이라면, 이 계열체들은 지각과 대치의 가능성[44]을 내포하고 있는 것이기 때문에 등가성의 원리에 의해서 은유(metaphor)의 축을 형성한다. 또한 이 계열체들은 인접성에 의해서 결합되면서 환유(metonymy)의 축을 이룬다. 그러나 <확인해본……>의 15가지의 고정관념이 어떠한 논리적 개연성을 가지고 전개되는 것이 아니라 의식의 흐름에 입각한 비논리적 계열체라고 한다면, 이 텍스트는 환유의 축(통합체)보다 은유의 축(계열체)

---

42) 로만 야콥슨, 신문수 편역, 《문학 속의 언어학》, 문학과지성사, 1989, p.94.
43) *Ibid.*, p.97.
44) 이승훈, 《시론》, 고려원, 1990, p.197.

이 더 우위에 놓임을 알 수 있다.45) 따라서 각각의 고정관념의 계열체들은 유사성에 의해서 상호 작용한다. 이것은 이 작품을 커다란 은유의 장(場)으로 생각할 수 있는 근거가 된다.

한편, <확인해본……>의 계열체들은 모두 각기 의미영역을 가지고 서로 넘나든다. 즉 15가지의 고정관념들은 개별적으로 존재하지만, 통합체로 투사되어 또 커다란 의미망을 구축하게 된다. 그 고정관념의 계열체들은 다음과 같은 상호연관 속에 놓인다. 이러한 고정관념들은 원형적 상징으로 그 의미 맥락을 결정짓는다. 노드롭 프라이(N. Frye)가 말했듯이, 원형을 향한 귀납적 운동은 구조적 분석으로 후퇴하는 과정이며 그것은 그림의 화법보다는 구성을 보려고 할 때, 그 작품에서 물러서는 것과 같다.46) 따라서 <확인해본……>은 고정관념의 계열체들을 원형적 상징으로 그 의미를 추출하고 이것을 통해서 그 관계를 파악해 본다면 작품의 구조와 의미가 분명해질 수 있을 것이다.

| 구분 | 의식의 변모 양상 | | | |
|---|---|---|---|---|
| 계열체의 상징적 의미 | 사각형, 직선(불완전한 삶, 복잡한 내면, 지상적 세계) | 의식이 분열된 '나' | 교통 부재의 '나' | 허위의 세계 속에 갇힌 '나' |
| 고정관념 | 고정관념 1, 2 (4 관련) | 고정관념 6 관련 | 고정관념 6, 7 | 고정관념 8, 10, 13, 14 (3, 9 관련) |

---

45) 김정남, *op. cit.*, p.305.

46) Frye, Northrop, "The archetypes of literature", Lodge, David(Edited), *20th Century Literature criticism*, London : Longman, 1972, p.427.

| 구분 | 의식의 변모 양상 | | | |
|---|---|---|---|---|
| 계열체의 상징적 의미 | 허위의 '나' | '사이'에 존재하는 '나' | 초월하려는 '나' | 원(궁극적 상태, 완벽성, 천상적 세계) |
| 고정관념 | 고정관념 5, 11 | 고정관념 12 | 고정관념 15 | 고정관념 15 관련 내용 |

위의 도해에서 알 수 있듯이 <확인해본……>은 '의식의 흐름' 기법에 의해서 나열되는 계열체들은 통합체의 연사적인 맥락에서 더 큰 의미를 만들어 낸다. '나'는 무시무시한 냉기가 감도는 방에서 세계와 단절되어 있으며, 몸을 일으키거나 밖으로 나갈 힘도 의지도 없이 허술한 벽을 바라보며 자신의 고정관념을 하나씩 확인한다. 바로 이 작품은 이러한 의식의 흐름의 궤적이다. 그런데, 이러한 고정관념은 사각형과 직선이 상징하는 바와 같이 내적 통일성이 결여된 불완전한 삶과 복잡한 의식의 세계, 그리고 현실적이고 타락한 지상적 세계에서, 원이 상징하는 바와 같은 초월적이고 궁극적인 천상적 세계로의 비상을 보여 준다. 이것이 '나'의 의식의 흐름의 궁극이자 핵심이다. 이것을 개별적으로 놓고 보거나 또는 텍스트의 표층에서 해석하려 한다면, 그 의미를 찾을 수 없을 만큼 난해하다. 그렇기 때문에 이것을 원형적 상징으로 해석하면, '나'가 직선과 그것이 가로지르면서 만드는 사각형, 직사각형의 여행가방, 정사각형의 벽이 주는 내적인 불완전성, '나'의 의식의 불안, 그 불안 속에서 떠오르는 고정관념들이 궁극에 다다르자, 이제야 '나'는 저 허술한 벽에 신성하고 완벽한 세계의 상징인 원(圓)을 붙이고자 하는 것이다. 이것은 자신의 내적 혼란상의 극복이자 현실에 대한 초월의 의지이며 지금까지의 고정관념에서 얻어진 내적 충일성의 발현으로 볼 수 있다. 요컨대, '나'는 현실적인 '나'에서 초월적인 '나'로 나아간 것이다.

이와 같이 의식의 흐름에 의하여 고정관념을 서술하는 방식으로 은유의 축이 강화된 계열체적 글쓰기는 필연적으로 비인과적 시간 구조를 나타낸다. 이러한 비인과적인 시간구조는 시간적 언어논리보다는 심리적 연관성에 의해서 의식 속에서 여러 가지 잡다한 생각과 느낌 또는 기억 등이 주마등처럼 무질서하게 떠올랐다가 사라지는 의식의 복합성과 시간의 융통성을 효율적으로 운용하는 방식으로 시간 구조를 해체한다.[47]

이러한 무시간적 구조는 순간적 시간에 해당한다. 순간적 시간은 시간의 계기성이 완전히 소멸하며 시간의 공간화를 성취하는 시간이 된다.[48] 따라서 이러한 시간은 병치성을 구조 원리로 하며 <확인해본……>의 경우는 계열체적 글쓰기를 통해서 병치적 구조를 드러낸다.


## 2) 공간 구조의 유형과 특성

소설의 공간은 자연 세계를 소설 언어로 재현해 놓은 것처럼 사실성을 보유하고 있으면서, 한편에서는 소설을 구성하는 요소로서 구조적 의미를 지닌다. 이러한 소설 공간은 그것이 작품에서 어떤 기능을 담당하느냐에 따라서 중립적 배경(neutral setting)과 기능적 배경(technical setting)으로 나누어진다. 중립적 배경은 작품 안에서 사실성을 확보하기 위해 필요로 하는 것이고, 기능적 배경은 공간의 사실성을 강화하는 동시에 작가의 의도를 충족시키기 위하여 기능적으로 작용하는 배경을 말한다.[49] 이러한 구분에 의해서 보았을 때, 김승옥의 소설에서 형상화되는 공간은 중립적 배경보다

---

47) 이러한 경우, 서술자는 때로 시간 순서에 따르기를 거부하고, 장소의 근접이나 날씨에 의해, 혹은 주제적 유사성에 의해 사건을 모아 보려는 의도가 있으며 시간의 자율(temporal autonomy)을 수행하는 것이다. (Gérard Genette, *op. cit.*, pp.73 - 74.)
48) 이승훈, *op. cit.*, p.194.
49) 현길언, *op. cit.*, pp.200 - 201.

는 기능적 배경에 가깝다. 따라서 그의 작품의 공간은 다양한 방식으로 형상화되고 구조화된다. 김승옥 소설에 나타나는 공간 구조의 유형은 크게 '대립적 공간 구조'와 '다층적 공간 구조'로 유형화할 수 있다.

### (1) 대립적 공간의 싱징적 구도

김승옥의 소설에서 대비적 공간 구조는 그의 작품에서 빈번하게 나타나는 공간 구조인데, 작품에서 인물과 대등한 비중의 핵심적인 기능을 담당한다.

대립적 공간 구조를 나타내는 것으로 가장 빈번한 구도는 '도시'와 '고향'(농촌)의 대립이다. 이러한 예로 제시할 수 있는 작품은 <무진기행>과 <누이를 이해하기 위하여>, <그와 나>이다.

먼저, <무진기행>은 공간 구조상으로 볼 때, '서울'과 '무진'으로 대비된다. 대회생제약회사 전무라는 출세가 보장되어 있는 '서울'이라는 공간과 징병을 거부하며 골방에서 독한 담배와 수음으로 보낸 청년시절의 음울한 초상이 과거의 '무진'이기 때문이다.[50]

대회생제약회사 전무 자리를 보장받은 '윤희중'의 여행은 현재의 자신의 출세와 성공을 잠시 뒤로 한 채, 자신의 정신적 원적지를 방문한다는 데 의미가 있다. 따라서 이러한 그의 여행은 Joseph Campbell에 따르면 a)떠남(departure)→b)통과(initiation)→c)회귀(return)[51]의 통과의례의 절차에 대응하며 이는 각각 a)서울→b)무진→c)서울에 해당한다. 이러한 대비적 구조는 단순하게 공간 구조를 구획하는 의미를 넘어서, 시간 구조 및 사회적 의미와

---

50) '무진'은 유토피아와는 정반대적인 공간이다. 모든 욕망이 좌절되고, 선택의지가 파괴되고, 자랑할 만한 것도, 쓸모있는 것도없는 불투명하고 보잘 것 없는 망각의 공간인 것이다. '무진'의 이와 같은 수면 상태 속에서 오히려 인간은 생명의 본래적 시간을 만나게 되고, 죽은 욕망이 일어서게 되는 것이다. 그러므로 '무진'은 나날이 퇴화해가는 생의 실상을 만날 수 있는 '逆유토피아'이다. (이어령, *op. cit.*, p.367.)

51) Campbell, Joseph, 이윤기 옮김, ≪천의 얼굴을 가진 영웅≫, 평단문화사, 1985, p.32.

긴밀하게 조응하고 있다.

현실적 공간으로서의 '서울'은 결혼, 출세, 전무, 책임을 동반하는 일상적이고 세속적인 세계이며, 반대로 '무진'은 안개와 비와 밤이 암시하고 권태, 초조, 수음, 골방 등이 환기하는 바와 같이 어두운 내면 세계를 상징한다. 이러한 무진의 공간 속에서 '윤희중'은 자신의 자아를 확인하고, 자신의 분신들과 같은 무진의 사람들 속에서 심한 부끄러움을 안고 떠날 수밖에 없는 것이다.52)

이러한 도시와 농촌(고향)의 대립은 그의 소설 <누이를 이해하기 위하여>에 잘 나타나는데, 이 작품에서는 도시로 떠난 누이의 실패와 그에 따른 누이의 침묵, 그리고 그러한 누이를 이해하기 위하여 상경한 '나', 이러한 인물 구도 속에서 공간은 양분된다.

> 이 황혼과 이 해풍, 그들이 우리에게 알기를 강요하던 세계는 도대체 무엇이란 말인가. 미소를 침묵으로 바꾸어 놓는, 요컨대 우리가 만족해 있던 것을 그 반대로 치환(置換)시켜 버리는 세계였던 것인가. 누이는 적어도 우리가 보낼 때에는, 훈련을 받기 위해서 그곳에 간 것이 아니라 완성되기 위해서 간 것이었다. 그런데 침묵의 훈련만을 받고 돌아오다니.
>
> (누이를 이해하기 위하여, 1, p.100)

인용문에서 나타나듯이 고향의 '황혼'과 '해풍' 속에서 영원의 토대를 장만할 수 없었던 사람들은 도시로 몰려갔고 그들은 '미소'를 '침묵'으로 바꿔 버리는 도시적 삶의 논리에 좌절하게 되는 것이다. 여기서 누이도 '옷에 먼지를 묻혀오듯이 도시가 주었던 상처와 상처의 씨앗을 가지고 돌아

---

52) 전무 승진을 앞둔 '나'(서울)과 세무서장이 된 '조'(무진), '하인숙'과의 정사(현재)와 골방 안에서의 수음(과거)은 각각 유사한 인물이자 행위이다.

온'(p.104) 것이다. 이렇게 이 작품은 '도시'와 '고향'의 대립을 통해서 고향을 떠난 상경인(上京人)의 좌절과 비애를 형상화하고 있는 것이다.

<그와 나>는 서울대 신입생인 '나'가 고향을 떠나 서울로 가는 기차칸에서 '그'를 만나는 사건에서 시작된다. '그'는 자리는 양보해야 하는 상황이 발생할 것을 두려워하여 눈꺼풀을 가늘게 떨고 앉아 있는 '나'에게 '감고 있는 눈꺼풀에 대롱대롱 매달려 있는 양심'(p.285)이라 말하며 빈정거린다. '나'는 이런 그의 표현에서 다음과 같은 생각을 하게 된다.

> 그런 식의 표현 자체에서 나는 마치 비릿한 물이끼 냄새가 풍겨오면 강이 가까웠음을 알 수 있듯 **대도회의 세련된 문화와 성인 세계의 윤리가** 나에게 임박한 것을 느끼며 뭔가 숨쉬기가 답답해졌다. 가난한 지방 도시에서는, 그리고 자라나는 유·소년 시절엔 옆엣사람을 돌아보지 않는 악착스런 경쟁과 경쟁에 진 자의 굴종이 스스럼없이 공존(共存)하는 것이다. 그 공존에 불평을 하거나 야유를 하다는 건 **가난한 지방 도시의 문화와 유·소년 시기의 윤리**를 파괴하는 것이다. 먼저 타고자 노력을 한 자가 자리를 잡고 앉는 것이 당연한 것이다. 그 친구의 빈정거림은 어쩌면 내가 살아왔던 공간과 시간 전부를 모욕하는 것이었다.
>
> (그와 나, 1, pp.285 - 286, 강조 - 인용자)

여기서 대비되는 두 공간은 '대도회'와 '지방 도시'의 대비로 나타난다. '대도회의 세련된 문화와 성인 세계의 윤리'란 사람들 사이의 진정한 관계라기보다는 악착스러운 경쟁을 교묘하게 감추는 '문화'라는 이름의 또 다른 위선이다. 반대로 '가난한 지방 도시의 문화와 유·소년 시기의 윤리'란 경쟁과 진 자의 굴종이 스스럼없이 뒤섞이는 공간으로서, 일체의 문화적 억압으로부터 자유로운 인간 본연의 삶의 모습을 가리킨다. 결국, '나'는 대도회로 떠나면서 지방 도시와 유·소년기의 윤리에서 대도회의 세련된 문화와 성인 세계의 윤리로 입사하게 되는 것이다.

　한편, 대립적 공간 구조는 '내부'와 '외부'의 대립으로 나타나기도 한다. 그의 소설에서 '외부'는 힘과 시련과 자본을 의미하고, 이에 '내부'의 힘없음, 평안, 가난이 각각 대응한다. <염소는 힘이 세다>에서는 전쟁통에 남자들이 모두 죽은 가난한 집안에서 기르던 염소가 죽은 후, 그 염소가 '정력 보강 염소탕'으로 팔리면서 힘없고 가난한 집안에 외부의 힘과 자본이 개입하게 되는 것을 발견할 수 있다. 염소탕을 팔게 되면서 밀어닥친 외부의 힘과 자본의 논리는 염소탕을 먹으러 오는 '힘센 사람들'을 불러드리고, 급기야 '누나'는 '합승 정거장 사내'에게 강간을 당하고 그 대가로 버스 안내양으로 취직하게 되는 것이다. 결국, 이 작품에서 외부의 힘과 자본의 논리는 힘없고 가난한 한 가정의 삶을 파괴시킨 것이 된다. <乾>에서는 '방위대 건물'은 크레용으로 백회벽에 그림을 그리며 놀던 추억의 공간인데, 이 건물이 전쟁 당시 인민군들의 군사 본부로, 시방위대의 본부로 사용되고, 빨치산 습격에 의해서 불타게 된다. 이러한 전쟁이라는 외부의 폭력은 내부적 평안과 안식을 파괴한 것이 된다. 이와 같은 대비적 공간 구조는 타락한 '외부'의 힘과 시련과 자본이 '내부'의 나약과 평안과 가난을 파괴하는 방식으로 형상화된다.

　또한 대비적 공간 구조는 비동시적인 것의 동시적 공존이라는 아이러니한 상황을 포착하는 데 기여하기도 한다. <力士>는 주인공이 거처했던 '창신동 빈민가'와 새로 이사 온 '깨끗한 양옥 하숙집'이 대립되며, 그곳에 살고 있는 인물도 대립된다. 전자의 공간이 무질서와 방임(放任)의 공간이라면, 후자의 공간은 질서와 규제의 공간인 것이다. 이러한 측면에서 '빈민가'는 근대적 규율이 확립되지 않은 공간이고, '양옥집'은 규칙적인 생활 방식과 규율에 의해서 움직이는 근대적 공간이다. 여기서 '나'는 '양옥집' 할아버지

의 독단에 의해서 질서화되어 있는 규격화된 삶의 논리에 반감을 나타내게
된다. 또한 이 작품에서 서씨가 역사(力士)로서의 가치를 인정받았던 과거의
공간과 사회 변동에 따라서 그 역할이 상실된 현재의 공간은 엄밀하게 대비
된다. 즉, 현재 그가 동대문의 성벽을 이루고 있는 돌을 들고 이리저리 옮기
는 것은 하나의 희극적인 장면이다.

### (2) 다층적 공간의 입체적 구조 미학

소설에서 다층적 공간 구조는 시간 구조가 연대기적이어서는 거두기 힘든
효과이다. 따라서 그의 작품에서 다층적인 공간 구조를 가지고 있는 작품은
시간 구조가 계열적이거나 심리적인 시간 구조를 드러내는 서술 구조일 때
보다 잘 나타난다.

<생명연습>에서는 시간 구조에서 설명했듯이 이야기의 구조가 주 스토
리 라인과 부 스토리 라인으로 구성되어 있기 때문에 공간 구조는 부 스토리
라인에서 이루어지는 '한교수'와 '나' 사이의 대화 공간인 '다방'과 '길거리',
주 스토리 라인인 '한교수'가 회상하는 '30년 전의 이야기 공간'과 '나'의
'6·25 무렵 가족들과의 일들이 펼쳐지는 여수'가 서로 교차적으로 제시되면
서 텍스트의 공간 구조를 다층적으로 형성하고 있다.

즉, 암으로 죽은 '한교수'의 옛 애인(동료 박교수의 부인인 '정순')과의
사랑 이야기와 '나'의 유년기의 기억을 통한 삽화를 통해서 다양한 인물들이
제시되는데, 이 삽화 속의 인물들이 구성하는 사단(事端)은 다양한 공간을
형성하고 있다. '한교수'와 서술자인 '나', 자신의 성기를 잘라버린 '전도사',
어머니의 살해를 계획하는 '형'과 사춘기의 '누나', 남자를 끌어들이는 40대
과부 '어머니', 시를 쓴다는 명분으로 여자를 하나하나 정복하며 자기 세계
를 구축하고 있는 친구 '영수', 도시의 불빛을 바라보며 자위를 하는 '애란인

선교사', 자로 선을 그려버린 것으로 괴로워하는 만화가 '오선생' 등의 다양한 인물들은 또한 다양한 복합적 공간을 형성한다.

<무진기행>의 경우, '삽화적 기법'과 영상의 활용이 보편화된 작품으로 '입체적 건축 소설'(Architectonic Novel)[53]로서의 위상을 지닌다. <무진기행>이 이러한 다층적 공간 구조를 나타낼 수 있는 것은 스토리가 선형적으로 연속되어 있지 않고 공간적 정서를 건축학적으로 구성하기 때문이다. 물론, 이 작품은 앞에서 언급한 대로 '서울'(도시)과 '무진'(고향)의 이분법적 공간으로 나눌 수도 있지만, 세밀하게 사건 구성의 축을 따라가 보면, 매우 다층적인 공간성을 나타낸다.

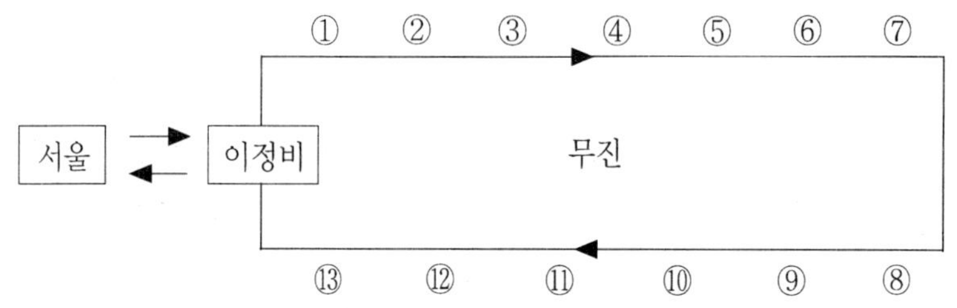


① 무진으로 향하는 버스 안
② 불면과 공상과 수음 그리고 독한 담배를 피워대던 무진의 골방
③ 광주역의 미친 여자
④ 사변 당시 병역 기피자로 은신하던 골방
⑤ 개가 교미하는 읍 광장
⑥ 세무서장 '조'의 집에서 음악선생 '하인숙'을 만남
⑦ '나'와 '하인숙'이 걸어가는 밤길
⑧ 골방에서의 불면
⑨ 다음날 어머니 산소에 성묘

---

53) 박선부, *op. cit.*, p.178.

⑩ 방죽길에 술집작부 시체 목격
⑪ 바다로 뻗은 방죽길에서 하인숙과 만남
⑫ 과거 폐병을 치료하던 집에서 하인숙과 정사
⑬ 집으로 돌아와 폭음

　이상에서 분절해 본 열 세 개의 공간은 물리적으로 독립된 공간이지만, 주인공 '윤희중'의 정서를 입체적으로 구성하는 중층적 구조인 것이다. 여기서 공간의 구조는 '서울→무진→골방→무덤 속'으로 점점 협소화되는 것을 알 수 있다. 이렇게 점진적으로 좁아지는 공간은 주인공인 '나'가 자아의 내면으로 떠나는 여행임을 암시한다. 아내 덕분에 출세가도를 달리게 된 '나'는 무진으로 내려와 어두웠던 과거의 기억과 만나게 되고, 병역 기피를 위해 은신하던 방에서 불면과 공상에 잠기며, 어머니의 산소 앞에서는 자신을 전무로 만들기 위하여 그와 관계된 사람들을 만나 호걸 웃음을 웃고 있을 장인 영감을 떠올리자 묘 속으로 들어가고 싶다고 느끼며, 폐병을 치료하던 방에서는 하인숙과 무책임한 정사를 나누게 된다. 이러한 고립적이고 폐쇄적인 공간으로의 점진적인 이동은 자아의 어두운 내면과의 대화 속에서 세속화된 자아의 욕망을 응시하고 부끄러워하는 '나'의 내면 풍경을 제시하기 위한 소설적 장치로 이해할 수 있다. 따라서 이러한 입체적 공간 구조를 나타내고 있는 <무진기행>은 내적인 정서를 입체적으로 건축하고, 형이상학적 정서를 구조적으로 형상화하는 구조미학의 특성을 지닌다.

　한편, <확인해 본 열다섯 개의 고정관념>은 전술한 바와 같이 의식의 흐름에 의해 고정관념을 서술하고 있기 때문에 연상에 따라서 새로운 이야기의 공간이 제시된다. 즉, (냉기가 감도는) 방→대도시의 일출→빨간 동그라미가 그려진 카드를 가지고 있는 친구의 집→방→고향(전쟁터에서 팔을 잃은 형)→거리(영희를 생각함)→친구의 집→'케스트너'의 이야기 공간→(영희가 있을) 다방→기차 굴다리→방의 순으로 공간이 이동하는데, 이것은 시작과 끝을 제외하고 이야기의 순서를 바꾸어도 무방할 정도로 철저히 계열적인 서술을 보여주고 있다. 이러한 이유로 이 작품에서 다양한 공간이 다층적으로 구성되고 있는 것이다.

이와 같은 맥락에서 <서울 1964년 겨울>에서 나타나는 공간적 구조도 다양한 양태를 나타낸다. 이 작품은 ① 선술집 (㉠ 만원 버스, ㉡ 평화시장의 가로등, ㉢ 서대문 버스정거장, ㉣ 단성사 옆 골목의 첫 번째 쓰레기통, ㉤ 을지로 삼가의 술집, ㉥ 서대문 근처의 전차, ㉦ 영보빌딩 안의 변소), ② 중국집(㉠서적 월부 외교원과 그의 아내의 생활 공간, ㉡ 세브란스 병원), ③ 양품점, ④ 택시 안, ⑤ 화재 현장, ⑥ 월부 책값을 받으러 간 어느 집 대문 앞, ⑦ 여관방, ⑧ 다음날, 버스 정류장으로 공간이 이동된다.54)

우선 대화 속에서 등장하는 ①의 ㉠에서 ㉦의 공간은 말하는 자에게나 듣는 자에게 모두 무의미한 공간이다. 그것은 평화시장 앞에 줄지어 선 가로등들 중에서 동쪽으로부터 여덟 번째 등은 불이 켜져 있지 않다거나 화신백화점 육층의 창들 중에서는 그 중에 세 개에서만 불빛이 나오고 있다거나 하는 식의 대화는 자신이 목격한 사실에 대한 언급일 뿐 타인과의 공감을 이끌어내기 위한 대화는 아니다. 이렇게 대화 속에서 언급되고 있는 공간도 단절되고 파편화된 공간일 뿐이다.

또한 이들이 이동하는 밤거리의 공간(①~⑦)은 어떠한가? 이들('나', '안', '사내')의 공간 이동은 사건 전개의 필연성에 의한 것이 아니라, 우발적으로 진행된다는 데 특징이 있다. 그들의 거쳐가는 공간이란 잠시 스쳐간 임시 기착지에 불과하다. 따라서 이들의 공간은 '흐르는 시간 위에 떠 있는 공간'55)이다. 이들은 모두 시간을 보내기 위해서 밤거리를 떠돌아다니는 것이

---

54) 괄호 속의 ( ㉠, ㉡…)은 한 장소에서 대화를 통하여 등장하는 공간이다.

기 때문에 모두 주체적으로 공간을 선택하지 못하고 마지못해 도시의 이곳 저곳을 전전하게 되는 것이다. 따라서 이 작품은 다층적이지만, 주체의 선택 적 의지와 관계없는 파편적인 공간을 나타내고 있는 것이다.

이상에서 김승옥 소설의 시·공간 구조를 분석하였다. 시간 구조의 측면에 서 그의 소설은 직선적 시간, 역전적 시간, 순환적 시간, 무시간(achrony)으로 유형화되는데, 이러한 시간 구조는 모두 실존적 시간을 내포하고 있다는 것이 특징이다. 이러한 점에서 그의 소설에 제시되는 삶의 갈등과 대립은 그대로 수용될 뿐 해소되지 않는다. 모두 미래적 시간과 단절된 채, 주체가 겪는 실존적 삶을 형상화하고 있는 것이다.

한편, 시간 변조에 의한 역전적 시간이나 순환적 시간, 나아가 무시간적 구조는 직선적 시간관의 해체라는 측면에서 이해할 수 있다. 즉, 직선적인 시간관을 거부하고 물리적인 시간을 초월하여 자아의 감정, 감각, 연상, 기억 등에 의하여 새롭게 시간을 주조하는 것이다. 공간 구조의 측면에서 보았을 때, 그의 소설은 단일한 공간에 의해서 형상화되기보다는 대립적인 공간이 나 입체적 공간을 활용하여 주제의 형상화에 기여하고 있음을 알 수 있다.

요컨대, 직선적 시간관과 물리적 공간관을 거부하고 해체한 그의 소설은 주체 내부의 주관적 상대성을 갖는 경험적 시·공간을 나타낸다.[56] 과거와 현재와 미래가 선조적이며 인과율적인 시간으로 연속되지 않고 인간의 의식 속에서 지속적인 현재로 작동하는 것이다.[57] 그러므로 이와 같은 시간과

---


55) 현길언, *op. cit.*, p.234.
56) 최혜실, 《한국 모더니즘 소설 연구》, 민지사, 1992, p.264.
57) 최혜실은 이를 영화에서의 시간 개념 붕괴와 연결시키고 있다. 영화에서 시간은 연속성 과 일방통행적 성격을 잃어버린다. C·U으로 시간을 정지시킬 수 있는가 하면, 플래시 백(Flash-back)으로 거꾸로 돌릴 수 있다. 회상하는 장면에서 반복도 된다. 또는 미래의 전망을 통해 앞으로 껑충 뛰어나갈 수도 있다. 동시에 일어나는 사건을 전후해서 보여줄

공간의 파괴와 해체라는 텍스트의 형식은 근대 부르주아의 가치관이 내재되어 있는 선형성(linearity)의 원리를 파괴하고, 전쟁의 상처가 아물지 않은 채 파행적인 근대화로 치닫던 60년대의 시간을 내면적으로 수용하여 그 허위와 모순을 주체 내부의 경험적이고 상대적인 시·공간을 통해서 펼쳐 보여 준 것이다.

## 4. 화자의 특성

본 절에서는 화자의 특성을 분석하는 데 있어서 김승옥 소설을 크게 '동종 이야기'(homodiegetic)와 '이종 이야기'(heterodiegetic)로 구분하여 논의를 전개하고자 한다. 여기서 '동종 이야기'와 '이종 이야기'라는 개념을 사용하는 것은 다음과 같은 입장에 입각해 있다. 즈네뜨(Gérard Genette)에 따르면 인칭(person)의 문제에 있어 지금까지 '일인칭 서술' 혹은 '삼인칭 서술'이라는 용어를 적절치 않은 개념으로 파악하고 있다.[58] 이에 그는 다음과 같은

---

수 있는가 하면 시간적 간격을 가진 사건들이 이중 노출이나 교대적 몽타쥬를 동시에 보일 수 있다. 흔히 프루스트, 조이스, 도스 파소스, 버지니아 울프의 작품에서 플롯과 정면전개의 불연속성, 사상과 감정의 직접성, 시간 척도의 상대성과 모순성 등은 영화의 커팅과 溶明(fade-in), 화면 삽입 등과 동일한 요소로 평가되고 있다. (*Ibid.*, p.273)

58) 일인칭 동사의 존재는 두 가지 다른 상황, 즉 문법적으로는 같지만 서술의 분석에서는 구별되어야 하는 경우를 지칭한다. 예를 들어 서술자가 스스로를 지칭할 때, 즉 버질이 "'나는' 군대와 군사들을 노래하노니……"라고 할 때와 혹은 서술자가 스토리 속의 등장 인물 중 한 사람일 때, 즉 크루소가 "'나는' 1632년 요크 시에서 태어났다.……"라고 쓸 때는 다르다는 것이다. '일인칭 서술'이라는 용어는 이 두 가지 상황 중 후자만을 지칭하는 게 틀림없고 이 불균형은 이 용어의 적절치 못함을 한층 드러낸다. 서술자가 서술에서 그와 같이 언제든지 끼어들 수 있는 한, 모든 서사는 온갖 목적과 의도에도 불구하고 정의상 일인칭으로 제시되는 것이다. 심지어 스탕달이 "'우리'……'우리의' 주인공에 관한 얘기를 막 시작했음을 알립니다."라고 복수형을 쓰는 때에도 마찬가지이다. 정말 문제가 되는 것은 서술자가 '등장 인물들 중 한 사람'에게 일인칭을 부여하는가 하지 않는가라는 점이다. (Gérard Genette, *op. cit.*, pp.234 - 235.)

서술 형식을 제안한다.

> 1. 한 가지 유형은 서술자가 자신이 이야기하는 스토리 속에 없는 경우
>    : 이종 이야기 (heterodiegetic)
> 2. 서술자가 자기가 이야기하는 스토리 속에 하나의 등장 인물로 존재
>    하는 경우 : 동종 이야기 (homodiegetic)
>    1) 서술자가 자기 서술의 주인공인 경우 : 자동 이야기 (autodiegetic)
>    2) 서술자가 그저 이차적인 역할에 머무는 경우인데, 거의 언제나 관
>       찰자나 목격자의 역할을 한다.59)

이상의 분류는 기존 연구에서 1인칭, 3인칭(혹은 전지적 작가) 시점이라고 흔히 구분되던 인칭의 문제를 '서술자가 스토리와 맺는 관계'를 통해서 새롭게 개념을 규정한 것이다. 이러한 개념은 기존의 견해와 비교해 볼 때 사소한 것으로 인식될 수 있으나 서술자의 문제에 있어서는 후자의 경우가 보다 적절한 개념이라고 할 수 있다.

이러한 개념에 입각하여 본 연구에서는 동종 이야기의 화자는 다시 1) 유·소년 화자, 2) 성년 화자로 나누어 분석하고, 이종 이야기의 화자는 작중 현실을 다루는 화자의 서술 태도를 중심으로 화자의 특성을 규명하고자 한다. 이에 따라서 김승옥 소설을 미완의 두 작품을 제외한 22편의 작품(단편 소설 15편, 중편 소설 3편, 장편 소설 4편)을 분류하면 다음과 같다.

> 1. 동종 이야기
>    1) 유·소년 화자 : <생명연습>, <乾>, <염소는 힘이 세다>
>    2) 성년 화자 : <力士>, <누이를 이해하기 위하여>, <확인해본 열
>       다섯 개의 고정관념>, <그와 나>, <환상수첩>, <다산성>, ≪내

---

59) *Ibid.*, p.235.

가 훔친 여름≫, <무진기행>, <서울 1964년 겨울>, <서울의 달빛
0장>
2. 이종 이야기 : <싸게 사들이기>, <재룡이>, <차나 한잔>, ≪60년
대식≫, <들놀이>, <야행>, <우리들의 낮은 울타리>, ≪보통여
자≫, ≪강변부인≫

위에서 분류에 따르면 김승옥 소설은 '동종 이야기'가 총 13편, '이종 이
야기'가 9편이다. 따라서 그의 소설은 '이종 이야기'보다 '동종 이야기'가
많은 것으로 나타난다. 더욱이 ≪보통여자≫와 ≪강변부인≫과 같은 함량
미달의 후기 장편을 제외하면, '동종 이야기'는 '이종 이야기'의 거의 두
배의 편수에 해당한다. 이렇게 그의 소설에서 '동종 이야기'가 주조를 이루
고 있는 것은 서술자가 자기가 이야기하는 스토리 속에 하나의 등장 인물로
존재하는 것이 작가의 주관적 미의식을 투사하는 데 용이하기 때문이라고
볼 수 있다.

본 연구에서 화자의 특성을 분석하는 것은 현실을 바라보는 화자의 시선
을 통해서 6·70년대 한국 사회의 제 문제를 인식한 작가 의식의 일단을 규명
할 수 있기 때문이다. 이에 연령대로 분류된 동종 이야기 화자의 특성을
규명하고 이와 더불어 동종 이야기 화자의 변용 양상과 이종 이야기 화자의
특성에 대하여 논의하기로 한다.

## 1) 유·소년 화자와 가치 중립성

어린이가 '초점 화자'로 설정되어 있는 경우는 일반적으로 화자가 제시하
는 정보가 제한적이고, 그의 지식 수준이나 세상사에 대한 이해 정도가 미숙
하기 때문에 신뢰도를 떨어뜨린다. 그러나 김승옥은 교양, 지식 같은 기존의
관점에서 벗어나 순수하게 사유하는 유년 화자의 특성을 적절히 활용하고

있다.

  <생명연습>은 대학생 화자인 '나'에 의해서 여수에서의 가족사가 회상
될 경우, 대학생 화자와 과거의 어린이 '초점 화자'는 서로 분리된다. 한편,
<乾>에서는 초점 화자인 어린이가 전면에 부각되어 있다. <염소는 힘이
세다>의 경우도 초점 화자인 어린이에 의해서 관찰되고 인식되는 초점 대
상이 제시된다.

  먼저 <생명연습>의 경우는 어린이의 눈에 의해 비극적 현실(과부가 된
어머니의 불륜과 형의 어머니 살해 음모, 그런 형을 절벽에서 떠밀어 버리는
나와 누나, 형의 자살)을 포착함으로 현실의 괴로움과 비참함을 객관적이고
냉정한 눈으로 제시할 수 있다. 가족 간의 반륜적 행위는 전란 상황을 배경
으로 이루어지고 이러한 비극적 상황성은 과거의 어린이의 시각에 의해서
포착된다. 바로 이러한 점 때문에 이들의 반륜적 행위는 선악의 윤리 관념
밖에 존재할 수 있게 된다. 만일 이 작품이 성인 화자에 의해서 전달되거나
이종 이야기의 극화되지 않은 화자의 목소리를 통해서 전달된다면 윤리적
가치판단이 개입할 여지가 많아지게 된다. 그러나 가족 간의 반륜적 행위가
유년 화자에 의해서 전달되기 때문에 그들의 행위는 선악 관념을 떠난 도덕
적 진공 상태[60]에 놓일 수 있게 되는 것이다.

  <乾>은 빨치산의 습격으로 무전 여행 계획이 수포로 돌아가자 윤희 누
나를 윤간하고자 하는 형이 존재하는 공간인데, 이와 같은 이데올로기적
대립과 전쟁의 비극성을 유년기의 초점 화자가 서술함으로써 초점 대상의
전모를 어떠한 선입관이나 편견 없이 있는 그대로 전할 수 있는 장점을 갖
는다.

  그런데, 이와 같은 유년 화자의 설정은 역사적 현실을 비켜가거나 외면하

---

60) 조남현, *op. cit.*, p.257.

고자 하는 작가의 탈이념적 의지의 발현으로 이해하는 견해도 상존한다. 그러나 유년 화자 설정은 '탈이념성'이라고 보기보다는 '가치중립성'으로 보는 것이 타당할 것으로 생각된다. 작가는 유년 화자를 설정함으로써 전쟁의 폭력성과 이념적 갈등을 가치판단을 개입하지 않은 상태로 냉정하게 전달하고자 한 것이다. 또한 유년 화자의 설정을 작자의 탈이념성의 발로로 파악하는 것은 작가와 작품의 관계에만 한정된 판단이다. 유년 화자의 전달에 의해서 발생하는 정보의 부족이나 비신뢰성은 독자의 독서 과정에서 다시 충족될 수 있다. 즉, 독자는 작품 속의 유년 화자의 진술을 독자의 자신의 지식과 교양으로 충전함으로써, 전쟁의 비극성과 이념적 갈등 속에서 벌어지는 참상들을 충분히 전달받을 수 있는 것이다. 말하자면, '방위대 건물'은 왜 불탔으며, 이것이 '나'에게 어떤 영향을 미쳤으며, 빨치산 시체를 목격한 '나'가 왜 그 시체를 향해서 돌을 던졌으며, '나'는 왜 형들의 '윤희 누나' 윤간에 능동적으로 동참하는가 하는 모든 질문은 이 작품을 해독하는 독자의 몫이 되는 것이다. 따라서 작가는 전쟁과 이념적 갈등이라는 외부적 폭력성을 순진무구한 어린이의 시선으로 관찰하고 거기서 발생하는 부족한 정보는 독자가 재구할 수 있도록 한 것이라고 볼 수 있다. 바로 이것이 동종 이야기 화자가 유소년으로 설정되었을 때 얻을 수 있는 효과인 것이다.

한편, <염소는 힘이 세다>의 경우는 순진무구한 소년을 '초점 화자'로 내세워서 한 가정의 비극적 상황을 효과적으로 드러내고 있다. 귀머거리 할머니, 어머니, 누나, 그리고 어린 '나'가 살고 있는 서울의 어느 가난한 가정에 어느 날 염소의 죽음이 몰고 온 사건들을 어린이의 눈으로 관찰한다.

> 염소는 힘이 세다. 그러나 염소는 오늘 아침에 죽었다. 이제 우리 집에 힘센 것은 하나도 없다.
>
> (염소는 힘이 세다, 1, p.243)

　　염소는 힘이 세다. 그러나 염소는 며칠 전에 죽었다. 이제 우리 집에 힘
센 것은 하나도 없다. 힘센 것은 모두 우리 집의 밖에 있다.

(염소는 힘이 세다, 1, p.248)

　　염소는 힘이 세다. 염소는 죽어서도 힘이 세다. 가마솥 속에서 끓여지는
염소도 힘이 세다. 수염이 시커멓고 살갗이 시커멓고 가슴이 떡 벌어졌고
키가 크고 손이 큰 남자들도 가마솥 속의 염소에게 끌려서 우리 집으로
들어온다. 염소는 우락부락하게 생긴 사람만 일부러 골라서 우리 집으로
끌어들일 만큼 힘이 세다.

(염소는 힘이 세다, 1, pp.252－253)

　　염소는 힘이 세다. 죽어버린 염소도 힘이 세다. 앓는 어머니를 소공동
쪽으로 밀어 보낼 만큼 힘이 세다.

(염소는 힘이 세다, 1, p.256)

　　위에서 제시된 인용문들은 유년 화자의 초점 대상이 되는 죽은 염소에
대한 진술이다. 어린이의 입에서 나오는 '염소는 힘이 세다'라는 반복적 진
술은 가난한 가정의 비극적 상황에 대한 반어적 의미를 전달하기에 충분하
다. 예컨대, 세금을 내지 않고 장사를 한다는 이유로 문을 닫게 된 후 어머니
는 꽃장사를 위해 다시 소공동으로 나가야했는데, 이를 화자는 '앓는 어머니
를 소공동 쪽으로 밀어 보낼 만큼 힘이 세다.'라고 진술함으로써, 현실의
비극성을 더욱더 부각시키는 효과를 가져온다. 특히, 염소탕을 먹으러 온
'합승 정거장 사내'에게 '누나'가 강간당하는 것을 목격하는 장면이라든가,
이 사건이 오히려 누나가 버스 안내양으로 취직하게 되는 계기로 작용하는
현실 논리를 순진무구한 소년을 초점 화자로 내세워 제시함으로써 가난한
도시 빈민의 비참한 삶의 애환을 반어적으로 드러낸다.

## 2) 성년 화자와 이념적 비정향성

<力士>의 경우는 액자형식을 취하고 있고, 스토리 밖의 피화자인 '나'는 '그런 대로 뭐랄까 상징적인 데도 있는 것 같아서 여기에 들은 그대로를 옮겨보는 것'이라고 말하고 있는데, 이는 피화자인 '나'가 이야기를 들은 사람인 동시에 이야기를 전달하는 중개자 역할을 하고 있음을 말하는 것이다.

전술한 바와 같이, 이 작품의 공간 구조는 무질서와 혼란의 상징인 '창신동 빈민가'와 질서와 규율이라는 자본주의적 합리성과 전근대적 봉건성이 결합되어 있는 '양옥집'의 대비로 이루어진다. 그런데 이 두 공간에서의 생활에 대하여 이야기를 들려준 젊은이가 피화자인 '나'에게 판단을 요구했을 때 ("어느 쪽이 틀려 있었을까요?") 나는 "글쎄요."라고 대답할 뿐 어느 쪽으로도 판단을 하지 않는다. 이러한 판단 유보는 유년 화자가 미숙성으로 인해서 발생하는 것이라면, 대학생 화자의 경우는 가치중립적이며 비정향적(非定向的)인 존재 방식을 취하기 때문에 나타난다.

<확인해본 열다섯 개의 고정관념>의 경우는 '고정관념'이라는 화자의 내면의식을 직접적으로 서술하고 있는데, 다음의 고정관념은 이러한 중립적 태도가 여실하게 드러난다.

> 이럴 땐 그 녀석, 영이 오빠라도 왔으면 좋겠다. 그 녀석이 내 거처를 아는 유일한 놈이다. 그 녀석의 호주머니에는 항상 천원짜리 몇 장쯤은 있다. (중략) 그래서 나는 너처럼 돈 자랑하는 놈들 보기 싫으니까 철저한 프롤레타리아 공화국이나 되어버렸으면 좋겠다고 쏘아댄다. 그러나 그 녀석은, 야옹, 하고 고양이 소리를 흉내내고 나서 너처럼 가난한 게 무슨 특권이라도 되는 듯이 까부는 놈 보기 싫으니까 무지무지한 자본주의 국가가 되었으면 좋겠다고 응수한다. 그러나 어느 쪽도 되어서는 안 되리라. 팽창되어버린 감정의 의사는 살인적이다. 어느 쪽에도 치우치지 않고 괴로워하며 '사이'에 위치하는 게 좋다. **괴로워하며 '사이'에 위치하는 게**

최선의 태도라는 생각도 이젠 내 고정관념 중의 하나이다.
(확인해본 열다섯 개의 고정관념, 1, p.121, 강조 - 인용자)

위의 인용문에서 '괴로워하며 '사이'에 위치하는 게 최선의 태도'라는 초점 화자의 진술에서 일체의 좌우 이념이나 사상에 치우치지 않고 그 사이에 존재하겠다는 화자의 의지를 엿볼 수 있다. 이러한 이분법적 인식의 틀 안에서의 '판단 유보'는 작가의 이데올로기적 비정향성으로 이해할 수 있다.

한편, 이러한 초점 화자의 이념적 비정향성은 4·19를 배경으로 한 <그와 나>에서 더욱더 극단적으로 고착되는 양상을 보인다. 이 작품에서 대학생이 되어 서울로 가는 '나'(초점 화자)는 열차 안에서 이제 자신만의 독립된 삶을 영위할 수 있다는 생각을 하지만 그 이면에 숨어있는 일말의 불안감(함정)도 함께 느낀다. 이로 인해 '나'의 생각은 입영 통지를 받고 입대를 기다리던 어느 이웃집 청년의 이야기로 소급된다. 그 청년은 다른 입대자들과 함께 입영 환송식을 진행하던 중 땅에 박혀 있던 '녹슨 쇠못'에 찔려 제날짜에 입대를 하지 못하게 되어 병역 기피자로 체포되고, 결국 며칠 후 파상풍으로 죽게 된다. 이 '녹슨 쇠못 한 개'란 인생에 놓여 있는 '불가시적인 작은 우연'(p.284)을 뜻한다. 이런 사소한 것이 인생을 파멸로 이끌 수 있다는 사실을 '나'는 무서운 교훈으로 느끼고 있는 것이다.

그런데 '나'가 '그'를 처음 만난 것은 바로 승객들로 만원인 서울행 기차 칸에서이다. '그'는 '나'와 같이 대학생이 되어 서울로 올라가는 길인데, 자리를 차지하기 위해 시발역까지 가서 앉아 가는 '나'를 보고 '감고 있는 눈꺼풀에 대롱대롱 매달려 있는 양심'(p.285)이라고 빈정거린다. 그것은 '나'의 처지를 미안한 생각은 있지만 자신의 자리를 양보하기는 싫은 상태로 판단했기 때문이다. 이러한 그의 말이 악성 병균처럼 안으로 끈질기게 파고들어오는 것을 느낀 '나'는 다음과 같이 말한다.

그런 식의 표현 자체에서 나는 마치 비릿한 물이끼 냄새가 풍겨오면 강
이 가까웠음을 알 수 있듯 **대도시의 세련된 문화와 성인 세계의 윤리가**
나에게 임박한 것을 느끼며 뭔가 숨쉬기가 답답해졌다. 가난한 지방 도시
에서는, 그리고 자라나는 유·소년 시절엔 옆엣사람을 돌보지 않는 악착스
런 경쟁과 경쟁에서 진 자의 굴종이 스스럼없이 공존(共存)하는 것이다.
그 공존에 불평을 하거나 야유를 한다는 건 **가난한 지방 도시의 문화와**
**유·소년 시기의 윤리**를 파괴하는 것이다.

(그와 나, 1, pp.285 - 286, 강조 - 인용자)

'나'는 그의 말에 '대도시의 세련된 문화와 성인 세계의 윤리'가 임박한
것을 느끼며, 그러한 말은 경쟁과 굴종이 용인되던 '가난한 지방 도시의 문
화와 유·소년 시기의 윤리'를 파괴하는 것으로 생각하고 있다. 지방 도시에
서 유·소년 시기를 보낸 '나'가 대학생이 되어 서울이라는 대도시의 일원으
로 편입되는 과정은 단순한 공간적 이동이 아니라 자신이 살던 공간의 문화
와 윤리와는 다른 공간에 적응하게 되는 것을 의미한다. 이것은 결국 도시
문화와 성인 세계로의 입사(initiation)를 의미한다.

그러한 '그'를 '나'는 4·19 데모 현장에서 다시 만나게 된다. 그런데 초점
화자인 '나'는 '데모란 나로서는 전연 예정에 없는 등록금과 하숙비의 낭비
에 불과했다.'(p.286)는 진술이 말해 주듯이 데모와는 전혀 무관하거나 냉소
적인 위치에 서있다.

그 구호의 요구 조건이 그대로 관철되었을 때 가장 이익을 볼 자들이
아무 소리도 않고 있는데 왜 애꿎게 우리가 나서서 야단이냐 말이다. (중
략) 비겁한 것은 나의 귀중한 시간과 돈을 나와 한마디 상의도 없이 자기
네 멋대로 동원하여 낭비하고 있는 데모 선동자들이고 그들을 방관하고
있는 학교였다. 사실 박차고 열외(列外)로 나가버리지 못하고 엉거주춤 휩
쓸려 떠밀려가고 있는 이유는 다만 학교에 돌아가봤댔자 교수들이 나 하

나만을 상대로 강의를 해줄 것 같지 않기 때문일 뿐이었다.

　그리고 비겁한 것은 사회인들이었다. 부정 선거로 표를 도둑질 당했다
고 이 아우성이지만, 도둑질 당한 표에 학생들의 표가 많았겠는가, 사회인
들의 표가 많았겠는가. 아우성을 쳐야 할 건 지금 길가에서 데모 대열을
구경하며 박수를 치고 있는 저 사회인들이고 우리야말로 그들이 아우성칠
때 곁에서 박수나 쳐주면 충분한 게 아니냐 말이다. (중략) 인생은 그토록
조심스러운 것이며 이따위 데모는 아무리 잘 봐준대도 가난뱅이가 골동품
을 사는 것과 같은 도락(道樂)에 불과한 것이다.

(그와 나, 1, pp.287 - 288)


위의 인용문에서 부정 선거로 인한 4·19 시위 현장에서 '나'는 '데모가
'나'의 귀중한 시간과 돈을 낭비하고 있고, 정작 시위의 주동세력은 학생이
아닌 사회인이어야 하며, 가난뱅이에게 데모는 사치임을 강조하고 있다. 급
기야 학생들은 예상하지 못한 경찰의 실탄 사격을 받게 되고, '나'는 다시
불가시적인 인생의 함정인 '녹슨 쇠못'을 연상한다.

　이러한 현실에 대한 초점 화자의 입장은 일체의 사회적 압력과 변화를
거부하는 태도로 이해할 수 있다. 여기서 화자가 말하는 시국에 대한 가치판
단은 철저히 개인적 의식에 바탕을 두고 있고, 이러한 의식은 '사회가 내
인생을 위하여 마련해 두고 있는 단계들―그 체제를 건드리지 않는 한 나
로서는 그런 사건이 성공해도 좋고 실패해도 그만이다'(p.289)는 결론에 이
르게 된다. 그리고 그 데모가 실패하지 않고 성공했던 탓에 혁명의 의미에
동조하지 않을 수 없게 만드는 '집단적인 의사(意思)'에 심한 거부감을 드러
낸다.

　결국, '나'와는 반대로 데모의 전면에 나섰던 '그'는 '역사를 창조한 학생
들'의 한 사람으로 미국의 한 방송과 인터뷰를 하게 되고, "I believe we must
invent our future and we can do it."이라고 말하는 '그'의 영웅적인 발언에,

이 데모가 '나'와는 무관한 도락을 넘어서, 반드시 실패했어야 할 나의 적이고, 그러한 일을 한 '그' 또한 나의 적임을 분명히 하고 있다.

결국 초점 화자는 사회의 집단적 의식과 그것을 관철시키기 위한 데모와 같은 정치적 활동에 냉소하는 차원을 넘어서서 강한 적대의식을 가지고 있음을 알 수 있다. 이러한 사회적·정치적 집단의식에 대한 화자의 거부는 삶의 불가시적인 위기와 함정을 함의하고 있는 '녹슨 쇠못'의 상징에서 알 수 있듯이 철저한 '개인주의적 가치판단'에 근거함을 알 수 있다.

이러한 초점 화자의 의식의 일면은 '자기 세계'의 문제와 다시 연결된다. 김승옥에 있어 '자기 세계'란 타자와 구분되는 자아성을 의미하기도 하고, 때로는 극기를 동반하기도 하지만, 이러한 사회와는 단절된 개인주의적 영역이기도 하다. 그런데 이 작품의 초점 화자와 같이 대학생이 되어 상경하게 된 인물의 경우는 현실 세계는 자신의 문화적·윤리적 기반이 되었던 '자기 세계'의 포기를 요구하게 되고, 이러한 입사식에 의해 '자기 세계'는 심대한 손상을 입게 된다. 이러한 상황에서 이 작품의 화자와 같이 현실을 수용하지 않고 자기 세계에 근거하여 현실을 배타적으로 인식할 때, '자기 세계'는 극단적인 개인주의의 양태로 고착되는 것이다.

## 3) 동종 이야기 화자의 변용

이야기를 이종 이야기 (heterodiegetic)와 동종 이야기 (homodiegetic)로 구분할 경우, 단순히 화자가 이야기 속에 등장하는가 등장하지 않는가 하는 점으로 귀착될 수 있다. 이러한 구분 속에는 초점 화자가 다른 인물이나 대상에 대해서 취하는 '거리감'이나 서술의 '비중'이라는 문제가 간과된다.

<무진기행>은 형식적인 측면에서 보았을 때, 분명히 화자가 텍스트 내부에 존재하는 동종 이야기이며, 초점 화자인 '나'에 의해서 서술되는 '내적

초점화'(internal focalization)를 통해서 사건을 서술하고 있다.61) 그러나 서술의 '거리감'이라는 측면에서 보았을 때, 초점 화자인 '나'(윤희중)는 무진에서 자신의 분신과 같은 인물들(세무서장 '조', 중학 교사인 후배 '박', 음악선생 '하인숙' 등) 을 만나게 되고, 그로 인해 심한 부끄러움을 안고 떠난다고 한다면, 초점 화자뿐만 아니라 그의 분신에 해당하는 다양한 인물들 자체에 초점에 맞추어져 있다고 볼 수 있다. 따라서 <무진기행>은 형식적으로는 내적 초점화를 통해서 서술되지만, 서술의 거리감이라는 측면에서 보았을 때는 오히려 '외적 초점화'(external focalization)에 가까운 것으로 보인다.62) 그것은 <무진기행>이 과거의 '나'를 만나게 되는 여행이자, 현재 '나'의 분신들을 만나게 되는 통과제의적 여로이기 때문이다. 서울에서의 '나'의 출세는 무진에서의 '조'의 출세와 같은 의미를 지니며, '나'의 '조'에

---

61) 초점화(Focalization)는 현대의 서사학자들이 전통적인 시점의 논의를 부정하면서 새롭게 정의된 개념이다. 전통시학에서 시점(Point of view)은 대상에 대한 인식의 지향을 나타내지만, 실제로는 대상에 대한 인식, 감정, 관념적 지향 등을 포괄하기 때문에, 현대 서사학자들은 초점화(Focalization)라는 용어를 새롭게 제안한다. 특히 즈네뜨(Gérard Genette)는 '시점'이라는 용어들이 풍기는 지나치게 시각적인 느낌을 피하기 위해 초점화라는 용어를 사용하고자 한다. (Gerard Genette, *op. cit.*, p.177.) 여기서 자신의 지각, 인식, 감정 등이 대상을 지향하는 초점화의 주체를 '초점 화자'라하고, 그 지각 대상을 '초점화 대상'이라 한다. (한용환, ≪소설학 사전≫, 고려원, 1992, p.410.) 그런데 초점화자는 스토리의 내부에 있을 수도 있고, 외부에 있을 수도 있다. 이에 따라서 '내적 초점화'(internal focalization)와 '외적 초점화'(external focalization)로 나뉘어진다. 전자는 등장인물의 의식을 통해(through) 초점이 맞추어지는 서술인데, 그 초점이 한 사람에게 (a)고정된 경우, (b)'가변적인' 초점화, (c)'복수'(multiple) 초점화 (서간체 소설 : 같은 사건이 편지를 쓰는 여러 등장인물의 시점에 따라 여러 번 서술될 수 있다.)로 나뉜다. 후자는 그 인물을 통해서가 아니라 인물 자체를 향해' 초점이 맞추어지는 서사이다. (Gérard Genette, *op. cit.*, pp.177 - 178.)

62) 현길언은 김승옥의 <무진기행>의 이야기 방식이 1인칭 주인공 시점이면서도, 주인공이 잘 알고 있는 세계의 실상을 자기 목소리로 직접 독자에게 전하지 않고 제3자의 입을 통해 전하도록 하고 있다고 말하며, 그 결과 이야기와 화자의 거리감이 유지되면서 독자가 일정한 거리를 두고 세계를 인식하도록 하는 효과를 나타낸다고 보았다. (현길언, *op. cit.*, p.266.)

대한 부정적 태도는 '나' 자신의 부정적 분신에 대한 거부인 셈이다.63) 한편, 음악 선생인 '하인숙'은 '목포의 눈물'을 불러야 하는 무진을 떠나 서울에 가고 싶어하는 현실적인 욕망을 가지고 있으나, '조'와의 성관계를 거절하고 정조를 지키고 있었다는 사실에서 '조'의 비속성과 대비된다.64) 또한 속물들 틈에 끼어서 유행가를 부르는 '하인숙'을 딱하게 생각하며 그녀에 대해 연정을 품고 있는 중학 후배 '박'은 '나' 속에 숨어 있는 순수성의 또다른 모습이다. 이처럼 '나'는 무진에서 '나'의 비속성과 순수성을 나타내는 분신과 같은 인물들과 함께 존재한다. 따라서 <무진기행>의 서술상에 존재하는 인물들은 '나'와 등가적 관계를 맺고 있는 인물이다.

한편, <서울 1964년 겨울>에서도 구청 병사계 직원인 '나'와 대학원생 '안', 그리고 아내의 시체를 병원에 팔아버린 서적 월부판매 외교원 '사내'가 등장한다. 물론 이 작품도 동종 이야기이지만, 이들은 모두 개별적으로 존재하며 그들의 존재성을 드러내는 서술의 비중은 모두 어느 한 쪽에도 기울어지지 않는 균형감을 유지하고 있다. 이야기는 초점 화자인 '나'에 의해서 서술되지만, 서술의 비중이라는 측면에서 보았을 때, 역시 '외적 초점화'에 가깝다. 대학원생 '안'과 서적 월부 판매 외교원인 '사내'는 모두 개별적으로 존재하고 있는 것이지, '나'의 시선에 포착되어 형상화되는 인물이 아니다. 이들은 모두 각자의 이유로 밤거리에 나온 것이다. '나'의 경우는 하숙방에 들어앉아서 벽이나 쳐다보고 있는 것보다 낫기 때문에, '안'의 경우는 밤거리에 나오면 뭔가 좀 풍부해지는 느낌이 들기 때문에, '사내'는 아내의 시체를 판 돈을 써버리기 위해서 밤거리에 나온 것이다.

또한 이들의 대화도 모두 자기 세계 속에서만 의미있는 것일 뿐 타인의

---

63) 명형대, *op. cit.*, p.236
64) *Ibid.*, p.240.

공감을 필요로 하는 것이 아니다. 이 점은 다음의 '나'와 '안'의 대화에서 분명하게 드러난다. ① 평화시장 앞에 줄지어 선 가로등들 중에서 동쪽으로부터 여덟번째 등은 불이 들어오지 않는다거나 ② 화신백화점 육층의 창들 중에서는 그 중 세 개에서만 불빛이 나오고 있다거나, ③ 서대문 버스정거장에는 사람이 서른두 명 있는데 그 중 여자가 열일곱 명이었고, 어린애는 다섯 명 젊은이는 스물한 명 노인이 여섯명이었다거나, ④ 단성사 옆 골목의 첫 번째 쓰레기통에는 초콜릿 포장지가 두 장 있다거나, ⑤ 적십자병원 정문 앞에 있는 호두나무의 가지 하나는 부러졌다거나, ⑥ 을지로 삼가에 있는 간판 없는 한 술집에는 미자라는 이름을 가진 색시가 다섯 명이 있다거나, ⑦ 그 중에서 큰미자와 하루 저녁 같이 잤는데 그녀가 빤쯔를 하나 사주었고, 그녀가 저금통으로 사용하고 있는 빈 병에는 돈이 백십원 들어있었다거나, ⑧ 영보빌딩 안에 있는 변소문의 손잡이 조금 밑에는 약 이 센티미터 가량의 손톱자국이 있다거나 하는 모든 진술은 경험한 자만이 알 수 있는 것이며 상대방에게는 무의미한 것이다.

따라서 이들은 모두 각자의 세계 속에서 의미있는 존재이기 때문에 이들의 존재성은 '나'의 시선에 의해서 포착될 수 없는 것이다. 따라서 이 작품이 '내적 초점화'라는 형식 안에서 '외적 초점화' 경향을 강하게 드러내는 것은 익명성과 개인주의로 무장한 서울이라는 근대적 도시 공간 안에서 개별화되고 단자화된 존재의 상황성을 드러내기 위한 것으로 이해된다.

한편, 그의 소설에서 이종 이야기의 중심 인물이 거의 동종 이야기 화자와 같은 경향을 나타낸다는 점이 또 하나의 특징이다. 다시 말하면, 이종 이야기의 '그'가 동종 이야기의 '나'와 거의 차이가 없다는 말이 된다.


K에게는 책을 싸게 사는 비결이 있다. K는 사고 싶은 책에서 몇 페이지

를 곰보가 눈치채지 못하는 사이에 찢어낸다. 그리고 다음날이나 며칠 후
에 가서 그 책을 흥정한다. 그리고 페이지가 많이 찢겨져나간 책을 누가
사느냐고 배짱을 내밀어본다. 곰보는 대개 별수없이 양보하고 만다. 집에
돌아와서 찢어낸 페이지를 다시 그 자리에 스카치테이프로 붙이면서 K는
기분이 좋다.

(싸게 사들이기, 1, p.159)

위의 인용문에서도 확인할 수 있듯이 이종 이야기의 중심인물인 'K'를
'나'로 바꾼다고 해도 아무런 문제가 없다는 사실을 알 수 있다. 이것은 비단
이 작품에만 국한된 것이 아니라 이종 이야기의 대부분이 그러하다. 그렇다
면, 김승옥은 동종 이야기와 별 차이도 없는 이종 이야기 화자를 내세운
것은 무엇 때문인가? 이러한 물음에 대한 해답은 이종 이야기인 <싸게 사들
이기>, <차나 한잔>, ≪60년대식≫, <들놀이>, <야행>, ≪보통여자≫,
≪강변부인≫이 세태 소설이라는 점에 있다. 그것은 동종 이야기가 극화된
초점 화자의 시각에 의해서 서술되기 때문에 서술상의 제한이 많지만, 이종
이야기 화자의 경우는 자유로운 초점화가 가능하기 때문에 도시적 세태의
허위와 모순에 고통받는 여러 인간 군상의 모습을 형상화하기에 용이하다는
점에 있다.

그러나 후기작에 속하는 장편 ≪보통여자≫(1969.1~12)와 ≪강변부인≫
(1973)의 경우는 소외된 인간들의 세태를 날카롭게 풍자하고 있기보다는 극
적 긴장감의 와해와 서사의 빈곤을 가져오고 만다. 전자는 결혼을 앞둔 남녀
가 초점 화자로 설정되고, 이들의 애정 갈등과 회복이 그려지는 통속적인
이야기이고, 후자는 '민희'라는 부인을 초점 화자로 설정하여, 남편의 불륜
현장을 목격한 부인의 성적인 일탈 행위와 그것이 마침내 남편에게 발각되
는 통속적 이야기를 늘어놓고 있다. 이 작품들은 동종 이야기 화자와 같은

개성적 목소리가 사라져 장편의 소설에서 기대되는 인물의 다성적(polyphonic) 목소리[65]는 찾을 수 없고, 속물적인 초점 화자에 의해 평면적으로 서사가 진행되어, 결국 함량 미달의 장편을 낳게 된다.

이상에서 분석한 화자의 특성과 그 의미를 정리하면 다음과 같다.

첫째, <생명연습>, <乾>, <염소는 힘이 세다>에서는 유·소년 화자의 특성을 도출하였다. 유·소년 화자는 선악관념을 떠난 인물의 도덕적 진공 상태를 서술하거나(생명연습), 전쟁과 이념적 대립의 파괴성에 대하여 가치 중립적인 태도를 취하면서 의미 해독에 있어 독자의 참여를 유도하거나(乾), 도시 빈민의 삶의 애환을 반어적으로 제시하는(염소는 힘이 세다) 기능을 담당하고 있다.

둘째, 대상에 대한 판단 유보는 김승옥 소설의 유년 화자가 그 미숙성으로 인해서 발생하는 것이라면, 대학생 화자의 경우는 가치중립적이고 비정향적(非定向的)인 입장을 노골적으로 제시한다. <力士>에서 드러나는 피화자의 판단 유보나 <확인해본 열다섯 개의 고정관념>에서 제시되는 이념적 중립성, <그와 나>에서 나타나는 집단적 의사에 대한 거부감은, 일체의 사회적 도그마와 권위에 대한 저항의 의미를 지닌다.

셋째, <무진기행>이나 <서울 1964년 겨울>에서 동종 이야기의 화자가

---

65) 다성성(polyphony)은 원래 음악에서 사용하던 용어였으나 바흐친에 의해 문학에 도입되었다. 하나 이상이 다양한 의식이나 목소리들이 완전히 독립된 실체로 존재하는 문학이나 예술 작품을 가리킨다. 이 경우 작중인물은 단순히 작가의 의도에 의해 조정되는 수동적인 객체가 아니라 작가와 나란히 공존해 있는 능동적인 주체에 해당한다. 뿐만 아니라 다성성의 경우 작품에 표현된 관념이나 이데올로기는 작가 자신의 것이라기보다는 예술적으로 형상화된 관념의 이미지나 이데올로기의 이미지다. 바흐친은 다성성을 가장 효과적인 예술적 원칙으로 삼은 작가로 표도르 도스트예프스키를 들고 있다. (김욱동 편, ≪바흐친과 대화주의≫, 나남출판, 1990, pp.357 - 358.)

취하는 인물과의 '거리감'이나 서술의 '비중'에서 볼 때, 화자는 객관화된 위치에 놓이게 된다. 이렇듯 동종 이야기에서 화자를 포함한 모든 인물이 그 자체에 초점이 맞추어져 있는 '외적 초점화'는 <무진기행>에서는 자신의 분신을 찾아가는 여로라는 측면에서 화자와 대상 사이의 객관적 거리를 확보할 수 있게 하며, <서울 1964년 겨울>에서는 관계성을 상실한 개별화된 인물의 소외를 형상화하는 데 기여한다.

# Ⅳ. 결론

지금까지 김승옥 소설에 나타나는 근대성 담론의 양상에 대하여 고찰하였다. 제Ⅱ장에서는 김승옥의 소설에 수용된 60년대 근대성의 인자를 크게 전쟁 체험과 '자기 세계', 근대적 일상성과 소외의 문제로 나누어 분석하였다. 첫째, 전쟁 체험에 관해서는 파괴적인 외적 현실이 '자기 세계'의 형성에 미치는 영향에 대해서 고찰하였다. 김승옥 소설에 나타나는 '자기 세계'는 파괴적인 외적 현실에 대항하는 '방어 기제'로 나타나거나 그러한 현실이 '자기 세계'에 손상을 입혔을 경우, '자기 세계'는 왜곡되어 자아의 내면 의식에 고착된다. 이러한 인물의 '자기 세계'의 집착은 자아와 세계를 대립적으로 인식하게 하는 근원이 된다.

둘째, 근대적 일상성과 소외에서는 60년대 급속한 산업화와 도시화에 따른 고향 상실의 문제, 사물화된 인간관계와 자본의 문제, 합리성과 규율이라는 근대 사회의 제도성의 문제, 대중문화에 의한 소외 양상 등의 근대성의 내용을 어떻게 인식하는가 하는 문제를 살펴보았다. 이러한 근대적 일상성에서 소외를 경험하는 주체의 내면적 정황을 통해서 근대 사회의 병리적 상황성을 인식하게 한다. 이상의 논의가 당대의 역사적 근대성에 대한 작가적 인식의 문제라고 한다면, 제Ⅲ장의 내용은 이러한 당대의 역사적 근대성을 형상화하는 과정에서 드러나는 미적 근대성에 대한 문제라는 점에서 이

둘은 관련된다.

제Ⅲ장에서는 이러한 서술 상황에서 나타나는 미적 근대성을 중심으로 당대의 근대성에 저항하는 미학적 구조와 형식을 주로 고찰하였다. 이를 다시 세부적으로 나누어 통사구조의 특성, 이미져리 구조의 특성, 시·공간 구조의 특성, 화자의 특성으로 나누어 살펴보았다.

첫째, 통사구조의 특징에서 어절의 중첩과 유연한 확장과 같은 통사적 특성을 보이는 문장은 표준 문법이 함의하는 제도로부터의 일탈을 의미한다. 또한 이러한 문장은 산문어에 운율적 자질을 부여함으로써, 소설의 언어가 단순히 서사의 재료가 아닌 심미적 예술임을 보여준다.

둘째, 이미져리 구조에서는 그의 소설에서 구사되는 이미져리의 구조를 '연쇄적 이미져리', '대립적 이미져리', '파편적 이미져리'로 나누어 분석하였다. 이러한 다양한 이미져리의 사용은 그의 소설을 하나의 심상적 예술품으로 만드는 원동력이 된다. 나아가 그의 소설에 구사되는 이미져리는 근대성의 파행적 양상을 미학적으로 형상화하는 미적 근대성의 양상을 드러낸다.

셋째, 시·공간 구조에서는 그의 소설의 다양한 시간 변조와 공간 구조를 고찰하였다. 시간 구조에서는 그의 소설의 시간 구조를 직선적 시간, 역전적 시간, 순환적 시간, 무시간(achrony)으로, 공간 구조는 대립적 공간 구조와 파편적 공간 구조로 나누어 각각 분석하였다. 이러한 분석의 결과 그의 소설은 직선적인 시간관과 단일한 물리적 공간관을 거부하고 해체하고 있다는 사실을 알 수 있다. 이러한 시간과 공간의 파괴와 해체라는 텍스트의 형식은 선형성(linearity)이라는 근대 부르주아의 가치관을 거부하는 미적 근대성의 양상을 나타낸다.

넷째, 화자의 특성에서는 김승옥 소설의 화자를 크게 '유·소년 화자'와

'성인 화자', '동종 이야기 화자의 변용'으로 구분하여 분석하였다. 유·소년 화자는 가치 중립적인 태도를 취하기 때문에 전쟁의 파괴성과 이데올로기적인 갈등이 드러내는 비극성을 냉정한 시선으로 전달할 수 있다. 성년 화자(대학생)의 경우, 이념적 비정향성을 강하게 드러내고 있다. 여기서 성년 화자는 일체의 권위와 도그마를 거부하며 '사이'에 위치하는 경향을 나타낸다. 한편, 동종 이야기 화자의 변용은 화자가 다른 인물들과 맺는 관계 속에서 객관적인 위치를 점할 때 발생하는 것으로서, 대상을 통한 객관적인 자아 탐색을 가능하게 한다.

이상의 '인물의 근대 인식과 대응양상'과 '서술 상황에서 드러나는 미적 근대성'의 양상을 통해 볼 때, 김승옥의 소설의 새로움은 전후 소설의 소박한 휴머니즘이나 실존적 허무의식에서 벗어나 미학적 상상력과 심리학적 상상력으로 전회했다는 점에 있다. 특히 그의 초기 단편의 주인공들은 도덕의식의 진공 상태에서, 혹은 선악 관념의 대기권 밖에서 삶을 이끌어가려는 태도를 보이고 있다는 것이 그 증좌이다. 이와 같은 선악관념을 떠난 주관적 미의식의 탐구는 새로운 감수성과 감각적 문체의 창출로 이어진다.

김승옥은 주관적 미의식을 투사하여 상황과 내면 정황을 감각적으로 묘사하는 長文, 다양한 이미지의 상호작용을 통해서 얻어지는 공감각적 이미져리, 대상과 상황에 대한 에피퍼니(Epiphany) 등을 통해서 부조리하고 모순된 세계의 모습과 그로 인해 왜곡된 자아의 내면을 미학적으로 형상화하였다. 그의 소설에 나타난 이와 같은 독특한 미의식은 50년대 소설의 엄숙주의와 변별되는 것이며 도덕적 상상력이라는 당대 독자의 기대지평과는 상반되는 것이다. 일상의 '사소한 것의 사소하지 않음'을 발견해내는 김승옥의 트리비얼리즘(trivialism)은 이데올로기로 경화된 의식과 도덕적 교훈주의로부터 벗어났음을 보여주는 것이고, 이것이 김승옥 소설이 가지는 60년대적 의의이다.

그러나 이와 같은 그의 주관적 미의식에 대한 비판적 견해도 상존하는 바, 그의 미의식이 '자기 세계'로의 침잠으로 일관한 나머지 나약한 감상주의(sentimentalism)로 떨어질 소지를 안고 있었다는 견해가 그것이다. 이러한 비판적 견해에도 불구하고, 이것을 한계가 아닌 독자적인 소설 미학으로 제시한 김승옥은 섬세한 미적 감수성과 참신한 미학적 구조를 통해서 60년대 소설의 새로운 지평을 열었다. 이것이 단순한 미적 충동으로 이해될 수 없는 것은 그의 소설이 언제나 근대적 현실을 반성하고 비판하는 미적 근대성의 양상을 드러냈기 때문이다.

이상과 같이 본 연구의 논의를 정리하면서, 역사적 근대성에 대한 인식론의 문제와 그것에 내응하는 미학적 전략으로서의 미적 근대성은 내용과 형식의 이분법의 한계를 뛰어넘지 못했다는 방법론상의 한계를 인정하지 않을 수 없다. 그러나 미적 근대성의 논의에서 근대성 인식의 문제를 지속적으로 연관시킨 것은 그러한 연구의 한계를 극복하고자 하는 노력의 일환이다. 이러한 개별 작가에 대한 총체적인 근대성 담론 연구가 6·70년대 문학 연구와 나아가 한국 현대 문학의 근대성 연구에 기여하게 되기를 바란다.

## 1. 연구 자료

김승옥, ≪김승옥 소설 전집≫1 - 5권, 문학동네, 1995.


## 2. 국내 단행본

강명구, ≪소비대중문화와 포스트모더니즘≫, 미음사, 1993.
권영민, ≪한국현대문학사≫, 민음사, 1993.
김상태, ≪문체의 이론과 해석≫, 집문당, 1993.
김욱동 편, ≪바흐친과 대화주의≫, 나남출판, 1990.
김윤식, ≪한국현대문학사≫, 서울대학교 출판부, 1992.
김윤식·정호웅 공저, ≪한국소설사≫, 예하, 1993.
김주연, ≪상황과 인간≫, 박우사, 1969.
나병철, ≪근대성과 근대문학≫, 문예출판사, 1995.
남기심·고영근, ≪표준 국어문법론≫(개정판), 탑출판사, 1993.
이승훈, ≪문학과 시간≫, 이우출판사, 1983.
_____, ≪문학상징사전≫, 고려원, 1995.
_____, ≪시론≫, 고려원, 1990.
이주행, ≪현대국어문법론≫, 대한교과서주식회사, 1992.
정문길, ≪소외론 연구≫, 문학과지성사, 1989.
최혜실, ≪한국 모더니즘 소설 연구≫, 민지사, 1992.
한용환, ≪소설학 사전≫, 고려원, 1992.

현길언, ≪소설은 어떻게 읽을 것인가≫, 나남 출판, 1997.

______, ≪한국 현대소설론≫, 태학사, 2002.

한국사회과학연구소편, ≪한국사회론≫, 민음사, 1980.


## 3. 논문 및 평론

곽　근, <작품의 심층적 의미> ― 김승옥의 「乾」을 중심으로, ≪始林≫ 5, 1985.

김　현, <구원의 문학과 개인주의>, ≪현대 한국 문학의 이론 / 사회와 윤리≫, 김현문학전집 2, 문학과지성사, 1991.

김명석, ≪김승옥 소설 연구≫, 연세대 대학원 박사학위논문, 2000.

김민수, ≪1960년대 소설의 미적 근대성 연구≫ ― 최인훈과 김승옥의 소설을 중심으로, 중앙대 대학원 박사학위논문, 1999.

김성기, <세기말의 모더니티>, 김성기 外, ≪모더니티란 무엇인가≫, 민음사, 1994.

김윤식, <속죄의식과 공동환상의 형식>, ≪우리 소설과의 만남≫, 민음사, 1986.

김정남, <김승옥의 "확인해본 열다섯 개의 고정관념"의 텍스트성 연구> ― 변증법적 문학 연구를 위한 반성적 시론(試論)―, ≪한양어문≫제16집, 한양어문학회, 1998.

김주언, ≪한국 비극소설 연구≫―1960년대 최인훈·서정인·김승옥을 중심으로, 단국대 대학원 박사학위논문, 2001.

김주연, <김승옥의 작품 세계>, ≪한국현대문학전집≫24, 삼성출판사, 1985.

김치수, <김승옥의 소설>, ≪다산성 ― 자선대표작품선≫, 한겨레, 1988.

______, <아웃사이더·독백의 미학>, ≪한국현대소설론≫, 형설출판사, 1983.

류보선, <김승옥론> ― 개인과 사회의 대립적 인식과 그 의미, 권영민 엮음,

≪한국현대작가연구≫ ― 황순원에서 임철우까지, 문학사상사, 1991.

류승렬, <김승옥의 「무진기행」 연구> ― 이미지 분석을 통한 공간 패턴, ≪국문학연구 ― 송랑 구연식 박사 회갑 기념논총≫, 1985.

명형대, <무진기행의 환상적 공간구조>, ≪한국문학논총≫3, 1980.

박선부, <모더니즘과 김승옥 문학의 위상> ― 김승옥 작품으로 본 모더니즘의 형이상학, 공간성, 그리고 그 형상성, ≪비교문학≫제7집, 1982.

안성수, <귀향 모티프와 요나 콤플랙스의 변증법> ― 「무진기행」의 의미분석, ≪현산 김종훈 박사 회갑기념 논문집≫, 집문당, 1991.

안혜련, ≪김승옥 소설의 문화기호학적 연구≫, 전남대 대학원 박사학위 논문, 1999.

오생근, <작가의식의 변천>, ≪삶을 위한 비평≫, 문학과지성사, 1978.

유종호, <감수성의 혁명>, ≪비순수의 선언≫, 유종호 전집 1, 민음사, 1995.

______, <슬픈 도회의 어법>, ≪한국소설문학대계≫45, 동아출판사, 1995.

이건영, <부정과 체념의 니힐리즘>, ≪현대문학≫, 1966, 8.

이광풍, <동일성의 상실과 회복>, ≪난대 이응백 박사 회갑 기념 논문집≫, 1983.

이어령, <죽은 욕망 일으켜세우는 逆유토피아>, ≪다산성 ― 자선대표작품선≫, 한겨레, 1988.

이태동, <공허한 인간의 숲> ― 문학 속의 도시 / 서울, ≪문학사상≫ 1, 1978, 1.

이호규, ≪1960년대 소설의 주체 생산 연구≫ ― 이호철, 최인훈, 김승옥을 중심으로, 연세대 대학원 박사학위논문, 1999.

장세진, <일상적 삶의 실존적 깨달음>, ≪비평문학≫2, 1988.

전혜자, <'내재적 장르'로서의 「무진기행」>, ≪인문논총≫창간호, 경원대학교 인문과학 연구소, 1992.

______, <현대소설의 도시성 분석> ― 이효석과 김승옥, ≪경원대학 논문집≫3, 1985.

정과리, <유혹, 그리고 공포>, ≪문학, 존재의 변증법≫, 문학과지성사,

1985.

정현기, <60년대적 삶>, ≪다산성 — 자선대표작품선≫, 한겨레, 1988.

———, <보여지는 삶과 살아가는 삶의 확인작업> — 김승옥의 「무진기행」, ≪문학사상≫, 1984, 8.

———, <안개와 수근거림과 애욕의 시대를 지켜본 작가>, ≪이상문학상 수상작가 대표작품선≫, 문학사상사, 1986.

조남현, <미적 세계관에의 입사식> — 김승옥론, ≪문학과 정신사적 자취≫, 이우출판사, 1984.

천이두, <발랄한 호기심·김승옥>, ≪종합에의 의지≫, 일지사, 1974.

_____, <아웃사이더·독백의 미학> — 김승옥의 「力士」, ≪한국현대 소설론≫, 형설출판사, 1983.

_____, <존재로서의 고독>, ≪문학과 시대≫, 문학과지성사, 1982.

최봉대, <'한국전쟁'의 기원과 그 성격을 둘러싼 몇 가지 문제>, 최장집 편, ≪한국전쟁연구≫, 태암, 1990.

한형구, <김승옥론> — 김승옥 문학의 문학사적 성격, ≪한국현대작가연구≫, 민음사, 1989.


## 4. 외서 및 번역서

Bakhtin, Mikhail Mikhailovich, <소설 속의 시간과 크로노토프의 형식> — 역사적 시학을 위한 소고 —, ≪장편소설과 민중언어 *Voprosy literatury i estetiki*≫, 창작과비평사, 1988.

Barthes, Roland, "Style and Its image", Seymour Chatman(Edited and in part translated), *Literary Style : A symposium*, London : Oxford university press, 1971.

Bourneuf, Roland·Ouellet, Réal 공저, 김화영 편역, ≪현대소설론 *L'univers du roman*≫, 문학사상사, 1992.

Calinescu, Matei, *Five faces of modernity : Modernism, Avant-Garde, Decadence,*

*Kitsch, Postmoderisn*, Durhum : Duke University Press, 1987,

Campbell, Joseph, 이윤기 옮김, ≪천의 얼굴을 가진 영웅 *The Hero with a Thousand Face*≫, 평단문화사, 1985.

Chatman, Seymour, 한용환 역, ≪이야기와 담론 *Story and Discourse*≫—영화와 소설의 서사구조—, 고려원, 1991.

Foucault, Michel, 오생근 역, ≪감시와 처벌 *Surveiller et Punir*≫, 나남, 1994.

Frye, Northrop, "The archetypes of literature", Lodge, David(Edited), *20th Century Literature criticism*, London : Longman, 1972.

Genette, Gérard, 권택영 옮김, ≪서사담론 *Narrative Discourse*≫, 교보문고, 1992.

Goldmann, Lucien, 조경숙 역, ≪소설 사회학을 위하여 *Pour une sociologie du roman*≫, 청하, 1982.

Habermas, Jürgen, 장은주 역, ≪의사소통의 사회이론≫, 관악사, 1995.

Jakobson, Roman, 신문수 편역, ≪문학 속의 언어학 *Language in Literature*≫, 문학과지성사, 1989.

Storey, John, 박모 역, ≪문화연구와 문화이론 *An Introductory Guide to Culture Theory and Popular Culture*≫, 현실문화연구, 1995.

McNay, Lois, *Foucualt : A criticism Introduction*, Cambridge : polity, 1994.

Marcuse, Herbert, 차인석 역, ≪1차원적 인간 *One Dimensional Man: Studies in the Ideology of Advanced Industrial Society*≫, 삼성출판사, 1990.

Pappenheim, Pritz, 정문길 역, ≪근대인의 소외 *The Alienation of modern man*≫, 정음사, 1985.

Prince, Gerald, 최상규 역, ≪서사학 *Narratology : The Form and Functioning of Narrative*≫—서사물의 형식과 기능, 문학과지성사, 1988.

Shklovski, Viktor, 한기찬 옮김,<기술로서의 예술>, ≪신비평과 형식주의≫, 고려원, 1991.

柄谷行人, 박유하 역, ≪일본근대문학의 기원 日本 近代 文學の起源≫, 민음사, 1997.

# 제2부 한국 소설과 소외 의식

# 1. 이호철 소설과 소외 의식

## I. 서론

이호철(1932 - )은 1955년 ≪문학예술≫지에 <탈향>과 <나상>이 추천
되어 등단한 이래, 지금까지 활발한 작품 활동을 하고 있는 작가이다. 그는
50년대 작가들이 반공 이데올로기와 소박한 휴머니즘을 준거틀로 잡아 구체
적인 현실을 탐구하지 못하였는데 반해, 이러한 현실을 예리하게 포착하여
반성적으로 탐구해 왔다.

본고에서는 이호철 소설1)에 나타난 '소외'의 문제를 작중 인물의 현실과
의식에 초점을 맞추어서 논의하려고 한다. 그런데 그의 소설에 등장하는
인물들은 관념적인 조작이 아닌, 구체적인 현실 속에 놓여 있는 인물이라는
점에서 문학 사회학적인 관점에서 논의할 필요가 있다. 따라서 본고에서는
문학 사회학적인 방법론을 원용하여 소외론의 관점에서 인물의 소외와 극복
의 문제를 살펴보고자 한다.

'소외'(alienation; aliénation; Entfremdung)2)는 신학, 철학, 심리학, 그리고

---

1) 연구의 텍스트 선정에 있어서는 청계연구소 출판국에서 펴낸, 이호철 소설 전집 1 - 7권
   으로 한다. 이 전집의 기획 초기에는 단편집 1권, 단편 - 꽁트집이 2권, 장편 소설이 3 - 10
   권, 그리고 산문집 11 - 12권을 포함하여 전 12권으로 발간 예정이었으나, 현재 제7권까
   지 발간되고 그 이후는 중단된 상태이다. 본 연구는 연구 범위와 시기를 그의 등단작
   <탈향>(1955)에서부터 장편 <문>(1988.3 - 12)에 이르는 전집 수록 작품으로 한다.

사회학적인 측면에서 다양하게 논의되어 왔다. 신학적인 측면에서 소외란 창조주나 또 다른 존재들로부터 분리된 존재들의 의미를 나타내기 위하여 사용된다.[3] 철학적인 의미에서 소외는 19세기초에 피히테(Fichte)와 헤겔(Hegel)에 의해서 처음 사용되기 시작했으며, 그 영향 또한 당시에는 그들 제자들만의 작은 집단에 한정된 것이었다. 그러다가, 그것은 1840년대에 이르러 마르크스(K. Marx)가 자본주의 시대의 해명을 자기 소외의 개념에 집중시키게 되자, 사회학적인 이론과 결합하게 되었다.[4] 심리학적인 측면에서 말하는 '자기 소외'란 일반적으로 주체의 상실을 뜻하는 것으로 자기 존재의 내적 핵심에 접근하지 못하고 스스로를 이질적 존재로 경험하거나 이방인으로 느끼는 것을 뜻한다.[5]

요컨대, '소외'는 개인이 느끼기에 자기에게 유용해야 하는 순조로운 상황을 발견하지 못했을 때 나타난다[6]고 할 수 있다. 즉 '소외'란 하나의 존재자(entity)가 자신으로부터 혹은 세계로부터 분리되는 행동적 개념과 그 결과 나타나는 메타 현상적(metaphenomenal) 상황을 포괄하는 개념이다.[7] 자신으로부터 멀어졌을 때는 자신의 진정성(authenticity)을 상실하며, 세계나 타자로부터 분리되었을 때는 고독감, 고립감, 무규준성 등의 상황을 보이게 된다.

본고에서는 '소외'의 다양한 논의를 바탕으로 소외의 사회학적 개념[8]과 심리학적 개념[9]을 중심으로 이호철 소설에 나타나는 인물의 소외 양상을

---

2) 정문길, 《소외론 연구》, 문학과지성사, 1989, p.17.
3) 안형관, 《인간과 소외》, 이문출판사, 1992, p.13.
4) 프릿쯔 파펜하임, 정문길 역, 《근대인의 소외》, 정음사, p.13.
5) 안형관, *op. cit.*, p.31.
6) *Ibid.*, p.22.
7) *Ibid.*, pp.29 - 30 참조.
8) 사회학적인 관점에서는 마르크스(K. Marx)와 퇴니스(F. Tönnies)의 비판 이론과 문학 이론가로서 루카치(G. Lukács)와 골드만(L. Goldmann)의 이론이 중심적으로 다루어질 것이다.
9) 심리학적인 측면에서는 프롬(E. Fromm)의 소외 개념과 유형론, 도피의 메커니즘(mechanism of escape) 이 유용한 방법론으로 사용될 것이다.

살펴보고자 한다. 여기서 작중 인물의 소외의 양상을 (1) 분단 상황과 소외 (2) 정치·경제적 상황과 소외로 구분해 보았다. 그런데 이와 같은 범주화는 작가의 특정 시기의 작품 경향[10]으로 파악된 것은 아니며, 또한 이 두 가지 문제가 연속선상에 놓여 있다는 것을 간과한 것도 아니다. 다만 본고에서 인물의 소외 양상을 이대분(二大分)한 것은, 소외의 직접적인 원인이 무엇인가에 따라서 분류된 것이다.

한편, 이호철의 소설에서는 인물의 소외 양상과 함께 소외를 극복하려는 노력이 나타난다. 이 극복 양상은 우리 민족이 안고 있는 '분단 모순'의 극복과 더불어 우리 사회가 '건강한 사회'[11]로 나아가는 방향과 방법에 있어 그 단초를 제공하고 있다.

이러한 의미에서, 본고는 이호철 소설에 나타나는 인물들의 소외와 그 극복 양식을 살핌으로써, 이호철 소설의 핵심이 '소외와 그 극복'에 있음을 밝히는 데 그 목적이 있다.

## II. 본론

### 1. 분단 상황과 소외

### 1) 전란 상황과 소외

이호철의 소설에 나타는 분단 상황과 소외는 전란 상황 속에서의 소외로

---

10) 임헌영은 이호철의 소설을 2기로 구분한다. 1기(초기소설)는 <탈향>, <나상>, <만조> 등의 작품과 같이 자신의 전쟁 체험을 소설적으로 형상화한 시기로 보고, 2기는 <닳아지는 살들>을 기점으로 <둥기수속>, <자유만복>, <부시장 부임지로 안 가다> 등으로 이어지는 작품과 같이 소시민적 삶을 민족적 시각에서 파헤친 것으로 작가적 경향을 분류하였다. (임헌영, <분단시대 소시민의 거울> ― 이호철의 소설세계, ≪빈 골짜기≫ 이호철 전접 2, 청계연구소 출판국, 1988, p.447.)
11) 에리히 프롬, 김병익 역, ≪건전한 사회≫, 범우사, 1994, p.79.

특징지워질 수 있다. 여기서 말하는 전란 상황이란 한국 전쟁[12]과 전쟁을 통해 나타난 이데올로기적인 갈등의 제 양상을 말한다. 이 항에서 논의할 내용은 이와 같은 상황을 작중인물(주체)이 어떻게 대응하고 수용하는가에 대한 문제이다.

이에 대한 첫 번째 특징으로 전쟁과 이데올로기에 대한 무연성(無聯性)을 들 수 있다. 그럼 <빈 골짜기>(원제: <백지풍경>)를 통해 그 양상을 살펴보겠다.

인걸이는 열세살이었다. 요즈음 어쩐지 동네 안의 매사가 뒤숭숭하고 서글펐다. 국군이 올라왔다. 해방이 됐다. 집을 다시 찾았다. 빼앗겼던 땅을 되찾았다. 야아, 야아, 이렇게 움씰움씰 즐거운 것도 같았으나, 어느 귀퉁이 허전한 구석을 어쩔 수 없었다.

국군이 북상해 올라오고 나서 요즈음 동내 안은 돌개바람이 아는 듯이 매일 매일 노상 법석스럽지만, 어느 구석에는 싸늘한 기운이 휘돈다. 사실

---

12) 이 전쟁은 '6.25 사변', '6.25 동란'(이기백), '6.25 전쟁'(강만길), '한국동란', '한국전쟁', '조국해방전쟁', '항미원조전쟁' 등 다양하게 명명되어 왔다. 이에 '6.25'라는 용어의 문제점을 먼저 짚고 넘어가야 한다. 그 이유는 그 이전 부분적으로 진행되던 국지전의 양상과 "4.3사건 이후 전쟁 발발 때까지 게릴라전을 포함한 정치적 투쟁으로 10만 정도의 사망자가 발생했다고 할 때, 이것은 평시의 상태로 보기 어렵다."(최장집, ≪한겨레 신문≫, 1988, 6, 25)는 견해 등을 고려할 때, 1950년 6월 25일에 전쟁이 발발했다고 보기 어렵다. 이것은 "이 전쟁이 1945년 해방과 더불어 부과된 잠정적인 분단체제의 극복을 위한 한반도내의 치열한 대항관계의 연속선상에서, 그리고 결국에는 남북한, 미국, 중국의 정규적인 군사력이 한반도를 그 전역(戰域)으로하여 상호충돌하게 되는 일련의 과정과의 연계하에서 위치지워져야 된다는 점을 전제"(최봉대)한다면, 6.25보다는 '한국전쟁'으로 지칭하는 것이 온당하다고 본다. 또한 '조국해방전쟁'이나 '항미원조전쟁' 등의 용어는 이 전쟁에 대한 관점을 다른 각도에서 본 것이므로 제외하고자 한다.
강만길, ≪고쳐 쓴 한국현대사≫, 창작과비평사, 1994, pp.215 - 228.
박세길, ≪다시쓰는 한국현대사≫, 돌베개, 1988, p.191.
이기백, ≪한국사신론(신수판)≫, 일조각, 1990, p.480.
최봉대, <'한국전쟁'의 기원과 그 성격을 둘러싼 몇 가지 문제>, 최장집 편, ≪한국전쟁연구≫, 태암, 1990, p.16.

로 내평집 과수원 움 속에는 사람들이 갇혀 있다. 사람들이. 그 사람들이
우리를 내쫓았고 간난이를 빼앗아갔고 동네를 망쳐놓기는 했다. **그랬대**
**서, 그렇다고 그 사람들을 이렇게 과수원 움 속에다 가두어두었대서, 대관**
**절 이렇게 세상이 뒤바뀌었대서 무엇이 어쨌다는 것인구.**
   **생각할수록 뭔가 겉도는 느낌이고 허황스러워질 뿐이었다. 무엇 때문에**
**이리들 난리법석이고 괏다칠까.**

(빈 골짜기, 2, p.204, 강조 - 인용자)[13]

위의 예문에서 나타나듯이 열세살 난 인걸이는 전쟁이 가져다준 이념적
혼란을 '대관절 이렇게 세상이 뒤바뀌었대서 무엇이 어쨌다는 것인구'라고
말하며 '뭔가 겉도는 느낌이고 허황스러워질 뿐'이라고 느끼고 있는 것이다.
인걸이네 집은 북의 체제에서 모두 재산이 몰수되고 간난이는 농민위원장의
아내가 된 것이다. 그러나 다시 국군이 올라오자 농민 위원장이었던 미장이
는 과수원 움 속에 갖히게 되었다. 간난이는 다시는 인걸이네 집에 돌아
올 수도 없고, 인걸이를 보지도 못하는 처지에 놓인 것이다. 간난이만 어려
운 시대의 혼란 속에서 희생물이 된 것이다. 간난이에게 업혀서 자란 인걸이
는 간난이가 다시 돌아오기만을 소망할 뿐이다. 인걸이의 시각에서 볼 때,
당시의 시대적 혼란으로 간난이를 잃고 만 것이지만, 인걸이는 그 이데올로
기에 분노하지 않는다. 그 상황이 가져다 준, 이전투구(泥田鬪狗)가 자신들
의 평화로운 농촌 공동체에 가한 모든 일이 '겉돌고 허황한 일'이라고만
생각할 뿐이다. 이것은 농촌 공동체가 이질적인 이데올로기나 전쟁을 수용
할 때 역사적 상황과 무관계한 입장에 서는 것으로서 '소외'의 한 양상이라
고 하겠다. 이와 같은 양상을 <만조>를 통해서도 살펴볼 수 있다.

---

13) 인용문의 출전은 (작품명, 전집 권수, 페이지)의 방식으로 밝히기로 한다.

우리 동네 말이우다. 다른 동네들하군 사정이 좀 달라요. 모두 같은 조상을 타고났수다. 모두가 한 집안 한 씨족이란 말입니다. 그래도 못되게 군 애 몇 있었수다. 혼들이 한 번 단단히 나야 정신들을 차리지. 저 새돌집이라는 집 정미소 창고에다 꽝꽝 가두어뒀습니요. **허지만 사실은 그게 다 몹쓸 놈의 바람 탓이지**(이건 사실은 이장이 단골로 쓰는 어투를 도용했다.), **사람들이야 무신 죄가 있습니까.** 허허, 알구 보믄 다 불쌍하구 철없는 애들이지요.

(만조, 1, p.26. 강조 - 인용자)

우리 마을은 한 조상을 타고내려온 집안끼리입니다. 이렇게 이장은 첫 농민 전체회의가 있던 날 열기를 띠어 호소했다. **그놈의 몹쓸 바람이 탈이었지 사람들이야 무슨 죄가 있습니까**, 잠시 동안 좀 거둘어둘 뿐 한 사람이라도 희생이 되어선 안 됩니다, 문제는 우리 마을 사람들이 이제부터 어떻게 하면 나날의 그 훌륭한 과거를 되살려가며 화목하게 살 수 있겠느냐 하는 그것이지 몇몇 사람에게 벌을 주는 것쯤은 사소한 차후 문제라는 것을 역설하였다. 우리는 사소한 사람에 휩쓸려서 우리들의 바른 몸가짐을 추호나마 흩뜨려서는 안 된다.…… **국군들이 마을 안으로 들어와도 빨갱이들을 가둔 새돌집 정미소 창고만은 가르쳐주지 않기로 말이 된 것이었다.**

(만조, 1, p.34, 강조 - 인용자)

위의 인용문에서 나타나듯이 '모두 같은 조상을 타고난' 집성촌(集姓村)인 마을에서 한국 전쟁이라는 이데올로기적인 대립은 그들과 무관한 관계에 놓인다. 그저 '그놈의 몹쓸 바람이 탈이었지 사람들이야 무슨 죄가 있습니까'라고 말할 뿐이다. 또한 국군들이 와도 혈연으로 연결된 사람들이기 때문에 빨갱이들을 가둔 곳은 가르쳐주지 않기로 하는 것이다.

이와 같은 점에서 이호철의 소설은 한국 전쟁과 그것이 낳은 이데올로기적 갈등을 비판하게 된다. '한국 전쟁'이 전쟁의 기원에 대한 문제나 전개과정, 그리고 그 성격규정의 혼란에도 불구하고, 이데올로기의 대립에 의한 전쟁이라고 할 수 있다. 이러한 이데올로기는 우리의 내재적 전통과 삶의 양식과는 거리가 먼 것이라고 할 수 있다. 이와 같은 이질적인 이데올로기가 특히 '농촌 공동체'와 만났을 때, 이데올로기는 파괴적인 성격을 띨지언정 그 속에 살고 있는 사람들의 심성을 바꾸어 놓지는 못한다. 이로써 이념적 가치는 '모두 같은 조상을 타고 난' 고장, 더 나아가 우리 민족과는 무관계한 입장에 선다는 사실을 말하고 있는 것이다. 이데올로기는 피와 살육을 낳았지만, 혈연적 공동체인 한 마을에서, 혹은 더 나아가서 우리 민족에게는 부차적인 것이 된다. 즉 우리 민족의 공동체적 삶의 양식의 측면에서 볼 때, 이데올로기라는 것은 외발적(外發的)이며, 이질적인 것이다. 그런 의미에서 '몹 쓸 바람'이란 우리의 내재적 삶의 양식과 전혀 다른 이데올로기가 낳은 대립과 갈등을 말하며, 이것을 통해서 이데올로기의 이전투구(泥田鬪狗)가 낳은 한국 전쟁 전체를 비판하는 것이 되는 것이다.

이와 같은 의미에서 <비껴부는 바람>도 이해될 수 있다. 이 작품은 먼 숙부뻘이 되는 '새안집 영감님'과 조카뻘이 되는 '김수억 씨'가 일제말부터 북한사회를 거쳐 월남한 후 25년 동안의 서울 생활 속에서도 서로를 사갈시(蛇蝎視)하다가 마침내 피차간의 잘못을 회오하며 인간적인 화해에 닿는14) 내용이다. 그 결말에 주목해 보자.

"(전략) 이 얘긴 조금 딴 얘깁니다마는, 어쨌거나 우리는 **너무 오랜 세월을 비껴 부는 바람 속에서만 시달려온 것 같수다.**"
"그런 것 같네."
하고 새안집 영감님은 필요 이상으로 담배연기를 들이빨어서 양볼이 불룩해지도록 입 안을 뿔쿠었다가 풀썩 내뿜으며 받았다.

---

14) 김병걸, <현실을 바라보는 세 개의 시선>, 《창작과비평》, 창작과비평사, 1976, 9, p.120.

"아이들 세월에는 다 좋아질 테지."

"그야 그럴 테지요만, 아이들 세월은 아이들 세월이고, **우리 세월은 왜
계속 이러해야만 했는 겐지 원**. 이랬거나 저랬거나 저는 이제 끝이우다.
새안집 아재비도 만나 뵙고,"

(비껴 부는 바람, 1, p.330, 강조 - 인용자))

'비껴 부는 바람에 시달려' 왔다고 말하는 김수억씨의 말은 일제시대부터
북한체제, 그리고 월남 후의 힘겨운 삶 모두가 자신들의 주체적인 의지에
발원하는 것이기 보다는 피동적으로 힘겨운 삶의 역경에 부딪혀 왔다는 것
을 의미한다. 제목의 함의에서 나타나듯이, 역사적 격랑은 '바람'을 의미하
는데, 이 때의 바람도 정면에서 부딪혀 오는 바람이 아닌, '비껴부는' 바람이
다. 또한 이 '바람'에 대응하는 주체는 정면으로 그것에 저항하거나 수용하
는 것이 아니라, '시달려' 온 것 뿐이다. 이것은 결론적으로, 전란이라는 '역
사적 상황'에서 주체가 소외되어 왔음을 의미하는 것이다.

다음으로 <어떤 부자(父子) 이야기>를 살펴보자.

종현 아범은 웬일인지 청우당에 몸을 담고 있더란 말야. 그런데 그 뒤
얼마 있다가 그 사람은 금방 그 당에서 빠져나오더먼. (중략) 사람은 본시
조금 덜렁거리는 편이었는데, 해방후 그 세상 되어서는 그 성격도 많이 기
가 줄었고, 동네 일을 주관하는 측에서도 종현이 아범을 성분상으로 안 좋
게는 생각하였지만 본인이 모든 일을 고분고분 좇고 (중략) 헌데 국군이
올라오자 그 사람은 타의 반 자의 반으로 새 이장을 맡았었거든.

(어떤 부자(父子) 이야기, 3, p.292)

위의 인용문에서 '종현 아범'의 행각은 어떠한 시대 상황 속에서 주체가
자신의 의지를 통해서 능동적으로 선택한 것이라기 보다는 시대의 시류에
의해 선택되어진, 혹은 강요되어진 것이다.[15] 이에 근거하여 '종현 아범'은

세계의 중심으로 행위의 창조자로 경험하고 있지 못하고 또한 외부 세계에 대해 생산적으로 관련되어 있지도 못하다. 그러므로 그는 시류에 편승하여 그 결과에 복종하고 있으므로, 그의 당적(黨籍)이나 북 체제 안에서의 마을 관리나, 국군 치하의 이장(里長)직 등은 그의 본질 의지를 실현하는 방향이 아니다. 그러므로 그는 외부로부터도 소외되고 있으며 자기 자신으로부터도 떨어져 있는 '소외'의 양상을 드러낸다.

대응 양상에 있어 두 번째로 지적할 수 있는 것은 약소 민족으로서 패권국에 가지는 피해 의식이다. 여기서 <변혁 속의 사람들>이 중요한 작품으로 떠오르는데, 다음의 대화는 해방 정국의 이데올로기적 혼란상을 압축적으로 드러내고 있다.

> "그렇기도 하지만 꼭 그렇게만 생각할 것도 아니라구. 조상 잘 모시는 그 속에 바로 우리네의 깊은 슬기와 질서의 근원이 있었당이."
>
> "참, 그 소리 들응이까나 하는 소린데. 요즘 거리에 더러 내레가보문 거 희한하데. **왜놈들 물러가고 로스께들 들어오더니 그 머시개이 스탈린 대원수인가 뭣인가 그림이 천지로 널려 있더먼. 길세, 로서께가 해방자는 해방자지만 어째 좀 이상스럽데.**"
>
> "그 그림도 그림이려니와 현수막이라는 건 또 뭐야. 그것도 원 보기 꼴 사납데. 소나무들만 별안간에 난리 만났어. 그거 하나 만들려면 솔나무 잎께나 수태 들겠더랑이까."

---

15) 여기서 프롬(E. Fromm)이 설명하는 '소외의 구조'가 의미가 있다. 프롬은 소외의 구조를 ① (현재의) 소외된 상태(인간이 그들의 행위나 그 결과에 복종하고 그것을 숭배하며, 다른 사람이나 스스로로부터 떨어져 있는)를 중심으로하여 그 이전의 ② 소외되지 않은 상태(인간이 스스로를 세계의 중심으로, 행위의 창조자로 경험하는)와 그 다음의 ③ 소외가 극복된 상태(인간이 그 자신과 외부 세계에 대해 생산적으로 관련되는)로 명확히 인식, 구분하고 있다.
(정문길, <프롬에 있어서의 소외와 그 극복>, 정문길 편,《소외》, 문학과지성사, 1985, p.123.)

> "왜놈들은 천황을 깊은 광 속에다 가다 모시더니, 야아들은 최고 우두
> 머리를 사지사방에다 내걸고 모시나보지."
>
> (변혁 속의 사람들, 3, p.257, 강조 - 인용자)

위의 대화는 일제시대로부터 해방정국의 이데올로기적 양상을 압축적으로 보여주고 있다. '왜놈들'은 천황을, 해방 후에는 사회주의 종주국인 소련의 스탈린의 초상화가 천지로 널려 있는 모습, 이는 '로스께가 해방자지만 이상스럽다'는 말처럼 이데올로기를 우리가 주체적으로 수용한 것이 아니라 미·소의 세계 전략[16]의 일환으로 타율적으로 강제된 것임을 보여주는 것이다. 이것은 '변혁 속'이라는 역사적 상황에서 우리 민족이 '소외'되어 왔음을 의미하고, 이것은 그의 소설에서 '빗겨부는 바람'으로부터의 '시달림'으로 표현되는 것이다.

이와 같은 외세의 '제국(帝國)' 이미지는 <파열구>에서 잘 나타나고 있다. 전방에서 후퇴 명령을 받고 후방으로 내려온 '갈표'는 후방의 안일함에 싸여 있는 '현욱'과 미국으로 떠난다는 '석후'와 석후의 뒤를 따라 미국에 가겠다는 '계영'에 대하여 모두 저항감을 느낀다. 이와 같은 갈표의 의식은 '미국'에 대한 저항 의식과 통한다.

> 앞 한길은 텅 비었다. 저만큼 한길 한복판에 자동차 속도 이완 표지인 흰 드럼통이 덩실하게 서 있을 뿐이다. 플래시 라이트의 싸늘한 불빛이 그 쪽으로 비치자, 5 MILE SLOW라고 쓴 까만 글씨가 우줄우줄 춤추듯이 뾰족이 드러났다. (중략) '오른밤은 천하없어도 심문을 해야지. 수하를 해야

---

16) 미·소의 세계전략이 가장 첨예하게 대립된 곳이 바로 한반도였으며, 이후 한반도의 운명은 세계사의 운명과 같은 길을 걸을 수밖에 없게 되었다. 즉 한반도는 미국과 소련이라는 세계사상 초유의 두 강대국의 '파워게임'의 장으로, 또 한민족은 다른 이념을 가진 두 개의 사회구성체로 갈라선 분단민족으로 전락하게 된 것이다. (한국민중사연구회 편, ≪한국민중사Ⅱ≫, 풀빛, 1986, p.226 - 227.)

지. 그놈의 GMC를 세우고 말 테야. 만일 서지 않으면 쏠 테야. 오늘밤
은……'

(파열구, 2, p.14)

야간 보초 근무를 서고 있는 '갈표'는 춥고 음산한 분위기 속에서 '파열구'
를 찾아 폭발한다. 이것은 '석후'에 대한 패배 의식에서 출발하여, 미군의
일개 고용인으로 전락돼 있다는 열등감이 외국 유학의 행운을 약속받고 있
는 '형욱'에 대한 살해 충동으로 이어지기도 하고, '이 구석에서 평생 썩긴
너무두 억울해. 비록 뉴욕의 어느 아득한 빌딩 꼭대기에서 곤두박질을 해서
자살을 하더래두.'(파열구, 2, pp.19 - 20) 미국에 가겠다는 '계영'에 대한 분
노로 이어지기도 한다.17) 이것은 모두 5 MILE SLOW 표지판을 무시하고
달려드는 GMC에 대한 저항으로 집약되어 나타나는데, 끝내 GMC를 멈추게
하지 못한다.

　　'하긴 워싱턴의 30층 꼭대기에 앉으면 우리 골방 풍경도 구질구질해 보
　이겠거니와 토끼새끼의 반동강이같은 한국이라는 것이 아득한 나락 밑처
　럼 여겨지긴 할 거라.'

(파열구, 2, p.17)

　　현욱은 그냥 멍청히 그 자리에 서 있을 뿐이었다. GMC는 어느덧 와르
릉거리며 가까이 왔다.
　　"스토옵, 정지잇."
　　갈표는 휘청하고 조금 비켜서며 소리를 질렀다. 그러나 분명히 갈표의
안광과 총대는 소리를 지르는 방향이 아나라 강렬한 헤드라이트의 불빛
속에 찬란히 드러나 있는 현욱을 노리고 있었다.

---

17) 이와 같은 해석은 (천이두, <묵계와 배신·이호철>,≪종합에의 의지≫, 일지사, 1974,
　　pp.262 - 263.)에서 논의된 바 있다.

"어이, 현욱이. 비키라니까 비켜."

그러나 방아쇠를 당겼다. 두방 세방 당겼다. 총소리가 울리고 현욱의 머리가 통째로 날아가는 듯하면서 으아악 하는 소리가 GMC 소리와 뒤섞여 들렸다.

(중략)

"스토옵, 정지잇."

갈표는 그냥 뒤따라 달려가면서 방아쇠를 당겼다.

(중략)

눈물이 번진 눈에 GMC는 무슨 날개 돋친 짐승처럼 멀어져가고 있었다.

(파열구, 2, pp.26 - 27)

위의 첫 번째 인용문에서 보듯이 '미국'이 보는 '한국'은 구질구질해 보이고 토끼새끼의 반동강이같은 것이 아득한 나락 밑처럼 여겨질 것이라는 '갈표'의 말에서 볼 수 있듯이, 멈추려 해도 멈출 수 없는 미군의 GMC는 감히 대항할 수 없는 거대한 존재이다. 그러나 갈표는 그것을 향해 저항한다. 하지만, 그 'GMC의 큰 몸체는 한순간 꾸뚤했'을 뿐, '그냥 30마일의 속도로 지나' 간다. 저항해도 역부족인 갈표의 눈에는 눈물이 번지고 그냥 멀어져가는 GMC를 '날개 돋친 짐승'처럼 바라볼 뿐이다. 그 상황에서 '갈표'는 '현욱'을 죽이고 만다. 갈표는 더 이상 저항할 수 없는 미국이라는 존재를 후방의 나약성 속에서 도미(渡美)의 허황된 꿈을 키우고 '현욱'에게로 '외향투사(projection)'[18]해서 그를 향해 총을 난사하고 마는 것이다. 이것을 통해서 우리는 한국 전쟁에서 '미국'이라는 존재를 의식할 수 있다. 즉 '미국'이

---

18) 멜라니 클레인(Melanie Klein)은 이 투사라는 개념을 '외향투사'와 '내향투사'로 나누어 설명하고 있다. 외향투사란 감정과 무의식적 소망이 자아로부터 축출되어 다른 사람이나 사물에 전가되는 과정이다. 내향투사란 외적 대상에 속한 자질들이 흡수되어 무의식 중에 자아에게 속한 것으로 여기는 과정이다. (엘리자베드 라이트, 권택영, ≪정신분석 비평≫, 문예출판사, 1989, p.110.)

이 땅에서 가지는 무시무시한 위력과 지배적 패권의 의미를 읽을 수 있으며, 전란이 한국사회에 던진 정신적 황폐상과 파괴성을 동시에 드러내 주고 있는 것이다. 이 상황 속에서 주체는 역사적 상황에 중심에 서지 못하고 나약하게 희생되는 존재이다. 이것은 결국 한 사람의 정신 세계를 무기력과 혼동과 피폐로 물들게 한다. 이들은 프롬의 말대로, 세계의 중심에 서서 관계하지 못하고 그 결과에 복종하게 되는 것이며, 또한 자신의 창조적 의지로부터도 멀어져 있으니 자신으로부터도 소외되어 있는 개인들인 것이다.

이상의 논의를 통해서 보면, 이호철의 소설은 한국 전쟁과 그것이 낳은 이데올로기적 대립을 우리의 삶과 무연한 관계로 파악하고, 패권국에 대한 약소 민족의 소외 의식을 통해서 전란 상황을 비판하고 있는 것이다.

## 2) 고향 상실과 소외

이호철의 소설의 인물들은 분단과 실향으로 인한 소외 의식이 다양하게 드러난다. 이러한 양상의 근간은 원존재로부터의 이탈로 인한 심리적 이역감(異域感)에서 찾을 수 있다. 우선 그의 등단작인 <탈향>을 보면, 이러한 심리적 측면이 강하게 드러난다.

> 중공군이 밀려온다는 바람에 무턱대고 배 위에 올라타긴 했으나, 도시 막막하던 것이어서 바다 위에서 우리 넷이 만났을 땐 사실 미칠 것처럼 반가웠다.
> 야하 너두 탔구나, 너두, 너두.
> 배칸에 하루 저녁을 지나, 이튿날 아침에는 부산 거리에 부리어졌다.
>
> (탈향, 1, p.3.)

위에서 볼 수 있듯이 <탈향>은 한국 전쟁 당시, 중공군의 개입 소식을 들은 이북 청년들(나, 하원이, 두찬이, 광석이)이 부산이라는 타향에 떨어져 나와 겪는 피난살이를 형상화한 작품이다. 이 작품에서는 고향에 대한 부산의 이질성이 '눈(雪)이 오지 않음'으로 표현될 뿐만 아니라, 고향에 대한 그리움 역시, '눈'으로 매개된다.

> 우리들 중 가장 어린 하원이는 늘 무언가 풀어헤치듯,
> **"야하, 부산은 눈두 안 온다, 잉.** 어잉 야야, 벌써 자니 이 새끼, 벌써 자니. 진짜, 잉. 광석이 아저씨네 움물 말이다. 눈 오문 말이다. 뒤에 상나무 있잖니? 하얀 양산처럼 되는, 잉. 한번은 이른 새벽이댔는데 장자골집 형수, 물을 막 첫바가지 푸는데 푸뜩 눈뭉치가 떨어졌다. 그 형수 뒷머리를 덮었다. 내가 막 웃으니까, 그 형수두 눈 떨 생각은 않구, 하하하 웃는단 말이다. 원래가 그 형수 잘 웃잖니?"
>
> (탈향, 1, pp.1 - 2, 강조 - 인용자)

> 하원이는 자주 울먹거렸다.
> **"야하, 부산은 눈두 안 온다, 잉."**
> 하고 애스럽게 지껄이곤 했다.
>
> (탈향, 1, p.4, 강조 - 인용자)

> "이 새끼 술도 안 먹구 취햄. **참 부산은 눈두 안 온다 잉, 눈두.** 이북 말이다. 눈 오문 말이다. 광석이 아저씨네 움물 말이다. 야하 굉장헌데. 새벽엔 까치가 울구, 그 상나무 있잖니. 장자골집 형수 잘 웃잖니. 하하하 하구. 그 형수 꽤나 부지런 했다. 가마이 보문, 언제나 젤 먼저 물 푸러 오군 하는 게 그 형수더라, 잉. **야하 눈 보구 싶다, 눈이."**
>
> (탈향, 1, p.13, 강조 - 인용자)

위의 인용문에서 하원이의 말, "야하, 부산은 눈두 안 온다, 잉."이라는 말에서 나타나듯이 이들에게 '부산'은 이역(異域)적 공간이다. 그들은 여기

서 자신의 존재 환경에 대한 이질감을 느끼게 되는 것이다. 또한 "야하, 눈 보구 싶다, 눈이."라는 하원이의 말로 이 소설이 끝나고 있는데, 여기서 나타나는 '눈'에 대한 그리움은 바로 고향에 대한 그리움이다. 이를 통해서 이 작품은 '눈'이라는 상징적 매개체로서 존재의 이역감과 자신의 원존재적 공간인 '고향'에 대한 그리움을 나타내고 있는 것이다.

아이들이 눈도 안 오는 부산 바닥에 떨어졌을 때, 그들의 심정은 이른바 크리스테바(Julia Kristeva)가 말하는 오욕(abjection)이라고 할 수 있다. '왜 쓰는가', 곧 '왜 문학작품을 쓰는가(선택하는가)'라는 궁극적인 물음에 대해 크리스테바는 인간이 세상에 태어날 때 모친으로부터 떨어져나가는 순간의 그 오욕스러움, 그 저주스러움, 그 형언할 수 없는 낭패감을 내세워 해답을 삼고자 하고 있다. 이호철의 경우 원산에서 부산 부두로의 앱젝션은 곧 모체에서 떨어져 나온 그 유아의 오욕스러움, 저주스러움에 대한 자기 동일성 확보의 일종으로 볼 수 있다[19] "아하, 부산은 눈두 안 온다, 잉."은 이호철 개인의 앱젝션이기도 하고 울먹거림의 일종이기도 하다[20]고 해석하였다. 즉 고향 상실의 오욕을 경험한 작가 이호철에게 있어서는 남한이라는 곳은 이역적 공간이며 남한 사회 내에서도 중심에 서지 못하고 주변부적인 존재로서 끊임없이 정체성의 혼란을 느낄 수밖에 없는 것이다. 이와 같은 작가적 현실은 사회·역사적 상황 속에서 소외된 많은 인물들을 창조하게 한 것[21]이라고 할 수 있다.

---

19) 김윤식, <소설가와 예술가의 갈등 - 이호철의 작품 세계>, ≪무너앉는 소리 ≫이호철 전집 3, 청계연구소 출판국, 1988, p.449 - 450.

20) *Ibid.*, p.450.

21) 현길언은 그의 소설론에서 소설 창작과 존재 양식에 대한 중요한 가설을 제시하고 있다. 그는 소설을 주변적 문학 양식으로 규정하면서, 소설은 방언으로 씌여진 작품이고, 지배 이데올로기와 맞선 자리에 있는 피지배자 계층의 문학이고, 주변적 삶을 문제삼는 문학이라고 정의하고 있다. (현길언, ≪소설쓰기의 이론과 실제≫, 한길사, 1994, p.379.)

　이와 같은 사실을 우리는 <나상>에서도 확인할 수 있다. 이 소설의 주인공인 두 형제는 사변이 일어나자 군인이 되었다. 그러다가 1951년 가을, 제각기 북의 포로로 잡혀 북쪽 후방으로 인계되어 가다가 둘이 만났다(나상, 1, p.15)는 것으로 이야기가 본격적으로 시작되고 있다. <나상>에서 형은 기러기가 지나가는 것을 보면서 울고, 간밤에도 그 고독감과 고향 생각에, 밤이 깊도록 어머니까지 불러 가며 엉엉 소리내어 우는(나상, 1, p.21) 것이다. 한 마디로 감상적이고 여린 성격의 소유자이다. 동생도 포로로 잡혀가는 극한 상황에 대한 두려움과 고립감에 쉽게 울지만, 형은 "왜 우니, 왜? 흐흐흐."(나상, 1, p.22)하고 제 편에서 더더 울면서 동생의 허벅다리를 마구 꼬집어 뜯다시피 하는(나상, 1, p.19)것이다. 이에 비해 동생, 칠성이는 오연함을 지니고 있다. 이런 나약한 형에 대에서도 의지, 논리로써 얻어진 신념같은 것이 멀리 미치지 못할 어떤 위엄같은 것초차 느껴진다(나상, 1, p.19)고 생각하며 오히려 형을 감싸준다. 이를 통해서 우리는 동생에게서 오히려 형같음을 발견하게 되고, 반대로 형에게서는 동생다움을 느끼게 되는 것이다.

　　(가)
　　형은 울음을 그치고 불쑥,
　　**"야하, 눈이 내린다**, 눈이, 눈이. 벌써 겨울이 다 됐네."

(나상, 1, p.21, 강조 - 인용자)

　　(나)
　　그날 밤, 바깥에 함박눈이 내렸다.
　　형은 불현듯 동생의 귀에다 입을 댔다.
　　"너, 무슨 일이 생겨두 날 형이라구 글지 마라, 어엉?"
　　여느 때답지 않게 숙성한 사람같은 억양이었다.
　　"울지두 말구 모르는 체만 해, 꼭."
　　동생은 부러 큰 소리로

　"야하, 눈이 내린다."
　형이 지껄일 소리를 자기가 지금 대신 하고 있다고 생각했다.
(나상, 1, p.23, 강조 - 인용자)

　(가)에서 형이 말하던 "야하, 눈이 내린다."는 말을 (나)에서 동생이 대신 하고 있다. 그리고 형은 다리에 앓고 있는 담증이 점점 심해져 왔고, 때문에 형의 걸음걸이를 주의해 보아 오던 감시병이 뒤에서 따발총을 휘둘러 쏘아 죽고 만다. 결국 동생은 형으로부터 분리되었다. 이것은 <탈향>에서 '부산'이라는 이역적 공간에 떨어진 심리적 오욕과 통한다. 이를 보라 분석적으로 살펴보면 다음과 같다.

　<나상>은 액자식으로 구성된 작품으로, '철'이 '나'에게 들려주는 전쟁 체험이 내화(內話)루 되어 있다 내화는 '형'과 '동생'을 등장시켜 이야기를 전개하다가 외화(外話)로 빠져나와, '철'이 자신의 어렸을적 이름이 '칠성'이였음을 말하면서 이야기가 곧 동생인 자신의 이야기임을 밝히고 있다. 바로 이 자리에서 '철'도 조금은 모자라는 듯한 '형'에게서 발견되는 솔직성, 무의례성, 이와 대비되는 자신의 일상인으로서의 교양, 표준성을 놓고 가치 평가를 내리게 된다.

　"자, 넌 어떻게 생각하니? 형이라는 사람의 그 모자람이라든가 혹은 둔 감이라는 것을? (중략) 역시 아버지라는 사람도 이런 표준에 의해서 큰아 들을 단념했었고, 어머니는 큰아들을 불쌍히 여기고 있었던 것이다. 그러 나 포로로 잡힌 그들 형제 중에 누가 더 둔감했다고 보겠느냐, 형이냐? 동 생이냐? 그 둔감이라는 뜻부터가 어떻게 되느냐? 과연 누가 더……"
　(중략)
　"내 어릴 때 이름이 칠성이었다."
　"……"

제2부 한국 소설과 소외 의식　175

> 나는 눈이 휘둥그래졌으나 철의 입가에는 연한 조소 같은 것이 떠 있었다.
> "자, 나는 다시 이렇게 범연한 내 고장으루 돌아왔구, 다시 내 그 오연
> 함이란 것을 되찾아입었다. 그런데 그전보다 좀 편편치 않다. 뒷받쳐야 할
> 의지라는 것이 자꾸 다른 것을 생각하기 때문이다. **나로선 아마 손해일는
> 지도 모르지.**"
>
> (나상, 1, pp.23 - 24, 강조 - 인용자)

소위 일정한 표준에 의거해서 생활을 다루어 나가는 마음의 긴장을 늘 잃지 않았다(나상, 1, p.24)는 동생은 고향에 다시 돌아왔지만, "나로선 아마 손해일는지도 모른다."고 말하면서 평가의 무게중심을 '형'에게 옮긴다. 그 원인은 동생인 '철' 자신이 인정하는 바와 같이, 일상적 규범에 의해서 주조된 소시민적 삶의 민감성과 순응성에 기인한다.

여기서, 자신의 원존재적 공간인 고향으로부터 이탈한(<탈향>에서 부산으로 떨어짐, <나상>에서 일상의 틀을 뛰어넘는 순수한 존재인 형의 죽음) 인물들이 겪는 심리적 이역감은 '소외'로 이어진다. 다시 말하면, 개별적인 인간에 있어서 그의 인격적인 환경이나 물리적 환경의 측면으로부터의 분리(separation)라는 관점22)에서 인물들은 소외되어 있는 것이다.

<탈향>에서 부산이라는 이역적 공간은 이북 출신 청년인 나, 하원, 두찬, 광석이에게 있어서는 '낯설음'으로 인식된다. 때문에 하원이처럼 울먹이면서 고향을 그리워하는 것이다. 그러나 이러한 분리를 통한 소외는 좌절이 아니다. 헤겔(Hegel)은 소외 현상을 정신의 자기 실현 또는 자기 인식의 한 계기 또는 과정23)으로 규정하고 있다. 즉 소외를 자기 분리, 자기 부정, 자기 극복의 필연적 계기이며 자기 부정을 매개로 한 정신의 자기 전개 과정으로 파악한 것이다. 여기에 우리는 이 소설의 제목에 주목할 필요가 있다. 그것

---

22) 안형관, *op. cit.*, p.13.
23) 신오현, <소외 이론의 구조와 유형>, 정문길 편, ≪소외≫, 문학과지성사, 1984, p.33.

은 이 소설의 제목이 '실향'이 아닌 '탈향'으로 되어 있기 때문이다. '고향을 잃은 것'이 아니라 '고향을 벗어난 것'이다. 사실, <탈향>의 네 주인공의 삶은 '뿌리뽑힌 자(déraciné)'의 절망적 생활을 그린 것이다.24) 하지만 '나'는 '관조자의 입장'25)에 서 있음을 알게 된다. 즉, 네 사람에게 주어진 현실 속에서 '나'가 타인을 관망하는 입장에 서 있음을 발견하는 것이다. 이러한 것은 광석의 죽음을 앞둔 '나'의 냉정함으로 나타난다.

> 사실 나는 광석의 곁으로 갔을 때, 자조도 느꼈다. 또 어떤 자랑스러움
> 도 느꼈다. 다만 이렇게 광석이 곁으로 온 바엔 광석이가 죽고 안 죽고는
> 내가 알 바가 아니다. 광석이가 죽을 때까지 광석이를 지키고 있었다는 것
> 을, 이 다음에 고향에 가더라도(갈 수만 있다면)조금도 부끄러움을 느끼지
> 않고 떳떳할 수 있으리라.
>
> (탈향, 1, p.7)

이것은 광석을 연대적인 운명26)으로 인식하는 것이 아니라 거리를 두고 냉정하게 인식하는 것이라고 할 수 있다. 이것은 이 소설의 말미에 다음과 같은 말에서 더욱 확실하게 확인할 수 있다.

> 무엇인가 못 견디게 그리운 것처럼 애탔다. 그러나 누가 알랴! 지금 내
> 마음밑 속에서 일어나는 돌개바람같은 것을…… 아, 어머니! **이미 내 마음
> 은 하원이를 버리고 있는 것이다. 순간 나는 입술을 악물었다.** 와락 하원
> 이를 끌어안았다. 눈물이 두 볼에 흘러내렸다. 하원이는 흐흐흐 웃었다.
> 지껄였다.
>
> (탈향, 1, p.13, 강조 - 인용자)

---

24) 김치수, <관조자의 세계>, ≪문학과지성≫, 1970, 일조사, p.355.
25) *Ibid.*, p.355.
26) *Ibid.*, p.356.

여기서 '나'는 하원이를 버리고 울고 있다는 사실에 주목해야 한다. 이것은 '나'가 결연한 의지로 '단독자'로서 눈 앞의 현실을 정면에서 마주 대하는 내면 변화를 의미하는 것이다. 이것은 헤겔(Hegel)이 '소외'를 자기 분리, 자기 부정, 자기 극복의 정신적 과정으로 본 것과 통한다. 즉 소외란 힘겨운 현실과의 투쟁을 통해서 극복하고 자신의 변화를 도출해 낼 수 있는 정신적 계기로 본 점에서 그러하다. 분명, <탈향>에서 '나'는 현실의 소외를 자기 내면의 변화를 통해서 '단독자'로서 결연히 나서고 있는 것이다. 물론 능동적인 고향 탈출이 아니라, 중공군의 개입이라는 외부적인 환경에 의해서 고향 탈출을 감행한 것이지만, 이 앱젝션을 능동적인 힘으로 전화시킨 것은 자기 극복의 의지인 것이다. 즉 고향을 잃은 것이 아니라 고향을 벗어나서 '홀로 서기'의 정신 자세를 확립한 것이다. 이것은 소설사적인 의미에서 얄팍한 인정주의, 감상주의, 소박한 휴머니즘과 비장한 영탄조의 50년대 소설과의 결별이라는 의미[27]를 지니고 있다.

원존재로부터의 이탈이라는 측면에서, 모성성의 분리로 인한 소외의 양상이 나타나는데, <먼지 속 서정>은 이를 잘 보여 주고 있다. 이 작품은 차장 일을 하는 '광석이'와 '순발이'가 땅거미가 질 무렵 동대문 버스 정류장에서 손님을 불러모으다 자신들의 버스를 잃어버리고, 종점까지 걸어가는 여정을 그린 것이다. '광석이'와 '순발이'는 이 길 위에서 연애 감정에 사로잡힌다. 여기서 '광석'은 '순발이'를 통해서 '어머니'를 느끼게 된다.

> 자, 이 일을 어쩌면 좋은가. 홍능 종점까지 터벅터벅 걸어갈 수도 있기
> 는 있다. 둘이 장난이나 치면서, 안암동 다리께에 가서는 난간에 나란히
> 기대어 서서 비록 흙탕물이라도 콸콸 흐르는 강물을 같이 구경이나 하면

---

27) 정호웅, <탈향, 그 출발의 소설사적 의미>— 이호철의 <소시민>론, ≪1960년대 문학 연구≫, 예하, 1993. p.84.

서, 순발이의 먼지 낀 머리칼 내음새라도 마음껏 맡아보면서…… 참, 여자
의 머리칼 내음새는 이상하더라. 강같지 않은 강이지만 명색이 강이니까
물이야 흐를 테지. **제법 강바람이 셀 꺼라. 순발이의 머리칼도 제법 흩날
릴 꺼라. 가만있자, 우리 어머니가 몇 살이었더라, 마흔 몇 살이었더라. 이
거 야단났군. 어머니 나이마저 잊어 먹었으니. 하여튼 어머니 생각이라도
마음껏 하면서.** 그러다가 되돌아오면 만나지. 까짓꺼 욕 좀 먹기로서니.

(먼지 속 서정, 2, pp.29 - 30, 강조 - 인용자)

위의 인용문에서 나타나 듯이 강물을 같이 구경하면서 '순발이'의 먼지
낀 머리칼 내음새라도 마음껏 맡아볼 것을 생각한 '광석이'는 어머니를 생각
한다. 하지만 어머니의 얼굴조차 알지 못하는 광석이지만 어머니의 나이를
잊어 버렸음에 당혹해 한다. 고향을 떠나 서울이라는 타향에서 힘겨운 삶을
살아가는 광석으로서는 순발이를 통해서 모성(母性)을 느끼는 것이다.

"그러구 보니까 너두 나하구 비슷하구나. **난 어떻게 이 세상에 태어났
는지두 몰라. 무슨 안개 속같으다.** 내가 어느 어머니의 배속에 생기던 저
녁은 어떤 저녁이었을까. 참 아름다웠을 것 같애. 어떤 저녁이었을까, 어
떤 밤이었을까. 여간 궁금하지 않구 말이다. 궁금해서 안타까워. 하여큰
먼 들판을 가르며 지나가는 기적소리같은 것이 있었을 것같애. **안개가 끼
었거나 눈이 내렸구.** 그러구 아부지하구 어머니는 안개에 흥건히 젖어 있
었거나 눈 속에 잠겨 있었거나 했을 것이구. 참 이상두 허다! **난 우리 어
머니 얼굴을 모르면서도 어머니 생각은 해.** '가만있자, 우리 어머니가 몇
살이더라, 마흔몇살이었더라. 이거 야단났군. 어머니 나이마저 잊어먹었
으니……' 이런 생각을 하군해. **골똘하게 이런 생각을 하면 금방 어머니가
느껴지군 해. 뜨뜻하게 느껴진단 말이야. 실지루 느껴지단 말이야. 정말이
다.**(하략)

(먼지 속 서정, 2, pp.36 - 37, 강조 - 인용자)

위의 인용문에서 보는 것처럼, '광석'은 어떻게 세상에 태어났는지 알지 못한다. 자신의 출생에 대해 알지 못해, 안개[28] 속같은 혼란을 느낀다. 이와 같은 자신의 근원적 혼란과 고향이라는 원존재적 공간으로부터의 이탈은 존재론적인 '소외'를 낳는다. 따라서 '광석'은 순발이를 통해서 들어온 모성적 자극을 어머니와 동일시하면서, 자신의 출생에 대한 베일을 벗기려고 자신의 생각에 침잠한다. 그렇게 침잠된 생각은 자신의 무의식을 일깨워 '어머니'를 '뜨뜻하게' 느끼는 것이다. 이러한 존재론적 이역감(異域感)은 관계성의 포기로 이어지는데, 이것은 <이단자(4)>에 잘 드러난다.

어제에 이어 계속해서 오늘도 심사가 울적하고, 목구멍이고 가슴이고 할 것없이 답답하였다. 현우가 이때까지 살아온 세월 전체로 볼 때, 그쪽과 이쪽은 꼭 반반이다. 그쪽 이십 년과 이쪽 이십 년. 그러나 그쪽 이십 년과 이쪽 이십 년의 질감은 현우의 경우, 전혀 비교가 안 된다는 느낌이었다. 그쪽이 훨씬 짙었다. **그쪽의 이십 년이 그 무슨 원천을 이루고 있는 느낌이었다.** 그 원천의 조명을 받으며 **오늘을 살아가는 현우은 무언지 부박하고 얄삽하고, 임시 가건물같은 것으로 생각된다.** 한데 이북의 가족을 생각하는 경우에는 나이 드신 쪽일수록 절실도가 약하고 나이가 내려올수록 강렬해졌다. (중략) 한편 손아래인 동생이나 누이동생의 경우는 가슴부터 뭉클해진다. 그냥 서러움의 바다로 잠겨드는 듯하고 돌이킬 수 없이 억울한 느낌이었다.

(이단자(4), 1, p.294, 강조 - 인용자)

위의 인용문에서 현우는 월남자로서 북쪽에서의 삶이 무슨 '원천'을 가지고 있으며 남쪽에서의 삶을 '부박하고 얄삽하고, 임시 가건물같은 것'으로

---

28) '안개'라는 것은 불확정적인 존재, 물질의 네 요소 가운데 공기와 물이 혼융된 상태, 윤곽이나 국면이 어쩔 수 없이 모호할 수밖에 없는 발전 과정을 상징한다. (이승훈, ≪문학상징사전≫, 고려원, 1995, p.357.)

생각하고 있다. 이것은 자신의 존재적 근원을 고향인 북쪽에 두고 있고, 언제든 고향으로 다시 돌아갈 것이라는 생각에서 본다면, 뿌리 없는 '부평초' 같은 삶이다. 이런 생각을 하는 실향민의 입장에서 남쪽의 삶은 분명 소외된 삶임에 틀림없다.

여기서 월남자인 '현우'는 남쪽에서의 삶을 자신과 아무런 '관계의 질'이 없는 것으로 파악하고, 일체의 가치를 자신과 분리된 '타자성'으로 인식한다. 그러므로 현우는 남쪽이라는 공간에서 고독과 소외를 느끼게 되는 것이다.

한편, 원존재적 공간인 '고향'의 상실은 정체성(identity)의 혼란을 낳게 한다. <서울은 만원이다>에서 동표는 남한 사회에서 자신의 정체성 혼란을 다음과 같이 말하고 있다.

> "…… 에에또, 내 이름은 고향에서 아버지가 지어준 이름은 석표(錫杓)였는데 고향을 떠나서 고생하는 것이 화가 나서 그 이름을 버리고 동국(東國)이라고 바꾸었더랬지. 그러다가 요즈음엔 돈도 안 벌리고 장가도 못 가고 고향 생각이 다시 나서 두 이름 뒤섞어서 동표(東杓)라고 고쳤겠다. 그러니까 남동표, 됐나, 됐지."
>
> (서울은 만원이다, 7, p.5)

위의 인용문에서 보듯이 그가 이름을 석표(錫杓)→동국(東國)→동표(東杓)라고 바꾼 내력을 다음과 같이 말한다. '고향을 떠나서 고생하는 것이 화가 나서', 동국(東國)이라는 전혀 다른 이름으로 바꾸어 버리고, '요즈음엔 돈도 안 벌리고 장가도 못 가고 고향 생각이 나서 두 이름을 뒤섞어서' 동표(東杓)라고 한 것이다. 이와 같은 행동은 남한 사회에서의 자신의 정체성을 스스로 포기하는 것이다. 고향을 떠나서 고생하는 것이 화가 나서 이름을 바꾼 동표의 행동은 남과 북 어디에도 속하지 못하는 실향민이 가지는 주변적인 상황이라 할 수 있다.

이와 같이 이호철의 소설에서는 실향민의 가진 고향 상실에 대한 소외의식은 다음과 같은 연쇄고리를 형성한다. '원존재(고향, 원인격성, 모성성)로부터의 이탈→오욕→관계성 포기·정체성 혼란'이 그것이다. 다만, <탈향>은 이러한 흐름으로부터 결연히 떨어져나와 스스로 단독자가 되는 모습을 보여주기 때문에 예외적이고 이는 실향민의 자기극복의지와 통한다.

## 3) 전망의 부재와 소외

이호철의 소설에서는 전망(perspective)이 결여되어 소외의 양상을 보이는 작품이 있다. 그런데 이와 같은 전망 결여는 '허무'와 직접적으로 연결될 수 있지만, 이제 우리가 살펴 볼, 3부작<무너앉는 소리>29)에서 <닳아지는 살들>은 전망의 가능성을 끊임없이 유보하면서 소외를 낳는 텍스트라고 할 수 있다. 이는 이 작품을 분석하면서 다양한 각도에서 증명될 것이다.

> **5월의 어느 날 저녁**이었다. 맏딸이 또 밤 열두 시에 돌아온대서 벌써부터 기다리고들 있었다. 서성대는 사람은 없었으나 언제나처럼 누구인가를 기다리고 있는 분위기는 감돌고 있었다.
>
> (닳아지는 살들, 3, p.1, 강조 - 인용자)

> **이북에 있는 언니가 열두 시에 돌아오다니**. 애초에 그것은 물론 찬찬하게 따져 볼 거리가 못 되었다. 그러나 어느 때부터인지는 딱히 알 수 없지

---

29) <무너앉는 소리>3부작은 원래 ①<닳아지는 살들>(≪사상계≫109, 1962. 7,제7회 동인문학상을 수상작) ②<무너앉는 소리>(≪현대문학≫103, 1963. 7) ③<마지막 향연>(≪사상계≫128, 1963. 11)에 각각 발표된 작품을 중편의 형태로 엮은 것이다. (권영민, ≪한국현대문인대사전≫下, 아세아문화사, 1991, p.2471 - 2472. 참고)

만 이렇게 기다리는 일에는 이제는 익숙해져 있었다.

(닳아지는 살들, 3, p.5, 강조 - 인용자)

위의 인용문에서 우리는 몇 가지 특징적인 면을 살펴 볼 수 있다. 그것은 첫째 배경(setting)의 측면에서, 둘째 '서술되는 시간'(erzählte Zeit)[30]의 측면에서, 셋째 인물의 행동(action)의 측면에서이다.

첫째, 이 소설은 단일한 배경(setting) 속에서 이루어지고 있다.[31] 이에 대하여 물론 '선재'와 '영희'가 이층에서 성관계를 맺는 장면이라거나, 식모가 복도에 나가는 장면 등, 몇 가지 에피소드가 있기는 하지만,(이것도 역시 이 집의 울타리에서 벗어나는 것은 아니다) 작품의 주된 활동(main movement)은 그 응접실이 초점이 되어 있는 것이며, 그 분위기가 작품의 초점이 되어 있는 것 같다[32]고 언급하고 있다.

둘째, 제한된 시간 속에서 사건이 진행되고 있다. 위의 인용문에서와 같이 '5월의 어느 날 저녁'에서부터 '밤 열두시까지'까지 '이북에 있는 언니'를 기다리는 것이 이 작품의 '서술되는 시간'(erzählte Zeit)이다. 물론, 그 기다림의 대상도 '애초에 그것은 물론 찬찬하게 따져 볼 거리가 못 되는' 것이라는 점에서 막연한 것임을 알 수 있다.

셋째, 이와 같은 시공간적인 제약 속에서 작중인물들은 작품의 무부먼트에서 이탈하거나 서로 분산되는 일이 없이 공통된 진행 속에 그 액션들이 흡수되어 있는 것이다.[33] 이에 천이두는 인물의 행동이 무대적인 것과 흡사

---

30) '서술되는 시간'(erzählte Zeit')이란 작품 내에서 흘러가는 시간이다. 소설 내의 사건이 일어나서 끝날 때까지의 시간이다. 이때 작중인물의 현재(character's present)에서 벗어나는 역전은 이 '서술되는 시간' 속에 포함되지 않는다. (김천혜, ≪소설 구조의 이론≫, 문학과지성사, 1990, p.57.)
31) 천이두, <피해자의 미학과 이방인의 미학 上>-'닳아지는 살들'과 '후송'을 중심으로, ≪현대문학≫, 1963. 10, p.148.
32) *Ibid.*, p.148.

하다고 보고, 이런 점에서 소설적이라기보다는 드라마적인 것이라고 말한다. 즉 응접실이라는 무대에 등장하는 인물은 각기 고독한 평행을 유지하면서 흩어져 있는 것이라고 보는 것이다.

이와 같은 특징을 통해서 하나의 중요한 결론에 도달한다. 그것은 이호철의 소설이 상황성의 인식에 관심이 집중되어 있다[34]는 점이다. 즉, 이 소설에서 나타나는 시공간적 제약이라는 측면은 작중인물의 내면 공간과 그들의 행동을 통해서 나타나는 상황성의 의미를 환기시키는 데 유용하다. 즉 행위는 거세되고, 인물들이 굳어진 상태에서 소설은 특유의 무드만을 살려내는 상황의 제시로 긴박감을 연출[35]하는 것이다.

이러한 관점에서 이 작품은 <탈향>, <소시민>, <판문점>, <문> 등의 작품들과 통한다[36] 즉, <탈향>의 경우, 부산에서 피난살이를 하는 인물이 생활하는 '화차간'과 그 일대의 황량하고 낯선 소설적 공간, <소시민>도 부산의 '제면소'라는 공간을 중심으로 '소시민으로 타락하기 마련인 공간'으로 형상화되어 있다. <판문점>에서도 판문점이라는 한정된 장소에서 북한 여기자와 진수와의 대화를 통해 작품의 주제를 전달한다. 즉 분단과 체제의 문제, 그리고 두 인물간의 심리를 제한된 공간에서 효과적으로 확대하는 데 성공한 작품이다. <문>에서도 '감옥'이라는 제한적인 공간에서 분단의 문제를 집약적으로 제시하고 있는데, 여기서도 폐쇄적 공간에 비해 그 의미는 최대한 확대되는 것이다.

<닳아지는 살들>에서는 역사에 대한 전망이 부재하는 현실을 하나의 단절된 공간으로 인식하고, 이것의 극단적인 표현이 유폐적인 이 소설의

---

33) *Ibid.*, p.149.
34) 권영민, <닫힘과 열림의 변증법>, ≪문학사상≫, 문학사상사, 1989, 5, p.108.
35) *Ibid.*, p.108.
36) *Ibid.*, p.108.

공간이라고 할 것이다. 따라서 이호철의 소설에서 중시되는 한 요소는 '상황성의 의미'라고 하겠다. 여기서 말하는 상황성이란 '닫힘'의 공간[37]을 말한다. 이 작품에 나타나는 '닫힘'과 '단절'의 상황성은 다음 인용문을 통해 분명해진다.

> 꽝 당 꽝 당.
> 단조로운 소리이면서 송곳처럼 쑤시는 구석이 있는, 밤중에 간헐적으로 들려 오는 그 소리는 이상하게 신경을 자극했다.
> (중략)
> 꽝 당 꽝 당.
> 저 소리는 기어이 이 집을 주저앉게 하고야 말 것이다.
> (중략)
> 꽝 당 꽝 당.
> 그러나 그 쇠붙이 소리는 같은 30초 가량의 간격으로 이어지고 있다. 뾰족뾰족한 30초다. 영희 목소리의 밑층 넓은 터전으로 잠겨 그 소리는 더욱 윤기를 내고 있다.
>
> (닳아지는 살들, 3, pp.2 - 3)

> 꽝 당 꽝 당.
> 잠시 잊어버렸던 그 소리는 다시 광물성의 딴딴한 것으로 번쩍번쩍 달려들었다.
>
> (닳아지는 살들, 3, p.5)

> 꽝 당 꽝 당.
> 쇠붙이 소리는 밤내 이어질 모양이었다.
>
> (닳아지는 살들, 3, p.20)

---

37) *Ibid.*, p.110.

<닳아지는 살들>에서 '꽝 당 꽝 당'하는 쇠붙이 소리는 여러 번 반복적으로 나타나고 있는데, 그것이 이 소설의 상황성에 어떻게 기여하고 있으며 그 의미는 무엇인가에 대하여 알아볼 필요가 있다.

이 작품은 쇠붙이 소리와 함께 귀먹은 상태를 원용함으로써 물질에 의한 인간 마모현상과 상호관계의 단절을 표징한다.[38] 그런데, 이 소리가 가하는 무형의 가해와 그에 대한 심리적 위해(危害)를 받고 있는 인물은 '영희' 한 사람 뿐이다. 이와 같은 측면에서 이 작품의 콘플릭트는 '영희'의 자의식과 무형의 압력으로 다가오는 위압적 음향에 의해서 나타난다. 따라서 이 무대(응접실)에서의 긴장은 작중인물간의 교호 관계가 아니라 이 불길한 광물성 음향[39]의 예리도의 점층적 진행과 이에 따른 영희의 심리적 긴장의 점층에 따라서 극적 진행이 이루어지는 것이다.[40]

이 소설에 등장하고 있는 인물들은 모두가 신체적 혹은 정신적으로 비정상의 상태에 놓여 있으며, 인물 상호간의 관계도 긴밀하게 연관되어 있지 않고 서로 고립되어 있음을 볼 수 있다.

은행장으로 있다가 현역에서 은퇴하고 집에 있는 아버지는 반 백치(白痴)에다 귀머거리 상태이다. 사회(현실)에서 퇴역하고 집에 물러앉아 있는 아버지는 가정 내에서도 아무런 역할을 할 수도 없고, 또한 모든 현실을 들을 수도 없는 인물이다. 이런 의미에서 아버지는 완벽한 소외자이다.

아들 성식은 '대낮에두 파자마나 입구 뒹굴구, 코카콜라나 빨구 앉았구'(닳아지는 살들, 3, p.7) 트럼프로 소일하는 룸펜의 모습으로서 사회적으로나 가정적으로 소외되어 있는 인물이다. 그의 아내 정애는 시아버지를 모시는

---

38) 이재선, ≪한국현대소설사≫, 민음사, 1992, p.222.
39) 천이두, *op. cit.*, p.152.
40) 천이두, <피해자의 미학과 이방인의 미학>(下)-'닳아지는 살들'과 '후송'을 중심으로, ≪현대문학≫, 1963. 11, pp.239-240.

일에 헌신적으로 열중하고, 막내 딸 영희는 29살의 노처녀이고 충동적이고 즉흥적인 성격의 소유자이다. 영희는 이북으로 시집간 언니의 '시사촌동생'인 선재와 암묵적으로 부부 관계를 인정받고 있다.

> 그이란 선재일 것이었다. 아직 약혼까지는 안 됐으나 결국은 그렇게 낙착되리라고 피차 생각하고 있고, 주위에서도 다 그렇게 알구 있는 터였다. 이북으로 시집을 가서 이제는 20년 가까이 만나지 못한 언니의 시사촌 동생이라니, 그렇게 알밖에 없었다.
>
> (닳아지는 살들, 3, p.3)

위의 인용문에서 나타나 듯이 '선재'는 가장 불분명한 인물이다. 사실, 이북으로 시집간 딸의 시사촌 동생이 남한의 형수집에서 살게 되었다는 것은 좀처럼 납득하기에 어려움이 있다. 그러나 그는 '3년 전에 세상을 떠난 늙은 어머니'로부터 전폭적인 사랑을 받았는데, '어쩌면 맏딸 대신으로 삼았을 것'이었다. 그는 매우 애매모호한 인물, '그렇게 알밖에 없는' 인물인 것이다. 이에 대하여 김윤식은 이북에서 온 '선재'를 통해서 '소설가의 얼굴'이 비쳐 보인다고 이해하고, 서술자의 진술이 소설가의 주눅든 목소리이자 비몽사몽간의 그것이라고 파악했다. 이때, 이북에서 온 청년, '선재'는 이 집에서 그토록 소중한, 때로는 더러운(엡젝트) 존재에 해당되는 양가적인 가치를 지니게 된다.[41]

그리고 '식모'와 '성식의 친구'와 '선재의 애인'이 이 소설에 등장하는 나머지 인물들이다. 그런데, 이 중에서 가장 특징적인 캐릭터는 '순자'라는 식모이다. 그녀는 이 집안에서 식모로서의 온순하며 순종적인 성격을 보여주지 못하고 버릇없는 행동으로 일관한다. 이를 통해서 이 집안의 질서와

---

41) 김윤식, *op. cit.*, p.456.

권위가 붕괴하고 있음을 확인할 수 있다.

> "하필이면 밤 열두 시야. 낮 열두 시면 어때서. 미쳐두 좀 곱게나 미치
> 지."
> 마침 식모가 혼자 푸념을 하고 있다.
>
> (닳아지는 살들, 3, p.6)

위의 인용문에서 볼 수 있듯이 식모는 이 집 사람들이 밤 12시에 이북으로
시집간 언니가 온다는 (막연한) 믿음으로 기다리고 있는 행위에 대하여 '미
쳐두 곱게나 미치지'라고 말하며 푸념한다. 아버지의 반 백치 상태와 귀머거
리로 인해 한 가정의 헤게모니가 상실되고 각각의 가족들이 거의 관계성이
무화된 상태에서 고립적으로 존재하고 있다. 이처럼 '집안 전체를 통어해나
가는 줄이 끊어지면서 식모는 훨씬 자유스러워지고 활발해 지고 **뻔뻔**'(닳아
지는 살들, 3, p.5)해진 것이다.

이들 인물들은 모두 서로 간의 교호 관계는 거세되어 있다. 그러나 이들은
무엇인가 막연한 것을 기다리고 있다. 그 기다림의 대상은 물론, 밤 12시에
돌아온다는 이북으로 시집간 언니, 이 집안의 맏딸이다. 이제, 그 기다림의
의미를 분석적으로 고찰해 보자.

> (가) 5월의 어느 날 저녁이었다. 맏딸이 또 밤 열두 시에 돌아온대서 벌
> 써부터 기다리고들 있었다.
>
> (닳아지는 살들, 3, p.1, 강조 - 인용자)

> (나) "어째서 하필이면 열두시유?" / 영희가 말했다. / "글쎄……" / "정말
> 돌아오기나 하면 오죽 좋겠수." / 영희가 말했다. / "글세, 그러기나 하면."
> 정애가 대답했다. / "생각하면 참 우스워 죽겠어." / 영희가 웃지는 않고

웃는 시늉만을 하고는 장난치듯이 말했다. / "숫제 우리 모두 헤어져 버립
시다. 어떻게든 살게는 되겠지 뭐. 뿔뿔이 헤어져 버려. 뿔뿔이 헤어져 버
려. 그까짓 걸 뭐 어때요. 쉬울 것 같애, 차라리."
   (닳아지는 살들, 3, p.4, 강조 - 인용자, / 행 나눔 - 인용자 - 이하 동일)


   (다) **"오빠, 오늘두 열두시유 글쎄."하며 곧 잇대어서,**
   **"같이 안 기다릴라우?" / 성식은 대답이 없이 신물을 펼쳐 들었다.**
   **"이 집 젊은 주인이니까 같이 기다려야지 뭐. 안 그렇수, 언니?" / 하고**
는 아버지 쪽을 향해 손짓을 섞어 큰소리로,
   "아버지, 오빠두 기다려준대요, 오빠두." / 아버지는 병적으로 놀란 얼
굴을 하며 딱히 알아듣지는 못하면서도 대강 머리를 끄덕였다. 뚜렷하게
내색은 안 하지만, 오빠가 선재와 자기와의 일에 철저하게 방관적인 것을
영희는 알고 있다.
                         (닳아지는 살들, 3, p.4, 강조 - 인용자)


   (라) 이북에 있는 언니가 열두 시에 돌아오다니. **애초에 그것은 물론 찬**
**찬하게 따져 볼 거리조차 못 되었다.**
                         (닳아지는 살들, 3, p.5, 강조 - 인용자)


   (마) 결국 이렇게 그들은 누구인가를 기다리고 있는 셈이었다. 늙은 주
인은 맏딸을, 정애는 아직 한 번도 본 일이 없는 맏시누이를, 영희는 언니
를, 성식은 누님을 기다리고 있는 셈이었다. 그러나 **사실은 그 누구도 분**
**명하게 기다리고 있다는 의식은 없었다. 도대체 그건 말도 안 되는 소리였**
**다. 그저 모두가 막연하게 기다리고 있다고 생각하고 있을 뿐이었다.** 그런
것이라도 없으면 한 집안에서 한가족이라고 살 명분조차 없게 되는 셈이
었다. 이제는 이런 일에 적당히 익숙해진 터였다. 그리고 이제는 이런 일
에 모두 넌덜머리를 낼만도 하였다
                         (닳아지는 살들, 3, p.8, 강조 - 인용자)


   (바) 열두 시가 다 쳤다. 네 사람의 시선이 그쪽으로 옮겨졌다. 조용했

다. 왼편쪽으로부터 서서히 식모가 나타났다. 히히히히 하고 이상한 웃음
을 띠고 있었다.

　(중략)

　순간 영희가 발작이나 일으킨 듯이 아버지 쪽으로 달려갔다. 한 손으로
식모를 가리키며 한 손으로는 아버지를 부축하여 일어 세우며 쩌개지는
듯한 큰소리로 말했다.

　**"아부지, 자 봐요. 언니가 왔어요, 언니가. 정말 열두 시가 되었으니까
언니가 왔어요.** 이제 정말 우리 집 주인이 나타났군요. 됐지요? 아부지, 자
어때요? 됐지요, 아부지?"

　식모가 이번에는 소리를 내며 웃었다.

　"정말이에요. 아부지, 저렇게 언니가 왔어요. 그렇게도 기다리던 언니가
왔어요."

(닳아지는 살들, 3, p.20, 강조 - 인용자)


　(가) - (바)까지의 인용문은 이 작품에서 중요한 의미를 캐낼 수 있는 단초
가 된다. (가)의 인용문에서는 5월의 어느 저녁날, 이북에서 온다는 언니를
기다리는 것은 (나)에서 '생각하면 참 우스워 죽겠어.', '숫제 우리 모두 헤어
져 버립시다.'라는 영희의 말에서 드러나듯이 이 '기다림'이라는 것이 '믿을
만한 기다림'이 아니라는 것을 보여 주고 있다. (가)에서도 드러나듯이 '맏딸
이 또 밤 열두 시에 돌아온대서'에서 '또'의 의미는 (다)에서 영희가 "오빠,
오늘두 열두시유. 글쎄."에서 나타나는 것처럼, 이 기다림이 어제 오늘의
일이 아니라 오래 전부터 계속되어 왔으며, 습관화되고 관성화된 기다림임
을 단적으로 말해 준다. 또한 (라)에서 이 기다림은 '애초에 물론 찬찬하게
따져 볼 거리조차 못 되'는 기다림이라고 그 불분명한 기다림을 얘기하고
있다. 역시 (마)에서 기다림이라는 것이 누구에게도 분명하게 의식되지 못하
고 '도대체 말이 안되는 소리'이며 막연한 기다림임을 말하고 있다. 그러나
아무도 이와 같은 기다림으로부터 자유로운 자는 아무도 없다. 이 기다림이

라는 미약한 연대 의식마저 없으면, (마)에서 처럼, '한 집안에서 한가족이라고 살 명분조차 없게 되는 셈'이 된다. 이토록 지루한 기다림은 그 대상이 무엇인지, 무엇을 위해, 왜 기다리는지에 대한 모든 대답을 끊임없이 유보한다.

바로 여기서, 우리는 그 기다림의 대상은 끊임없이 뒤로 물러나면서 마지막으로 12시에 들어온 식모를 가리켜 "아부지, 자 봐요. 언니가 왔어요, 언니가. 정말 열두 시가 되었으니까 언니가 왔어요."라고 억지스러운 절규를 하고 있는 것이다. 그러나 이들의 기다림은 여기서 멈추는 것이 아니라 '꽝 당 꽝 당'이어지는 쇠붙이 소리와 같이 계속될 것임을 소설은 암시하고 있다. 그렇다면, 이 작품에서 기다림의 대상이자 구원으로 제시되고 있는 '이북으로 시집간 언니의 돌아옴'이 나타내는 것은 무엇일까? 여기서 '이북에서 언니가 오는 것'이 불가능한 일이고, 때문에 막연한 기다림으로 제시되었다는 것이 중요하다. 실제로 이 작품의 배경은 모두 닫혀 있는 공간의 의미를 강조해 주는 소설적 장치이며, 이것은 곧바로 분단의 상황을 유추할 수 있도록 확장된 의미를 획득하게 하는 것[42]이라고 할 수 있다. 따라서 기다림의 대상도 분단 상황의 배경이 된 폐쇄적인 응접실에 맞물려 해석될 필요가 있다.

<닳아지는 살들>에서 '이북으로 시집간 언니'가 오는 것은, 60년대라는 당시의 시대적 상황에서 본다면 도저히 있을 수 없는 일이다. 이북에 있는 언니가 온다는 것은 통일 상황에서만이 정상적으로 가능한 일이다. 불가능한 가능성을 믿고 기다리는 이들은 실제로는 한 점의 노력도 하지 않고 그저 응접실에서 몇 날이고 기다림을 지속하고 있는 것이다. 이는 남한의 나약한 '소시민적 삶'을 나타내고 있다. 나약한 소시민적 삶에서 '이북에 있는 언니'

---

42) 권영민, *op. cit.*, p.110.

가 내려온다는 가망 없는 기다림을 '희망 없이 희망하는' 것이다. 그러므로 이들은 분단의 극복이라는 '전망(perspective)'으로부터 소외된 자들이다. 그러나 이들은 습관처럼 기다린다. 이 관성화된 기다림은 이 시대상으로 보면 자꾸 유보되고 지연되어 가는 통일에 대한 희망을 절망적 상황을 통해서 비극적으로 보여주고 있는 것이 된다. 다시 말하면, 이 작품은 분단의 극복과 통일이라는 명제를 '이북으로 시집간 언니가 돌아온다는 것' 위에 얹어놓았다. 그리고 그 명제가 나약한 소시민적 삶을 나타내는 이 작품의 주무대인 '응접실' 위로 어떻게 미끄러져 내리는가 하는 과정을 추적한 것이 되는 것이다.

## 2. 정치·경제적 상황과 소외

### 1) 정치적 억압과 소외

이호철의 소설에서는 정치·사회적 억압에 의한 소시민[43]의 소외 의식이

---

43) 서구에서 근대적 시민계급(bourgeoisie)의 연원은 서양 중세 봉건 경제의 해체의 과정에서 찾아볼 수 있다. 이렇게 형성된 '시민'의 의식이 주체적인 시민 의식으로 발현된 것은 18세기 말 프랑스 대혁명이었다. 그러나 이들의 일부는 귀족계급의 잔존자와 결합하여 금융자본을 중심으로 상층 부르조아를 형성하였고 나머지는 실질적인 결정권에서 밀려나 소시민으로 전락하고 말았다.(백낙청, <시민문학론>, ≪민족문학과 세계문학 I ≫, 창작과비평사, 1978, p.12.)
한국에서 '시민성'이 발현된 것은 저 멀리 일제 하 3.1 운동에서도 찾을 수 있거니와 1960년대를 여는 시민적 봉기인 4·19 혁명에서 찾을 수 있을 것이다. 4·19 혁명은 역사의 연속성에서 볼 때 결코 유산된 혁명은 아니지만 현실적으로 4월 혁명 자체는 단순한 정변이나 권력 구조의 변동으로 끝나고 말았다는 사실은 부정할 수 없다.(한국기독학생회 총연맹(KSCF), <4·19의 역사적 고찰>, ≪4·19 혁명론 I ≫, 일월서각, 1983, p.82.)
4·19 정신의 위축과 변질의 시기로서 60년대는 우리가 이제까지 추구해 온 시민 의식의 퇴조와 새로운 소시민 의식의 팽배라는 현상으로 특징지어진다.(백낙청, *op. cit.*, p.58.)
정과리도 4·19의 좌절이 가져온 변모는 소시민 의식에 초점이 맞추어진다고 보았다.(정과리, <자기 정립의 노력과 그 전망>,≪문학, 존재의 변증법≫, 문학과지성사, 1985, p.26.)

다양하게 나타난다. 그 첫 번째로, 반공(反共)과 같은 냉전 이데올로기에 자동적으로 동조된 인물을 통해서 소외의 모습을 발견할 수 있다. 여기서 가장 강하게 부각되는 것은 5·16 이후에 정권 유지의 차원에서 사회에 강하게 유포된 반공 이데올로기의 압력이다. 이것은 그의 작품, <1965년, 어느 이발소에서>(이하, <1965년…>)에서 잘 나타난다. 이 작품은 어느 작은 이발소의 풍경을 통해서 사람들이 얼마나 움츠리며 살고 있는가를 회화적으로 보여주는 작품44)이다.

> "제대까지 한 사람이 있으면서 왜 이 모양이야, 이 이발관은. 좀 빠릿빠릿하지 못하고. 도대체에 당장 빨갱이들이 나오면 어쩔려구."
> 백번 옳은 소리일 것이어서 민씨도 겸손하게 수긍하는 표정을 하였다.
>
> (1965년…, 2, p.128)

> 정신들은 차리고 빠릿빠릿해 있어야 할 것이었다. 썩은 동태 눈알을 해가지고 희멀겋게 뻗어 있어서는 안 될 것이었다. 휴전선을 사이에 두고 빨갱이와 마주 대결하고 있고, 월남에 파병을 하고, 곳곳에 간첩들이 활개를 치는 판에 도대체 이렇게 멍청하게 있을 때가 아닐 것이었다. 사람들은 이렇게 저렇게 따져서 그 말에 수긍은 하면서도 무엇인가 써늘하고 무서웠다.
>
> (1965…, 2, pp.130 - 131)

위의 인용문에서 이발소에 들어선 청년의 말은 이발소의 분위기를 경직되게 만든다. 그는 이발소 안의 상황에 대하여 '빠릿빠릿'하지 못하고 사람들이 '썩은 동태 눈알'을 하고 있다고 호통을 친다. '도대체 당장 빨갱이들이 나오면 어쩔려구.' 또한 '간첩들이 활개를 치는 판에 이렇게 멍청하게 있을

---

44) 정규웅, <현실문제 제기의 기법과 정신>, ≪문학과지성≫, 일조사, 1976, 9, p.733.

때가 이니라고' 하는 것이 그 이유이다. 그러나 이상한 것은 그가 이렇게 막무가내로 사람들을 향하여 말하는 것에 대하여 사람들은 써늘하고 무섭지 만, 모두가 이 말에 수긍한다는 것이다. 그것은 사람들 모두가 반공 이데올 로기와 반북 이데올로기에 사로잡혀 있기 때문이다. 여기서 극단적으로 경 직되고 단성화(單聲化) 된 사회 속에서 살고 있는 사람들을 발견할 수 있다. 그들은 다양한 목소리를 내지 못하고 획일적인 이데올로기에 사로잡혀 있 다. 청년의 말에 모두가 주눅이 들고 경직되는 것은 그 사회가 얼마나 획일 적인 사회인가를 보여준다고 하겠다.

> "도대체 사람들이 정신들이 덜 되어 먹었단 말야. 요즈음 세월에 어떻
> 게 돌아가는지도 모르고. 멍청 해서들."
> "민주주의라는 것을 모두 일방적으로 오해를 해서 그렇지. 도대체에 민
> 주주의라는 것을 그렇게 알면 곤란한데에."
> 이제 두 청년은 완전히 자기들 세상이 된 이발소 안에서 주거니받거니
> 했다.
>
> (1965…, 2, p.131)

> "모두 논산 훈련소같은 곳에 모아다가 한 두어달씩 되우 뚜드려 놓아야
> 하는데. 민주주의랍시구 체모 차리고 이것저것 찾다가 보니까 이렇거든."
> "맞았어어. 동감이야아."
>
> (1965…, 2, p.132)


위의 두 청년의 말을 통해서 그들이 얼마나 민주주의를 잘못 이해하고 있는지를 알 수 있다. 그들은 '민주주의랍시고 정신이 덜 되먹은' 사람들을 논산 훈련소같은 곳에 모아다가 한 두어달씩 되우 뚜드려 놓아야 한다고 말한다. 이에 사람들은 아무도 저항하지 못하고 기가 죽으며, 이발소의 분위 기는 더욱 냉각된다. 이들이 가지고 있는 극단적인 군사 문화적 발상과 그들

에 의해서 경직되어 있는 사람들의 모습에서 우리는 1965년의 사회상을 발견하게 된다. 이렇게 고조된 소설적 긴장은 뒤에 어느 노인이 데려온 사복 경찰에게 그들이 불신 검문을 받으면서 급격하게 떨어진다. 그들은 처음엔 '서슬이 선 눈매'에 빠릿빠릿하고 싸늘한 청년이었지만, 뒤에 경찰관에게 '신분증을 내보이고 비쭉비쭉 웃기까지 하는 대한민국의 일개 시민'(1965…, 2, p.136)이었던 것이다. 결국, 그 청년은 대단한 사람들이 아니고, 또한 두려워할 대상도 아닌 것이었다. 이렇게 작품은 긴장을 한껏 고조시킨 뒤, 떨어뜨리는 돈강법(bathos)적인 결말[45]로써 당시 사회적으로 만연되어 있던 안보 논리와 냉전 이데올로기에 자동 인형적으로 동조(automaton conformity)[46] 하는 현실을 풍자하고 있다. 이들은 정권의 안보 이념에 완벽하게 포로가 된 자들로서 이들에 의해서 강요된 이발소 안의 사람들의 반응, 역시 그들에게 두려움과 공포감을 느끼지만, 거부하지 않는 심리적 상태를 보여준다. 이들도 역시 두 청년들처럼 완전하게 자동 인형적으로 동조하는 것은 아니지만, '겸손하게 수긍하는 표정'(1965년…, 2, p.128)을 지음으로써 이들에게도 극단적 냉전 이데올로기가 검은 구름처럼 드리워져 있음을 볼 수 있다. 따라서 이 소설은 사회 병리학적 임상보고[47]와 같은 성격을 가지고 있는데, 이 소설의 인물들은 모두가 정치적으로 유포된 이데올로기에 모두 완벽하게 동조하거나[48], 저항할 힘과 논리를 가지지 못한 소외된 자들인 것이다.

---

45) 김흥규, <일상과 역사>, 《세계의 문학》, 민음사, 1976, 가을, p.246.
46) 에리히 프롬, 이상두 역, 《자유에서의 도피》, 범우사, 1993, p.223.
47) 김흥규, *op. cit.*, p.246.
48) 그들은 어떠한 문화적인 유형에 의해서 그에게 부여된 인격을 전적으로 받아들인다. 이 것은 다시 말하면, 대규모의 경제 체제나 사회제도가 사적인 개인의 이니셔트브를 봉쇄하거나 무력화시킬 때 나타난다. 즉 개인이 문화적 형식이 제공하는 퍼스낼리티를 전적으로 받아들여 자신의 자발성과 진정성(authenticity)을 스스로 박탈하는 것이다. 말하자면 이들은 호모 네건스(Homo negans)의 속성을 상실한, 이른바, 예스 맨(yes-man)이다. (정문길, *op. cit.*, pp. 165 - 168.)

두 번째로, 5·16 쿠데타와 계엄 상황과 같은 남한의 정치적 파동에 의한 소시민의 불안 의식에서 소외의 모습을 발견할 수 있다. <등기수속>에서 주인공 '현구'는 자신의 친구인 C신문사 경제부 기자의 간청에 의해서 4백 평짜리 야채 밭을 신문사 사람들과 공동 출자 형식으로 사게 된다. 그런데, 이 땅은 '편집부 국장의 명의로 사 두고 천천히 집이나 지을 때 자기 앞으로 해 두리라 마음먹은 것인데'(등기수속, 1, p.89) 2년간을 미루어 온 것이었다. 그러나 '계엄이 선포되자 현구는 막연하게 머리끝이 쭈뼛해지는 불안 속에 서 그 땅의 문제가 새삼스럽게 첨예하게 압박해 왔다.(등기수속, 1, p.90) 그는 세상이 어떻게 돌아가는지 종잡을 수 없는 판에 그런 중요한 것을 2년 간이나 그냥 차일피일 미루어 왔다는 게 도대체 정신 빠진 짓이 아닌가(등기 수속, 1, p.90) 생각하고 오늘은 세상없어도 하루 사이에 수속을 마치자고 나선 것이었다.(등기수속, 1, p.90) 그러나 그의 일은 사법 대서소에서부터 꼬이기 시작한다. 그는 여러 곳(구청 지적계, 사법 대서소, 통인동 동사무소, 초동 동사무소, 중구청, 불광동 동회, 은평 출장소)을 헤메다니지만, 서류의 형식이 다르다는 이유로 명의 이전을 하지 못한다. 이튿날도 그는 명의 이전 을 위하여 백방으로 뛰어다니지만, 서대문 구청과 은평 출장소에 각각 농지 와 대지로 기록되어 있는 행정 착오로 자신의 뜻을 이루지 못한다. 그는 더 이상 참을 수 없이 화가 치밀어 은평 출장소 지목 변경 담당자를 후려갈 기고, "아 짜식아, 나도 중앙청의 공무원이야, 공무원. 그런 행정이 어디 있 어."(등기수속, 1, p.104)라고 말하자, 중앙청 공무원이라는 말 한마디에 그 만한 반응을 보이는 그들을 목도한다[49]. 그는 다시 사법 대서소에 맡겨 두었

---

49) 결국, '현구'는 부르디외(Pierre Bourdieu)에 따르면, '상징폭력'(symbolic power)를 사용한 것이 된다. '상징폭력'이란, 소위 '상징자본'(symbolic capital)에 의해서 나타나는데, 상징 자본이라는 것은 사회적으로 인정된 위신, 신망, 존엄, 명예, 명성 등을 말한다. 이것은 권위와 명예의 재생산에 투입되는 의례(儀禮)와 전략(戰略) 등을 포함하는 매우 유동적

던 서류를 찾아 '계엄이 해제될 때까지 이 서류를 그냥 간직하고 있으리라 마음먹으며 하숙집으로 향하는 것으로 이 소설은 끝나고 있다.

계엄이라는 특수한 상황 속에서 나타난 '현구'의 행동과 의식의 흐름에 주목해 보자. 현구는 먼저 계엄이 선포되자 막연하게 머리끝이 쭈뼛해지는 불안 속에서 그 동안 미루어 왔던 땅의 명의 이전을 서두르게 된다. 이 불안 의식은 정치적, 사회적 불안정이 개인의 심리를 흔들어 놓은 것이라고 할 수 있다.

> "지목 변경이라니요?"
> "농지를 대지로 변경하는 것 말입니다."
> 현구는 어쩐지 가슴이 철렁하여졌다. **계엄령하의 군인들 얼굴이 펀뜻 떠올랐다.**
>
> (등기수속, 1, p.92, 강조 - 인용자)

> **전차를 타자마자 현구는 가슴이 또 철렁하였다. 전차 바깥으로 군인을 가득 실은 드리쿼터가 헤드라이트를 켠 채 지나가고 있었다.** 현구는 전차 에 올라타자 흡사 무엇을 잃어버린 사람처럼 급하게 도로 뛰어내리려고 했는데, 벌써 전차는 떠나고 있었다.
>
> (등기수속, 1, p.96, 강조 - 인용자)

---

인 성질의 자본이다.(삐에르 부르디외, 정일준 역, 《상징폭력과 문화재생산 *Language and Symbolic Power*》, 새물결, 1995, p.33.)
즉, '현구'는 관명사칭을 통해서 자신의 사회적 위신이나 신망, 명성을 획득하려 했고, 이에 공무원 사회는 정확하게 반응하여(굽신거림) 당대 사회가 얼마나 타락한 관료화된 사회인가하는 점을 보여주고 있다. 또한 현구가 사법대서소 사무실에서 눈길 한 번 주지 않는 중년의 사법 서사는 현구가 "네, 다름이 아니오라 저는 XX부에 있습니다."(등기수 속, 1, p.91)라고 말하자 약간 꺼칠해 지는 표정에서 XX부라는 관명 사칭이 직효했음을 느낀다. 이것은 역시 사회에 만연된 관료 제일 의식을 반영하고 있다. 이것은 이 시대가 상징 자본에 의해서 완벽하게 지배당하고 있는 사회임을 보여주고, 이것에 가장 민감하 게 반응하는 '소시민'의 모습을 보여주고 있다고 하겠다.

시계를 보니 두시였다. **순간 현구는 또 철렁하였다.** 두시에 무슨 중요한
약속이 있었던 듯한데, 무슨 약속이었던지는 분명하게 떠오르지 않았다.
**또 경기관총까지 장치한 드리쿼터가 헤드라이트를 켜고 군인들을 가득 싣
고 큰길을 지나가고 있었다.**

(등기수속, 1, p.100, 강조 - 인용자)

그날 밤 현구는 열에 떠서 깊은 잠을 잘 수가 없었고, **군인을 가득 실은
드리쿼터가 헤드라이트를 켠 채 자기에게로 돌진해 오는 꿈을 꾸며** 몇 번
이나 깜짝깜짝 놀랐다.

(등기수속, 1, p.101, 강조 - 인용자)

큰길에는 군인들을 가득 실은 드리쿼터가 헤드라이트를 켜고 지나가고
있었다. 현구는 계엄이 해제될 때까지 이 서류를 그냥 간직하고 있으리라
마음먹으며 하숙집으로 향하였다.

(등기수속, 1, p.106)

위의 인용문은 이 작품에 나오는 계엄 상황에 대한 뚜렷한 모습을 곳곳에
서 상징적으로 보여주고 있다. '현구'는 계엄상황이라는 현실을 불안하게
의식하고 토지를 명의이전하기로 결심한다. 그리고 찾아간 사법 대서소에서
농지를 대지로 변경해야 한다고 말해 주자, 가슴이 철렁 내려앉았고 불연듯
'계엄령 하의 군인들 얼굴'이 펀뜩 떠오르는 것이다. 이와 같은 심리적 상황
은 이후 계속된다. 전차를 타자마자 현구는 가슴이 또 철렁하였는데, 그것은
전차 바깥에 군인들을 가득 실은 드리쿼터가 헤드라이트를 켠 채 지나가고
있었기 때문이다. 심지어 그는 그날 밤잠을 깊이 이루지 못하고 심지어 군인
을 가득 실은 드리쿼터가 헤드라이트를 켠 채 자기에게로 돌진해 오는 꿈을
꾸고 마는 것이다.

여기서 중요한 점은 왜 '현구'의 의식이 왜 불안하고 공포스러운가 하는

점이다. 그것은 경직화된 당대 사회가 일개 '소시민'의 삶과 의식까지도 불안정하게 만들었다는 데 있다. 이것은 어떤 특정한 상황에서 자신의 이익을 추구하려는 이기주의적인 소시민의 삶[50]을 보여준다기보다는 계엄이라는 정치적 억압이 소시민의 생활과 심리를 억압하고 왜곡하는 모습을 보여 준다고 보는 것이 타당하다.

<부시장 부임지로 안 가다>(이하, <부시장…>)도 <등기수속>과 유사한 주제 의식을 전해 주고 있다. 이 작품의 주인공, 퇴역 육군 중위이며 상이군인인 '규호'는 사회생활을 가르치는 중등 교사이다. 그런데 5·16 군사 쿠데타가 일어나자 갑자기 규호에게 예상 밖의 일이 밀어닥친다. 그것은 군인 셋이서 '규호'를 잡으러 왔다는 것이었다. 아내도 규호에게 어서 피하라고 말하고 엉거주춤 툇마루에 걸터앉아 버린다. 사실 어제 학교에서 지리 선생이 잡혀가고 생물 선생과 고학년 수학을 맡은 권 선생이 잇달아 잡혀갔기에 '규호'는 이 사태에 대하여 더욱 긴장한다. 이와 같은 상황에 긴장한 그는 여기 저기 몸을 피해 다니며 위기감이 계속 고조된다.

> 안개 속에 부두의 불빛은 횅하게 부풀어서 제각기 공중에 경중 떠 있는 것처럼 보이고, **붕붕 좌르르, 붕붕 좌르르,** 항상 부두 전체의 윤곽에서 들려 오게 마련인 그 육중하고 느린 저음이 오늘 저녁따라 돋들렸다. **꼭 하늘만큼 넓은 삼태기가 규칙적으로 야금야금 자갈을 내리쏟고 있는 것같은 소리다.** 무슨 소리가 저런 모양으로 들리는 것인지 알 수가 없었다.
>
> (부시장…, 2, p.89, 강조 - 인용자)

무엇이 어떻게 됐다는 것인지 전혀 까닭을 알 수 없는 대로, 그리고 전혀 엄두가 안 나는 대로 **머리 속에서는 웬 광광광광 방망이 소리같은 것만 빠른 속도로 두들려대고 있었다.** 어느새 아까 툇마루에 앉아 들었던 부

---

50) 임헌영, *op. cit.*, p.451.

두의 육중한 저음은 이렇게 쾌속의 방망이 소리로 변해 있는 것이었다.
(부시장…, 2, p.94, 강조 - 인용자)

무슨 일이 어떻게 벌어졌다는 것인지 요량할 수 없는 대로, **그저 머리속
에서는 광광광광 방망이 소리만이 더 크게, 더 쾌속조로 울리고 있었다.**
(부시장…, 2, p.99, 강조 - 인용자)

위의 인용문에서 자신을 잡으러 왔다는 사실을 전해들은 후, '규호'의 긴
장된 심리 상태는 부두에서 들려 오는 소리가 '꼭 하늘만큼 넓은 삼태기가
규칙적으로 야금야금 자갈을 내리쏟고 있는 것'같은 소음으로 들리고, 그
소리는 이윽고 머리 속에서 광광광광 울리는 방망이 소리로 바뀌고, 그 소리
는 더욱 쾌속조로 그의 귀를 울린다. 이것은 일종의 '병리적 상징'[51]으로
이 소설의 극적 긴장감을 고조시키는데 기여하고 있다. 귓병 또는 귀울림의
증후적인 소리, 환청 상태는 현대 소설의 중요한 문학적 상징의 원천이 되고
있다.[52] 이 작품에서는 '규호'의 극도의 긴장감과 공포가 환청이라는 병리적
인 현상으로 나타나고 있는 것이다.

이와 같이 쫓기어 다니는 '규호'는 공중파를 통하여 쏟아 부어지고 있는
소위 '혁명정부'의 국시(國是)에 더욱 공포를 느끼는데, 이것은 이 소설에서
중요한 의미를 지닌다.

바로 근처에서는 **"반공을 국시의 제일의로 삼고……"** 하고 라디오 소리
가 터져 나오고 있었다. 그러자 규호는 화닥닥 놀라서 또다시 달리기 시작
하였다. 달리면서도 옳은 소리지, 옳은 소리구말구 하고 스스로 새삼 확인
이나 하듯이 중얼거렸다.
(부시장……, 2, p.92, 강조 - 인용자)

---

51) 이재선, *op. cit.*, p.199.
52) *Ibid.*, p.219.

도대체 무엇이 어떻게 됐다는 것인지, 무엇을 어쩐다는 것인지 전혀 요량할 수 없는 대로 이 집 저 집 라디오에서는 **"반공을 국시의 제일의로 삼고"**가 여전히 터져 나올 뿐이었고, 그럴 때마다 딴은 옳은 소리지, 옳은 소리구말구 하고 스스로 생각해도 좀 민망해질 만큼 아첨조가 깃든 소심한 심정으로 혼자 중얼거렸다.

(부시장……, 2, pp.97 - 98, 강조 - 인용자)

초량에서 내리는데, 마침 건너편 라디오방에서 **"반공을 국시의 제일의로 삼고"**가 왈칵 또 터지고 있었다. 규호는 그 소리에 화닥닥 놀라면서 골목길로 달려들어갔다. "옳은 소리지, 옳은 소리구말구." 잠시 뒤에는 점잖게 이렇게 속으로 중얼거리면서 호젓한 골목길 끝까지 오자 손수건을 꺼내 이마의 땀을 훔쳐냈다.

(부시장……, 2, p.99, 강조 - 인용자)

짜개지는 행진곡이 울리다가 또 **"반공을 국시의 제일의로 삼고"** 하고 여자 아나운서의 목소리가 터져 나오자, 규호는 또 깜짝 놀라서 마시던 커피를 그냥 둔 채 헐떡헐떡 커피 값을 치르고 층층계단을 달려 내려오며 쌍년 쌍년 하고 그 아나운서를 욕하고 있었다. **어느새 그는 반공에 쫓기고 있는 것이었다.**

(부시장……, 2, p.102, 강조 - 인용자)

위의 인용문에서 보여지듯이 5·16이라는 정치적 상황[53]은 퇴역 육군 중위인 '규호'에게도 반공 이데올로기에 두려움을 느끼게 한다. 이것은 규호에게 '옳은 소리지, 옳은 소리구말구.'라고 '스스로 생각해도 좀 민망해질 만큼 아첨조가 깃든 소심한 심정'으로 같은 말을 중얼거리게 한다. 그러던 '규호'

---

53) 군사 쿠데타가 발생한 직후 930여 명의 인사가 '잠재적 용공 주의자'라는 혐의 하에 체포되었으며 다시 총 2,014 명에 달하는 사람들이 정치범 용의자로 몰려 검거 투옥되었다. 그 가운데 605명은 정당의 당원이었고, 264명이 사회단체 회원이었으며 나머지는 교사, 학생, 신문기자 등으로 구성되어 있었다. (박세길, *op. cit.*, p.104.)

는 이윽고 '호젓한 골목길 끝까지 오자 손수건을 꺼내 이마의 땀을 훔쳐내며' 마침내 '반공을 국시의 제일의로 삼고'라고 말하던 여자 아나운서를 욕하는 것이다. 여기서 '규호'는 서술자의 논평처럼 '어느새 반공에 쫓기는 것'이다. 이를 두고 이 작품이 시국에 민감하게 몸을 사리는 소시민적 본능을 그린 것54)이라고 평가한 견해가 있다. 그러나 우선적인 것은 억압적 정치 권력이 일개 소시민에게 가하는 유형 무형의 폭력이다. 즉, '규호'라는 퇴역 중위가 '군인이 셋이서 당신을 잡으러 왔다'는 부인의 말에 놀라서 도망 다녀야 하는 이유에 핵심이 있는 것이다. 이것은 군사 정권에 의한 세뇌적인 반공 이데올로기에 전 국민이 포로가 되었다는 것을 의미한다. 결국 '지금 마산 부시장 자릴 정해 놓구 찾구 있는 판인데.'라는 최 중령의 말을 들은 '규호'의 부인은 털썩 주저앉아 울음을 터뜨리며 이 소설은 극적 빈전을 가져온다.

> 일순 혁명은 잠시 어리둥절해지고, 닭 쫓던 개처럼 뻥쪄 있었다. 다음 순간 어느 길가 점포에서 또 왈칵 "반공을 국시로 제일의를 삼고"가 터져 나오고 있었다. 규호는 또 화닥닥 달리려고 하다가 다시 생각하고, 피시시 웃으며 땟국이 낀 손수건을 꺼내 코를 풀었다.
> 　결국 1961년의 혁명은 이렇게 **엉뚱한 사람들의 엉뚱한 모서리를 누비며 지나갔을 뿐** 모든 사람들은 다시 제자리로 돌아가고 있었다.(하략)
>
> 　　　　　　　　　　　　　　　(부시장……, 2, p.109, 강조 – 인용자)

여기서 '규호'에게 혁명은 어리둥절한 것이 되고 만다. 이 작품도 <1965년…>과 같이 일종의 돈강법(bathos)적인 결말로써 당시의 사회상을 풍자하게 되는 것이다. 혁명은 엉뚱한 사람들의 엉뚱한 사람들의 엉뚱한 모서리를

---

54) 임헌영, *op. cit.*, p.451.

누비고 지나갔다고 하는 진술에서 '엉뚱한 사람들'이란 그것과 직접 관계가 없는 일개 소시민까지도 극단적인 반공 이데올로기에 시달림을 받았다는 것이며, '엉뚱한 모서리를 누비고 지나갔다'는 것은 그 이데올로기가 사회의 저변에 왜곡되고 굴절되어 기형적인 양태로 나타났다는 것을 함의하는 것이다. 그리고 이 작품은 '어느덧 서서히 그 물굽이도 겉만 훑으며 휘돌아 가고 그 뒷자리에는 새로운 잡초들이 더욱 기승을 펴고 있었고 …… 어느덧 큰 거리에 빌딩을 차지하고 근대화된 차림으로 날로 번창해 가고 있었다.'(부시 장……, 2, p.109)로 끝맺는다. 여기서 이 혁명 정국의 극단적인 정치적 상황은 새로운 잡초가 더욱 기승을 부리고, 근대화된 차림으로 나로 번창해 가는 것으로 이어진다. 이는 현실에 대한 반어적(irony)인 표현으로 혁명 이후 군사 정부의 소위 '개발 독재'를 예고하는 것이라고 할 수 있다.

## 2) 자본주의적 질서와 소외

이호철의 소설에서는 한국 전쟁 이후에 급속도로 해체되기 시작한 전통 사회의 붕괴와 자본주의화의 가속도로 인하여 발생하는 사회·구조적인 모순과 병폐에 의한 인물의 다양한 전락의 양상이 나타난다.

실제로 오늘의 한국 사회는 전통적 한국 사회와는 근본적으로 다른 사회로 변모하였으며 동시에 서구의 근대화된 사회들과도 다른 독자적인 성격을 갖는 사회구조를 가지게 되었다. 지난 100년 동안의 한국 사회구조의 변화는 정치적으로는 민주화, 경제적으로는 산업화, 생태적으로는 도시화, 사회적으로는 평등화, 문화적으로는 개체화, 종교적으로는 세속화 등의 일반적 변화 지향을 가지고 이루어진 것으로서 우리가 흔히 말하는 '근대화'의 지향을 맞는 사회 변동이었음에는 틀림없다.[55] 그러나 근대화가 급속하게 진행

---

55) 임희섭, 강신표, <서문>, 한국사회과학연구소편, ≪한국사회론≫, 민음사, 1980, p.8.

되면서 여기서 파생된 여러 가지 병폐 또한 간과되어서는 안 될 것이다.

그렇다면 이호철의 작품에서 나타나는 전통 사회 혹은 지난 날 농촌 공동체의 모습은 어떠한 양상으로 나타나는가? 이것에 대한 가장 강력한 소설적 준거가 되는 것은 <큰 산>이라고 하지 않을 수 없다. 이 작품의 내용은 다음과 같다.

첫눈이 수북하게 내린 아침에 블록담 위에 흰 남자 고무신짝 하나가 얌전하게 놓여져 있는 것을 보고 그것을 불길한 징조로 안 아내가 남의 집으로 고무신을 집어던지고 만다. 이렇게 제 집으로 들어온 액을 이웃집으로 옮아 보내고, 제 집은 일단 마음을 놓은 것이다.(큰 산, 1, p.215) 그러나 그 고무신은 다시 집으로 돌아오고 만다. 이렇듯 염병 돌 듯이 돌아다니는 고무신짝을 두고 아내는 "아주 머얼리 보내지요. 이따가 밤에.", "밤에 저눔의 걸 들고 버스 타고 멀리 가져갈 테에요. 하다못해 동빙고동에라도."라고 말한다.

여기서 나타나는 이기주의 심리는 극단적인 자기 보호 본능이라고 할 수 있는데, 이는 산업화 사회로 굳어져 가는 상황에서 소시민의 의식이 황폐화해가는 모습이라고 할 수 있다.[56] 이에 '남편'은 이기주의화 해 가는 우리의 삶은 "'큰 산'이 안 보여서 이래, 모두가."라고 혼자 중얼거린다.

> 우리 마을 서쪽 멀리 마식령 줄기가 가로 **뻗어** 갔는데, 마을 사람들은 이것을 '큰 산'이라고 불렀다. 내 경우 이 '큰 산'은 그곳에 그 모습으로 그렇게 있다는 것만으로 **항상 나의 존재의, 나를 눌러 싼 모든 균형의 어떤 근원을 떠받들어 주고 있었던 것이다.**
>
> (큰 산, 1, p.211, 강조 - 인용자)

그 '큰 산'은 청빛이었다. 서쪽 하늘에 늘 덩더릇이 웅장하게 퍼져 있었

---

56) 임헌영, *op. cit.*, p.451.

다. 아침저녁으로 혹 네 철을 따라 표정은 늘 달랐지만, 근원은 뿌리 깊게
일관해 있었다. 해 뜨기 전 새벽에는 청청한 빛으로 싱싱하고, 첫 햇볕이
쬐면 산머리에서부터 백금색으로 빛나고 햇볕 속의 한 낮에는 머얼리 물
러앉은 청빛이었다. 해질녘 저녁에는 골짜기 하나 하나가 손에 잡힐 듯이
거멓게 윤곽을 드러내고, 서서히 보랏빛으로 물들어 간다. 봄에는 봉우리
부터 여드러워지고, 겨울이면 흰색으로 험준해진다. 가을에는 침착하게
물러앉고, 여름이면 더 높아 보인다. 그 '큰 산'쪽으로 샛바람이 불면 비
가 왔고, '큰 산'쪽에서 바다 쪽으로 맞바람이 불면 비가 그치고 하늘이
개었다. 그 '큰 산'은 늘 우리 모든 사람의 마음속에 형태 없는 넉넉함으
로 자리해 있었다. 그 '큰 산'이 그곳에 그렇게 그 모습으로 뿌리 깊게 웅
거해 있다는 것이 늘 안심이 되었던 것이다.
　　깊숙하게 늘 안심이 되었던 것이다.
　　아, 그 '큰 산', '큰 산'.

(큰 산, 1, pp.216 - 217, 강조 - 인용자)

　　위의 인용문에서 웅장하게 펼쳐져 있던 '큰 산'은 사람들의 마음속에 무
형의 넉넉함으로 자리해 있었고, 그 웅거해 있는 모습으로 깊숙하게 늘 안심
이 되었던 것이다. 이것은 '큰 산'이 항상 그의 존재의, 그를 눌러 싼 모든
균형의 어떤 근원을 떠받들어 주고 있었던 것이다. 이것은 작가론적인 관점
에서 고향의 실제 산일 수도 있을 것이며, 이제는 되돌아갈 수 없는 지난
시절의 농촌 공동체이거나 그 속에 엄연했던, 사람다운 삶을 가꾸고 지키는
질서일 수도 있다.[57]

　　농촌 공동체라는 것은 퇴니스(Ferdinand Tönnies)에 따르면 '게마인샤프
트'(Gemeinshaft)의 속성을 가진 것이다. 이것은 본래의 의식적인 기도(企圖)
로는 이루어지지 않는 하나의 사회 단위로서 우리가 가정에 소속된 것[58]과

---

57) 정호웅, *op. cit.*, p.128.
58) 프릿쯔 파펜하임, 정문길 역, *op. cit.*, pp.84 - 85.

마찬가지로 사회적 특성을 나타낸다. 반대로 '게젤샤프트'(Gesellshaft)는 고립되어서는 그들의 고유한 이익을 효과적으로 추구할 수 없음을 인식하고서 서로 결합한 개개인들이 면밀히 생각해 낸 본질적 계약 관계59)가 존재한다. 여기서는 인간과 인간의 분리는 너무나도 심각한 것이기에, 모든 사람은 그 스스로 고립되어 있으며 다른 모든 사람들에 대항하는 긴장 상태가 언제나 존재한다. 따라서, 게젤샤프트는 인간의 상호관계에 잠재적 적대 관계와 잠재적인 전쟁이 내재하고 있는 사회이다. 역사적인 측면에서 사회는 '게마인샤프트'가 우월하던 시대에서 '게젤샤프트'가 우월한 시대로 이행한 것이다.60)

이에 이호철의 소설에서 남한 자본주의 사회에 대한 비판의 준거로서, 사람다운 삶을 지키고 나의 삶이 소중하듯 다른 사람의 삶도 넉넉히 감싸 안을 수 있는 '큰 산'이 그 중심에 우뚝 서 있는 것이다. 이호철에게 있어 '고향'과 '큰 산'이라는 원천적인 것에 대한 향수는 소시민적 안일성에 빠지는 것을 가로막는 제동장치로써 기능하며 사회의 허위와 모순을 꿰뚫어 보게 하는 각성제의 역할61)을 하는 것이다.

이와 같은 사실은 작가론적인 관점에서 중요한 사실로 떠오른다. 앞에서 살펴보았듯이 이호철에게 있어서 실향이란 모체에서 떨어져 나온 엡젝션(오욕)이었다. 또한 김윤식에 의하면 그의 제2의 엡젝션은 실향민이라는 계층의식의 표현일 것이다.62) 다시 말하면 그는 남한 사회에서 자기 정체성(self-identity)의 확립을 위해서 끊임없이 균형 감각을 유지하기 위해서 애쓴다. 이 균형 감각의 확보의 흔적을 우리는 <소시민>, <서울은 만원이다>,

---

59) *Ibid.*, p.84.
60) *Ibid.*, p.86.
61) 염무웅, <개인사에 음각된 민족사> ― 이호철의 문학 세계, ≪소슬한 밤의 이야기≫, 청하출판사, 1991, p.400.
62) 김윤식, *op. cit.*, p.451.

<재미있는 세상> 등에서 발견할 수 있다.

이호철 소설에 나타난 자본주의적 질서에 의한 소외 양상은, 첫째 한국 전쟁으로 인한 전통 사회의 해체와 자본주의적 질서 재편에 따른 소외, 둘째 1960 - 70년대 도시화와 배금주의적 가치 체계의 확립이라는 조건 속에서 나타나는 소외이다.

우리는 장편 <소시민>에서 그 첫 번째 양상을 확인할 수 있다. <소시민>은 부산의 완월동의 제면소가 중심적인 배경이 된다. 이 공간은 전쟁으로부터 상대적으로 자유로운 공간인 동시에 자본주의적인 질서와 정치적 논리에 의해서 지배되는 공간으로 제시되고 있다. 따라서 이 소설은 서두—'이 무렵의 부산 거리는 어디서 무엇을 해먹던 사람이건 이곳으로만 밀려들면 어느새 소시민으로 타락해져 있게 마련이었는데……'(소시민, 6, p.1)—와 같이 소시민적 의식이 팽배해져 있는 부산이라는 공간을 배경으로 '나'(박형)의 비평안을 통해서 관찰된 현실의 모습이다.

즉, 남북 분단, 부산의 정치적 파동, 한일 문제 등의 역사적 민족적 문제를 소시민적 현실 속에서 소시민적 눈[63]으로 관찰되고 평가된다. 또한 이 작품의 메인 무부먼트(main movement)가 제면소와 그 주변이라는 폐쇄적인 공간으로 한정되어 있지만, 이것은 역설적으로 소설적인 내면 공간을 무한히 확장시켜 주고 있다. 이러한 이호철의 소설적 수법을 우리는 <문>과 <닳아지는 살들>을 통해서 확인한 바 있다. 그러므로 이 작품은, 서술자 '나'의 감식안에 포착된 부산의 소시민적 삶이 확장된 내면 공간을 통해서 다양한 모습으로 보여지는 것이다.[64]

---

63) 이보영, <소시민적 일상과 증언의 문학>, 《현대문학》, 현대문학사, 1980.8, p.268.
64) 김주연은 <새 시대 문학의 성립>(1968)에서 이호철의 소설에서는 김승옥의 작품에서 볼 수 있는 금욕, 자기 세계, '사소한 것의 사소하지 않음'에 주목하는 트리비얼리즘이 없어서 허풍스럽고 오기에 찬 것이라고 비난한 것이 있다. 그러나 이에 대하여 이보영은

이 소설의 서술자인 '나'는 부두 노동을 거쳐 완월동 제면소의 노동자로 일하고 있는데, 단신으로 월남한 스무 살의 청년이다. '나'는 북한에서 중농 이상의 계급적 지위를 가졌던 집안 출신인데, 북한 체제에 순응하지 못하여 월남했지만 남한의 자본주의적인 질서에도 비판적인 인물이다. 즉, '나'는 이른바 '경계선의 담론'을 펼치고 있는 셈이 된다. <소시민>에서 서술자인 '나'는 다음과 같은 의미를 갖는다. 첫째, '나'는 역사적으로 일제 식민지로 전락했던 한국의 비극적 후유증인 남북 분단의 필연적인 결과이다. 둘째, 사회경제적으로 '나'는 대가족제도의 붕괴 및 자본주의 경제의 메커니즘에의 예속으로 인한 고아적인 소시민이다. 셋째, 상징적인 의미에서 '나'는 <무정>의 이형식이 나라잃은 정신적인 고아였던 것과 비슷하게 북쪽에 고향을 잃고 방황하는 고아[65]인 것이다.

이 소설에서 먼저 '나'의 시선이 충격적으로 머무는 곳은 제면소의 '주인 마누라'이다.

> 나는 엉거주춤하게 주인 마누라를 향해 앉았다.(중략)멀리 전차 지나가는 소리가 들리고 저쪽 건너방에서는 주인 노파의 밭은기침 소리가 들렸다. 주인 마누라의 몸은 그 전처럼 징그러워 보이지 않았다. 앓는 소리 없이 상냥한, 제법 여자다운 표정을 하고 있는 때문인지도 몰랐다. 이번에 주인 마누라는 배를 쓸어 달라고 하는 것이 아니라 옆자리에 그냥 누우라고 하였다. (중략) 주인 마누라는 어느새 나를 꼬옥 껴안았다. 그저 그렇게 입은 채로의 나를 껴안기만 했다. 내 수줍은, 계집애처럼 순진한 두 눈을 들여다보고 하였다. 내 두 귀를 잡고 자꾸 내 표정을 보고 싶어하기도 하

---

이호철이 소시민 생활의 사소한 면에도 관심이 많다는 점을 들어 반박한다. 가령 역사적 민족적 문제를 취급할 때도 이병주나 최인훈처럼 위에서 독자를 계몽하는 자세가 없이, 일단 자신이 처한 소시민 세계의 입장에서 그 문제를 구체적으로 추적하고 비판하기 때문(*Ibid.*, p.268.)이라고 평가하는 것이다.

65) *Ibid.*, p.269.

였다. 나는 마치 사육 당하는 강아지 같은 생각이 들며 자꾸 외면을 했다.
(중략) 그러니까 주인 마누라는 이런 장난 거리가 있어야 이럭저럭 며칠을
또 견뎌 내는 그런 사람인 모양이었다.
　　한참만에 바깥에서 주인이 돌아오는 기척이 났다.

(소시민, 6, pp.16 - 17)

　위의 인용문에서 보여지듯이 제면소의 '주인 마누라'는 정상적인 가부장
적 가정의 여성이 아니다. 그녀는 남편을 외면하고 '나'를 상대로 성적인
욕망을 충족하려 한다. 또한 그녀는 이 제면소의 실질적인 운영권을 쥐고
있고 스무살 청년인 '나' 뿐만 아니라 동회 서기를 집안에 끌어들여 공공연
히 정사를 벌일 정도로 공격적이고 대범하다. 이와 같이 가부장적 질서에서
벗어난 인물들은 이 소설에 다수 등장한다. 그것은 남편을 저버리고 재혼한
강영감의 마누라, 군인으로 나가 있는 남편의 부재를 틈타 김씨와 그리고
'나'를 유혹하는 천안색시, 또한 고향 순천에서 가출하여 부산으로 들어온
당돌한 성격의 어린 식모가 그들이다.

　우리는 여기서 이와 같은 여성들이 봉건적 질서에서 벗어난 인물임을 쉽
게 알 수 있다. 일부종사(一夫從事)라든가 정조 개념이라는 봉건적 윤리 개
념과는 본질적으로 다른 인물인 것이다. 이러한 유형의 인물이 등장한 것은
전쟁이 가부장제에 묶여 있던 여성들의 종속을 깨는 효과를 가져왔기 때문
이다.[66] 이것은 한국 전쟁이 봉건적 구습에 얽매였던 인간형이 자본주의적
인간형으로 다시 태어난 것을 의미하고, 따라서 부산의 이와 같은 풍경은
앞으로 자본주의적인 질서가 사회적 틀로 확립되어 갈 것을 예고하는 것이
기도 하다.

---

66) 최원식, <1960년대 세태소설> ― 이호철의 <소시민>, <심천도>, 《소시민/심천도》
　　이호철 전집6, 청계연구소 출판국, 1991, p.389.

이러한 측면에서 '부산'이라는 공간의 사회·경제적 성격은 <소시민>에서 편집자적 논평으로 제시되고 있다.

> **어차피 사회 전체의 격동 속에서는 종래의 형태로 있던 사회 각 계층의 단위는 그 단위의 성격을 잃어버리고 한 수렁 속에 잠겨서 격한 소용돌이 속에 휘어들어 탁류를 이루게 마련이었다.** 미국의 잉여 물자는 한국의 전쟁판에 그대로 쏟아 부어지고, 그런 속에서 미국의 실업계는 새로운 숨을 쉬고 있는 셈이었다. 그리하여 전란은 한국의 강토를 피폐시키고는 있었지만 어느 모로는 전란에 매달려 나머지 한국민은 그날 그날의 삶을 이어가고 있었다. (중략) 미국 물자는 부산 바닥에도 고르게 퍼지는 것이 아니라, 그 본래의 논리를 좇아 지그재그를 이루고 있었다. 그 물자를 둘러싸고 새로운 피나는 경쟁이 벌어지고, 새로운 뜨내기 부유층이 형성되어 갔다. 결국 부산은 일선과는 다른 양상으로 밤마다 타오르고, **여기서부터 한국 사회의 새로운 지평이 열려지고 있었다. 살아갈 기력이 없는 퇴물들은 쓸려 가고 기력이 있는 자만 남아 가게 마련이었다.**
>
> (소시민, 6, pp.37 - 38, 강조 - 인용자)

위의 인용문은 한국 전쟁 당시 '부산'이라는 공간을 요약적으로 설명하고 있다. 즉 전란이라는 것은 한 사회의 계층적 단위의 성격을 잃어버리게 하고, 또한 이 혼란은 거대한 탁류를 이루며 새로운 신흥 세력을 만들기 마련이다. 예컨대, 원조라는 미국의 잉여 물자의 불균등한 배분은 사회의 자본주의적 경쟁을 촉진하고 이에 따라 신흥 자본가가 나타나게 되는 것이다. 농촌 공동체라는 하나의 사회구조가 전면적으로 와해되고 이를 틈타 새롭게 대두되고 있는 세력, 이들은 자신의 정체성을 상실하고 어떤 때는 '엄살꾸러기'가 됐다가 어떤 때는 '미친 깡패'가 되기도 하는 간층(間層)으로서의 불안한 위치를 가지고 있다. 이것을 일종의 기생성이라고 한다면, 사르트르가 말하는 소위 '속한'(俗漢 salaud)[67]일 수도 있다. 이들의 전락과 타락의 양상을 살펴보면 다음과 같다.

먼저 전락의 양상으로 제시되고 있는 인물은 '천안 색시'이다.

> 천안에서 땅마지기나 있는 집안의 태생일 것이었다. 그것이 난리통에
> 이렇게 하루 아침 사이에 식모로 전락이 되었다.(중략) 이즈음의 천안색시
> 속에서 한 시대가 무너지고 있는 모습을 보는 느낌이었다.
>
> (소시민, 6, p.36)

여기서 전란이라는 상황에 의해 천안에 땅마지기나 있는 집안 태생인 '천안색시'가 부산에 와서 식모로 전락하고, 본래의 살아온 분수대로 본다면 김씨보다 곽씨에게 어울리었을 그녀가 어릴 적부터 타관살이에 절어 든 '김씨'에게 휘어들자, '나'는 공감과 처량감을 반반으로 가지고 한 시대의 무너짐을 느끼는 것이다.

다음으로 눈길을 끄는 대상은 3명의 좌익 출신의 인물이다. 그들은 '강영감'과 '정씨', 그리고 '김씨'이다.

'강영감'은 자신의 책을 태워 버리거나 내다가 팔더니 급기야 전향한 좌익들을 감시하는 '보련'(보도 연맹)에 가입함으로써 자신의 이념과 신념을 모두 포기하고 만다. '정씨'는 구주(九州)지방으로 징용 갔다 온 후로 남로당에 가입하여 활동한 경력을 가진 인물이지만, 세월이 흐를수록 점점 노추(老醜)해져 결국은 우물에 빠져 자살하고 만다. '김씨'는 '정씨'의 하부 조직에서 일한 경력을 가진 사람이지만, 자신의 이념과 손쉽게 결별하고 미팔군 납품업자로 뛰어들어 부의 축적을 위해 몰두하여 자본주의적인 질서에 빠르게 적응하는 인물로 나타난다. '나'의 먼 친척인 '광석이 아저씨'는 '대한청

---

67) 정명환, <실향민의 문학> ─ 이호철의 <소시민>을 중심으로, ≪창작과비평≫, 창작과
   비평사, 1967, 여름, p.240.

년단장’이라는 감투를 쓰고 기세가 등등했으나 한국 전쟁 당시 중공군의
개입으로 월남하여 부산에 밀려 내려온 실향민으로서 남한 사회에서 살아남
는 길은 장사하는 길밖에 없다는 판단을 하고 국화빵 장사를 시작한다. 이윽
고 ‘김씨’와 ‘광석 아저씨’는 이승만 정권의 관제 데모에 참여하게 되는데,
이를 목격한 주인공 ‘나’의 서술은 이에 대한 핵심을 찌른다. 자본주의적
질서에 편승하여 타락의 길로 접어든 이에게는 필수적으로 정치적 우익성
내지는 파시즘의 경도라는 ‘정치적 거취’가 나타나게 되는 것이다. 관제 데
모라는 기회주의적인 속임수에 편승한 ‘김씨’와 ‘광석 아저씨’에게서 소시
민적 전락의 모습을 보게 되는 것이다. 이것은 역설적으로 당시의 이승만
정권의 독재가 한국 전쟁이라는 참화 속에서 성장한 당시의 신흥 부르조아
내지는 신흥 상인들을 지지기반으로 삼고 있었다[68]는 사실을 증명해준다.
또한 이들은 모두 화폐에 대한 물신성(物神性)[69]을 바탕으로 하는 자본주의
적 인간형으로 변모해 간다. 이 소설의 마지막에서 서술자인 ‘나’는 ‘최근에
야 근 십오 년만에 나는 그 완월동 제면소에 다시 들러 보았다.’(소시민, 6,
p.240)라고 말하면서, 그 동안 사람들이 어떻게 변했는지를 말해 주고 있다.
김씨는 팔군 납품을 달러 획득이라는 애국적인 일로 생각하면서 허황된 소
시민적 삶을 살고 있고, 천안 색시는 양장점을 차리고 있었는데, ‘스스로
도적년 행세를 하지 않을 수 없었던 가냘픈 여자로서 험하게 살아온 관록과
두터움이 배어 있었다(소시민, 6, p.240)’고 서술하고 있다. 광석이 아저씨에
대한 부분은 가장 인상적인데, ‘광석이 아저씨도 부산 시절의 활기는 반짝
타오른 불길이었을 뿐, 이미 괴어 있는 바닥의 괴어 있는 퇴화의 길로 접어들
고 있었다’(소시민, 6, p.241)고 말하면서, 그는 결국의 농민 땟국까지 활딱

---

68) 최원식, *op. cit.*, p.400.
69) 정문길, *op. cit.*, p.80.

벗을 수 없었으며, 통이 큰 위인도 되지 못했고, 자그마한 성공에 흥분을 하고 자그마한 실패에 실망을 하며 시름시름 늙어 가기 시작하고, 이제 마흔으로 접어들고 있었으며, 그에게도 본질적으로는 체념이 접어들고 있었다고 술회하고 있다. '모두가 괴어 있는 바닥에서의 괴어 있는 땀을 흘리고 있는 셈'(소시민, 6, p.241)이며, 죽은 사람은 그렇게 죽어 갔지만, 산 사람들은 산 사람의 논리대로 살고 있는 것이라고 말한다. 여기서 말하는 '산 사람의 논리'라는 것은 자본주의적 삶의 질서를 의미한다. 결국은 이런 사회에서는 자신의 본질적인 개성과 독창성이 봉쇄당함으로 자신의 진정성(authenticity)을 상실한다. 따라서 사람이 타인과의 관계뿐만 아니라 자기 자신과의 관계에 있어서도 비이성적 열정에 빠져들 때 그것은 소외를 지칭한다.[70] 즉 자기가 하고 싶은 행동을 하고 있다는 착각에 빠져 있지만, 자아와는 분리된, 자기의 배후에서 작용하는 어떤 힘에 의해서 움직이는 것이다.

두 번째로, 1960 - 70년대 도시화에 따른 자본주의적 소외 양상을 살펴보기로 한다. 여기서 중요한 작품으로 떠오르는 것은 장편 <재미있는 세상>이다. 원래, 이 작품은 1970년에 '한국일보'에 연재했었는데, 1966년 '동아일보'에 연재하여 호평을 받았던 <서울은 만원이다>의 자매편과도 같은 지방 소녀의 무작정 상경물이며 얌전하고 단아하던 길녀에 비해 이 작품의 주인공 병숙이는 약간 거칠고 왈가닥 성격으로서, 세태 풍자적인 코믹한 터치로 1970년대 초의 서울 생활의 만화경 하나를 만들어 보자는 생각이었다[71]고 작가는 밝히고 있다. 더욱이 이 작품은 1847년 6월에 전북 해안 지방의 '수완리'에 좌초한 프랑스 군함에 대한 얘기를 서두로 꺼냄으로써 1970년대의 역사적 상황의 연원이 서구 열강에 의해 개항이 요청되던 조선 후기

---

70) 에리히 프롬, 김병익 역, *op. cit.*, p.126.
71) 이호철, ≪재미있는 세상≫ 이호철 전집 4, <작가의 말>, 청계연구소 출판국, 1989.

라는 변동기적 시대 상황에 뿌리를 두고 있음을 암시하고 있다. 이 작품은 수완리라는 마을에서 고기잡이를 생업으로 하는 '서씨 집안'(벼랑집)과 마을 유지인 '최씨 집안'(세 거리집) 사람들이 주요 인물 구도를 형성하고 있다. 벼랑집의 손녀딸인 서병숙과 세 거리집 서출 막내딸 최경옥이 상경을 통해서 꾸려가는 서울에서의 삶이 작품의 중심 내용이다. 이들의 서울 생활은 병숙의 조부인 서영보 노인과 경옥의 부친인 최광연 노인의 상경의 계기를 마련하는데, 두 노인의 서울 체험이 낯설고 신기하게 묘사된다. 이들의 도시 체험을 중심으로 작가는 1970년대 초 서울의 모습의 한 단면을 제시하고자 한 것이다.

먼저, 병숙이 상경하여 제 오빠인 강수 앞으로 보낸 편지에서 그녀의 서울 상경에 대한 각오가 명확하게 드러난다.

> 내가 서울 올라온 건 천만번 잘한 일이었소. 안 올라왔으면 대체 난 어쩔 뻔했겄소. 죽어뿌렀을 것이요. 답답해서 바다에 빠져서 죽어뿌렀을 것이요. 그렇게 한 번은 죽은 목숨인 셈치고 집을 뛰쳐나왔는디.
>
> (중략)
>
> 이러나저러나 서울선 한가운데만 비비고 들어가면 되는 것이요. **무슨 수를 써서라도 한가운데만 비비고 들어가먼** 세상 돌아가는 이치를 크게 깨치고, 길은 크게 열리더먼.
>
> 처음부터 크게 뛰느냐, 죄밀죄밀하게 하루 벌어서 하루 먹는 데 자족하느냐, 두가지 가운데 한나더먼, 망해도 크게 망해야 다시 일어나더라도 크게 일어나고. 마음만이라도 크게 정하고 볼 것이요. 그러면 대체로 되는가벼. 되다가 말아도 그게 어뎌. **한국은행 돈은 내 돈이다 하고 마음 넓게 먹고 크게 뛰면, 정말로 한국은행 돈이 이쪽으로 디굴디굴 굴러드는겨.** (중략) 서울을 별 곳이라고 알문 그게 병잉께요. 6백만 가운데 595만은 병신들잉께, 나머지 5만 축에만 끼이면 요즘 흔한 말로 '왔다 왔다'인 것이요……
>
> (재미있는 세상, 4, p.5, 강조 - 인용자)

위의 인용문에서 '무슨 수를 써서라도 서울의 한 가운데만 비비고 들어가면' 되는 것이요, 마음만 크게 정하고 보면 한국은행 돈이 다 이쪽으로 디굴디굴 굴러드는 것이라고 하는 데에서 드러나듯이, 병숙에게 서울이라는 공간은 부를 축적할 수 있는 공간이다. 즉, 부의 축적을 위해서는 수단과 방법을 가리지 않겠다는 절대인 배금주의인 것이다. 이와 같은 것은 '서 노인'이 상경하고 난 후의 생각에서 더욱 극명하게 드러난다. 그것은 '그렇게 서울의 부자 하나를 잘만 사귀어 놓으면 요즘 세월에 웬만한 친척 백이 당할 것인가'(재미있는 세상, 4, p.61)하는 진술에서 '서 노인'에게 있어 인간관계가 교환가치로 전락하고 있음을 볼 수 있다.

또한 이와 같은 점은 <서울은 만원이다>에서도 분명하게 드러난다. 제목이 암시하는 바와 같이, 이 소설이 보여주는 서울은 폭발직전의 상태여서 아무데도 발을 들여놓을 곳이 없으며, 각지에서 몰려든 사람들이 먹고 살기 위해 동물처럼 우글거리고 있을 뿐만 아니라, 그 내부에는 오직 가난과 질병과 사기, 음모, 매춘 등 도시화의 물결을 타고 들어온 온갖 잡균들로 들끓고 있는 것이다. 또한 시골에서 올라온 사람들은 이런 혼탁한 사회 분위기 속에서 어떤 방식으로든 살아남기 위해서 몸부림치게 마련이며, 이 소설은 이와 같은 대도시적 삶의 들끓음을 보여준다.

> 하긴 돈을 찍어내는 곳이 서울의 조폐공사이니까 어차피 조폐공사에서 가장 가까운 거리에 있는 자들이 제일 큰 땡을 잡게 마련일 것이다. 그리고 이렇게 가장 가까운 거리에 있는 사람들이란 잘 아시다시피 그렇고 그런 사람들이다. 그렇게 한가운데 들어앉은 몇 안되는 사람들로부터 바깥으로 향하여 불꽃이 튀어 나가듯 혹은 물 이랑이 퍼져 나가듯 몇 겹으로 층이 둘러싸인다.
>
>    (중략)
>
> 하여, 서울은 바야흐로 싸움터다. **성실보다는 요령, 일관한 신념보다도**

**눈치, 진실한 우정보다도 잇속, 협동보다도 적의가 온 서울 하늘을 덮고
있다.** 길녀도 어쩌다가 이 속에 껴들어 살게 된 지가 어언 사 년이다.

(서울은 만원이다, 7, p.16, 강조 - 인용자)

위에서 서울에 대한 서술자의 지적은 요령, 눈치, 잇속, 적의가 삶의 방법
으로 되어 있는 공간이다. 또한 이와 같은 서울 살이의 악덕은 개인적인
것이 아니라 구조적인 것이다.[72] 즉 자본주의적인 삶의 질서가 개인에게
타락한 삶의 방식[73]을 요구하는 것이다.

<재미있는 세상>, <서울은 만원이다>에서 나타나는 배금주의와 물신
주의는 196·70년대의 사회가 질적으로 물화(reification)[74]되었으며, 사회적
으로 추구되는 가치가 매개화되어 타락했음을 보여준다. 따라서 상품 숭배
(commodity fetishism)[75]와 같은 재화와 화폐에 대한 숭배는 이 사회에 살고
있는 사람들이 진정한 가치를 추구하지 못하고 소외되어 있음을 알게 한다.

---

72) 김병익, <60년대적 순진성과 그 풍속의 상실>, ≪서울은 만원이다/월남한 사람들≫이
   호철 전집 7, 청계연구소 출판국, 1991, p.389.
73) 골드만(L. Goldmann)은 주인공의 타락은 주로 매개화 현상(mediatisation), 즉 진정한 가
   치가 내재적 차원으로 끌려 들어감으로써 자명한 현실로서는 저버리는 현상으로 표현된
   다(루시앙 골드만, 조경숙 역, ≪소설 사회학을 위하여≫, 청하, 1982, p.20.)고 설명한다.
   인간과 상품 사이의 자연적이고 건전한 관계는 물건의 '사용가치'에 지배될 때이지만,
   '교환가치'라는 생산형태에 의해 만들어진 새로운 경제 현실이 매개화 현상이다. 때문에
   인간의 의식과 생산이 맺고 있던 관계가 배제되거나 혹은 내재적인 것이 되어 버리는
   것이다.(*Ibid.*, p.21.) 또한 골드만은 현대의 사회 생활의 가장 중요한 부분인 경제적 생활
   속에서 대상의 질적 측면과 인간 사이의 모든 진실된 가치는 소멸되어 가고—인간과 사
   물 간의 관계, 인간 간의 관계도 역시 그러하다—매개되어지고 타락한 관계, 즉 철저히
   수량적인 가치만을 지닌 관계로 대체되어 가고 있다(*Ibid.*, p.22.)고 본다.
74) 메리 에반스 외, 김억환 편, ≪뤼시앙 골드만≫, 세계사, 1991, p.39.
75) *Ibid.*, p.39.

## 3. 극복 양식

지금까지 이호철 소설에 나타난 소외의 양상을 '분단 상황과 소외' 그리고 '정치·경제적 상황과 소외'로 나누어 살펴보았다. 그런데 이와 같은 소외의 양상은 이호철의 모든 작품에서 극복되고 변증법적으로 승화되는 것은 아니다. 어떤 작품은 소외에 대한 비극적 전망을 제시한 작품도 있고, 그 해결의 실마리를 독자에게 되묻는 경우도 있으며, 소외를 극복하기 위한 의지를 보이거나 그 해결의 대안을 제시하는 작품도 있다. 따라서 여기서 제시될 극복의 양상은 이호철 소설을 관류하는 소외의 모습에 대한 극복의 양식(model)으로서 제시되는 것이다.


### 1) 분단의 쟁점 부각

우선, <판문점>에 나타나는 주인공 '진수'의 소외를 살펴보자.

> (전략)비록 형수가 이런 설교를 들으며 순순히 받아들이는 표정이었다고 하더라도, 조금만 지나면 그런 것은 아무래도 좋고 까마득히 잊어버릴 것이다. 형님은 더욱 치근치근하게 형수에게로 다가앉을지도 모른다. 이렇게 **한 집에서조차 느껴지는 이역감,** (중략) **간밤 내내 판문점이라는 곳이 풍겨 주는 이역감은 니깃니깃한 기름기로서 소용돌이쳤다.** (중략) 한 시간 남짓 달린 버스 속은 외국인 기자들의 웃음소리와 잡담으로 하여 **또 다른 이역의 분위기로 무르익어 있었다. 그것은 집에서처럼 섬세하게 느껴지는 미묘한 이역감이 아니라 뚜렷한 이역감이었다.** (중략) 이따금 터지는 그쪽의 한가한 웃음은 이 버스 칸 전체의 메마름을 차라리 의식하게 해주고, **그럴수록 진수에겐 생소한 이역감만을 배가시키는 것이다.**
>
> (판문점, 1, pp.60 - 61, 강조 - 인용자)


여기서 '진수'는 가정에서부터 소외되어 있다. 이 소외는 형과 형수가 가지는 소시민성에 근거한다. 판문점 구경을 간다는 진수의 말에 형은 "뭐, 판문점? 글쎄, 가는 것은 좋지만 조심해라."(판문점, 1, p.57)하고 긴치 않게 받는다. 형수 역시 "을씨년스럽지 무슨 구경이 되겠어요. 끔찍스러워."(판문점, 1, p.57)한다. 이것이 분단 시대 소시민의 현주소이다. 진수는 이것으로부터 떨어져 있을 뿐만 아니라 가정 내에서의 형과 형수가 가진 가식과 위선으로부터 소외되어 있는 것이다. 그래서 진수는 '한 집에서 조차 느껴지는 이역감'이라고 말한다. 이 이역감은 간 밤 내내 판문점이라는 곳이 풍겨 주는 이역감이 니깃니깃한 기름기로서 소용돌이쳤고, 판문점으로 가는 버스 안에서 외국인 기자들의 웃음과 잡담 속에서 심화되는 것이다. 이 이역감은 분단 시대를 살고 있는 이에 있어서 한 사람의 정신 구조에서부터 가정, 그리고 사회에 이르기까지 중층구조를 이루고 있는 것이다.

　또한 '진수'는 판문점으로 가는 차안에서 보게 된 기자 내외의 서구풍에서 이역(異域) 냄새를 느낀다.

> 　그 옆의 남자는 남편이라는 것이어서 부부동반으로 나와 있는 기자들이라는 것이다. (중략) 하바드(대학)에 다니는 큰아이는 위가 약해서 탈이야요. 어제 편지에도 그저 위 타령이군요. (중략) 작은애의 서독 여행은 괜찮나보죠. 이탈리아, 스페인, 스위스, 희랍까지 돌았다지만 북구라파에 못 갔던 것을 후회하더군요. 돈이 모자라서 …… 이렇게 썼어요. 마마, 빠빠, 돈 좀 더 버세요. 다음 방학 때는 기어이 덴마크, 노르웨이, 스웨덴의 엽서를 뭉텅이로 마마, 빠빠에게 보낼 수 있도록.
>
> (판문점, 1, p.63)

　위의 인용문에서 진수가 판문점 행 버스에 올라타서 그 안에서 만난 기자 내외의 대화이다. 그들은 '하버드'에 유학하고 있는 큰 아이의 위장이 큰 걱정이고, 작은애의 유럽 여행과 그 아이가 돈이 모자라서 북구라파를 돌지 못했다는 것에 안타까워한다. 또 그들의 작은애는 편지에 '마마, 빠빠, 돈 좀 더 버세요.' 라고 쓸 정도로 철없는 자식이다. 진수에게 그들의 삶은 '팔 자 좋게 곱게 걸어온 그들 인생 편린'(판문점, 1, p.63)으로 받아들여지고, 서양풍의 이역 냄새(판문점, 1, p.63)로 느껴진다. 이들은 분단의 상징인 판 문점으로 향하면서까지 자신들의 삶의 일상만을 늘어놓는 것이다. 그들에게 는 판문점 행도 단순한 여행, 그 이상은 아무것도 아닌 것이다. 이것은 남한 사회의 분단 상황에 대한 불감증을 보여준다.

이상에서 남한의 대부분의 사람들은 분단 상황에 대한 막연한 거부 의식 을 갖거나 '분단'을 인식하지 못한 채 소시민적으로 살아가는 것을 알 수 있다. 이것이 바로 남한 사회의 분단에 대한 '실제의식'[76]이다.

바로 여기서 한반도 분단의 상징물인 '판문점'에 대한 진수의 발언이 중 요하게 떠오른다.

> 2백년쯤 뒤 판문점이란 고어로 '板門店'이 될 것이다. (비몽사몽간에 진 수의 생각은 또 비약했다.) 그때 백과사전에는 이렇게 쓰일 것이다. 1953 년에 생겼다가 19XX년에 없어졌다. (중략) 그러나 이 판문점의 경우는 그 런 전통적인 뜻의 점포가 아니라 희한한 점포였다. 이 점포의 특수한 성격 을 밝히자면 당시의 세계정세, 그 당시 세계의 하늘을 뒤덮었던 냉전 기류

---

76) 골드만(L. Goldmann)은 '실제의식'(conscience réelle)과 '가능의식'(conscience possible) 사
이의 차이(메리 에반스, 김억환, ≪뤼시앙 골드만≫, 세계사, 1991, p.73.)를 말하고 있다.
그의 이 이론은 루카치(G Lukács)의 책, ≪역사와 계급의식 History and class Consciousness≫
에서 비롯된 것인데, 그는 '경험적' 또는 '심리적' 의식과 '귀속적' 또는 '잠재적' 의식
사이의 차이를 지적한 바 있다. 여기서 전자는 사회의 구성원들이 어떤 특정한 시간에
갖고 있는 사회에 대한 실제적 감정과 태도를 말하고, 후자는 객관적 가능성의 범주에
의존된 이상적, 전향적 개념(Ibid., p.73.)이라고 설명한다. 이 전·후자가 골드만의 '실제의
식'과 '가능의식'에 대응된다. 이를 설명하기 위해 골드만은 레닌과 1912년의 러시아 농
부를 예로 들고 있다. 즉, 그는 농부의 의식을 '실제의식' 그리고 레닌의 의식을 '가능한
의식'으로 묘사(Ibid., p.74.)하고 있는 것이다.

를 비롯하여 6·25라는 동족상잔을 설명해야 하고, 그것은 적지 않게 거창
하고도 구구한 일이기 때문에 여기서는 일단 생략하기로 한다. 일언이폐
지하여 회담장소였다. 휴전 회담이라는 것을 비롯해서 군사정전 회담이라
는 것이 무려 5백여회에나 걸쳐 있었다.

　(중략)

　단도직입적으로 얘기하자. 판문점은 분명 '板門店'이었고, 이 나라 북
위 38도선상 근처에 있었던 해괴망칙한 잡물이었다. 일테면 **사람으로 치
면 가슴파기에 난 부스럼 같은 거였다.**

(판문점, 1, pp.81 - 82, 강조 - 인용자)

　실제로, 판문점이란 남북이 합법적으로 만날 수 있는 회담의 장소이며
유일한 개방 통로이지만, 실제로는 남북 분단을 암시하는 하나의 구체적인
상징물이 되어 있다. 이와 같이 판문점이 갖는 양가적인 성격은 만남의 장소
이자, 남북 상호간의 견해가 좁혀지지 않는 억설과 반론의 장이 된 것도
어제 오늘의 이야기가 아니다. 실상, 판문점은 분단 이후로 수백 차례의 회
담과 회의가 있어 왔지만, 끊임없이 소비적인 논쟁과 투기로 가득차, 남과
북의 이질적인 거리만을 확인시켜 주는 장이 되는 것이다. <판문점>의 '진
수'는 이와 같은 분단에 대한 내면 의식을 역사적 상황에 결부시켜 생각하고
있는 것이다. 즉, 한반도 분단의 상징물인 '판문점'을 '해괴망칙한 잡물'이며
'가슴파기에 난 부스럼'으로 인식하고 있는 것, 또한 '한 2백년쯤 뒤에 판문
점이란 고어로 板門店이 될 것', 1953년에 생겼다 19XX년에 없어질 것으로
생각하는 것은 모두 현재의 분단 상황의 불합리함과 미래에 대한 확고한
자기 전망으로 해석할 수 있다. 다시 말하면, '소외된 자'가 자기 소외의
근거를 스스로 진단하고 그에 대한 확고한 전망을 가지게 된다는 것은 그의
극복의 가능성을 확고하게 내비치고 있는 것이 된다. 그는 분단 상황은 극복
되어야 하며, 극복 될 수 있다는 생각을 내재적으로 가지고 있다. 이것은

귀속적, 잠재적 의식으로 분단 극복에 대한 '가능의식'이라고 말할 수 있다. 또한 이것은 역사적 전망을 직접적으로 제시함으로써 자신의 소외 의식을 '가능의식'으로 전화시켜 그것을 극복하는 것이 된다.

분단으로 인한 소외 양상을 극복하는 하나의 중요한 작품으로 장편 <문>을 들 수 있다. 장편 <문>은 1974년, '문인 간첩단 사건'에 연루되어 감옥 살이를 한 실제 체험이 작품화된 자전적 소설[77]이다. 이 작품의 주인공은 이북 출신의 소설가이다. 원강고급중학교 재학시 한국 전쟁이 일어나 인민 군으로 참전했던 경력도 있으며, 월남해 아내와 딸 하나를 둔 가장으로, 중견 소설가이다. 그러다 어느 날, 조치법 1호가 발표되자, 이름 모를 사람들로부터 24시간 감시를 받는 가택 연금 생활을 하게 된다. 그리고 얼마 후, 그는 간첩 혐의로 체포된다. 다음 인용문은 그가 연행되어 심문을 받는 내용이다.

> "대한민국을 만만하게 알고 우습게 알았던 것 같은데, 이제 진짜 대한
> 민국 맛 좀 봐야겠어, 일본 갔을 때, 평양까지 갔다 왔잖아."
> "……"
> "가서, 누구 만났어? 대남 사업 총국장 만났지? 그자 이름까지 댈까?"
>
> (문, 5, p.44)

> "네, 지난 몇 년 동안, 민주수호 일에 가담하고, 유신 체제를 반대했던
> 일은……"
> "그거야, 민주 시민으로 당연한 거 아뇨" 하고 상대는 일순 약간 느물느
> 물하게 웃었다.
> (중략)
> "당에 들었잖어, 당에. 입당 원서도 썼잖아. 다아 꿰고 있는데 뭘 우물우

---

77) 정호웅, <통일 시대를 여는 정신 - 이호철의 '문'>, 《문》, 문학세계사, 1995, p.305.

물 넘어갈려고 해.”

“당이라니요?”

“왜 이리 능청을 떨지, 이 사람. 당은 무슨 당이겠어. 이북 로동당이지.
당신들 문자로는 노동당이 아니라, 로동당이라며?”

(문, 5, pp.49 - 50)

위의 인용문에서 나타나 듯이 남한의 억압적 국가권력은 그것에 항거하는
지식인을 모두 북에 동조하는 사람으로 조작하여 권력에 저항하는 것을 탄
압한다. 민주주의를 말하는 사람들을 모두 이북에 동조하는 세력으로 규정
하는 것은 남한의 독재 권력을 계속해서 유지할 수 있는 근본적인 토대를
만들어 준다.

언로가 봉쇄되고 한쪽의 말만이 일방적으로 울리는 단성(單聲)의 세계는
대상에 대한 반성적 사유를 스스로 용납하지 않으니 진실을 드러내는 것[78]
과는 전적으로 무관한 관계에 놓인다. 주인공은 이곳에서 물리적으로 갇혀
있을 뿐만 아니라 정신적으로도 언로가 봉쇄되어 있는 단성적 세계에 갇혀
있는 것이다. 이곳에서 주인공은 중요한 인물을 만난다. 이들은 같은 감옥에
갇혀 있는 옆방 수정수 강씨와 5사 10방의 장정후 씨이다. 수정수 강씨는
남파되었다가 잡혀 형 집행을 기다리는 간첩 사형수이다. 또 장정후씨는
개헌 찬성 문인 모임의 혐의로 조치법 1호가 발동되면서 연행되어 감옥살이
를 하는 사람이다.

그는, 그 장정후씨와 옆방 5방의 수정수 강씨를 나란히 놓고, 두 사람을
새삼 비교해서 떠올려 보는 것이다. 아니, 꼭 비교한다기보다도 다만 얼마
동안이나마 두 사람이 한 사동의 지척거리 방에 제각기 기거하면서 피차
에 상대를 어떤 식으로 생각했으며, 어쩌다가 맞부닥쳤을 경우에는 피차

---

78) *Ibid.*, p.308.

에 어떤 눈길로 쳐다보고 어떻게 응대하였을까. **그것은 바로 어떤 의미에
서는 오늘 이 시점에서의 남북의 해후였다.** (중략) 지금 이 시각에, 남북은
바로 저런 모습으로, 옆방 수정수 강씨와 5사 10방의 장정후씨 모습으로
있는 것이다.

(문, 5, pp.111 - 112, 강조 - 인용자)

주인공은 위의 두 인물에게서 부조리한 남북의 두 모습을 바라보고 있는
것이다. 북에서 남파된 간첩 혐의를 받고 있는 사형수 강씨의 모습과 남한의
정치적 모순에 대하여 항거하다가 잡혀 들어온 장정후 씨의 모습에서 두
체제의 현주소를 발견하는 것이다. 그러나 이 소설의 말미에 가면, 조금의
희망도 없을 것 같은 이곳에서 주인공은 작지만, 궁극적인 희망의 단초를
발견한다. 그것은 주인공이 강씨에게 보내는 서신에서 잘 드러난다.

비록 사소한 것이긴 할망정, 바로 이 대목에도 오늘 남과 북의 핵심적인
차이가 여부없이 녹아들어 있어 보입니다. 이 남쪽 땅에 터를 잡고 사는
사람들의 무원칙하게 야하고 부박한 삶의 양태와, 북쪽에 사는 사람들의
매사에 지나치게 무겁고 진지하기만 한 삶의 차이가 극명하게 드러나 있
어 보입니다. (중략) 이 차이는 비단 선생과 저만의 차이가 아니라, 바로
오늘 남쪽과 북쪽에서 사는 사람들의 일반적 성향의 차이까지도 날카롭게
드러내면서, 동시에 이 남쪽에서의 민주화 운동, 조국 통일 운동의 어느
분수까지를 드러내는 점이기도 한 것 같습니다.

(문, 5, p.244)

미리 말씀 드리지만, 저는 북쪽 체제가 너무 무시무시했습니다. 거기에
는 저 같은 사람으로서, 이러고저러고 따지고 할 것 없이, 선험적으로 싫
은 것, 어거지스러운 것이 있었습니다. 권력 잡은 사람들이 너무너무 오기
에 차 있었고, 자신만만했습니다. 어떤 명분으로든, 어떤 한 특정인이 만
백성 위에 군림한다는 것은 안 좋은 일입니다. 그렇게 온 사회가 한 사람

의 색깔로만 물들 때, 사람살이의 본래적인 모습인 제각기의 운명이 자연
스럽게 여유있게 설자리가 팍팍하게 좁혀지게 됩니다.

(문, 5, p.246)

여기서 주인공이 수정수 강씨에게 보내는 서신은 중요한 의미를 지닌다. 이것은 남북의 차이를 명확하게 하는 데서 그 의미를 찾을 수 있다. 이 차이를 명확히 이해한다는 것은 궁극적으로 통일을 향한 중요한 밑거름이 되기 때문이다. 첫 번째 인용문에서, 주인공은 남한의 삶이 무원칙하고 야하고 부박한 삶이라고 한다면, 북한의 삶은 매사에 지나치게 무겁고 진지하기만 하며, 다분히 권력 수렴적인 단성적 세계라고 인식하고 있는 것이다. 이는 두 번째 인용문에서 잘 드러난다. 주인공은 북한의 체제에 대하여 무시무시하다는 느낌에서 출발하여, 북한 권력이 가지는 일인(一人)제체와 획일성으로 인해 삶의 다양성을 인정하지 못하는 점을 비판적으로 제시하고 있는 것이다. 이러한 측면에서 한 사람이 단지 국민 통합의 '상징으로서가 아나라, 실세로서 오랜 기간 온 사회 위에 군립할 때, 그것은 필경 다른 종류의 동맥경화를 빚어내지 않을 수 없을 것(문, 5, p.247)이라고 말하고 있는 것이다. 또한 이에 근거하여 주인공과 같은 월남자에 대한 견해도 강씨에게 보내는 서신에 분명하게 피력되어 있다.

그 무렵에 월남해 온 사람들을 몽땅 반동으로만 취급해서는 곤란합니다. 물론 북쪽 당국 입장에서야 반동임에 틀림없습니다. 그러나 그때 그 회오리를 못 견디고 월남해 온 수백만 사람들이 지금까지도 한결같이 그 시절에 대해 치를 떨고 몸서리를 치고 있는 사실은 선생들도 겸허하게 인정해야 할 것입니다.

(문, 5, p.248)

　월남 후 이십여년 동안 갖은 고생을 다 하고 작금에도 겨우겨우 어렵게
근근히 입에 풀칠이나 하는 처지임에도, 그렇게 지지리 고생이 될망정, 이
남쪽 세상에서 살기를 원하지, 북쪽에 대해서는 작금도 몸서리를 치고 있
습니다. 이 점, 선생께서는 어떻게 생각하는지요.
　요컨대, 이들은 조국의 통일보다 앞서서, 일신의 '자유 보장', '최소한의
인권 보장' 쪽에 값을 더 치는 것입니다.

(문, 5, p.251)

'월남자'들이 가지는 북한 체제에 대한 생각은 지난 날 북에서 겪은 이념
적 회오리와 그를 통해서 느꼈던 몸서리 때문에 지금도 그 시절을 생각하면
통일보다는 일신의 자유를 택하겠다는 것에서 확인할 수 있다.

　그렇다면, 이 작품에서 통일에 대한 근본적이고 궁극적인 단초와 그 대
안은 무엇인가? 이것은 주인공과 같은 월남자 뿐만 아니라, 이념적 갈등으
로 인하여 소외되고 분열되어 있는 우리 민족에 있어서 중요한 의미를 지
닌다. 다음 인용문도 장황하게 계속되고 있는 강씨에게 보내는 서신의 일부
이다.


　그렇다면 이제 이야기는 분명히 해야 하겠습니다. (중략) 거기에는 반드
시 전제가 달립니다. 남북 공히, 독재 권력의 민주 권력으로의 전환입니
다. 그것이 필수적입니다. 물론 권력의 민주화와 함께 필수적으로 따르게
되겠지만, 사회의 광범한 민주화도 아울러 이룩되어야 합니다. 그렇게 동
시적으로 조선 사람, 한국 사람들을 두 정권의 볼모 상태에서 일단 풀어놓
아야 합니다. 그것이 선결 조건입니다. (중략) 오늘(74년) 남쪽에서의 세찬
이 싸움이 선생 말대로 조국의 통일에까지 가 닿으려면, **남쪽의 민주화와
함께 현 북쪽 권력의 민주화도 상대적으로 같이 이루어져야 합니다.** 그래
야만 제대로 대화가 될 것입니다.
　(중략)
　그렇습니다. 문은, 남북이 열리는 문은 달리 열리는 것이 아니라, 남북

의 구치소 문이 같이 열리는 데서부터 비롯되어야 할 것입니다.

(문, 5, pp.254 - 256, 강조 - 인용자)

여기서 우리는 주인공의 서신 내용을 통해서 통일에 대한 중요한 '선결 조건'을 확인할 수 있다. 그것은 남과 북의 두 체제 모두의 민주화라는 점이다. 이것을 두고 그의 서신에서는, 남북의 문이 열리는 것은 남북의 구치소 문이 같이 열리는 데서부터 시작되어야 한다고 말한다. 그래야만 제대로 대화가 될 것(문, 5, p.255)이기 때문이다.

이로써 이 작품은 좁은 감방이라는 폐쇄적인 공간에서 주인공의 내면의 확대를 통해 그 결과로 새로운 '역사의 문'을 열어 보일 수 있는 가능성을 획득[79]한 것이다. 더 나아가 이호철 문학은 결국 이러한 상황성의 문을 여는 작업에 바쳐지는 것임을 확인할 수 있다.

### 2) 분단 극복을 위한 화해 의식

이호철 소설에 나타난 소외 의식은 화해를 통해서 극복되기도 한다. 물론 화해를 통한 극복이란 그 내적인 근거가 부족한 감정상의 것은 아니다. 그러므로 여기서 살펴보게 될 '화해를 통한 극복'이란 앞서 논의된 '쟁점의 부각'이라는 측면과 무관하지 않다. 특히 여기서 살펴볼 <이단자 4>[80]는 이호철 소설의 궤적을 통해서 볼 때, 이산가족 문제를 다루었다는 점과 또한 분단 극복을 위한 관점 제시가 이루어졌다는 측면에서 <판문점>계열의 작품으로 파악될 수 있으며, <닳아지는 살들>류의 대화의 단절을 지양하고, 대화의 통로를 시도[81]했다는 측면에서 주목된다 하겠다.

---

79) 권영민, *op. cit.*, pp.111 - 112.
80) 이 작품은 발표 당시는 <이단자> 연작 중의 하나로 <이단자 5>로 발표되었으나 전집에는 <이단자 4>로 되어 있다.

<이단자 4>에서 월남 작가인 '현우'는 2년 전, 남·북 적십자 예비 회담
이 막 시작될 무렵, 어느 신문사의 청으로 북에 두고 온 동생에게 짤막한
지상 편지를 실었는데, 어느 날 '송가'(宋哥)라는 사람의 전화를 받게 된다.
그런데 그는 자신이 바로 동생이라고 주장하며 '현우'의 집에 전화를 건
것이다. 그러나 그 전화로 인해 현우와 현우의 가정은 당황하고 불안해한다.

> 현우도 괜히 심사가 울적해지며 까맣게 윤이 나는 전화기를 그 무슨 마
> 물 쳐다보듯이 흘끗 쳐다보았다.
>   '정말이면 이 일을 어쩐다? 그럴 리는 없겠지만.'
> 그렇게 되지는 않기를 바라는 쪽의 심정이었다. 그리고 이런 스스로가
> 어쩐지 더 민망스러웠다.
>   '간첩으로 나왔단 말인가?'
> 그리고 보니 집안 전체가 갑자기 큰 우환 거리나 생긴 듯이 불안해져
> 있었다.
>   '바깥 세상에서는 온통 남·북이 열린다고들 환호성으로 법석인데 이게
> 무슨 꼴이람.'
>
> (이단자4, 1, p.288)

우리는 여기서 '현우'의 불안 의식에 주목해야 한다. 마음속에서 감상적으
로 가지고 있던 동생에 대한 그리움이 막상 현실로 닥쳐왔을 때, 실제로
두렵고 불안한 것이다. 이 의식의 폭을 조금 확대시켜 보면, 남한의 소시민
이 막연히 통일에 대해서 생각하는 것은 실제로 다분히 관념적이거나 감상
적인 차원을 넘어 서지 못한다는 것이 된다. 통일이라는 것을 현실적으로
냉철하게 생각하지 못했을 때, 더구나 자신의 소시민적 삶의 틀에 낯선 것의
틈입을 받았을 때, 그것이 자신의 마음속에서 염원하는 것이라 할지라도

---

81) 김병걸, *op. cit.*, p.119.

두렵고 불안한 것이 되는 것이다. 이것은 현우의 아내의 말을 통해서 더욱
극명하게 드러난다.

> 아내도 현우의 시선을 느끼고는 조심조심 제정신으로 돌아오는 표정이
> 되며, "아무튼 비극은 비극이우. 왔다면 반갑기부터 해야 할 텐데 무섭기
> 부터 하니, 그지? 꼬마야."
> 괜스레 꼬마를 껴안으며 호도하려고 들었다.
>
> (이단자4, 1, p.298)

이와 같은 불안 의식은 남한의 소시민은 물론이고 실향민인 '현우'의 가
정 또한 마찬가지인 것이다. 동생이 왔다면 반가워해야 할 일이지만, 그들은
그 사실을 받아들이지 못하고 무서워하는 것이다. 이것은 뒤에 '현우'의 자
기 비판으로 이어진다.

> 송가와 서너번 얼려 들다가 보니, 어느새 현우는 그를 감당해 가기가 점
> 점 힘이 들었다. 하루하루 밥술이나 근근히 먹고 있는 자신의 형편이나마
> 그래도 송가보다 낫다는 점으로 현우는 차차 송가 앞에 주눅이 들어가고
> 있었던 것이다.
>   (중략)
> 실은 이 점으로 말한다면, **현우는 소지식인적으로 전전긍긍하는 편이다.**
> 이 시대를 살아가는 자기의 저울대가 요 정도의 생활 수준으로 혹여 **꾀죄**
> **죄한 안정감 쪽에 매달리고 있지나 않은가**, 그렇게 저도 모르는 사이에 공
> 범의 수렁 속으로 빠져 있지나 않은가 하고 전전긍긍하고 있는 편이었다.
>
> (이단자4, 1, p.296, 강조 - 인용자)

'현우'는 '송가'를 통해서 남한에서의 자신의 삶의 모습을 확인한다. 즉,
자신은 소지식인으로 전전긍긍하고 있으며, 꾀죄죄한 소시민적 안정감에 매

달리고 있다는 자기 비판이다. 이것은 '송가'의 삶과 대척점에 놓인다.

> 자기인들 이 남한으로 나와 터를 잡자고 마음만 먹었다면 당신만큼 왜 못 잡았을 것이냐, 그러나 처음부터 그러고 싶지 안았다, 가호적까지 성씨가 엇바뀐 판이니 자존심으로라도 대학을 안 갔고 **그냥 피난민으로만 있고 싶었다**, 좌우간 언젠가는 통일이 될 것이고 그때 고향으로 돌아가서 조상의 뿌리를 되찾아 어엿한 인생 출발을 한다는 생각으로 어영부영 피난민 기분으로만 살다가 보니 이 나이에 이 꼴이 되었다, 그러나 억울하지도 않고 후회도 않는다, (하략)
>
> (이단자4, 1, p.297, 강조 - 인용자)

'현우' 역시 남한에서의 삶이 부박하고 얄삽하고, 임시 가건물같은 것(이단자4, 1, p.294)으로 생각하지만, '송가'의는 다르다. '송가'는 그냥 남한에서 피난민으로 있고 싶었고, 통일이 되어 고향에 가게 되면 어엿하게 인생을 출발할 것이라고 말하고 있는 것이다. '현우'는 소시민적으로 남한에서 자신의 삶을 유지하고 있는 반면에, '송가'는 남한에서의 일체의 사회적 삶을 포기한 채 살아온 것이었다.

이에 '송가'는 자신에 대한 두려움을 떨쳐 버리지 못하고 소시민적으로 나약한 삶을 살고 있는 '현우'를 향해서 다음과 같이 비판한다.

> **자기가 현재 누리고 있는 모든 것이 그대로 보장되기를 원허는 통일이란, 실은 통일반대론임다.** 무슨 말인지 알겠음까? 남·북을 막론하고 어떤 하나의 기준으로만 생각하고 혹은 끌어가려고 하는 버릇은 곤란하다는 말임다.
>
> (중략)
>
> "이 사람 순진한 소리하는군. 자네 말이 옳기는 옳네만 그게 왈 이상론이라는거네."

　(중략)

　"그렇기로선, 뭡니까? 요컨대 바로 이 점임다. **형님은 형님 사는 분수만
큼 밖에 남·북관계를 생각하고 있지 않다 그검다.** 그리구 형님이 살고 있
는 그 분수는 대체 어느 정도의 분수임까?"

(이단자4, 1, pp.299 - 300, 강조 - 인용자)

위 인용문은 '현우'와 '송가'의 거리를 명확하게 확인시켜 준다. '송가'는
가정이란 일정한 울타리가 없이 그대로 무방비 상태로 바깥 세상에 이어져
있었지만, '현우'는 온상으로, 얄삽한 안주의 터로, 요컨대 가계부 쪽으로만
좁은 파이프 하나가 바깥쪽으로 내밀어져 있었던 것이다.(이단자4, 1, p.303)
이와 같은 선상에서 '송가'는 '현우'를 향해서 '자기가 현재 누리고 있는
모든 것이 그대로 보장되기를 원하는 통일이란, 실은 통일 반대론'이라고
비판하고 있는 것이다. 결국은 '현우'와 현우의 가정에서 느끼는 '송가'를
향한 두려움은 자신의 소시민적 삶의 안위를 위협하는 일체의 모든 것에
대한 공포와 거부의식인 셈이다.

　"형님도 그렇고 나도 그렇고 오늘부터 서로 달라지는 검다. 까다롭게
사리고 꺼리고 할 것 없이 툭 터놓고 오고 가는 검다. 그게 단초 아니겠음
까."
　(중략)
　"처음부터 이래야 했던 검다. 생각이 정말로 비슷하다면 사는 것부터
이렇게 얼려들었어야지요. 이게 단초인 검다. 단초랑이요."

(이단자4, 1, p.304)

위의 '송가'의 발언을 통해서 주제가 압축적으로 제시되고 있음을 볼 수
있다. '현우'의 경우 분단이 가져온 실향민의 소외 의식은 이중적이다. 통일
을 바라지만 남한에서의 자신의 삶을 포기할 수 없다는 자기 모순은, '현우'

를 이중으로 소외시킨다. 이런 '현우'에 대하여 '송가'는 '까다롭게 사리고 꺼리고 할 것 없이 툭 터놓고 오고 가는 것'이 통일을 위한 우리의 작은 시작이며 이것이 바로 통일을 위한 올바른 관점임을 말하고 있는 것이다. 이를 통해서 '현우'는 각성되고 '송가'와의 정서적 단절을 극복하고 화해하게 된다. 그리고 이 화해는 주지한 바와 같이 우리의 분단 극복을 위한 작은 단초가 되는 것이다.

### 3) 건전한 시민 의식

본고에서 살펴보았듯이 이호철의 소설의 인물들은 정치적 억압으로 인한 소외, 그리고 한국 전쟁 이후 전통 사회가 해체되고 자본주의적 삶의 질서가 가속도를 내고 있었던 시대적 상황 속에서 타락하여 소외되고 있음을 확인한 바 있다. 그럼, 이호철의 소설에서 이에 대한 극복의 대안이 어떻게 제시되고 있는가 살펴보도록 하자.

먼저, <심천도>를 거론할 수 있다. 이 작품은 원래 원제는 <공복사회>(公僕社會)이다. 이 원제가 암시하듯이 1960년대 관료 사회를 조명하고 있는 것이다. 이 소설의 내용은 다음과 같다. 어느 중앙 관서의 서무 과장인 '이원영' 주사는 과에 배당된 예산이 남아 그 잔금을 국고로 환수하고자 한다. 그러나 과장뿐만 아니라 직원들은 이에 불만을 가지고 이원영 주사를 설득하고 회유하지만 그는 끝내 자신의 신념을 굽히지 않는다. 급기야 국장급에까지 교섭하여 그를 설득하지만 이원영 주사는 이에 불응하고 끝내 사표를 내고 시골로 내려가 버린다는 것이 이 작품 내용이다.

'예산 잔여금 국고 환수' 문제로 벌어지는 이 소설에서 타락한 공무원들이 등장한다. 우선, '민과장'은 '대한민국 어느 관청 공무원치고 따낸 예산을 돌려보내는 데는 없다'는 현실주의자이기에 '이원영'의 국고 환수라는 원칙론을 비판한다. 그는 남은 예산을 직원들에게 연말 선물로 선심을 쓰고자 하는 인물이기도 하다. '김사무관'는 고시에 합격했다는 실력을 과신하고 있는 출세주의자이며, 과장을 무능력자로 경멸하고 있다. 또한 그는 이원영 과 과장의 예산 잔여금을 둘러싼 논쟁을 이용해 과장을 곤란하게 만들려는 음흉한 인물이기도 하다. 또한 '구 사무관'은 대지주의 아들로 태어났고 자신의 계급성 대로 세상을 원만하게 살아가려는 사람이다. '양주사' 역시 '좋은 것이 좋은 것'이라는 적당주의자이다. '국장'은 모든 것은 행정적인 문제가 아니라 인간의 문제, 자세의 문제, 도덕의 문제로 귀착되고 행정 혁신의 문제 해결도 사람의 혁신 없이는 이루어질 수 없다고 궁색한 변명을 하면서, 또한 변화에는 때가 있으니 쉽게 이루어질 수 없는 것이라는 유보주의적 의식을 나타낸다. 이들을 통해서 이원영 주사는 공복사회(公僕社會)의 타락상—관료주의적 적당주의, 무사안일주의, 유보주의—에 대한 비판적 감식안으로 이들의 '소시민성'에 혐오를 나타낸다. 4·19와 5·16이라는 정권의 변천에도 불구하고 관료 기구들은 안으로 끄떡없이 부패했다. 결국, 이원영 주사는 이러한 부패한 관료 사회에 살지 못하고 사표를 던지고 낙향하고 만다. 그러나 여기서 이원영 주사의 낙향 결심에 대한 의지와 전망에 우리는 주목할 필요가 있다.

"그래, 앞으로 어쩔 작정이오, 진짜 시골 갈 의향이오?"
"그밖에 길이 없으니까."
"가서는?"
"농사나 짓지요. 농민들과 같이 살아보는 것도 괜찮을 것 같아요. 허지만 상록수식은 아닙니다. 차리리 그 속에 일단은 깊이 묻혀 있을 수 있으면 해요. 그것이 소망이지요."
"글쎄에, 묻힐 수 있을까? 이것저것 본 것, 들은 것도 많고, 힘들걸."
김 사무관이 비시시 웃으며 다시 말했다.

……(중략)……

　　"여하튼 편지는 하라구. 어느 의미에서가 아니라, 진짜로 나 같은 사람
이 패배주의일 거야. 미스터 리 경우는 앞길이 있어. 분명히 있을 것 같아.
그 용기나 뚝심이나, 휘어들지 않고 뚝 꺾어 버리고, 다시 찾아서 가는 자
세에 있어서나, 그런 속에서만 길은 열린다고 봐아겠지.

(심천도, 6, pp.393 - 395)

　　위의 인용문에서 '이원영'은 관료 사회에서 가시적인 패배에도 불구하고
낙향을 결심하며 자신의 미래에 대한 낙관적 전망을 가지고 있음을 볼 수
있다. '농사나 짓지요. 농민들과 같이 살아보는 것도 괜찮을 것 같아요. 허지
만 상록수식은 아닙니다.'에서 나타나듯이 이원영은 농민과 함께 살아가는
것을 바라는 것 뿐, '상록수' 식의 계몽성을 함의하고 있는 것은 아니다.
이에 대하여 김사무관은 '진짜로 나 같은 사람이 패배주의일 거야. 미스터
리 경우는 앞길이 있어. 그 용기나 뚝심이나, 휘어들지 않고 뚝 꺾어 버리고,
다시 찾아서 가는 자세에 있어서나, 그런 속에서만 길은 열린다고 봐아겠지.'
라고 말하며 '이원영'에 대하여 정신적으로 승복하며, 그가 가지고 있는 신
념과 용기를 인정한다. 바로 이 점에서 이호철 소설이 소시민성에 대한 냉소
와 체념에서 벗어나 낙관적 전망을 제시하고 있음을 발견한다. 이러한 의미
에서 이 소설은 심각한 비극 소설이나 사상 소설은 아니지만 외롭고 투쟁적
인 시민적 합리주의에 투철한 이원영이라는 인간형을 창출해 냈다는 점에서
소시민성의 청산을 위한 매우 건전한 시민 소설[82]로 평가할 수 있다. 따라서
이 작품은 이호철의 소설의 주요 관심사가 소시민성의 인정스럽거나 비판적
인 관찰에서 그 소시민성의 과감한 극복의 방향으로 진전되었다[83]는 것을
보여준다고 할 수 있다.

---

82) 이보영, *op. cit.*, p.282.
83) *Ibid.*, p.283.

다음으로 살펴볼 작품은 <자살클럽>으로 1970년 1월부터 1970년 10월
까지 ≪여성중앙≫에 연재되었던, <1970년의 죽음>(이하, <1970년…>)이
라는 작품이다. 이 작품은 대부분의 이호철의 소설에서 보이는 분단과 체제
모순에 대한 재현, 비판, 풍자보다는, 당시 젊은이들의 낭만적 퇴폐적 풍조를
형상화한 작품으로 이채를 띤다. 어느 날, "우리 클럽 이름을 오토바이 클럽
이라고 하지 말고 자살 클럽이라고 하면 어떻겠어? 각자가 반드시 자살 시도
를 한 번씩 하기로 약정하고 말이다."(1970년…, 3, p.366)라는 '진식이'의
말에 '상희'는 "오토바이 클럽보다도 자살클럽이 나은걸. 짜릿하고 매서워
도 좋아."(1970년…, 3, p.366)라고 응수하여 자살 클럽을 결성한다. 그러나
바로 여기서 두 번째 자살 연습을 시도한 '달구'가 치사량이 너무도 적중하
였고 게다가 술까지 조금 마시고 있었기에 병원으로 옮겼으나 죽고 만다.
결국 그는 아무 근거 없는 죽음 연습에 희생되고 만 것이다. 그들은 '달구'의
죽음을 다음과 같은 행동으로 답한다.

　　　오전 아홉시 좀 못 되어 세종로 거리로 소규모의 이상한 행렬이 지나가
　고 있었다. 그것은 어찌보면 데모같기도 …… 아니 분명히 그것은 데모였
　다. 각각 피켓 하나씩을 들고 있었고 들것에다가는 난데없이 사람 하나를
　떠메고 있었다. 아래 위 벌거벗어서 먼 빛으로는 산 사람인지 죽은 사람인
　지 분간할 수가 없었다. 행렬은 사내 셋, 계집 넷 모두 일곱이고, 한 쪽
　어깨로는 들것을 메고 한 쪽 손에는 아무렇게나 급하게 만든 피켓에 붉은
　잉크 혹은 푸른 잉크 글씨로 구호들이 씌어 있었다.
　　"이것은 형이상학적 데모올시다."
　　"이 사람의 자살을 보십시오."
　　'우리 나이는 스무살 안팎."
　　"돈은 있지만, 앞날이 캄캄합니다."
　　"여기는 극지(極地)올시다."
　　"생활이 없는 극지."

"살 만한 생활을 주십시오."

대강 이런 구절들이었다. 피켓의 흰 바탕에 붉은 글씨로 혹은 푸른 글씨
로 아무렇게나 갈겨써 있어서 가까이서 자세히 보아야 읽을 수 있을 정도
였다.

(1970년…, 3, pp.437 - 438)

위의 인용문에서 보는 바와 같이 '달구'의 죽음을 놓고 이들은 비정상적
인 행동을 계속한다. 이들은 '달구'의 시신을 들것에 싣고 그들이 말하는
'형이상학적 데모'를 벌인다. 이들은 '달구'의 죽음을 앞에 놓고서도 자신들
의 행위에 대한, 혹은 자신들의 생각에 대한 냉철한 반성 없이 스무살 안팎
의 젊은이들이 돈은 있지만, 앞날이 캄캄하며, 여기는 생활없는 극지(極地)
이며, 우리에게 살만한 생활을 달라는 피켓을 들고 거리에 나선다. 이들은
자신들이 가진 무근거한 자살 행위를 반성하기보다는 모든 책임을 사회에
전가한다. 여기서 중요한 사실은, 이 젊은이들이 가지고 있는 낭만적 퇴폐적
풍조가 1970년대 초입이라는 시대적 배경과의 연장선 위에 놓인다는 사실
이다. 이것은 소위 개발 독재에 의해서 진행되던 산업화와 도시화가 사회를
일면으로는 눈부시게 발전시켰지만, 반대로 그 사회에 사는 사람들은 새로
운 삶의 비전을 찾지 못하고 안으로 부패해 들어가고 있었다는 사실을 반증
하는 것이기도 하다.

또한 이들의 시위 대열과 만나는 구세군들의 찬송 세례는 더욱 기묘한
분위기를 연출한다.

건너편 사직동으로 들어가는 길 어귀에서는 구세군들이 북을 치고 찬송
가를 부르고 야단이었다. 남녀 대여섯명쯤은 되었다.

대속하신 구주께서/구름타고 오실 때/천만 성도 함께 나와/반열 찾아 오
시네.

북소리가 뎅뎅 울리고 단조로운 밴드 소리가 울리면서 다시,
피난처 있으니/환난을 당한 자 이리 오게/땅 끝이 변하고/물결이 일어나
/산 위에 넘치되 두렵지 않네.
그 애절한 남녀 합창 소리는 어쩐지 이 거리의, 이 세상의 마지막 끝이
멀지 않았음을 알리는 듯하였다.

(1970년…, 3, pp.438 - 439)

위에서 남녀 대여섯명으로 되어 있는 구세군의 찬송 소리는 이들에게 '세
상의 마지막 끝이 멀지 않았음'을 알리는 듯 느껴진다. 더욱이 이런 '두 가지
의 풍경이 하필이면 길 하나 건너 사이에 한곳에서 동시에 벌어지고 있다는
것이 사람들마다 어쩐지 이상스럽게 느껴지는 것(1970년…, 3, p.439)이었다.
또한 행인들은 이쪽의 이상한 행렬을 둘러싸고 웅성거리며, "어머, 죽은 사
람이네, 징그러워라." "대체 저게 무슨 짓들이노, 말세군, 말세야."(1970년…,
3, p.439)라고 말한다.

이들은 달구의 장사를 치르고 나자 극도로 지치고 피로해졌다 그리고
비로소 달구가 완전히 이 세상에서 사라져 버렸다는 사실을 진짜의 사실
로 실감하였다. 모두가 물 빠진 개흙바닥에 내던져진 듯이 퍼언히 나자빠
져 있는 느낌이었다. (중략) 각각 몸뚱이 깊숙한 어느 곳에 퀭한 구멍 하나
씩이 뚫리고, 그곳으로 횡횡한 바람이 들랑날랑하고 있었다. 한꺼번에 많
은 세월을 살아보기나 한 듯이 어떤 부피 있는 연치(年齒)같은 것이 들어
앉고 각각이 벌써 늙어가기 시작하는 느낌이었다.

(1970년…, 3, p.443)

'달구'의 장례를 치르고 나자 그들은 비로소 극도의 피로감과 상실감을
느끼며 비로소 그의 죽음을 느낀다. 그리고 자신들의 행동에 대한 자기비판
이 이어진다. 다음은 이 소설의 말미에 있는 '상희'의 대사 중 일부이다.

"혹시 이렇게 생각하면 어떻겠니. 짱구는 죽음을 저질러 놓고, 죽음에
임박해서 비로소 모든 것이 확 뚫렸던 것이라고. 같은 값이면 죽더래도 이
렇게 무정견하게, 무의미하게 죽을 일이 아니었다고 말이야. 단순히 장난
으로 죽을 일은 아니었다고. **죽는다는 게 어떻게 장난이 될 수가 있겠니.
그와 마찬가지로 사는 것도 그냥 언제까지나 장난처럼 살수는 없어.** 정말
이럴 일은 아니었다고 왁왁 떠들고 싶지 않았을까."

(1970년…, 3, p.447, 강조 - 인용자)

　이 소설에서 '자살클럽'을 만들어 죽음을 연습하는 등의 퇴폐적 낭만성은
'달구'의 죽음과 그에 대한 반성을 통해서 극복된다. 즉 위의 인용문에서처
럼 '상희'는 '죽더러도 이렇게 무정견하거나 무의미하게 죽는 일이 아니었
다'고 말하면서 자신들의 무의미성을 비판하고 있다. 죽고 사는 일이 이렇게
장난이 되어서는 안 되며, 사는 것 역시 언제까지나 장난으로 살 수는 없다
고 말하고 있는 것이다. 이들은 결국, 자신들이 가지고 있는 낭만적 세계
인식에 종언을 고하고 마침내 세계를 분명하게 인식하려는 노력의 단초를
보이고 있다. 요컨대, 이들은 자신을 타락시키는 '환멸의 낭만주의'[84]를 거
부하게 되는 것이다. 결론적으로 이 소설은 1970년대의 초입에 서 있는 젊은
이들의 고뇌와 방황에 그 맥을 같이 한다. 따라서 이 소설은 무사 안일한
낭만주의적 세계관을 가지고 있는 젊은이들이 어떻게 이 늪을 건너게 되며,
이것을 통해서 어떠한 새로운 인식론적 지평과 만나느냐 하는 점을 강조하

---

84) 루카치(G. Lukács)는 낭만주의란 영혼이 삶의 운명보다 더 넓고 더 크기 때문에 생겨나
　　게 된다(G. 루카치, 반성완 역, ≪소설의 이론≫, 심설당, 1985, p.140.)고 말한다. 또 이
　　러한 세계에 대한 낭만적 인식은 자발적인 자기 신뢰 속에서 자기 자신을 단 하나의 진
　　정한 현실, 즉 세계의 본질이라고 간주함으로써 매우 풍부한 자신의 독자적인 삶을 갖게
　　된다는 것을 강조한다. 또한 낭만주의에는 삶의 총체성이 존재하지 않으며(*Ibid.*, p.140.)
　　시간은 모든 것을 타락시키는 하나의 원칙(*Ibid.*, p.162.)으로 기능한다. 이것이 루카치가
　　말하는 '환멸의 낭만주의'이다.

는 일종의 통과제의(initiation)적 소설이다.

결론적으로 이상의 두 작품, <심천도>와 <1970년의 죽음>은 이 사회에서 이상적으로 도달해야 할 삶의 방식에 대하여 시사하고 있다. 즉, 전자는 이상적인 시민 의식을, 후자는 낭만적인 세계 인식에 종언을 고하고 세계와 정직하게 맞서 나갈 것을 요구하고 있기 때문이다. 요컨대, <1970년의 죽음>에서 도달한 인식적 지평을 가지고, <심천도>의 이상적 삶을 좇는 것이, 이 사회의 타락한 삶으로부터 자신을 지키고 나아가 우리의 삶의 진정성을 회복할 수 있는 방안이 되는 것이다.


## Ⅲ. 결 론

지금까지 이호철 소설에 나타난 소외의 양상을 '분단 상황과 소외' 그리고 '정치·경제적 상황과 소외'로 나누어 고찰하였다.

제1절에서는 '분단 상황과 소외'를 몇 가지 세부로 나누어 살펴보았다.

첫째, '전란 상황과 소외'는 (1)전쟁과 이데올로기에 대한 무연성(無聯性)과 (2)약소 민족이 가지는 패권국에 대한 피해 의식을 통해서 그 소외의 양상을 살펴보았다.

먼저, <빈 골짜기>와 <만조>에서는 우리의 전통적인 농촌 공동체가 이질적인 이데올로기나 전쟁을 수용할 때, 역사적인 상황과 무연한 관계에 놓인다는 사실을 밝혀냈다. 또한 <변혁 속의 사람들>을 통해서 약소 민족으로서 패권국에 가지는 피해 의식을 살펴보았는데, 이는 이데올로기의 대립과 전쟁의 전개 과정에서 이를 주체적으로 해결하지 못하고 타율적으로 강제되었다는 점에서 민족적 소외의 문제로 파악하였다. 또한, 이러한 객관적인 소외의 양상은 <파열구>에서 '갈표'라는 인물을 통해서 살펴보았듯이, 한 개인의 정신 세계까지 무기력과 혼동으로 물들게 하였다. 이를 통해서 이호철의 소설은 이데올로기의 대립과 그것이 가져온 한국 전쟁 모두를 근본적으로 비판하게 되는 것이다.

둘째, '고향 상실과 소외'에서는 분단과 실향에 의한 심리적 이역감과 정체성의 혼란에서 오는 소외를 고찰하였다. 이러한 소외 의식은 몇 가지의 양상으로 나타났는데, 고향 상실로 인한 심리적 이역감과 모성성의 분리로 인한 소외, 관계성의 포기로 인한 소외가 그것이다.

먼저, <탈향>에서 이북 청년들이 고향이라는 원존재적 공간에서 떨어져 나와 '부산'이라는 이역적 공간에서 겪게 되는 심리적 소외의 양상과 '단독자'로서의 삶을 결연히 다짐하는 그 극복의 모습을 살펴보았다. <먼지 속 서정>에서는 어머니와 자신의 출생이라는 근원적인 혼란을 느끼면서 남한이라는 이역적 공간에서 소외되어 있는 '광석'을 통해서 그 양상을 확인하였다. 또한 <이단자>4에서 '현우'는 북쪽에서의 삶을 원천으로 생각하고 남쪽에서의 삶을 부박한 임시 가건물 같은 삶으로 느끼면서 자신의 외부적 환경을 관계의 질이 전혀 없는 대상성으로 인식하는 실향민으로서의 소외의 모습을 보여주었다. 또한, 남한의 삶 속에서 자신의 정체성의 혼란은 <서울은 만원이다>의 '동표'의 개명 과정을 통해서도 확인한 바 있다.

셋째, '전망(perspective)의 부재와 소외'는 <닳아지는 살들>을 통하여 살펴보았다. 이 작품에서는 밤 12시까지라는 시간과 응접실이라는 공간이 주는 시·공간적 폐쇄성 속에 놓인 인물들이 '이북에서 온다는 언니'를 기다리는 과정을 그린 것이다. 본고에서는 그 기다림의 의미에 주목하였다. 즉 그 기다림의 의미는 작품 속에서 끊임없이 확인되지 않고 지연되지만, 그것이 암시하는 것은 '분단의 극복'이라는 역사적 전망에 있고, 이 전망이 그것을 위해 한치의 노력도 하지 않고 있는 소시민적 삶 위에 어떻게 미끄러지는가

하는 점을 보여준 것이라고 보았다.

제2절에서는 '정치·경제적 상황과 소외'를 살펴보았다. 여기서 먼저 '정치적 억압과 소외'는 ⑴반공 이데올로기와 같은 냉전 이념에 대한 자동적 동조와 ⑵남한의 정치적 파동에 의한 소시민의 불안 의식에서 소외의 모습을 확인할 수 있었다.

먼저, 정치적으로 강요된 반공 이데올로기에 의한 소외의 양상을 <1965년, 어느 이발소에서>에서 살펴볼 수 있었다. 즉 당대에 정치적인 차원에서 사회에 유포된 반공 이념에 자동적으로 동조하는 어느 젊은이들이 어느 날 이발소에 들어와서 벌이는 사건을 통해서 단성화된 소시민적 삶의 실체를 확인하였고, 돈강법적인 결말을 통해서 이것을 비판하고 있음을 살펴보았다. <등기수속>에서는 계엄 상황 속에서 자신의 토지의 명의 이전을 둘러싼 소시민의 불안 의식을 통해서, <부시장 부임지로 안 가다>에서는 5·16이라는 정치적 상황 속에서 부시장 자리를 놓고 찾고 있는 것인 줄도 모르고 자신을 잡으러 왔다고 판단하여 도피의 행각을 벌이는 퇴역 장교 '규호'를 통해서 당대의 정치적 상황과 반공 이데올로기가 일개 소시민의 삶과 의식까지고 억압하고 소외시켰음을 확인하였다.

두 번째, '자본주의적 질서와 소외'에서는 장편 <소시민>, <서울은 만원이다>, <재미있는 세상>을 통해서 소외의 양상을 볼 수 있었다. 여기서는 ⑴전통 사회의 해체와 자본주의 질서 재편에 따른 소외 양상과 ⑵196·70년대 도시화에 따른 자본주의적 소외의 모습을 살펴보았다.

먼저, <소시민>을 통해서는 전란 속에서도 그와는 다른 공간인 부산의 완월동 제면소를 중심으로 전쟁을 통해 재편되는 사회의 모습과 그 속에서 변모하는 여러 인물들을 통해서 자본주의적 인간형으로의 타락상과 소시민적인 전락의 양상을 살펴보았다. 두 번째로, <재미있는 세상>과 <서울은

만원이다>는 이른바 산업화와 도시화의 가속도가 붙기 시작한 196·70년대를 배경으로 벌어지는 도시적 세태를 보여 주었다. 여기서 많은 인물들은 자본주의적 질서 속에서 '배금주의'와 '황금만능주의'라는 타락상을 보이고 있는데, 이는 인간과 사물, 인간과 인간과의 관계에서 진실한 가치는 소멸되어 가고 타락하는 물화(reification) 현상을 보여주고 있다고 파악하였다.

제3절에서는 이와 같은 소외의 극복 양식을 살펴보았다. 여기서는 분단 극복을 위한 대안을 (1)분단의 쟁점 부각과 (2)분단 극복을 위한 화해 의식을 통해서 살펴보았고, 자본주의적 타락상으로부터 개인과 사회의 순수성을 되찾기 위한 노력으로 (3)건전한 시민 의식을 들었다.

분단의 극복에 있어서는 그것의 직접적인 문제와 쟁점을 부각시킴으로써 나타났다. 이것은 <판문점>의 '진수'의 발언을 통해서 드러나는데, 남한 사회에 실재하는 분단 극복에 대한 부정적인 '실제의식'을, '가능의식'으로 전화하는 데서 찾을 수 있다고 보았다. 또한 이러한 극복의 양식은 장편 <문>에서 확인할 수 있는 바, 감옥이라는 폐쇄적인 공간에서, 주인공이 간첩 사형수 '강씨'와 개헌 찬성 문인 모임의 혐의로 구속된 '장정후'씨의 모습에서 남북의 현주소를 확인한다. 이를 통해서 주인공은 분단의 극복이라는 것은 남북의 구치소의 문이 모두 같이 열리는 데서부터 시작되어야 한다고 생각하면 통일의 대안을 제시하고 있는 것이다.

또한 분단 극복의 양식은 화해를 통해서 극복되기도 하는데,<이단자>4를 통하여 살펴보았다. 이 작품에서 '현우'는 어느 신문사의 청탁에 의하여 이북에 두고 온 동생에 대한 지상 편지를 싣게 되는데, 이를 보고 자신이 바로 그 동생이라고 주장하며 찾아온 '송가'와의 갈등과 화해를 통해서 남한 사회의 소시민성을 비판하고 분단 극복의 단초를 제시하고 있다.

한편, 자본주의적 삶의 질서 속에서 정치·경제적인 소외는 <심천도>와

<1970년의 죽음>에서 그 극복의 단초를 찾아보았다. 먼저 <심천도>에서
는 '이원영 주사'라는 인물에서 타락한 공무원 사회의 질서를 부정하고 일어
서는 긍정적인 시민 의식을 확인할 수 있다. 또한 <1970년의 죽음>이라는
작품에서는 낭만적 퇴폐성에 빠져 있는 젊은이들이 무의미한 자살 연습을
통해서 어떻게 이를 반성적으로 인식하고, 자신들이 가진 무의미한 낭만적
세계관을 극복하느냐는 측면에 맞추어서 고찰하였다. 따라서 이 두 작품은
개인과 사회의 명확한 자기 인식과 함께 이를 통하여 정직하게 세계와 맞서
는 방법을 제시하고 있다는 점에서 '건전한 시민 의식'의 창출이라고 평가하
였다.

　　이상의 논의를 통해서 우리는 이호철의 소설이 우리 사회가 안고 있는
역사적 현실을 예각적으로 포착하고 있으며, 이러한 작가적 그물망 속에는
부정적인 현실을 극복할 수 있는 대안이 놓여 있음을 알 수 있었다. 따라서
이호철의 소설은 단절되고 타락하고 억압된 사회 속에 놓여 있는 인물의
상황성을 화합과 자유, 그리고 진정한 가치 추구라는 새로운 상황성으로
전화시키는 데 바쳐진다. 이것은 이호철의 소설이 '소외와 그 극복'에 중심
이 놓여 있음을 말해 주는 것이다.

## 1. 연구 텍스트

≪이호철 전집 1 - 7≫, 청계연구소 출판국, 1988 - 1991.

## 2. 국내 단행본

강만길, ≪고쳐 쓴 한국 현대사≫, 창작과비평사, 1994.

권영민, ≪한국현대문인대사전≫下, 아세아문화사, 1991.

김천혜, ≪소설 구조의 이론≫, 문학과지성사, 1990.

박세길, ≪다시쓰는 한국 현대사≫, 돌베개, 1988.

안형관, ≪인간과 소외≫, 이문출판사, 1992.

이기백, ≪한국사신론(신수판)≫, 일조각, 1990.

이승훈, ≪문학상징사전≫, 고려원, 1995.

이재선, ≪한국현대소설사≫, 민음사, 1992.

정문길, ≪소외론 연구≫, 문학과지성사, 1989.

한국기독학생회 총연맹, <4·19의 역사적 고찰>, ≪4·19 혁명론 I ≫, 일월
　　　서각, 1983.

한국민중사연구회 편, ≪한국민중사 II ≫, 풀빛, 1986.

한국사회과학연구소 편, ≪한국사회론≫, 민음사, 1980.

현길언, ≪소설쓰기의 이론과 실제≫, 한길사, 1994.

## 3. 논문 및 평론

권영민, <이호철론-닫힘과 열림의 변증법>,《문학사상》, 1985. 5.

김병걸, <현실을 보는 세 개의 시선>, 《창작과 비평》, 창작과비평사, 1976, 9.

김병익, <60년대적 순진성과 그 풍속의 상실>, 《서울은 만원이다/월남한 사람들》이호철 전집 7, 청계연구소 출판국, 1991.

김윤식, <소설가와 예술가의 갈등 - 이호철의 작품세계>,《무너앉는 소리》 이호철 전집 3, 청계연구소 출판국, 1988.

김주연, <왜곡된 소외의 사회학> ― 이호철의 <고여있는 바닥>의 경우, 《세대》, 1967, 4.

김치수, <관조자의 세계 - 이호철론>, 《문학과지성》, 일조사, 1970.

김흥규, <일상과 역사>, 《세계의 문학》, 민음사, 1976, 가을.

백낙청, <시민문학론>, 《민족문학과 세계문학Ⅰ》, 창작과비평사, 1978.

신오현, <소외이론의 구조와 유형>, 정문길 편, 《소외》, 문학과지성사, 1984.

염무웅, <개인사에 음각된 민족사> ― 이호철의 문학세계, 《소슬한 밤의 이야기》, 청아출판사, 1991.

유종호, <비웃음의 70년대 연대기>, 《재미있는 세상》 이호철 전집 4, 청계연구소 출판국, 1989.

이보영, <소시민적인 일상과 증언의 문학>, 《현대문학》, 현대문학사, 1980, 8.

이선영, <현대소설과 인간소외>, 《소외와 참여》, 연세대 출판부, 1971.

임헌영, <분단시대 소시민의 거울> ― 이호철의 소설세계, 《빈 골짜기》 이호철 전집 2, 청계연구소 출판국, 1988.

정과리, <자기 정립의 노력과 그 전망>,《문학, 존재의 변증법》, 문학과지성사, 1985.

정규웅, <현실 문제 제기의 기법과 정신>, 《문학과 지성》, 일조사, 1976, 9.

정명환, <실향민의 문학> ― 이호철의 <소시민>을 중심으로, 《창작과 비평》, 창작과비평사, 1967. 여름.

정문길, <프롬에 있어서의 소외와 그 극복>, 정문길 편,《소외》, 문학과지
　　성사, 1985.

정호웅, <서늘한 맑음, 김각의 문학>, 《이호철 문학앨범》, 웅진출판사,
　　1993.

_____, <이선영론 - 한국문학 연구 방법론의 새 지평 모색>, 김윤식 외,
　　《한국 현대 비평가 연구》, 강, 1996.

_____, <탈향, 그 출발의 소설사적 의미> — 이호철의 <소시민>론, 《1960
　　년대 문학 연구》, 예하, 1993.

_____, <통일시대를 여는 정신 - 이호철의 '문'>, 《문》, 문학세계사, 1995.

천이두, <묵계와 배신·이호철>, 《종합에의 의지》, 일지사, 1974.

_____, <피해자의 미학과 이방인의 미학 上> - '닳아지는 살들'과 '후송'을
　　중심으로, 《현대문학》, 1963. 10.

_____, <피해자의 미학과 이방인의 미학 下> - '닳아지는 살들'과 '후송'을
　　중심으로, 《현대문학》, 1963. 11.

최봉대, <'한국전쟁'의 기원과 그 성격을 둘러싼 몇 가지 문제>, 최장집 편,
　　《한국전쟁연구》, 태암, 1990.

최원식, <1960년대의 세태소설> — 이호철의 <소시민>과 <심천도>, 《소
　　시민 / 심천도》이호철 전집 6, 청계연구소 출판국, 1988.


## 4. 번역서

Bourdieu, Pierre, 정일준 역, 《상징폭력과 문화재생산 *Language and Symbolic
　　Power*》, 새물결, 1995.

Evans, Mary 외, 김억환 역, 《뤼시앙 골드만 *Lucien Goldmann; An Introduction*》,
　　세계사, 1991.

Fromm, Erich, 이상두 역, 《자유에서의 도피 *Escape of Freedom*》, 범우사,
　　1993.

__________, 김병익 역, ≪건전한 사회 *The sane society*≫, 범우사, 1994.

Goldmann, Lucien, 조경숙 역,≪소설 사회학을 위하여 *Towards a Sociology of the novel*≫, 청하, 1982.

Lukács, Georges, 반성완 역, ≪소설의 이론 *Die Theorie des Romans*≫, 심설당, 1985.

Pappenheim, Pritz, ≪근대인의 소외 *The Alienation of modern man*≫, 정음사, 1985.

Wright, Elizabeth, 권택영, ≪정신분석 비평 *Psychoanalytic Criticism-Theory in Practice*≫, 문예출판사, 1989.

# 2. 최수철 소설의 언어적 병리학

< 말(馬)처럼 뛰는 말(言)>을 중심으로 -

## I. 서론

작가 최수철은 1981년 ≪조선일보≫ 신춘문예에 <맹점>으로 등단한 이래, 80년대의 '거대 담론'의 터널 속에서도 독자적인 소설 세계를 보여 준 작가이다. 그것은 형식적인 측면에서는 전복적이고 해체적인 글쓰기의 방식으로, 내용적인 측면에서는 인간의 근원적인 실존성을 탐구하는 미시적 담론을 보여주었다는 점에서 그러하다. 이와 같이 80년대의 거대 담론과 변별되는 소설적 지형을 '<닫힌 세계>와 소설적 대응'[1]이라고 부른다면, 이인성, 서정인, 이제하와 더불어 최수철은 닫혀 있는 세계로 인해 파생되는 삶의 조건, 즉 인간의 실존에 관한 문제를 형식 실험을 통해서 풀어가는 경향을 보여준다고 할 수 있다.

이와 같은 연장선상에서 최수철의 소설집 ≪몸에 대한 은밀한 이야기들≫에 수록된 소설들도 타자와의 조화로운 소통이 단절된 상황에 놓여 있는 소외된 개인의 의식에 초점을 맞추어 진정한 소통적 관계를 모색하는 소설들이다. 이 중에서도 특히 <말(馬)처럼 뛰는 말(言)>[2]은 담론의 장에서 소

---

1) 신덕룡, <폭력의 시대와 80년대 소설>, 김윤식·김우종 외 30인 지음, ≪한국현대문학사≫, 현대문학사, 1994, p.508.
2) 본고의 텍스트는 최수철, ≪몸에 대한 은밀한 이야기들≫, <말(馬)처럼 뛰는 말(言)>, 문

외된 개인의 '언어적 병리학'을 보여주는데, 이 작품을 통해서 작가 최수철이 가지고 있는 '언어관'의 단면을 파악할 수 있다.

본고는 소설 텍스트가 추상적인 언어적 질서가 아닌 하나의 '담론'(discourse)임을 논증하고, 이러한 담론이 가지는 사회적 함의를 도출하며, 이를 통해서 주인공 '최배중'이 경험하는 언어적 소외(alienation; aliénation; Entfremdung)3) 현상이 어떠한 의미를 가지고 있는가에 논의의 핵심이 있다. 한편, 그는 소외를 낳게 하는 자신의 언어적 습관을 고집하기도 하고, 또다른 방식으로 극복하고자 하는데, 이러한 그의 담론 상황을 추적함으로써 인간의 의사소통이 가지는 타자(他者)에 대한 억압성과 그 한계성의 의미를 도출하고자 한다.

## II. 본론

### 1. '랑그'(langue)와 '담론'(discourse)

일찍이 소쉬르(F. de. saussure)는 언어 활동에 두 부분이 있음을 지적했는데, 하나는 본질적인 것으로 언어(langue)이고, 다른 하나는 부차적인 것으로 언어 활동의 개인적인 면, 즉 발성을 포함한 화언(parole)이 그것이다.4) 말하자면, 기억하고 있는 언어 자료로서의 언어 목록이 '랑그'(langue)이고, 구체적인 발화체가 '빠롤'(parole)이다.

---

학사상사, 1994.로 한다. 본 작품은 작품집에 수록되기 전, 《문학정신》 1986년 12월 호에 발표되었다.

3) 정문길, 《소외론 연구》, 문학과지성사, 1989, p.17.

4) Sauaaure, de Ferdinand, 최승언옮김, 《일반언어학 강의 *Cours de Linguistique Générale*》, 민음사, 1990.p.30. (본고에서는 '언어'와 '화언'을 각각 '랑그'와 '빠롤'이라는 용어로 표기하기로 한다.)

한편, 촘스키(N. Chomsky)는 '랑그'와 '빠롤' 대신 '언어 능력'(competence)과 '언어 수행'(performance)의 구별을 도입했다.5) 여기서 말하는 '언어 능력'은 소쉬르가 말한 추상적 언어 목록으로서의 랑그와 변별되는데, 그것은 무수히 언어를 산출할 수 있고, 또 그것을 들으면 즉각 이해할 수 있는 능력뿐만 아니라 변태적인 문장을 곧 식별할 수 있는 능력을 포함하는 '잠재적 언어능력'을 말한다.

그렇다면 우리의 논의로 돌아와서, <말(馬)처럼 뛰는 말(言)>의 주인공 '최배중'은 언어 생활은 어떠한 측면의 문제점을 지니고 있는 것인가? 그는 30대 초반의 평범한 회사원이다. 그러나 그는 언어 생활에 커다란 문제점을 지니고 있는 인물이다.

> 그는 우선 현실적으로 주위 사람들보다 훨씬 불편한 삶을 살고 있었는데, 그것은 주로 그의 언어 습관에서 비롯되는 것이다.
>
> 예를 들어 말하자면, **그는 시적(詩的)인 것보다는 소설적인 것을 더 좋아하는 편이었다.** 즉 어떤 상황이든 그것을 제삼자에게 전달하려 할 때는 세심하게 세부적인 사항들에 대한 배려도 하여야 하는 것이지, 단순히 전체적인 윤곽만을 섣불리 늘어놓았다가 많은 경우 왜곡 내지 곡해를 불러 일으킬 여지가 있다는 것이 평소의 그의 믿음이었다. 따라서 그는 평소에는 과묵하다 못해 거의 말이 없는 편이었느나 일단 입을 열게 되면, 자신의 의견을 밝힌다거나 사무적인 일로 설명 혹은 보고를 할 때에 일목요연하게 요점만을 **이야기하지 못하고 불필요하게 여겨지는 것들까지도 언급하려 애쓰는 것이었다.**
>
> (중략) 그러나 그렇다고 그에게 이야기를 재미있게 끌어 나갈 수 있는 능력이 있는 것도 아니었다. 만약 그렇기라고 했다면 문제는 그다지 심각한 것이 아닐 수도 있을 터였지만, 그는 어눌하고 더듬거리는 어조로 장황하게 말을 풀어가는 것이었다.
>
> (pp.89 - 90, 강조 - 인용자)6)

---

5) 김방한·문양수·신익성·이현복 공저, ≪일반언어학≫, 형설출판사, 1993, p.21.

위의 인용문에서 알 수 있듯이 '최배중'은 '시적인 것보다는 소설적인 것을 좋아한다'는 것에서 알 수 있듯이 상황에 대하여 일목요연하게 요점을 말하지 못하고 불필요한 말들을 장황하게 늘어놓는다. 이것은 언어 구사 능력이라는 '정신적 차원'의 문제라고 할 수 있다. 그런데 이것은 소쉬르의 '랑그'의 개념으로는 말할 수 없는데, 그것은 소쉬르가 '랑그'를 '추상적인 언어 목록'이라는 정태적인 개념으로 정의하기 때문이다. 따라서 촘스키가 말하는 '언어 능력', 즉 '모국어를 자유로이 구사할 수 있는 능력'[7]에 1차적인 문제점이 있다고 할 수 있다. 또한 언어를 실제로 구사할 때의 문제가 있는데 그것은 '어눌하고 더듬거리는 어조'의 문제점이다. 이것도 소쉬르의 '빠롤'의 개념보다는 촘스키가 말하는 '언어 수행'에 문제가 있다고 보아야 한다. 요컨대, '최배중'이라는 인물은 '언어 능력'과 '언어 수행'이라는 언어의 두 측면에 모두 문제가 있다고 보아야 한다.

'최배중'은 '약호엮기'(encoding)의 과정에서 커뮤니케이션의 문제점이 발생하고 있는 것이다. '약호엮기' 과정은 '언어 능력'과 '언어 수행'의 두 가지 측면이 동시에 작용하는데, 대상과 상황에 대하여 핵심적인 것을 조직하지 못하는 것은 '언어 능력'에, '더듬거리는 어눌한 어조'로 장황하게 말들을 늘어놓는 것은 '언어 수행'에 문제점이 있는 것이다. 그렇기 때문에 수신자는 약호를 해독하는 데 어려움을 겪거나, 그의 말의 의미를 알아들을 수 없는 것이다. 따라서 그는 수신자로 하여금 대화의 코드(code)를 혼란스럽게 하고, 수신자는 그의 메시지를 더 이상 받아들이지 않게 된다. 따라서 대화의 단절이 일어나고 그는 담론의 상황에서 소외 되는 것이다.

이러한 상황이 서술되고 있는 이 텍스트는 추상적인 언어질서로 이루어진

---

6) 인용문 출전은 텍스트의 페이지를 밝히는 것으로 대신한다.

7) *Ibid.*, p.21

것이 아니라 하나의 담론적 상황으로 인식할 수 있다. 더욱이 소설이라는 장르가 바흐찐(M. Bakhtin)의 말대로 여러 가지 이질 음성(hétérophonie)로 구성되어 있는 일종의 '원심적 언어'라고 한다8)면, '구심적 언어'인 시(詩)와는 달리 역동적인 담론적 구조를 가지게 되는 것이다.

## 2. '담론'(discourse)의 사회적 의미

위에서 이 소설의 주인공 '최배중'의 언어 생활이 담론의 공간에서 어떠한 문제점을 유발하고 있는가를 살펴보았다. 그런데 이와 같은 담론적 문제점은 바로 사회적인 의미를 가지게 된다.9) 이것은 담론 이론에서 언어가 일종의 사회적 실천이고 그 실천은 사회구조에 의해서 규정된다10)는 견해에서 비롯된다. 이러한 측면에서 소쉬르 언어학에서 말하는 바와 같이 연구 대상을 사회적·공동체적 언어체계를 대상으로 삼으면서 모든 사회적인 것은 동질적이며 모든 사람들에게 공유된다고 생각하는 언어관은 문제점을 노정한다. 이러한 소쉬르의 '추상적 객관주의 언어학'은 사회의 모든 갈등을 무시하고 심지어 담론 간의 차이까지도 무시하는 것이다.11)

이러한 것에 대한 비판적 입장은 바흐찐(M. Bakhtin)이 카니발화의 개념을 도입하여 말하는 '다성성'(Polyphonic)의 개념과 맥이 닿는다.12) 그는 이

---

8) Todorov, Tzvetan, 최현무 옮김, ≪바흐찐: 문학 사회학과 대화이론≫, 도서출판 까치, 1988, pp.88 - 90.

9) 이러한 측면에서 삐에르 부르디외(Pierre Bourdieu)는 촘스키(Noam Chomsky)의 '언어 능력'의 개념이 매우 추상적임을 지적하고 이를 '활용 능력'(practical competence)로 대체할 것을 제안한다. 이 '활용 능력'을 활용하여 화자는 다양하게 기능하면서 암묵적으로 화자들 간의 권력 관계에 의해 조정된 전략들에 표현을 부여할 수 있다. 따라서 우리는 의사소통의 상황에 내재하는 권력 관계에 주목해야 하는 것이다. (Bourdieu, Pierre, 정일준 옮김, ≪상징폭력과 문화재생산 Language and Symbolic Power≫, 새물결, 1995, p.53.)

10) Macdonell, Diane, 임상훈 옮김, ≪담론이란 무엇인가 Theories of Discourse≫ — 알튀세 입장에서의 푸코·포스트맑시즘 비판, <서문>, 도서출판 한울, 1992. p.3.

11) Ibid., p.22 참조.

러한 개념으로 도스트예프스키의 소설을 분석하면서 그의 소설의 언술들이 독립적이고 병합되지 않는 다양한 목소리들과 의식들로 구성되어 있음을 말하게 되었던 것이다. 따라서 최수철의 소설 <말(馬)처럼 뛰는 말(言)>에서 나타나는 담론은 각각의 상이한 담론이 모여서 이루어지는 다양한 빛깔의 목소리라고 할 것이다.

이러한 측면에서 이 작품 속에 존재하는 담론은 다양한 사회적 의미를 갖는데, 이것을 다음의 인용문을 통해서 살펴보기로 하자.

> 그에게 있어 말이란 그저 혀끝에서 급조되는 것은 아니었다. 그렇게 되었다가는 쉽사리 상대방에게 상처를 입히게 될 것이었다. 그에게 있어 말은 자주 흉기가 되어 버렸다. 그것은 다시 말하면 그가 그렇게 빈번하게 타인의 말이 가하는 폭력에 당해 왔다는 것을 의미하는 것이었다. 따라서 그는, 쉽게 입을 벌린다는 것은 손에 든 흉기를 함부로 휘두르는 것이나 다를 바가 없는 것이라고 생각하고 있었다.
>
> (p.92, 강조 - 인용자)

> 어느 날 그는 급기야 사람들의 말, 혹은 더 근본적으로 말해서 **사람들의 입과 혀가 주는 고통에 거의 무방비 상태로 노출되었던 것이었다.** 그리고 그때부터 그 고통은 지속적으로 그에게 작용을 하게 되었고, 그때마다 그 고통의 예각은 전혀 무뎌지는 법이 없었다.
>
> (p.96, 강조 - 인용자)

위의 인용문은 '최배중'에게 있어서 말이란 하나의 폭력이며, 그것에 자신이 무방비 상태로 노출되어 있음을 말해 주고 있다. 이러한 언어의 폭력은 강력한 공격성을 의미하는데, 그에게는 사람의 입조차 '죽은 짐승의 뼈를

---

12) Emerson, Caryl / Morson, Gary Saul, 김욱동 역, <바흐친의 문학 이론>, 김욱동 편역, ≪바흐친과 대화주의≫, 나남, 1990, p.81.

씹기에 적당하도록 아래턱이 발달한 하이에나의 그것과 닮아 있다'(p.108)고 생각된다. 그는 이러한 언어의 폭력성에 무기력하다. 그는 자신의 혀가 '돈 키호테의 늙은 말, 로시난테를 닮아 있다'(p.103)고 생각하며, 자신의 말(馬) 은 그의 발꿈치에 매달린 박차에 맞아 옆구리에서 피를 흘리면서도 눈만 껌벅거릴 뿐 앞으로 나아가지 못하고(p.103)있는 것이다. 이것은 단순한 '말 '(言)'과 말'(馬)의 언어유희가 아니다. 이러한 언어적 폭력과 그로 인한 피해 의식은 그에게 나타나는 병리적 현상으로 국한되는 문제가 아니라 언어가 담론 속에서 운용될 때 본질적으로 나타나게 되는 역기능이라고 생각할 수 있다. 이것은 담론이 개인을 규제하고 구성하는 실천[13]이라는 측면에서 역 기능과 순기능을 지니고 있는 것이기에 그러하다.

　이러한 담론의 사회적 의미는 담론의 장을 하나의 '언어 시장'으로 볼 수 있게 한다. 여기서 '언어 시장'이란 프랑스의 사회학자 부르디외(P. Bourdieu)가 사용하는 개념인데, '언어 자본'(linguistic capital), 즉 문법적으 로 완벽한 표현을 생산할 수 있는 능력뿐 아니라, 특수한 시장에 내놓을 수 있는 적절한(à propos) 표현을 생산할 수 있는 능력[14]이 교환되는 장(場, champ)으로 정의할 수 있다. 그렇다면, 주인공 '최배중'은 극히 취약한 '언 어 자본'을 소유하고 있으며 따라서 심대한 사회적 소외를 경험하게 되는 것이다.

## 3. '담론 장애'와 소외

　위에서 언급했듯이 주인공 '최배중'은 그의 취약한 '언어 자본'으로 인하 여 '언어 자본'을 다른 자본(사회적 지위, 부(富) 등)으로 전환[15]하는, 이른바

---

13) Macdonell, Diane, *op. cit.*, p.31.
14) Bourdieu, Pierre, *op, cit.*, p.58.
15) *Ibid.*, p.57.

'태환성'이 거의 제로 상태에 놓여 있다. 이러한 그의 '담론 장애'는 다음과
같은 사회적 소외 현상을 불러일으킨다.

> 사람들은 되도록이면 그와 말하는 것을 피하려 했고, 게다가 그들은 그
> 의 그러한 눈물겨운 개인적 노력을 그저 그의 사소한 말버릇 정도로 치부
> 하려 했을 뿐, 그를 이해하려고는 하지 않았다. 그래서 그는 말하는 도중
> 에 번번이 상대방으로부터 말허리를 잘리고서, 본론만을 말하라거나 용건
> 만 간단히 하라거나, 심지어는 사람이 왜 그리 말주변이 없느냐, 조리 있
> 게 말하는 습관을 기르도록 하라, 말하는 데에도 경제 원칙이 있는 법이
> 다, 하는 등등의 편잔을 받기 일쑤였다.
>
> (p.90)

> 그는 그 딸깍하는 소리(수화기를 내려놓는 소리 - 인용자) 속에서 조 계
> 장의, 사람이 그렇게 덜 떨어져서 무슨 일을 하겠다는 거야, 도대체 한심
> 하고 답답해서……, 하는 등등의 말들이 한데 뒤엉켜 야유를 퍼부으며 아
> 우성치는 소리를 들을 수 있었다.
>
> (p.98)

위의 인용문을 통해서 그(최배중)는 담론의 장에서 소외되어 있음을 보여
주고 있다. 특히 그는 '담론 장애'로 인해 직장 내에서 동료와 상관으로부터
따돌림과 질책을 받고 있으며 그로 인한 피해의식은 보통의 수준을 넘고
있다. 그의 '담론 장애'가 가져오는 소외는, 담론이란 해독되고 이해되어야
할 기호(sign)이 아니라(예외적 상황을 제외하면), 평가되고 인정되어야 할
부(富: wealth)의 기호이자, 믿고 복종해야 할 권위의 기호16)임을 말해 준다.
즉 담론의 장 속에 존재하는 언어 사용자들은 당대를 지배하는 언어적 상황
(문법, 조어법, 억양 등을 포함해서)에 지배되는 것이다. 이것이 가능하지

---

16) *Ibid.*, p.140.

않았을 때는 언어 시장에서 자본의 형성이 이루어질 수 없는 것이다.

요컨대, 정당한 언어 능력은 권위를 인정받은 사람 — 권위자 — 이 공식적 상황에서, 정당한(즉 공식적인) 언어 — 공인된 권위 있는 언어로서 널리 인정되고 믿을만한 가치가 있는, 한마디로 수행능력(performative)이 있고(성공할 가능성이 많은) 효력이 있다고 주장되는 담론 — 를 사용할 수 있는 법적으로 승인된 능력이다.[17] 그러나 '최배중'은 이와 같은 담론의 질서를 따르지 않은 것이다.

그렇다면, 이와 같은 그의 담론 장애는 어디서 기인된 것인가?

> 그에게는 선택의 여지가 없는 셈이었다. 예의 그 어눌한 어투를 버리지 못하고 사람들의 핍박을 받으며 살아가거나, 아니면 부단히 노력을 거듭하여 그들의 흉내를 내고사 애쓰는 수밖에 없는 것이었다.
> 그가 왜 그런 식의 고통에서 벗어나지 못하고 **자신의 말버릇을 고집**하게 되었는가를 밝힌다는 것은 그리 어려운 일이 아니다.
>
> (p.91, 강조 - 인용자)

위에서 서술자는 주인공 '최배중'이 언어 시장에서 소외되어 있음에도 불구하고 '자신의 말버릇을 고집'하고 있다는 것을 말해주고 있다. 여기서 중요한 것은 '최배중'의 '담론 장애'는 개인의 의식적인 거부의 의미도 포함되어 있다는 사실이다.

그렇다면, 그는 무엇을 거부한 것인가? 바로 여기서 부르디외의 '언어와 권력'에 대한 논의는 우리에게 매우 적절한 시사점을 주고 있다. 부르디외는 '공식 언어'의 상징적 지배에 대하여 말하면서, '공식 언어'라는 언어적 단일화 과정에 숨겨진 권력의 함의를 밝혀내고자 하였다. 즉 '공식 언어'는 대중

---

17) *Ibid.*, p.144.

적이고 순수히 구어적인 방언들을 '사투리'(patois)로 격하시키고, 이에 반하
는 것은 부정적이고 경멸적인 것으로 규정한다고 말한다. 이러한 '공식 언
어'의 정당성에 대한 인정, 그것은 종종 점진적이며 암묵적이며 감지할 수
없는 주입과정을 통해 성향(disposition) 속에 — 보다 정확하게는 아비투스
(habitus) 속에 새겨진다고 설명한다. 따라서 '공식 언어'의 정당성을 인식하
고 있음에도 불구하고 그것을 구사할 수 있는 능력을 가지지 못한 화자는
'지식 없는 인식'(reconnaissance sans connaissance)의 상태에 놓이게 되는 것
이다. 이러한 관계 속에서 사람들은 인식(reconnaissance) 속에 포함되어 있는
오인(méconnaissance)들로 인해 사람들이 자신들의 실천을 지배적인 평가 기
준에 맞추어 나갈 때, 상징적 지배가 시작된다는 것이다.18)

　이에 비추어 본다면, '최배중'은 이러한 '공식 언어'의 상징적 지배를 거
부한 것으로 이해할 수 있다. 이것을 알튀세르(L. Althusser)의 말을 빌자면,
'공식 언어'의 이데올로기적 호출(interpellate)을19) 거부한 것으로 이해할 수
있다. 알튀세르는 <이데올로기와 이데올로기 국가장치>라는 글에서 모든
이데올로기는 개인을 부르고, 불리운 개인이 180도 몸을 돌리는 것만으로도
그들은 주체가 되며, 이데올로기는 개인을 종속시키기 위해 말을 거는 것이
라고 설명한다. 여기서 우리는 부르디외와 알튀세르의 논의에 접점을 찾을
수 있는데, 부르디외에 의하면, '공식 언어'란 권력, 나아가 이데올로기의
함의를 지니고 있으며, 알튀세르는 이러한 이데올로기가 개인을 종속시키는
방식에 대하여 설명하고 있는 것이다. 그런데, 이와 같은 '공식 언어'의 이데
올로기적 호출은 '동일화' 혹은 '비동일화'의 방식으로 그것을 받아들일 수

---

18) *Ibid.*, pp.50 - 51 참조.

19) Althusser, Louis, "Ideology and Ideological state Apparatuses" (Notes towards an
　　Investigation, *Lenin and Philosophy and other Essays*, trans. Ben Brewster, London: New Left
　　Books, 1971 참조.

도 있고, 거부할 수도 있다.[20] 따라서 '최배중'은 언어 시장에서 '공식 언어'의 이데올로기적 호출을 비동일화의 방식으로 저항하고 있는 것이다.

하지만, 그의 '공식 언어'에 대한 비동일화는 언어 시장 내부에서 그를 소외시키고 있으며, 이러한 소외는 그에게 심대한 정신적 고통으로 다가온다. 그래서 그는 타인의 가하는 언어적 압박에서 벗어나고자 한다. 그러한 노력은 그를 '언어적 소통'에서 또 다른 소통 방식으로 나아가게 한다.

## 4. '언어적 담론'과 '육체적 담론'

우리는 지금까지 주인공 '최배중'의 언어적 문제를 사회적 담화의 측면에서 그 의미들을 짚어 보았다. 그런데 바로 이 지점에서 그는 자신의 담론적 소외와 압박에서 벗어날 수 있는 방법을 모색한다.

> 그는 자신도 모르게 우연한 기회에 다시는 사람들의 입을 보며 하이에나의 강인한 아래턱을 연상하지 않아도 되는 방법을 터득하게 된 것이었다. 조금 전에 쇼윈도를 통하여 사람들의 입을 바라보듯이 하면 될 터였다. **자신의 시선과 그에 아울러 생각까지도 상대방의 입술 그 자체의 움직임에만 집중시킨다면 공연히 어떤 공격성 같은 것에 시달리지 않아도 될 것이었다.** 물론 그렇게 한다 하더라도 상대의 말을 듣지 않을 수는 없을 것이다. 그러나 그런 것은 이미 상관없는 일이었다. 최소한 관심의 방향을 다른 곳에 두어, 말 속의 뼈를 귓등으로 흘려 버린다면 수시로 터무니없이 주눅이 들거나 하는 일은 없을 것이었기 때문이었다. 게다가 사람들의 입술이 움직이는 모습은 그 얼마나 아름답고 신비스러운 것인란 말인가!
>
> (p.111, 강조 - 인용자)

---

20) Pêcheux, Michel, *Language, Semantics and Ideology: Stating the Obvious*, trans, Harbans Nagpal, London, 1982 참조.

'최배중'은 언어의 공격성으로부터 벗어나기 위해서 자신의 시선을 '입술' 그 자체의 움직임에만 집중시키려고 한다. 그렇게 하면, '가능한 한 이야기의 현장에 끼여들거나 그 흐름에 말려들지 않을'(112) 수 있기 때문이다. 이렇게 생각을 바꾼 그는 일찍 집으로 귀가하였고, 오랜만에 숙면을 취할 수 있었으며, 만성 피로로 인한 하품의 횟수도 상당히 줄일 수 있었고, 한결 맑아진 눈으로 사람의 입술을 자세히 관찰할 수 있게 되었다. 이를 통해서 그는 내적으로는 어떤 노력을 수행하고 있는가에 상관없이 일단 외견상으로만은 정상적인 생활을 계속할 수 있게 된(112) 것이다. 그러나 아직 이것으로 문제가 해결되는 것은 아니다.

박(朴)이 음산한 어조로 잠시 멈추었던 입술을 다시 움직였다.
「사람들 중에는 여러 종류가 있지만 저게 가장 나쁜 거라구. 남들 얘기 나눌 때 전혀 끼어들지 않고 빤히 바라보면서 슬슬 미소나 짓는 거. 할말이 없어서 가만히 앉아 있는 것하고는 다르지. 남들을 관찰의 대상으로 삼는 거야. 그러니 감정의 흐트러짐이 절대 없을 수밖에」
난데없이 반말투로 찌르고 들어오는 박의 말에 그는 강한 충격을 받았으나, 놀라기는 나머지 두 사람도 마찬가지였던 모양이었다.
(중략)
「…(전략)…게다가 최형은 누구를 관찰하거나 하는 사람이 못 돼. 매사에 너무 숫기가 없어서 탈일 뿐이지. 안 그래, 미스 장?」
(중략)
최배중은 이번에는 오히려 강의 말에서부터 애매모호한 공격성의 냄새를 감지했다. 그것은 박의 말과는 전혀 다른 의미에서 그의 심장을 아프게 침식해 들어오는 것이었다.
「미스터 강, 그렇게 함부로 말하는 게 아니에요. 나는 나 나름대로 최배중 씨를 이해하고 있어요. 최배중 씨는 지나칠 정도로 신중한 거에요. 이 세상에 떠다니는 수많은 말들 속에 굳이 자신의 말을 또 하나 첨가시키고 싶지 않은 거라구요.」

(p.120 - 121)

　‘최배중’은 자신의 언어적 소외를 극복하기 위해, 입술의 물리적인 움직임에만 집중하는, 이른바 ‘입술 관찰’을 시도하지만, ‘박’(朴)과 같은 이의 질타로 인해 그렇게 순조롭게 진행되지 않는다. 위의 인용문에서 나타나 듯이 ‘박’(朴)은 그에게 남들 얘기 나눌 때, 전혀 끼어들지 않고 빤히 바라보며 남들을 관찰의 대상을 삼고 있다고 질타를 하고 있다. 이에 대하여 ‘강’과 ‘장’이 각각 변호에 나서는데, ‘강’은 그의 마음을 더욱 아프게 하지만, ‘장’은 나름대로 그를 이해하는 태도를 보인다.

　‘입술 관찰’만으로는 자신의 언어적 소외를 극복할 수 없음을 깨달은 그는 ‘자신이 아무리 노력해도 그의 주변에서 내달리는 말들의 질주를 따라잡거나 막을 수 없다는 생각이 들어 극도의 우울함 속으로 빠져들고’(122) 만다. 그날 이후 그는 ‘자신의 입 안에 혀 대신 그만한 크기의 나무토막이 하나 들어 있는 것인지 모른다’(123)고 생각하고, 그런 생각이 떠오른 후부터 그는 혀에 대한 병적인 연상과 상상에 시달리게 된다. 더 나아가 그의 혀는 급기야 파행적인 행동을 보이는데, 거의 제어 불능의 상태에 빠져들게 되는 것이다.


　　그의 혀는 혀의 가장 중요한 역할인 말을 발음하는 데에 있어서는 여전히 전혀 그의 기대에 부응하지 못했다. 그가 사람들을 마주하여 말을 해야 하는 상황에서 빈번이 그의 혀가 숨을 죽인 채로 누워만 있는 터였다. 그리고 마지못해 혀끝을 세워서 소리를 낼 때에도 묻는 말에만 간신히 대답을 하고는 다시 벌렁 누워 버리는 것이었고, 그나마도 더듬거리기 일쑤였다.

　　따라서 한마디로 말하면 그의 혀는 이미 그가 돌볼 필요가 없는 셈이었

다. 아니, 그보다는 혀가 그의 통제력의 범위를 훨씬 넘어서 버렸다고 말
하는 것이 더욱 정확한 표현일 터였다.

(p.124)

위의 인용문에서 나타나듯이, 그의 혀는 발음하는데 있어 조음력(調音力)
을 상실하고 있으며, 더 나아가 신체적 통제력의 범위를 넘어서고 있다. 따
라서 그의 혀는 자율신경적으로 움직이며, '그의 의사에 상관없이 그의 머리
속에서 암암리에, 그리고 단편적으로 이루어지고 있던 생각이나 연상, 혹은
기억을 함부로 불쑥불쑥 입 밖에 내기 위해 꿈틀거리'(124)곤 하는 것이다.
그 후 그는 그런 식으로 혀가 자신의 통제를 벗어나서 벌이는 파행적인 작태
에 자주 봉착하게 되고, 더욱더 상황은 난감해져만 간다. 그래서 그는 자신
의 혀를 빼버리고 그 자리에 '권투 시합 때 사용하는 마우스피스를 끼우고서
다니고 싶은 충동을 느끼곤'(127) 하는 것이다.

그러나, 한편 이런 생각이 들 때마다 그의 혀는 '입 속에서나마 평소의
불만거리를 마구 터뜨려 놓아서 그의 속마음을 편하게 해주곤'(124)하는데,
말하자면, 그는 그 자신의 혀와의 대화를 통해서 이른바 철저히 '자족적인
상황'(128)을 이루게 된다. 말하자면 그렇게 하는 수밖에 다른 선택의 여지
는 그에게 없다.

그러던 어느 날, 그는 어느 누구보다도 자신을 잘 이해해 주는 친구인
'윤'(尹)이라는 고등학교 동창과 그의 직장 동료인 '김'(金)과 술자리를 갖게
된다. 이 자리에서 그는 타인들의 말에 끼어들지 않는 자신의 언어 습관
때문에 '김'이라는 사람에게 갑자기 질타를 받게 된다.

「최형은 혹시 복화술(複話術)이라는 것을 아시나요?」
「복화술이라니? 입술과 이를 놀리지 않고 전혀 다른 목소리를 내는 기

술 말인가?」

「잘 아는구만. 자네는 잠깐 빠져 있게. 물론 최형이 그런 걸 할 줄 아실
리는 없겠지만, 나는 아까부터 최형과 마주앉아 있으면서 최형이 복화술
을 통해 우리에게 빈정대는 것 같은 착각이 든단 말입니다. 내 귀에는 분
명히 들리고 있어요. 도대체 시끄러워서 견딜 수 없을 정도로 말입니다.
조금 전에 개 얘기를 하고 있을 때만 해도, 개가 술을……..」

「아니, 자네 왜 이래, 취했나? 내가 미리 그런 친구라고 말해 두었잖아.
세상에는 저런 친구도 있는 법이야. 그러려니 해야지.」

(p.131)

위의 인용문에서 ‘김’은 ‘최배중’에게 복화술로 자신들의 대화를 빈정거
리고 있다고 질타를 가하고 있고, 이에 대하여 그의 친구 ‘윤’이 변호를 하고
있다. 이러한 상황이 벌이진 것은 ‘최배중’이 나름대로 자구책으로 마련한
‘입술 관찰’과 더불어 자신의 혀와의 자족적인 대화의 방식이 불러온 오해라
고 볼 수 있다. ‘언어 시장’에서 철저하게 소외된 개인이 스스로 마련한 자구
책이 막다른 벽에 봉착하는 순간인 것이다. 즉, 그는 ‘언어 시장’ 내에서
정당한 언어, 공인된 언어, 권위있는 언어를 말할 수 있는 능력[21](언어 능력)
이 상실된 상태이기 때문이다. 결국 그는 말할 수 있는 권리와 자유를 잃고
마침내 능력마저 거세된 상태에 놓이게 되는 것이다. 이러한 그가 최종적으
로 다다르게 되는 소통의 방식은 무엇인가? 그것은 ‘독순술’(讀脣術)이다.

　　사내는 술을 마실수록 점점 더 말이 많아졌고, 그 말들은 더욱 알아듣기
　가 힘들어지고 있었다. 그는 술이 번들거리는 사내의 입술을 응시하였다.
　그 입술은 쉴 새 없이 움직이고 있었으나 막상 그에게 전달되는 말은 몇
　마디 되지 않았다. 그때 그는 문득 독순술(讀脣術)이라는 단어를 떠올렸
　다. 그러나 이미 사내의 입술은 제멋대로 움직이고 있었으므로 입술의 모

---

21) Bourdieu, Pierre, *op. cit.*, p.53.

양이나 움직임으로 그의 말을 알아들을 수는 없었다.

(중략)

따라서 이제부터 두 사람은 모두 귀머거리, 말벙어리가 되어 독순술로 서로의 의사를 전달하고 대화를 나누게 되는 것이었다. (중략) 그것이 어떤 말이 되어도 상관없었다. 결국 두 사람의 입술은 제멋대로 움직이는 것이었고, 동시에 두 사람 모두 엉터리 독순술사였기 때문이었다.

(pp.134 - 135)

이윽고 그는 상처입은 마음으로 집으로 돌아갈 수 없는 일이라며, 집 앞 공터의 선술집으로 들어가는데, 바로 그곳에서 그는 한 '사내'를 만난다. 그런데 '사내'와의 대화의 형식은 이른바, '독순술'의 방식이다. 여기서 그가 왜 독순술의 방식을 채택했느냐하는 점에 유의할 필요가 있다. 그것은 그가 언어적 담론의 한계를 절감하고 막다른 골목에서 취한 방식이다. 그는 '말→ 혀→입술'의 순으로 관심의 대상이 바꾸는데, 이것을 담화적 상황으로 바꾸어 생각해 본다면, '언어적 담론'에서 '육체적 담론'으로 전환한 것이라고 파악할 수 있는 것이다.

그러나 모두 '엉터리 독순술사'인 그들은 제대로 그 일을 수행하지 못한다. 그러나 상상 속에 행해진 독순술은 다음과 같은 대화의 양태를 보이는데, 이것은 '최배중'이 경험하고 있는 언어적 상황과 그로 인한 정서적 불균형을 '사내'에게 '외향 투사(projection)'[22]하는 방식으로 나타난다.

중년의 술 취한 사내가 먼저 말을 시작했다.

---

22) 멜라니 클레인(Melanie Klein)은 이 투사라는 개념을 '외향투사'와 '내향투사'로 나누어 설명하고 있다. 외향투사란 감정과 무의식적 소망이 자아로부터 축출되어 다른 사람이나 사물에 전가되는 과정이다. 내향투사란 외적 대상에 속한 자질들이 흡수되어 무의식 중에 자아에게 속한 것으로 여기는 과정이다. (Wright, Elizabeth, 권택영, ≪정신분석비평 Psychoanalytic criticism≫, 문예출판사, 1989, p.110.)

형씨는 꽤나 말이 없는 편이군요. 나는 말이 없는 사람을 믿어요. 하지
만 말없이 살아가기란 매우 불편할 거외다. — 내가 원래부터 말이 없었던
것은 아니오. 어느 날부터 말하기가 두려워진 것일 뿐이지. — 그런데 당
신은 왜 그런 말을 나에게 하는 거요. — 나는 벌써 오래 전부터 당신을
미행해 왔소. 하지만 내가 자주 임의적이고 무작위적인 선택을 통하여 당
신 같은 낯선 중늙은이를 미행하는 것은 아니오. 따라서 만약 당신이 나의
호기심이나 내가 투여한 시간과 노력에 합당한 보상을 못해 줄 경우, 나는
참지 못하고 당신에게 달려들 것이오. — 그럼 사람을 잘못 보았소. 나는
구류를 살다가 조금 전에 풀려났을 뿐이니까. (중략) — 그럼 당신은 나를
속인 거야. 나를 속인 거라구. 내가 그렇게 한가한 사람인 줄 알아? — 왜
이러는 거요? 이거 놓지 못해? 놓고 얘기해. — (그는 사내의 옷깃을 놓고
숨을 헐떡이며 입술을 움직인다.) (중략) — 날 모른다구? 그럼 똑바로 알
구 다니시오. **그리고 분명히 말해 두건대, 앞으로는 말이오, 주변 사람들
의 눈을 좀 의식하면서 다니도록 하시오. 그렇지 않으며 아예 철저히 사
람들의 시선을 의식하지 않아 버리든가. 나는 당신과 같은 사람들 때문에
도시 피곤해서 견딜 수가 없어.**

(pp.135 - 136, 강조 - 인용자)

위의 인용문에서 그(최배중)는 사내를 오랫 동안 미행해 왔다고 말하면서
자신이 투여한 시간과 노력을 보상해 주지 못할 경우 참을 수 없다고 말하고
있다. 그를 미행한 이유는 사람들 앞에서 '공연히 기가 죽고 주눅이들어서
말 한마디 못하는'(136) 사내가 불쌍해서 그런 것이라고 이유를 밝히고 있다.
또한 인용문에서 강조되어 있듯이 그는 '사내'에게 사람들의 눈을 의식하고
다니도록 할 것이며 그렇지 않으면 철저히 사람들의 시선을 의식하지 말라
고 질타한다. 여기서 중요한 것은 이러한 말들이 사실상 '사내'가 아닌 '자
신'을 향한 아야기라는데 있다. 이것은 멜라니 클레인(M. Klein)이 말한 바와
같이, 자기 자신의 내면적 상황을 다른 대상에게 전가하는, 이른바 '외향
투사'가 나타나고 있는 것이다. 그것은 '언어 시장'에서의 심대한 소외 현상

을 경험하고 있는 그가 자신의 고통을 감당하지 못하고 그것을 타인에게 전가시키고 있는 것이라고 볼 수 있다. 그런 그에게 '사내'는 자신을 미행하게 된 진짜 이유가 무엇인지를 묻게 된다. 그는 다음과 같이 말한다.

> ─당신의 그 비정상적인 입 모양을 닮고 싶었기 때문이었습니다. ─그건 왜죠? ─자유로울 수 있을 것 같았기 때문입니다. 나 스스로 그런 자세로 무장을 해야만 남들의 말이나 입으로부터 자유로울 수 있을 것 같았기 때문이었습니다. ─글쎄요, 좀 우습군요. 그런다고 자유로워질 수 있을까요? ─그럴 수 있을 겁니다. 다분히 처절한 자유일 테지만 말입니다. ─좋습니다. 가르쳐 드리는 건 어렵지 않습니다. 하지만 앞으로 그렇게 하고 살아가기는 어려울 것입니다.
>
> (pp.137 - 138)

그는 '사내'의 입모양이 닮고 싶었기 때문이었다. 결국 '사내'는 그에게 자신의 입모양을 가르쳐 주게 된다. '입 안에 무언가 할 말을 준비했다가 그걸 꿀꺽 삼켜 버린 후, 입을 약간 벌리고 입술을 아래쪽으로 떨어뜨리고, 눈은 위쪽으로 치뜨고, 허탈한 미소를 짓는 것'이라고 설명해 주자, 그는 '사내'를 따라 그것을 열심히 배우기 시작한다. 그러나 그가 열심히 그 표정을 반복적을 시도하던 중 '사내'는 탁자에 머리를 떨구고 만다. 그는 돈을 치른 후 술 취한 사내를 어깨에 걸쳐 메고서 술집을 나온다. 그러면서도 그는 입술을 움직여 조금 전에 연습했던 표정을 지어보려고 노력한다. 그러나 그것 역시 쉽지 않다. 그(최배중)는 언어적 담론에서의 소외를 극복하기 위하여 '육체적 담론'으로 전환하지만, 그것 역시 여의치 않았던 것이다.

부르디외는 지속적으로 내장된 성향체계로서 언어적 아비투스(habitus)는 육체에 새겨지고 육체적 핵시스(Hexis)의 한 차원을 구성한다고 말했는데, 이것은 귀로(Pierre Guiraud)가 말하는 '조음 스타일'(입모양)의 한 측면과 상통하는 면을 가지고 있다.[23] 부르디외는 이러한 육체적 핵시스를 계급적 성향과 연관시켜서 설명하고 있는데, 이러한 것을 계급적 핵시스로 국한하지 않고 설명될 수 있다면, 이것은 언어적 국면이 육체적인 행위 속에 각인된다는 보다 보편적이고 일반적인 결론을 이끌어 낼 수 있다. 그러나 우리의 논의 속에서 '최배중'은 이러한 언어적 아비투스가 자연스럽게 육체적 핵시스의 한 차원으로 구성되는 것이 아니라, 역으로 육체적 핵시스를 '강제 규정'함으로서 언어적 아비투스를 새로운 국면으로 이끌어 가고자 하는 것이다. 그러나 이와 같은 그의 노력은 완벽하게 수포로 돌아가고 만다. '바람이 그의 일그러진 입술을 스치고 지나갔다. 유난히 캄캄한 밤이었다.'라는 이 소설의 마지막 진술처럼 그의 담론적 상황은 더욱더 캄캄해질 뿐이다. 그가 '공식 언어'에 대한 호출을 의도적을 거부한 데서부터 출발한 그의 담론 장애와 그로 인한 소외는 그 출구를 찾을 수 없었던 것이다. 이러한 주체 상호 간의 의사의 불통성(不通性)은 '최배중' 개인의 언어적 병리학으로 국한시키기 보다는, 그 폭과 범위를 확대시켜 보면, 담론을 통해서 행해지는 언어적 혹은 비언어적 소통의 한계성을 지적한 것이 된다.

## Ⅲ. 결 론

지금까지 최수철의 <말(馬)처럼 뛰는 말(言)>에 나타난 담론의 문제를 고찰해 보았다. 이상의 논의를 정리하면 다음과 같다.

첫째, 이 텍스트에서 주목한 것은 언어(langue)의 문제가 아니라 담론 (discourse)의 문제임을 분명히 하였다. 그것은 소쉬르의 정태적인 언어 모델

---

23) Bourdieu, Pierre, *op. cit.*, p.64.

로서는 구체적인 담론의 장(場)을 고찰할 수 없기 때문이다. 여기서 '최배중'
은 이러한 담론의 장에서 '언어 능력'과 '언어 수행'의 두 가지 측면에 있어
모두 장애를 겪고 있다.

둘째, 담론의 사회적 의미에 주목하여 담론이 가지는 권력의 함의에 대하
여 고찰하였다. 이러한 의미에서 담론의 장을 하나의 '언어 사장'이라는 관
점에서 '언어'를 하나의 '언어 자본'(linguistic capital)으로 파악하고, 이 자본
력의 결핍으로 인해 언어 시장에서 심대한 소외를 경험하고 있음을 살펴
보았다.

셋째, 그가 경험하고 있는 '담론 장애'에 따른 소외는 스스로 자신의 말버
릇을 고집했다는 진술에서 알 수 있듯이, '공식 언어'의 이데올로기적 호출
을 거부한 것으로서 비동일화의 전략을 의도적으로 구사한 것이라고 보았
다. 따라서 그는 담론 장애로 인해 언어 시장 내부에서 끊임없이 소외되며
또 다른 담론의 전략을 구사하게 된다.

넷째, 따라서 그는 '언어적 담론'에서 '육체적 담론'으로 옮아가는데, 그것
은 이른바 '복화술'과 '독순술'의 전략이다. 그러나 그것 역시 순조롭지 못하
다. 또한 어떤 사내의 비정상적인 입술 모양을 닮고 싶어 그것을 연습하나
그것 역시 수포로 돌아가고 만다. 즉, 육체적 핵시스(Hexis)를 '강제 규정'함
으로서 언어적 아비투스를 새로운 국면으로 이끌어 가고자 했으나 실패하고
만 것이다.

작가 최수철은 그의 소설 <말(馬)처럼 뛰는 말(言)>을 통해, '언어 시장'
에서 나타나는 역동적인 '언어 자본'의 교환 관계와 그 흐름 속에서 발생하
는 불통성과 소외의 모습을 극명하게 보여주고 있다. 따라서 이 작품은 언어
가 동질적이고 누구에게나 공유된다는 추상적인 언어 관념을 파기하고, 언
어가 사회적으로 교환되는 '언어 자본'으로서 담론의 장(champ) 안에서 차이

와 갈등을 유발하고 그것에 의해서 언어 시장이 작동한다는 실천적이고 구
체적인 언어 관념을 제시했다는 점에서 그 의의를 찾을 수 있다.

# 참고 문헌

## 1. 텍스트

최수철, ≪몸에 대한 은밀한 이야기들≫, <말(馬)처럼 뛰는 말(言)>, 문학사
　　상사, 1994.


## 2. 국내서

김방한·문양수·신익성·이현복 공저, ≪일반언어학≫, 형설출판사, 1993.
신덕룡, <폭력의 시대와 80년대 소설>, 김윤식·김우종 외 30인 지음, ≪한
　　국현대문학사≫, 현대문학사, 1994.
정문길, ≪소외론 연구≫, 문학과지성사, 1989.


## 3. 외서 및 번역서

Althusser, Louis, "Ideology and Ideological state Apparatuses"(Notes towards
　　an Investigation), *Lenin and Philosophy and other Essays*, trans. Ben
　　Brewster, London: New Left Books, 1971.
Bourdieu, Pierre, 정일준 옮김, ≪상징폭력과 문화재생산 *Language and Symbolic
　　Power*≫, 새물결, 1995.
Emerson, Caryl / Morson, Gary Saul, 김욱동 역, <바흐친의 문학 이론>, 김욱
　　동 편역, ≪바흐친과 대화주의≫, 나남, 1990.
Macdonell, Diane, 임상훈 옮김, ≪담론이란 무엇인가 *Theories of Discourse*≫

— 알튀세 입장에서의 푸코·포스트맑시즘 비판, 도서출판 한울, 1992.

Pêcheux, Michel, Language, *Semantics and Ideology : Stating the Obvious*, trans, Harbans Nagpal, London, 1982.

Sauaaure, de Ferdinand, 최승언옮김, ≪일반언어학 강의 *Cours de Linguistique Générale*≫, 민음사, 1990.

Todorov, Tzvetan, 최현무 옮김, ≪바흐찐: 문학 사회학과 대화이론≫, 도서출판 까치, 1988.

Wright, Elizabeth, 권택영, ≪정신분석비평 *Psychoanalytic criticism*≫, 문예출판사, 1989.

# 3. 이청준 소설에 나타난 예술관 연구
### - 예술가의 소외와 예술의 진정성 -

## Ⅰ. 서론

문화 예술의 지형도가 문화 산업이라는 큰 틀 속에 새롭게 재편되는 후기 산업사회에서 이청준 소설에 나타난 예술의 모습을 조명하는 일은 보기에 따라서 시대착오적이라는 오해를 불러올 수 있다. 왜냐하면 그의 소설의 인물들은 모두 시대적 효용을 상실한 전통적인 직업 종사자이거나 예술 그 자체의 본래적 의미와 이상을 추구하는 예술가이기 때문이다. 이러한 경향 의 작품으로 <줄광대>(원제:<줄>)(1966), <과녁>(1967), <매잡이>(1968), <불 머금은 항아리>(1977), <시간의 문>(1982), <지관의 소>(1990)를 들 수 있다. 이 작품에서 인물들의 직업이나 작품 활동은 단순한 생계수단이 나 여기(餘技)가 아니라, 藝[1]의 지평으로 이상화되어 나타난다. <줄광대> 의 줄광대, <과녁>의 궁사, <매잡이>의 매잡이, <불 머금은 항아리>의 도공, <시간의 문>의 사진 작가, <지관의 소>의 화가가 이청준 소설에서

---

1) 본고에서 사용한 '藝'는 협의의 '예술'이 아니라 '줄광대', '궁사', '매잡이', '도공'과 같 은 직업으로서의 ars(匠)의 범주와 '사진 작가', '화가'와 같은 art(藝)의 범주를 포괄하는 개념이다. ars는 전적으로 전문화된 기술 양식이었다. 그러한 ars에 미적 의미를 부여하여 art의 개념을 갖게 된 것이다. 요컨대, 藝의 의미는<art>∋ {ars, aesthetic}의 형태로 도 식화할 수 있다. (윤재근, 『문예미학』, 고려원, 1984, p.54.)

그리고 있는 장인들의 초상이다.

　이러한 작품들에 접근했던 기존의 연구에서는 전통적인 '장인'(匠人)과 근대적 '예술가'의 삶을 구분해 왔다. 여기서 전통적인 장인의 삶을 그린 작품들은 근대 사회에 접어들면서 퇴락의 길을 걸을 수밖에 없다는 비극성과 더 나아가 이러한 전통에 대한 수호의식을 드러내기 위한 것은 아니다. 이청준의 소설에서 전통적인 장인의 기예와 정신은 근대 사회에서 예술의 존재방식에 대한 물음과 반성의 의도에서 제시되는 것이다. 가령, <매잡이>의 경우도 매잡이 '곽돌'의 삶과 죽음은 소설가 '민태준'과의 관련성에서 해석되어야 할 문제이지 단순하게 장인의 삶의 비극성을 조명한 작품은 아니다. 한편, 근대적 예술가의 삶 속에서 빚어지는 치열한 갈등과 진정한 예술을 향한 갈망을 형상화한 '예술가 소설'(Künstlerroman)[2]도 전통적인 장인들의 정신 세계와 무관하지 않다. 가령 <시간의 문>의 사진작가 '유종열'과 <지관의 소>의 '양정관' 화백의 삶은 예술 그 자체의 가치와 이상을 추구했다는 점에서 전통적인 장인 정신과 관련된다. 따라서 본고에서는 두 범주를 포괄하여 접근할 필요성을 제기하면서 이러한 작품들을 '장인(匠人) 계보 소설'로 통칭하고자 한다.

---

2) 이와 관련하여 단편적인 비평적 언급을 제외한 학술 논문으로는 다음과 같은 연구가 진행되었는데, 연구 대상을 이청준 소설에 국한한 경우와 외국 작품과의 비교문학적 접근을 수행한 경우가 있다.

　김환희, 「미궁 속에서 새의 비상을 꿈꾸는 예술가」 ― 이청준의 <지관의 소>와 <날개의 집>에 나타난 새와 소의 문학적 상징성에 대한 비교문학적 고찰 ―, 『비교문학』, 한국비교문학회, 2000.

　원용희, 『Thomas mann과 이청준 소설에 나타난 예술가의 위상 비교』―주인공의 내면체험을 중심으로, 고려대 대학원 박사학위 논문(독문학), 1992. 2.

　이묘우, 『이청준의 예술가 소설 연구』, 명지대 대학원 석사학위 논문, 2000. 8.

　조정래, 「카프카와 이청준의 예술가 소설 비교 연구」, 『독일언어문학』, 독일언어문학연구회, 2001.

　최은영, 『이청준의 예술가 소설 연구』, 고려대 대학원 석사학위 논문, 2000. 8.

연구 범주의 문제뿐만 아니라, 예술가의 의식을 탐구하는 데 있어 한 두 작품에 국한하여 접근한 연구의 한계도 극복되어야 한다. 그 작품들이 그러한 작품 경향을 대표할 수는 있을지 모르지만, 반대로 다른 작품들 전체를 포괄할 수 없기에 반드시 전체적인 조망이 필요하다. 이에 본고는 이청준 소설에 나타난 장인과 예술가들의 삶 그리고 그들의 작품세계를 미학과 예술철학의 관점에서 세밀하게 접근해야 할 필요성을 강조하면서, 이러한 작업을 통해서 도출된 예술관이 과연 이 시대의 예술에 어떠한 시사점을 던지고 있는가 하는 점까지 논의를 확장하고자 한다.

아도르노(T. W. Adorno)의 말대로 예술 작품은 교환에 의해 더 이상 손상되지 않은 사물들의 대변인이다.[3] 그러나 현재 문화 산업이 낳은 문화 컨텐츠의 논리는 예술이 테크놀로지와 결합되어 문화상품의 형태로 교환되는 양상을 나타낸다. 또한 예술가는 더 이상 장인이 아니라 문화 컨텐츠 제공자로 그 위상이 변화되는 양상을 보인다. 이러한 현재의 문화적 상황 속에서 예술이 지니는 본원적인 가치는 점점 퇴색되어가고 있는 형편이다. 본고에서 이청준의 장인 계보 소설에 주목하는 이유는 이 작품들이 문화 산업의 논리에 훼손되지 않은 예술 그 자체의 본질을 탐구하고 있기 때문이다.

이에 본고에서는 이청준 소설에 형상화된 진정한 藝의 존재 방식과 가치를 파악하기 위하여 예술창작 과정의 제문제, 예술의 본질, 그리고 속화(俗化)된 예술의 문제로 세분화하여 탐구하고자 한다. 이러한 작업은 예술의 정체성이 새롭게 변화하는 상황 속에서 훼손된 예술의 가치를 되돌아보게 하는 강한 환기력을 지니며, 더 나아가 예술의 본원적인 가치의 회복이라는 측면에서 의의가 있는 작업이 될 것이다.

---

3) T. W. Adorno, 홍승용 옮김,『미학이론』, 문학과지성사, 1997, p.352.

## II. 본론

### 1. 예술창작 과정의 제문제

### 1) 대상에 있어 추상과 현실의 문제

예술창작에 있어 대상(object)[4]은 창작 주체인 예술가의 미적 관심 (Aesthetic interest)에 포착되는 사물이나 사건을 의미한다. 따라서 예술가에게 미적 관심을 유발한 대상을 통해서 한 예술가의 미적 태도와 예술관을 가늠할 수도 있을 것이다. 여기서 미적 태도는 '그것이 어떤 대상이든 간에 인지의 대상'(any object of awareness whatever)[5]에 대해서 취해질 수 있는데, 여기서 논의하고자 하는 것은 1차적으로 그 대상에 대한 문제이다.

이청준의 <시간의 문>은 어느 사진작가의 창작방법에 대한 치열한 고민과 좌절의 모습을 그리고 있다. 이 작품은 사진작가 '유종열'의 유작 사진전을 전해들은 신문사 후배 기자인 '나'가 전시회에 다녀오기까지의 현재 이야기와 '유종열'의 예술적 변모양상과 그의 실종에 관한 과거의 이야기가 교차되는 플롯으로 짜여져 있다. 이 작품 속에서 '나'는 '유종열'과 강원도의 한 광산촌 사고 취재에 동행한 것을 계기로 가까워지는데, 결국 이러한 과정에서 '나'는 '유종열'과 직장 선후배의 관계라기보다는 사진 예술에 대한 의견을 기탄 없이 주고받는 동반자의 관계가 되며, 생전의 '유종열'의 예술적 고민과 갈등을 증언하는 서술자의 역할을 맡고 있다. 다음의 인용문은

---

4) 본고에서 object의 개념을 사용한 것은 <시간의 문>에 등장하는 사진 예술의 경우를 설명하기 위해서이다. 일반적으로 예술작품에 있어 표현 대상으로서의 소재를 보통 제재(題材, subject matter)라고 하는데 이는 물리적 대상, 자연현상, 역사적 사건, 관념이나 정서 등을 모두 포함한다.(한용환, 『소설학사전』, 고려원, 1992, p.259.) 그런데, 본고에서 subject matter가 아닌 object의 용어를 사용한 것은 사진 예술에 있어 피사체는 작품 안에서 추출된 소재라기보다는 독립된 외부 세계로서의 대상이고, 사진을 찍는 행위는 이러한 대상을 포착하는 것이기 때문이다.

5) Jerome Stolnitz, 오병남 옮김, 『미학과 비평철학』, 이론과실천, 1991, p.42.

'유종열'의 사진 예술에 대하여 '나'가 비판을 가하는 부분이다. 이 부분은
예술창작에 있어 대상의 문제에 입각하여 볼 때, 예술창작의 방법과 실천의
문제를 논의하고 있는 것이라고 볼 수 있다.

> "저 거리를 좀 나가보아요"
>
> 내가 아직 유 선배와 하숙을 함께 하고 있던 시절, 그게 내가 유 선배를
> 몰아세우며 자주 지껄여댄 힐난의 소리였다.
>
> "사람들과 몸을 부딪치며 함께 길거리를 걸어보세요. 서로 발들을 밟고
> 밟히면서 사람들이 들이마시는 공기를 함께 들이마시면서 말입니다……."
>
> (중략)
>
> 유종열이란 위인의 가슴속엔 그런 사람이 없는 거처럼 보였다. 그의 자
> 신들은 사람들이나 사람의 일에 초점을 맞추는 일이 거의 없었다. 사람의
> 삶이나 삶의 자취들 대신, 그는 나무와 산을 찍고 강과 바다와 하늘을 찍
> 고 때로는 구름과 바람과 바위를 찍었다. 그의 사진에선 이 시대의 사람들
> 과 삶의 흔적이 깡그리 사라져가고 있었다. 남은 것은 오직 지극히 추상적
> 인 사간에의 동경과 그것에 대한 예감같은 것뿐이었다.
>
> (시간의 문, p.191)[6]

위의 인용문에서 '나'는 사람들이나 사람의 일에 초점을 맞추지 않는 그
의 사진 예술을 비판하며 시대와 인간의 문제에 주목할 것을 요구하고 있다.
'유종열'의 사진 예술에 있어 대상은 삶의 자취보다는 나무, 산, 강, 바위,
하늘, 구름 바위와 같이 인간의 삶의 흔적이 모두 사라진 추상적인 사물에
있다. 그는 현재의 시간대에서 자신의 소재를 지워버리고 추상적인 시간에
대한 동경으로 나아간다. 여기서 말하는 추상적 시간이란 다름 아닌 현재의
삶이 모두 소거된 미래의 시간이다. 이러한 미래의 시간에 대한 동경과 그의

---

6) 본고의 텍스트는 이청준, 『시간의 문』, 열림원, 2000에 수록된 중·단편을 대상으로 하며,
   인용문의 출전은 인용문 말미의 괄호 속에 작품명과 해당페이지 순으로 적기로 한다.

예술적 실험은 현재의 시점에서 본다면 '유종열' 자신의 '자기 실종의 황홀
한 욕망'(p.193)[7])의 대행행위인 셈이다.


> "허 형은 이 그림에서 뭔가 흐름이 그치지 않는 시간의 소리 같은 게
> 들리지 않소?"
> (중략)
> "글쎄요. 전 별로 들리는 게 없는데요. 들리는 게 있다면 무슨 몽유병을
> 앓고 있는 병든 시간의 잠꼬대 같은 소리나……."
> 나는 부러 뒤틀린 소리로 유 선배의 기대를 빗나갔다. 그리고 그것을 발
> 단으로 유 선배와 나 사이에 한 동안 그 버릇이 되다시피 한 말싸움이 계
> 속됐다.
> "또 첫마디부터 비웃으려 드는군. 하기야 허 형한테는 사회부 기자의
> 귀밖엔 없으니까. 그걸 알면서 물은 내가 잘못이지.
> 유 선배가 곧 반격을 해왔다.
> "물고 뜯고 아우성치는 사람의 목소리. 허 형은 그런 거나 들을 줄 알았
> 지. 시간의 소리 같은 건 들을 귀가 없는 사람이거든."
> (중략)
> "그런데 유 선배님은 그 허깨비 같은 소리에 귀가 홀려 사람의 소리를
> 듣는 귀는 그렇게 못마땅해지고 마신 겁니까."
> "사람의 소리를 듣는 걸 허물하려는 게 아니오. 살아움직이는 것들은
> 그 시간과 함께 죽음으로 지나가 버리기 쉽다는 것뿐이지. 그러니 그 순간
> 의 소리에만 너무들 깊이 매달리지 말고 좀더 먼 시간의 소리에도 귀를
> 기울여보라구 말이오."
>
> (시간의 문, pp.195 - 196)


위에서 '유종열'은 자신의 사진에서 그려지는 시간의 의미를 모르는 '나'

---

7) 본문에 인용부호를 사용해서 삽입된 텍스트의 구절은 내각주(內脚註)의 형식으로 해당
   페이지를 밝히기로 한다.

에게 사회부 기자의 눈밖에 없다고 말하고 있고, '나'는 '유종열'에게 허깨비 같은 소리에 귀가 홀려 있어 사람의 소리를 듣지 못하고 있다고 맞대응을 하고 있다. 더 나아가 '나'는 '유종열'에게 현실을 외면하고 미래만을 지나치게 신봉하는 건 일종의 미망이나 망상이라고 비판하고, '유종열'은 '나'에게 자신의 사진에서 사람의 모습을 기피하는 것은 사실이지만 거기서 사람의 시간을 지우기 위해서가 아니라 절망을 지우고 싶어한 때문이라고 진술하기에 이른다.

이것은 일종의 '선택'의 문제로 귀결된다. 선택이란 주관적 관념과 의지의 표현이다. 선택이 되는 것은 사람마다 색이 다른 안경을 쓰고 있기 때문이다. 이 안경이 소위 패러다임(paradigm)이라는 것으로 이것에 의해서 사물은 각기 다른 색으로 인식된다.[8] 여기서 추상적인 사물을 찍는 사진작가 '유종열'과 이것에 대해서 현실을 외면하는 것이라고 비판하는 '나'의 견해는 피사체에 대한 주관적 통제 행위로서의 '선택'에 대한 가치판단의 차이라고 할 수 있다.

이러한 예술창작에 있어 부딪치게 되는 미적 관심의 대상에 대한 문제는 곧 예술의 존재에 대한 근본적인 문제제기이다. "창작행위는 누구를 위한 것인가. 사진은 작가를 위한 예술로서 끝나는 것인가. 작가의 창작욕구가 세계를 자기화함으로써 성취되었다면, 그렇게 얻어진 작품은 피사체인 그 세계에게는 어떤 의미를 줄 수 있을까."[9]하는 문제와 연관된다. 이 작품에서 '유종렬'의 사진 예술은 개인이 느끼는 현실적인 고통을 망각하기 위한 대행 행위이다. 그러나 예술이 이러한 자기 실종의 욕망의 발현일 뿐이라면, 예술의 사회적 의미는 상대적으로 약화된다.

---

8) 한정식, 『사진예술개론』열화당 미술선서 52, 열화당, 1986, pp.207 - 208.
9) 현길언, 「소설 읽기와 인물 이해」 ― 이청준의 「시간의 문」에 나타난 예술가 초상―, 『소설은 어떻게 읽을 것인가』, 나남출판, 1997, pp.46 - 47.

하지만, 이러한 예술의 사회적 기능을 지나치게 강조하게 되었을 때 예술가의 억압이 발생할 수 있다. 더욱이 이념적 갈등이나 전쟁 혹은 파시즘 등에 의해서 고통을 당하는 시대일 경우, 예술가들은 이러한 사회적 삶을 어떤 방식으로 든 형상화해야 한다는 중압감에 시달리게 된다. 극단적으로 말해서 사회적 사실을 전형성에 입각해 총체적으로 드러내지 않으면 우편향적이거나 반동적인 예술로 매도될 수 있다. 이러한 사회적 압력은 예술가의 자기 검열이라는 억압을 낳게 한다. 한국의 80년대 리얼리즘도 단순한 목적지향성을 내재한 실천 개념으로 수많은 예술을 이분법적으로 재단한 것이 사실이다.[10] 이 작품에서 '유종열'은 현재의 자신의 절망을 지우기 위해서 미래의 시간을 동경하며 사람의 숨결이 사라진 추상적인 대상만을 피사체로 삼았지만, 이러한 예술 행위에 대한 '나'의 비판은 예술가가 경험하게 되는 사회적 압력으로 해석할 수도 있다.

## 2) 예술창작의 현재성과 미래성

이 작품에서 '유종열'이 미래의 시간을 추구하는 데에는 그만의 독특한 창작 방법에 기인한다. 그는 사진을 찍은 날짜와는 상관없이 무작위적으로 아무 필름이나 손에 닿는 대로 현상에 들어갔고 현상된 필름을 인화해 내는 것이다. 다시 말하면 사진은 촬영을 한 날과는 상관없이 그것을 현상하고 인화해낸 날짜 위로 새로운 시간이 배열되는 것이다. 또한 인화 후 일종의 소급일기 형식의 메모를 통해서 지난날의 정황과 느낌을 인화한 당일의 것

---

10) 심지어 문예사조를 기술하는 입장에서도 '리얼리즘'은 목적지향적 실천개념이 지나치게 강조되는 경향을 드러낸다. 염무웅은 리얼리즘에 대해서 '우리는 이 시대 문학의 풍요와 건강을 전취하는 과정에서 우리 스스로 리얼리즘의 개념의 심화에 커다란 역할을 맡으리라는 결의와 희망에 입각해서 이 말을 해야한다'(염무웅, 「리얼리즘」, 이선영 편, 『문예사조사』, 민음사, 1986, p.90.)고 규정하고 있을 정도다.

으로 현재화시킨다. 그는 사진 작업을 통해서 과거를 현재화하고 있는 것이다. 역으로 그는 사진의 과거 속에서 현실을 살고 있는 것이라고 말할 수 있다. 이에 ‘나’는 ‘유종열’의 사진 작업이 갖는 시간의 역설에 대하여 ‘카메라 렌즈는 바로 그 현재라는 시간대와 직면하는 순간에서 작업이 이루어지는 것’(p.185)이라는 반론을 제기한다. 즉, 찰나의 포착이라는 사진의 순간적 의미를 말하고 있는 것이다. 그러나 ‘유종열’은 이러한 ‘나’의 문제제기에 대하여 사진의 미래적 의미를 제기한다.

> “내가 사진 찍는 일을 생각해 보세요. 난 내가 찍는 사진을 당시로선 아무것도 해석을 하려 하지 않아요. 다만 사진을 찍는 것뿐이지요. 해석은 훨씬 나중의 일이에요. 사진들은 나중에 인화가 될 때 비로소 내 해석을 얻게 되고 현실의 의미도 지니게 된단 말입니다. 그렇다면 내가 그 사진을 찍은 일은 무엇이 됩니까. 나는 오히려 미래의 시간대를 찍고 있는 거지요. 그리고 그때의 내 시간은 미래의 이름으로 살아지고 있는 셈이구요.”
>
> (시간의 문, p.186)

위에서 ‘유종열’은 사진을 찍는 것은 ‘행위 자체’이고 인화하는 것은 ‘행위의 해석’이기 때문에 사진 예술은 근본적으로 미래적인 의미를 가질 수밖에 없다는 것을 말하고 있다. 즉 행위의 의미는 해석이 행해지는 미래의 현실에 속하는 것이기 때문에 미래를 찍는 것이 된다는 논리이다. 이것은 사진 예술에서 ‘카메라’라는 매체적 속성에 기인하는데, 이러한 매체적 속성은 현재의 존재를 모두 지워버리려는 ‘유종열’의 욕망과 통하게 된다.

그러나 사진의 미래성을 강조하는 ‘유종열’의 사진 예술은 그의 사진에서 사람의 모습이 나타나기 시작하면서 변모하기 시작한다. 이러한 변화에는 두 가지 계기가 있는데, ‘정성희’란 여인과의 결혼 생활과 월남전 취재가 그것이다. ‘정성희’라는 여인과의 생활은 그에겐 ‘새로운 인간에의 해

후’(p.204)였고, 월남전 취재는 전쟁이라는 ‘생생한 비극의 초상’(p.204)의
발견이었기 때문에 가능한 것이었다. 그리고 다시 한 번의 동남아 취재 여행
에서 동남아 일대 해상을 떠도는 월남 난민의 피난선을 목격하고 그것들을
찍은 사진들 아래엔 한 장 한 장마다 모두 촬영 장소와 날짜·시각들이 밝혀
져 있었다. 즉, 우방국에서마저 받아들여지지 않고 망망대해를 떠도는 ‘보트
피플’(boat people)을 보고, 그는 정확한 현실의 시간적 질서를 회복하고 있는
것이다. 추상 속을 헤매던 그의 시간대가 현실의 것으로 되돌아오고 있는
증거인 것이다.

하지만, ‘유종열’의 사진이 현실의 시간적 질서를 회복하고 있다고 할지라
도, ‘나’는 그의 사진 속에 나타나는 절망적인 시간 속에는 ‘미래의 구
원’(p.212)이 없음을 인식하고 그의 사진 예술에 또 다른 의문을 제기한다.
즉, 절망의 시간을 자신의 미래로 흐르게 할 ‘구원의 빛’이 없기 때문이다.
여기서 ‘나’의 주장은 예술이 현재의 모순과 비극성을 드러내는 것뿐만 아니
라 인간 구원이라는 미래적 의미를 담보해 내야 한다는 것이다.

이상의 논의를 예술 일반의 차원으로 보편화시켜 보자. 예술은 창작 주체
인 예술가의 세계와 인간에 대한 해석의 의미를 전달한다. 이것은 창작 행위
를 통해서 현재화되는데, 그 해석은 언제나 미래를 향해서 열려있게 된다.
창작 주체의 창작 행위도 시간의 미래성 위에 과정으로 존재하며, 그 결과물
인 예술품도 시간의 정지라기보다는 끊임없은 해석의 시간 위에 지연된다.
이것은 인화 과정을 거쳐야만 하는 사진 예술의 시간적 특수성에 기인하기
도 하지만 예술 일반의 문제로 확대가 가능하다. 그런데, 이러한 예술의 미
래성도 현실에 대한 분명한 인식에 기반해야 한다. 이것이 예술의 현재성이
라면, 이것은 또 미래의 시간이라는 전망으로 이어져야 한다는 것으로 이해
할 수 있다.

## 3) 예술행위와 대상의 거리(距離)

‘유종열’은 그의 사진 예술에서 찍는 주체자와 피사체로서의 대상과의 거리를 인식하고 다시금 절망하게 된다. 그의 창작 행위가 인간의 숨결이 사라진 자연물을 대상으로 하다가 월남전이라는 전쟁을 체험하고 나서 비로소 사람의 얼굴이 등장하기 시작하고 ‘유아가 소년으로 소년이 다시 청년과 장년과 노인의 그것으로, 또는 남자와 여자와 자식들과 배부른 자, 배고픈 자, 병든 자와 건강한 자, 노는 자와 일하는 자, 웃는 자와 우는 자’(p.208) 등의 사람들의 삶의 절망과 희망의 이야기로 채워진다. 그러나 사람을 찍어도 사진의 사람들은 언제나 저쪽이고 나는 이쪽이라는 절망을 하게 되는 것이다.

> 사람을 찍는다 해도 역시 대상과 렌즈 사이의 공간의 방해로 사진의 시간이 죽어버린다는 것이었다. 사람을 찍거나 무엇을 찍거나 그가 거기서 찍어내는 것은 죽어 굳어진 시간뿐이라 하였다. 살아 흐르는 시간을 찍기 위해선 거리와 공간을 제거해야 하는데, 그 방법이 찾아지질 않는다 하였다.
>
> (시간의 문, p.209)

사진을 찍는 사람과 대상 사이의 거리를 ‘유종열’은 ‘공간의 벽’(p.219)이라고 명명하고 있고, 그 공간의 두꺼운 벽 때문에 대상의 시간은 렌즈가 열리고 닫히는 순간에 늘 순간적으로 정지해 버린다. 이것은 어쩔 수 없는 카메라의 숙명인 것이다. 그런데, 이러한 한계는 비단 사진 예술만의 문제가 아니라 예술 일반의 한계라도 볼 수 있다. 이 작품에서 이러한 예술 행위와 대상의 거리는 어떻게 극복되고 있는가? 그 공간의 벽을 뛰어넘어 자신도 그 대상과 함께 미래의 시간으로 흐르는 것은 무엇으로 가능한 것인가?

사진의 화면은 사방이 바다다. 해무로 어슴푸레해진 바다 저편에 난민
선으로 보이는 배가 한 척 떠 있고, 화면의 중간쯤엔 한 사내가 그 난민선
을 향해 방금 작은 보트를 저어가는 중이다.

(중략)

"이거 혹시 유 선배의 모습이 아닙니까. 그것도 그 난민선을 찾아다니
는 바다 위에서의……."

나는 차라리 한 번 더 여자의 도움을 구하는 게 빠를 것 같았다. 그래
눈길을 여자 쪽으로 옮기며 자신 없는 목소리로 확인을 구한다.

"맞아요. 그건 유종열 씨예요."

(중략)

"그는 그냥 그렇게 사라져간 거예요. 이게 그의 마지막 모습이니까요."

(시간의 문, pp.223 - 224)

이 사진은 그가 마지막으로 얻어 탔던 배의 일본인 선장이 필름과 편지를
함께 동봉한 것이다. 일본인 선장은 편지에서 '유종열'의 불행한 사고에 대
해서 증언하고 있는데, 그가 혼자 보트를 저어 난민선으로 갔으며 그것이
자신이 아는 유 선생의 마지막 모습이었음을 밝히고 있다. 선장은 편지에서
그는 불의의 사고로 죽은 것이 아니라 자기 스스로의 결단에 의하여 난민선
에로의 양심과 행동의 결사적인 항해를 떠난 것임을 분명히 하고 있다.

이 사진과 편지의 내용으로 보아 그는 주체와 피사체인 대상과의 거리를
극복하기 위하여 스스로 대상에게 다가간 것이다. '나'의 말에 의하면 '유종
열'은 스스로의 배반과 절망을 통하여 비로소 그 미래에로의 시간의 항해를
시작한 것이다. 물론 여기서 미래의 시간이란 혼자만의 시간이 아니라 우리
모두가 함께 살아내야 할 공유의 시간이다. 그러나 예술은 그러한 구원의
몫을 감당하지 못하기 때문에 주체와 대상이 하나가 되는 길은 난민들의
일을 생생하게 사진으로 담아내는 것이 아니라 그들을 구조하는 일임을 알
게 된다.11) 그가 난민선으로 다가간 것은 그가 그토록 절망했던 주체와 대상

간의 거리를 소멸시키기 위한 결단이었지만, 그것은 죽음을 대가로 해서 이룬 것이다. 그러기에 미망인 여자는 실상 제 부질없는 허풍이고 그저 한 번 그렇게 꿈을 꾸어본 것 뿐이며, 그는 그 시간을 건너면서 제 문을 닫아버리고 간 것이라고 말한 것이다. 이 두 가지 사실, 예술이 대상(세계)을 구원할 수 없다는 사실과 '유종열'이 죽음이라는 형식을 취할 수밖에 없었다는 사실은 그 자체로는 한계이지만, 예술의 이상은 결코 결과로서 주어지는 것이 아닌 '진행태'이기에 치열한 예술적 진념은 성취된 정신으로 인정할 수 있다.

이러한 예술과 대상 간의 관계성에 대하여 작가 이청준은 이 작품의 '작가 노트'에서 다음과 같이 밝히고 있다.

> 지나친 미학에의 탐닉은 그것을 자칫 허망한 패배주의와 폐쇄적 정신주의로 함몰시켜 버릴 위험이 있으며, 일사분란한 사회학에의 경도 또한 그의 문학을 이미 문학의 자리를 떠난 상막한 자기 알리바이의 증서로 전락시킬 위험이 뒤따를 수 있기 때문이다.
>
> (죽음의 미학과 사회학 - 작가노트 - , p.246)

이러한 이청준의 말은 작품 안에서 '유종열'의 창작 행위에 대한 주석적 언급인 셈이다. 그는 나무, 산, 강, 바위, 하늘, 구름 바위와 같이 인간의 삶의 흔적이 모두 사라진 추상적인 사물을 피사체로 삼으면서 관념적·추상적 예술의 형태를 나타냈고 이것은 결국 패배주의와 폐쇄적 정신주의로의 함몰을 가져왔다. 그러나 여기서 벗어나 전쟁터와 같은 비극적인 현장에서 고통에 일그러진 삶의 모습을 발견하고 구체적인 삶의 모습을 형상화한다. 하지만 예술이 이와 같은 현실의 문제에 주목할 경우, 문학의 자리를 떠난

---

11) 현길언, *op. cit.*, p.48.

사회적 가치의 문제로 전화될 수 있는 가능성을 내포한다. 이청준은 '작가 노트'에서 이에 대한 해답으로 '시선의 깊이'가 문제가 될 듯 싶다고 말하고 있다. 작가적 시선을 현실의 수면 아래로 은밀히 숨겨들어가는 것도 어쩔 수 없는 자기 대처 방법일 수 있지만, 그 시선이 너무 깊은 수면 아래로 가라앉아 들어가 지상과의 교신이 거의 불가능해져 버리거나 지극히 부정확한 상태에 빠질 때 지상으로 쏘아올린 메타포는 의미가 없다는 것이다.

이러한 측면에서 아도르노가 규명한 예술과 사회와의 관계는 이청준이 말하는 '시선의 깊이'와 연관지어 중요한 의미를 지닌다. 아도르노는 예술이 사회에 기여하는 바는 사회와의 (직접적인) 커뮤니케이션이 아니라 극히 간접적인 형태를 띤다[12]고 설명한다. 즉, 사회에 반대하는 예술의 내재적 운동이 사회적이지, 예술의 명시적인 입장이 사회적인 것은 아니다.[13] 따라서 대상의 구원이라는 측면에서 본다면 예술이 대상(세계)을 직접적으로 구원할 수 없다는 사실은 자명하다. 예술이 대상을 구원할 수 있다면 이것은 예술의 영역을 이미 벗어난 것이 되기 때문이다. 예술은 극히 간접적인 형태로 그의 자율적인 운동방식에 의하여 세계에 저항한다. 또한 이것이 예술과 비예술, 예술과 대상의 거리가 되는 셈이다.

## 2. 예술의 본질

### 1) 예술행위의 자유와 초월성

이청준 소설에서 예술 행위를 통해서 얻어지는 자유는 현실과의 단절을 전제로 해서 이루어지는 것이다. 다시 말하면, 예술이 곧 삶이 영위되는 유일한 공간일 때, 그 한정된 공간 안에서 藝를 통한 자유의 지평이 열리게

---

12) T. W. Adorno, *op. cit.*, p.350.
13) *Ibid.*, p.351.

되는 것이다. 그의 소설 <줄광대>에는 이러한 측면이 잘 나타나 있다. 이 작품은 '나'(남 記者)가 C읍의 승천한 줄광대를 취재하려 갔던 이야기인데, 그곳에서 듣게 되는 '허 노인'과 '허운'이라는 줄광대 부자의 이야기가 내부 이야기로 설정되어 있다. 이 줄광대 부자의 이야기는 같은 서커스단에서 트럼펫을 불었던 사내에 의해서 증언되는 형식을 취하고 있는데, 이 이야기는 그들이 줄타기를 통해서 추구했던 藝의 모습을 구체적으로 형상화하고 있다. 물론, 줄타기는 그 자체로 예술은 아니다. 하지만 본고에서 줄타기를 예술(적) 행위로 파악한 것은 이청준 소설에서 그려지고 있는 장인의 모습이 藝의 경지를 추구하는 인간의 모습이고, 이러한 장인의 모습은 진정한 예술을 추구하는 예술가의 알레고리로 받아들이기에 충분한 것이기 때문이다.

> 운이 열한 살이 되던 해였다. 처음에는 학교라는 곳엘 갔다가 시들해서
> 돌아온 운을 보고 허 노인이 혼자 이렇게 중얼거렸다.
> ─세상에는 줄광대가 밟을 만한 땅이 흔찮을 게 당연하지.
> 그리고는 운에게 줄타기를 가르치기 시작했다.
>
> (줄광대, p.24)

위에서는 '허 노인'이 '허운'에게 줄타기 훈련을 시키게 된 계기가 제시되고 있는데, 이는 정상적인 학교 교육이라는 현실과의 단절을 계기로 마련된 것이다. 이렇게 시작된 줄타기 훈련은 아버지 '허 노인'의 엄격한 규율 속에서 이루어진다. '허운'은 땅바닥에 직선을 그어놓고 발을 왕래했지만 다음에는 각목으로 줄로 바뀌더니 드디어 공중에 줄이 떠오르기 시작했다. 이렇게 하기에 5년의 세월이 흘렀고, 이제 16살이 된 '허운'은 겉으로 보기엔 줄타기 솜씨가 '허 노인'과 다름이 없었다. 그러나 아버지는 '허운'을 사람들

앞에 세우지 않았다. '허 노인'이 아들 '허운'의 줄타기에서 가장 경계했던 것은 '객기'였으며, '허 노인'은 아들의 줄타기 수준이 자신의 기대지평에 다다를 때까지 혹독한 훈련을 반복한다.

　　　—아버지 저도 이젠 사람들 앞에서 줄을 탔으면 합니다.
　　그때 허 노인은 얼굴색이 조금 변했으나 온화하게 물었다.
　　　—그래. ……그럼 줄을 탈 때 끝이 가까워 보이느냐?
　　　—네, 바로 눈앞에 있는 것 같습니다.
　　　—그럼, 가는 줄이 넓게 보이겠구나…….
　　　—그 위에서 뛰어놀 수 있을 것 같습니다.
　　　—안 되겠다!
　　운은 까닭을 몰랐으나 더 대꾸하지 못했다. 열여덟 살이 되었다.
　　운은 허 노인에게 다시 같은 청을 드렸다.
　　　—어떠냐, 줄이 넓어 보이느냐?
　　　—줄이 보이질 않습니다.
　　운은 불안했으나 사실대로 말했다.
　　　—그래, 줄을 타고 있을 때 아무것도 보이질 않는단 말이냐?
　　　—예.
　　　—귀도 들리지 않고.
　　　—예.
　　그것도 사실대로 대답했다.
　　　—흠, 아직도 객기가 있어.

(줄광대, pp.24 - 25)

　　'허 노인'은 줄이 넓어 보여 뛰어놀 수 있을 것 같다는 '허운'의 말에 '안 되겠다'는 말로, 귀에 아무것도 들리지 않는다는 '허운'의 대답에 '객기가 있다'는 말로 그의 미숙성에 질책을 가한다. 그것은 '허 노인'이 아무런 객기 도 없는 순수한 藝의 세계를 추구하기 때문이다. 실제로 '허 노인'은 단장이 바라는 대로 구경꾼의 이목을 즐겁게 해 주는 재주는 부리지도 않았고, 온몸이 땀에 흠뻑 젖을 정도로 혼신의 힘을 다해 줄을 탔던 것이다. 이처럼 줄타기에 있어 고도의 정신적·기술적 수준을 요구하는 '허 노인'은 자신의 호통을 전혀 듣지 못하고 줄을 건너가는 아들을 보자 그제서야 노인은 만족해하는 것이다.

> —줄 끝이 멀리 보여서는 더욱 안 되지만, 가깝고 넓어 보여서도 안 되는 법이다. 그 줄이라는 것이 눈에서 아주 사라져버리고, **줄에만 올라서면 거기만의 자유로운 세상이 있어야 하는 게야.** 제일 위험한 것은 눈과 귀가 열리는 것이다. 줄에서는 눈이 없어야 하고 귀가 열리지 않아야 하고 생각이 땅에 머무르지 않아야 한다는 소리다.
>
> (줄광대, p.27, 강조 - 인용자)

줄 위에서 얻어지는 자유란, 눈과 귀가 열리지 않고 생각이 땅에 머무르지 않고 오로지 줄 위에서만 얻어지는 초월적인 藝의 지평을 의미한다.[14] 그것은 욕망으로부터의 자유이고 자기구속을 통해서만 얻을 수 있는 역설적인 자유이다.[15] 눈과 귀를 닫고 땅의 생각이 사라진 정신 세계는 현실적인 욕망을 초월한 세계이기 때문에 현실의 국면이 이에 개입해 들어올 때 이상적인 藝의 세계는 파국을 맞게 된다. 아버지 '허 노인'의 경우는 서커스 단장과 부정한 일을 저지른 아내를 목졸라 죽임으로써 줄을 탈 수 있었지만, '허

---

14) 이러한 측면에서 <줄광대>에서 나타나는 초월적인 藝의 모습은 동양 예술이 추구하는 和氣의 정신과 맞닿아 있다. 和氣는 인간과 천지 사이의 어울림을 절대의 가치로 인식한 경지이다. 그러므로 동양 예술이 추구하는 감동은 감성의 충만이 아니라 감성의 절제에 그 특징이 있다. (윤재근, 『東洋의 美學』, 도서출판 둥지, 1993, p.125.) 여기서 동양 미학이 추구하는 미적 가치는 마음의 動을 마음의 靜으로 변용시키는 데 있다. (Ibid., p.126.) 이것이 욕망의 절제인데, 예술창작이나 감상에 있어서 동일하게 적용된다.
15) 현길언, 「이야기방식과 소설의 의미」— 현진건과 이청준의 소설에서 —, 『소설은 어떻게 읽을 것인가』, 나남출판, 1997, p.134.

운'의 경우는 자신에게 꽃다발을 준 여자를 사랑하게 되고 이러한 현실적인 욕망이 개입되자 줄에서 재주를 피우기 시작한 운은 결국 줄에서 떨어져 죽고 만다. 여기서 '사랑의 욕망=땅의 욕망=현실의 욕망'이라는 등식이 성립될 수 있다. 이성(異性)에 대한 분노나 사랑의 욕망은 줄광대로서는 머무르지 않아야 할 땅의 욕망이고 이는 곧 현실의 욕망인 것이다. 이것과 절연된 초월적인 공간에 藝를 통한 진정한 자유가 있음을 이 작품은 보여주고 있다.

한편, 지관 '양정관' 화백의 그림을 통한 예술 정신에의 추구를 보여주는 작품으로 <지관의 소>가 있다. 이 작품에서 '나'는 소설가로서 월간 잡지 창간 일을 진행하면서 삽화나 도안 일로 화백과 만나게 된다. 양 화백은 술자리의 풍모를 보면 호방하고 질펀한 성격의 소유자이지만, 이러한 분방하고 파격적인 기질과 함께 다양하고 해박한 견문을 가지고 있는 사람이다. 이러한 양 화백과 '나'는 결별을 하게 되는데, 그것은 역설적이게도 '나' 자신의 그에 대한 지나친 경사(傾斜) 때문이었다. 소설이 그의 삽화의 분위기를 뒤쫓아 그의 인물을 따라가는 격이 되자 '나'는 그에 대한 경사를 더 이상 참을 수가 없게 된 것이다. 그러다가 그는 15년의 잠적 끝에 느닷없이 전화를 걸어 개인전 소식을 전해 온다. 그러나 그 개인전은 개막전 날, 한동네에 달갑지 않게 벌어진 시위로 최루탄과 화염병이 난무하는 가운데 서둘러 막을 내릴 수밖에 없었다.

양 화백은 '소' 그림에 대해서 집착적으로 매달리며 자신의 예술혼을 불태우고 있었다. 그는 소 그림에 대해서 자조적인 질책을 퍼붓곤 하였는데, 그것은 '나'의 생각으로는 작가로서의 결핍감과 불만에서 기인한 것이었다.

나는 그런 양 화백을 볼 때마다 민망스럽게도 그와 동시대의 한 동료

화가와 그 화가의 유명한 소 그림이 떠올리게 되곤 하였다. 그가 가끔 말해왔듯, 일찍이 청년 시절 양 화백과 함께 그림을 그리다가, 그에 앞서 같은 소재의 소 그림 몇 작품을 세상에 내놓고 짧은 생애를 마감해 간 ㅈ화백, 그래서 사람들 간에는 그의 천재성이 더 널리 알려진 ㅈ화백의 소 그림—당시로선 차마 입밖에 내어 말할 수 없는 일이었지만, 지금 와서 솔직히 털어놓고 말한다면, 나는 그 앞에 ㅈ씨의 소 그림을 떠올리며 양 화백의 그 자기 결핍감과 어떤 거북살스런 갈등의 뿌리 같은 것을 상상해 보곤 한 것이었다.

(지관의 소, p.292)

위의 인용문은 양 화백의 소 그림과 천재적인 작가라고 평가받는 작고한 동시대 화가인 ㅈ화백에 대한 '나'의 생각이다. 양 화백은 정작 ㅈ화백의 소 그림에 대하여 이렇다할 말을 하지는 않았다 하지만, '나'는 아무리 그림의 세계나 지향이 서로 다르더라도, ㅈ화백의 그림이 온 세상의 소를 대표하듯 널리 사랑받고 있고, 거기다 같은 대상에 매달려 있는 그로서도 심사가 그리 편치만은 않았을 것으로 생각한다. '나'는 결정적으로 양 화백이 ㅈ화백을 '멋쟁이' 혹은 '행운아'라고 표현한 관용기에서 그와는 반대되는 심사를 읽어낸다. 그것은 남을 한 발 앞서 챙긴 소재의 선점성과 그 짧은 생애로 하여 덤으로 사게 된 거라는 소리로 받아들일 수 있기 때문이다. 이렇게 생각하면, 그는 자신의 소 외에도 죽은 ㅈ씨의 소와도 싸움을 벌이고 있었고 이러한 혼동스러운 소용돌이 속에서 진정한 예술이 태어나려는 산고의 몸부림을 하게 된다.

그러나 정작 경기도 광주에 가 있는 선생을 만나고 보니 기대나 궁금증과는 딴판으로 그동안의 변화의 기미는 엿보이지 않았다. 주야장천 계속되는 주선 놀음도 물론이고, 그림도 역시 소재나 내용, 분위기 모두가 옛날 그대로였던 것이다. 이 자리에서 양 화백은 '나'에게 광주, 여주, 이천 지역의

도자기 역사 자료를 정리한 것을 넘겨주며 소설을 만들든지 어떤 방식으로든 처리해 줄 것을 요청하고, 그의 부인은 여기 저기 흩어져 있는 선생의 작품을 회수하고 있으니 알려달라는 부탁을 하게 된다. '나'는 이 자리에서 선생의 <홍수 뒷날>이라는 그림을 소장하고 있음을 밝히고 또 한번의 광주행을 기약한다.

2년 후 선생의 그림을 가지고 집을 방문했을 때, 어떻게 오늘 그림을 가져왔느냐는 부인의 의외의 반문을 듣게 된다. 이유인 즉 건강이 좋지 않은 양 화백 자신이 병세를 모르고 있다고 믿고 있고 있었던 부인이 어디서 나쁜 소식을 듣고 찾아온 줄 알고 있었다는 것이다. 그러나 실제로 양 화백은 자신의 죽음을 예감하고 있었고 이미 자신의 모든 그림을 없애버린 후였다. 이렇게 자신의 삶의 흔적을 모두 지워버리려는 그가 '나'에게 황소 머리 그림을 그려준다. 여기서 '나'는 의문에 빠진다. 자신의 모든 그림을 정리하는 과정에서 왜 새로 그림을 그려준 것일까? 이러한 의문은 광주행에 동행한 '백야'의 말에 의해서 풀어지게 된다.

> "이 소 그림 바로 그 양반 자신을 그린 거구만 그래. 그때 차를 모느라 제대로 볼 수가 없었지만, 이 얼굴 표정이나 분위기가 영락없이 그 양반 그대로 아니야?"
>
> (중략)

> 백야의 소리에 그림을 다시 보니 과연 그의 말이 그대로였다. 거기에 정말로 소의 모습을 한 지관 선생의 얼굴이 숨어 있었다. 그것도 그 옛날의 충동적인 힘과 고통스런 몸부림기 같은 것이 완전히 가셔진 온화한 모습 속에 선생이 마치 그 깊은 영혼의 눈길로 자신을 응시하듯 조용히 나를 바라보고 있었다. 선생이 마침내 자신의 아호처럼 지관(止觀)의 경지에 도달한 격이랄까. 그래 그 자신의 소고삐를 바투 틀어쥐고, 자신과 그 소가

하나로 다시 태어난 격이랄까. 아니 거긴 이제 지관 선생도 소도 아닌 그 자신과 소를 포함한 모든 삶의 영욕과 질곡의 끈을 넘어선 자유로운 영혼의 얼굴이 초상되어 있었다.

(지관의 소, p.318)

'백야'는 선생이 마지막으로 그려준 황소 머리 그림이 바로 지관 선생의 얼굴이라는 것을 알아차리고, '나'는 그의 말에 그림 속에서 한 예술가가 마지막으로 도달한 초월적 경지를 발견한다. 그것은 삶의 영욕과 질곡의 사슬을 끊어버린 자유로운 정신적 지평을 담은 예술가의 초상이었고 그의 삶과 예술의 빛을 묵연스런 침묵으로 웅변하고 있는 것이었다. 이러한 예술 행위의 과정을 통해서 궁극적으로 얻어지는 자유와 초월성은 이청준 소설에서 그려지는 예술의 본질 중의 하나이다. 여기서 이러한 예술의 자유와 초월성이 어느 날 갑자기 얻어진 것이 아니라, 치열한 고통(suffering) 속에서 잉태되었다는 사실이 중요하다. 여기서 고통을 체험함으로써 나타낸다는 것은 합리적 인식에 비추어 볼 때 비합리적인 일이다.[16] 이러한 고통의 체험이라는 비합리적인 인식은 이성과 합리성으로 가득찬 경험적 세계에 대해서 부정성을 강하게 내포한다. 그것은 예술에 있어 고통의 체험 현실세계에서 겪게 되는 고통과는 다르게 현실의 억압원리를 예술행위를 통해서 승화(sublimation)시키는 것이기 때문이다.


## 2) 예술의 法式[17]과 미적 완전성

이청준의 소설에서 형상화되는 예술은 藝의 양식과 법도를 통해서 완벽

---

16) T. W. Adorno, *op. cit.*, p.39.
17) '法式'이라는 용어를 사전적 의미에서 法度와 樣式을 아울러 이르는 말이다. 본고에서는 <불 머금은 항아리>에서 '허 노인'이 자신의 예술관을 피력하는 자리에서 언급한 바와 같이, 예술 창작과정에서 생기는 법칙과 삶의 법도를 포괄하는 개념으로 사용한다.

한 미적 완전성을 추구하는 모습으로 나타난다. 이러한 예술관이 투영된 작품으로 <불 머금은 항아리>를 상정해 볼 수 있다. 이 작품은 '민경섭'이 소유하고 있는 항아리의 유래담(由來談)을 액자 형식으로 제시하고 있다. '경섭'의 자랑거리인 항아리는 '이 항아리를 지닌 사람은 부자가 된다.'는 희한한 낙서가 설채되어 있는 것으로, 어느 날 그는 이 사기 항아리를 찾는 다는 신문 광고를 보게 되어, 항아리를 들고 경기도 여주의 분매산 가마를 찾아가게 된다. 항아리를 찾고자 하는 늙은 사기장 노인은 잃었던 자식이 되돌아오기라도 한 듯 항아리를 어루만지며 눈물을 흘린다.

　액자 내부의 이야기는 60년 전쯤의 일로 소급된다. 그 당시 가마의 주인은 '허봉도'라는 70이 넘은 노인이 있었고 그 가마의 일꾼으로 어려서부터 허 노인을 선생으로 가마일을 배워온 '백용술'이라는 청년이 있었다. 허 노인은 용술에게 가마일을 배워 주지 않고 산에서 나무를 해오게 하거나 밤새 아궁이 불이나 지키게 하는 등 허드렛일만을 시킬 뿐이었다. 허 노인은 가마를 열고 잘못된 일을 꾸중하고 사기물을 아무런 미련 없이 깨버리는데, 그 허물은 모두 가마불을 지킨 용술 자신에게서 찾을 수밖에 없었다. 그런 와중에 부근 마을을 지나가던 허름한 옷차림의 중년 사내가 찾아들게 되는데, 그는 쓸만한 사기를 찾는 것이 아니라 깨버릴 죽은 사기를 요구한다. 집요하게 버려질 물건을 원하는 사내에게 용술은 죽은 사기가 전혀 안 나갈 수는 없는 노릇이라고 고백하기에 이른다. 그것은 두 사람의 호구지책으로 어쩔 수 없었다는 것과 심지어 만든 물건에 '이 사기 사주면 부자가 된다'고 실없는 낙서를 갈겨넣은 일까지 말하게 되는 것이다. 결국, 60년전 '백용술'이란 청년은 '경섭'이 가마를 찾아가 만난 늙은 사기장 노인인 것이다. 액자 외부 이야기의 사기장 노인(백용술)은 스승의 눈을 속인 젊은 날의 한 번의 실수 때문에 평생을 회한과 죄책감 속에서 보내온 것이었다.

　여기서 액자 내부 이야기에서 깨버릴 사기를 요구하는 사내와 백용술의
스승인 허 노인과의 대화를 살펴보기로 한다. 이 대화 속에서 허 노인은
허물을 찾고 싶어하는 사내와 강하게 대립하며 허 노인이 추구하는 예술의
법식을 피력한다.

　　"(전략) 사람이 어떻게 제 허물을 한 가지도 세상에 흘리지 않을 수 있
　습니까. 허물을 한가지도 남기지 않는다고 그 사람이 어찌 허물이 없는 사
　람으로 남을 수가 있습니까. 전 그래서 차라리 그 사람의 허물을 찾고 싶
　어하는 위인입니다. 온전한 것보다는 그 허물을 더 따뜻이 감싸서 사랑하
　고 싶어 말씀입니다."
　　(중략)
　　"아서시오. 내 노형이 살아온 내력을 알 수는 없소마는, 사람이 모두 남
　의 험집만 찾아 모아보시오. 세상엔 아무것도 정도가 없을게요."
　　노인은 나무라고 나서 다시 사내 앞에 유별스럴 만큼 긴 사설을 늘어놓
　았다.
　　"(전략) 세상 사람들은 흔히 사기를 굽는 비법이나 숨은 이치가 따로 숨
　겨져 있는 줄 알지만, 이건 차라리 우연을 기다리는 일에 더 가깝소. 흙을
　얻고 빛깔을 얻고 불을 때는 일들이 모두가 그렇소. 마음으로 익히고 몸으
　로 익힐 뿐 정해진 비법이 있는 건 아니란 말요. (후략)"
　　"……."
　　"한다고 세상 일을 모두 그런 우연으로만 생각해 보오. 아무것도 그저
　법도가 없는 천지가 되고 말 게요. (중략) 죽은 사기를 깨 없애는 데에 그
　사기를 구워내는 법칙이 생기는 게요. 죽은 사기들을 부수면 부술수록 살
　아 남은 우연들이 남아서 분명한 법칙의 묶음을 이루는 이치지요. 그래서
　이 사기장이 일에도 그 나름의 보람이나 법도가 정해져 온 것이오. 그런데
　노형 같은 사람이 많아서 그 사람의 실수들을 찾아 엮어보시오. 아무 곳에
　도 신용할 법칙이 남아나지 못할 게요. (후략)"
(불 머금은 항아리, pp.157 - 158)

위에서 죽은 사기를 원하는 사내는 삶과 예술의 허물을, 허 노인은 법식을
옹호하고 있다. 사내가 온전한 것보다는 허물에 애정을 갖는 것은 그 속에
자연스러운 인간의 삶이 숨쉬고 있기 때문이다. 이에 대해서 허 노인은 사기
를 굽는 비법이나 숨은 이치가 따로 있는 것은 아니지만 죽은 사기를 깨는
과정에서 분명한 법칙의 묶음을 이루어 가는 것이라는 점을 강조한다. 여기
서 노인이 사기를 깨는 이유가 분명해졌거니와 더 나아가서 이러한 노인이
가지고 있는 藝의 법식은 삶의 보람과 법도의 문제로 확대된다.

이는 『禮記』에서 제시하고 있는 동양 미학의 원류와 깊은 관련성을 갖는
다. 「樂記」에서 樂은 하늘에 말미암아서 만들어진 것이고, 禮는 땅의 법칙으
로 만들어진 것이니, 잘못 만들면 어지러워지고 잘못 지으면 난폭하게 된다
고 기록하고 있다.[18] 이처럼 樂은 詩·歌·舞의 총칭으로서의 의미뿐만 아니
라 삶의 도리와 질서를 의미하는 禮를 포괄하는 개념인 것이다. 따라서 사기
장 허 노인이 藝의 법식을 통해서 얻고자 하는 삶의 보람과 법도는 동양
미학에서 禮의 의미와 상통한다.

또한 법식의 문제는 서양 미학에서 형식이 미적 가치의 원천이 된다는
인식과 그 궤를 같이 한다. 예컨대, 그리스의 고전주의 조각은 인간 모습의
균형미 때문에 찬양의 대상이 되는 것과 같은 것으로 이해할 수 있다.[19]
그러나 <불 머금은 항아리>에서 이러한 형식이란 선행적으로 정해진 것이
아니라 예술가가 그 창작과정에서 나름대로의 법식을 만들어 가는 것이고

---

18) 樂者, 天地之和也, 禮者, 天地之序也, 和故百物皆化, 序故羣物皆別, 樂由天作, 禮以
    地制, 過制則亂, 過作則暴, 明於天地, 然後能興禮樂也. (『禮記』下卷　제19편「樂記」편)
    解義 : 악은 천지의 화(和)이며 예는 천지의 서(序)다. 화(和)한 까닭으로 백물이 모두
    화(化)하고, 서한 까닭으로 물건이 모두 분별이 있다. 악은 하늘에 말미암아서 만들어진
    것이다. 예는 땅의 법칙을 가지고 만들어진 것이다. 잘못 만들면 어지러워지고 잘못 지
    으면 난폭하게 된다. 천지의 도리에 밝은 뒤에야 예악을 일으킬 수 있는 것이다. (戴聖,
    李民樹 譯解, 『禮記』, 惠園出版社, 1995. pp.420 - 421.)
19) Anne Sheppard, 유호전 옮김, 『미학개론』, 동문선, 2001, p.54.

이러한 법식에서 이탈되는 것은 예술과 예술가로서의 삶을 포기하는 것으로 이해된다.

결국, 이러한 법식은 예술의 미적 완전성을 지향하게 된다. 이 작품에서 한 점의 허물도 허용하지 않는 노인의 장인적 모습에서도 알 수 있지만, 용술을 한 사람의 도공으로서 수련시키는 과정에서도 분명하게 드러난다. 전술한 바 있지만, 용술에 대한 허 노인의 수련은 가혹하게 진행된다. 불을 지피는 일을 익히기 시작하면 죽은 사기와 산 사기의 구분이 저절로 익혀지는 것으로 생각하는 노인은 가마에 때는 불이 도공의 가슴 속에 옮겨붙어 함께 타야한다는 이상적 경지를 향해 용술을 혹독하게 수련시키는 것이다. 그러나 용술이 한 때 스승인 허 노인에 대한 불만과 호구지책으로 사기에 실없는 낙서를 갈겨 넣어 팔게 되고 이러한 용술의 실수는 평생을 두고 씻을 수 없는 상처와 회한을 남기게 되는 것이다. 그러다가 60여년의 세월이 흐른 뒤, '경섭'이 그 항아리를 가지고 늙은 노인이 된 용술 노인 앞에 나타났고, 노인은 그 항아리를 몹시 되돌려 받기를 원하는 듯 하면서도 말하지 않고 조용히 체념할 뿐이다. 이러한 자신이 만든 삶의 허물로 평생을 괴로움 속에서 살다간 사기장의 '갸륵한 삶'(p.169)이 결국 자신의 허물을 체념하는 모습으로 나타나지만, 자신의 허물을 증거하는 항아리를 되찾고자 했던 것은 스승인 '허봉도' 노인과 같이 조금의 흠결도 인정하지 않으려는 미적 완전성을 향한 장인적 삶으로 이해할 수 있다.


3) 예술의 미적 자율성과 물신성

예술은 언제나 사회적 사실이다. 왜냐하면 그것은 정신의 사회적 노동의 산물이기 때문이다. 그러나 예술이 사회적인 것은 생산력과 생산관계의 변증법을 구현한다는 점 때문만은 아니다. 또한 예술이 소재 내용을 사회적인 내용에서 끌어온다는 것 때문에 사회적인 것도 아니다. 오히려 예술이 사회적인 것은 무엇보다도 예술이 사회와 대립되기 때문이다. 그리고 이러한 입장은 단지 자율적인 예술만이 취할 수 있다.[20]

이청준의 장인 계보 소설에서 형상화되는 예술의 모습은 이러한 측면을 강하게 반영한다. <줄광대>에서 줄광대 부자는 서커스단의 광대로서 사회적인 생산 관계 속에서 발생하는 노동이지만 그들이 구현하는 藝의 모습은 이러한 사회적 교환 가치와는 무관하다. '허 노인'은 관객의 흥미를 돋구기 위해서 재주를 부리라는 단장의 요구와는 상관없이 줄을 탔으며, 아들 '허운'도 그러한 노인의 가르침에 따라서 '줄에만 올라서면 거기만의 자유로운 세상'(p.27)이 열려야 함을 인식하게 된다. 그러나 '허운'은 한 여자를 사랑하게 되고 그 사랑을 주체할 수 없게 되자, 어느 날 갑자기 관객 앞에서 재주를 부리기 시작한다. 급기야 운은 그 날 밤 무리하게 줄을 타게 되고 죽음을 맞게 된다. 요컨대, 이 작품에서 줄광대 부자에게는 줄타기 이외에는 어떠한 가치도 용납되지 않으며, 줄타기에 현실의 논리가 개입해 들어올 때 예술도 예술가의 삶도 파멸을 맞게 되는 것이다.

<불 머금은 항아리>에서 보여지는 도공으로서의 장인의 삶도 현실적인 이윤 추구나 생활의 방편으로서의 직업적 의미는 철저하게 부정된다. 죽은 사기를 아무런 미련 없이 깨버리는 허 노인은 생활을 위해 자기를 파는 일에는 철저하게 무관심한 태도를 보인다. 말하자면, 노인의 가마에서 나오는 자기는 생활 용구로서의 자기가 아니라 자기 그 자체로서의 자기인 셈이다.

<지관의 소>에서도 '소'라는 소재에 일생을 바친 '양정관' 화백의 예술과 예술가로서의 삶도 현실의 논리와는 대립되는 영역에 존재한다. 양 화백은 자신의 그림과 삶을 철저한 과정으로만 살고 간 것이기에, 그는 죽음에

---

20) T. W. Adorno, *op. cit.*, p.350.

임박했을 때 자신의 그림과 삶의 흔적을 모조리 지우고 간 것이다. 그리고 화백은 '나'에게 '삶의 영욕과 질곡의 끈을 넘어선 자유로운 영혼의 얼굴' (p.318)이 초상된 한 장의 그림을 마지막으로 남기고 삶을 마감한다. 화백의 마지막 그림은 '바로 그 하나뿐인 것으로 우리에게 더욱 오래 기려질 값' (p.319)을 지니게 된다. 여기서 궁극적인 藝의 지평에 다다른 화백의 그림은 예술작품의 유일무이한 현존성21)을 의미하는 아우라(Aura)를 환기한다. 물론, 벤야민(W. Benjamin)은 기술복제 시대의 예술작품이 영화와 같은 기술에 의해 예술의 사회적 기능을 혁명적으로 수행할 수 있다고 보았는데 반해서, 이청준은 예술의 아우라의 개념을 옹호하면서 산업 시대의 예술 작품이 갖는 기능적 측면—예컨대, 산업적 측면—을 비판하고 있는 것이다.

<매잡이>는 '매사냥'이라는 사라져 가는 전통을 고집하다가 죽어 가는 매잡이 '곽돌'의 기이한 삶을 그리고 있다.

> 그때 매잡이는 매를 가지고 산 정수리를 다니며 꿩이 떠오르면 그걸 보고 매를 띄우는 것뿐 꿩몰이는 마을에서 나서 주었다. 그러고도 매잡이는 술과 밥과 잠자리를 얻으며 마을의 손님 노릇을 하였다. 그러나 그것은 어떤 마을에라도 매 한 마리만 가지고 들어가면 밥 걱정 잠자리 걱정을 하지 않던 시절의 이야기—요즘엔 어떤 마을에도 매를 부리는 사람이 없었고, 매잡이가 그런 곳엘 들어갔다간 우스운 구경거리나 되지 않으면 다행이었다.
>
> (매잡이, p.104)

이렇게 변화된 시류에 맞춰 세상사를 잘 요리해 갈 수 있을 뿐만 아니라 그 시류에 민감하고 영리하게 적응하는 세상 사람들과는 정반대로 쇠퇴하는

---

21) Walter Benjamin, 반성완 옮김, 「기술복제 시대의 예술작품」, 『발터 벤야민의 문예이론』, 민음사, 1995, p.202.

풍속의 끝자락을 붙잡고 변화된 풍속에 저항하는 곽서방의 삶은 고집스러운 장인 정신의 표상이다. 그런데 문제는 이러한 곽돌의 삶과 '민태준'의 삶과의 관련성을 모색하기 위해서 씌어진 현재의 소설이다.22) 현재의 소설은 액자소설의 구성방식을 통하여 그것을 형상화하고 있는데, 이는 액자 밖의 '민태준'과 액자 안의 '곽돌'의 삶이 유사하다는 것을 밝히기 위함이다. 현재의 소설에서 서술자 '나'는 '민태준'과 '곽서방'의 삶을 동일한 선상에 놓고 있다. '민형'이 소설을 쓴다고 하면서 한 편도 못 쓰는 것처럼, '곽 서방' 또한 사냥을 하지 못하는 매잡이다. 그러나 그들은 시류를 따르는, 얄팍한 기술로 돈벌이에 집착하는 세속인이 아니라, 진정한 장인의 세계를 고집하는 사람들이다. 그러나 문제는 그들이 추구하는 바를 실현시켜 주지 못하고 그들을 죽게 만든다는 데 있다.

이 소설은 '곽돌'과 '민태준'이라는 두 인물을 통해 풍속의 미학과 타락한 현실의 풍속화에 저항하고 새로운 진실을 찾고자 하는 치열한 삶의 의지를 보여주고 있다. '곽서방'은 사라져가는 풍속을 고집하면서 죽어가는 참된 장인정신을 지닌 '풍속의 유민'(p.135)이다. '민형'도 타락한 현실에 타협하지 않고 진정한 가치를 찾으려다가 한 편의 소설도 쓰지 못하고 죽어가는 또 다른 장인의식의 소유자이다. '민형'과 '곽서방'이라는 두 인물의 죽음은 타락한 세계와의 갈등에서 비롯된 것이며, 이들은 이러한 현실에 타협하지 않고 타락한 풍속에 극단적으로 저항한 것이라 할 수 있다.

그런데 문제는 이 소설이 단순하게 장인(匠人)이나 과거의 풍속과 관련해 해석할 작품이 아니라는 데 있다. 이 작품은 '작가란 누구인가', 그리고 '소

---

22) <매잡이>는 3편의 소설이 등장하는데, 첫 번째 소설은 '민형'의 취재 요구로 '매잡이'를 만나고 온 직후에 '나'가 썼던 소설이고, 두 번째 소설은 오늘 아침 '민형'이 남긴 봉투에서 발견된 유고작이며, 세 번째 소설은 '매잡이'와 '민형'의 이야기를 함께 담은 현재의 소설이다. 여기서 액자 형식을 빌려 메타 픽션으로 씌어진 소설이 현재의 소설이다.

설이란 무엇인가'라는 문학의 본질적인 존재 이유에 대한 해명의 관점으로 접근해야할 작품이다.[23] 이러한 관점에서 본고에서는 예술의 본질적인 문제에 대한 접근 방식으로 이 작품을 해석하고자 한다.

이 작품에서 그려지는 예술의 모습은 현실과 대립적인 위치에 서 있다. 현실의 논리는 유용성(usefulness)에 의해서 가치가 정해지지만, 예술은 사회적으로 유용하게 되는 것보다는 자기 자신으로서 자율적으로 존재한다. 이러한 현실과 예술의 대립적 존재 방식은 다음과 같이 정리해 볼 수 있다.

| 총체적 교환 사회 | 순수 예술 |
| --- | --- |
| for-other | in-itself |
| 타율성 | 자율성 |
| 추상화 | 구체화 |
| 量化 | 美的 質 |
| 익명화 | 주체적 의식 |

이처럼 (순수)예술은 총체적 교환 사회로서의 현실과 대립한다. 우선 현실은 '~를 위해서' 존재하지만, 예술은 '그 자체로' 존재한다. 따라서 현실의 가치는 목적에 의해서 가치가 부여되는 타율적 방식을 취하지만, 예술은 무목적의 목적으로서 미적 자율성을 갖는다. 이러한 측면에서 현실은 유용성(usefulness)을, 예술은 현실적으로는 쓸모없음(useless)이라는 대립적 존재 방식을 취한다. 이때 현실에서의 유용성은 양적으로 측정될 수 있는 가치이지만, 예술에서의 가치는 미의 질(美의 質)로서 드러난다. 한편, 현실 속에서 익명화에 빠진 인간에 비해 예술가는 주체적 의식으로 추상적 현실을 구체

---

23) 장영우, 「이청준 초기 소설에 나타난 작가의식」 — <매잡이>를 중심으로 —, 『동악어문 논집』36집, 동악어문학회, 2000, 12, p.541.

화시킨다. 이러한 관점에서 볼 때, '곽돌'의 매잡이와 '민태준'의 소설 쓰기
는 동일한 선상에 놓인다. 이들은 자신이 상정해 놓은 藝의 이상을 주체적으
로 지향하며 자율적인 존재방식으로 현실의 논리와 대립하고 있다. '곽돌'의
매잡이가 현실적으로 아무 쓸모없는 것과 마찬가지로 '민태준'의 소설 쓰기
도 현실과의 타협점을 거부하기 때문에 무용성을 나타낸다.

　이러한 예술의 존재 방식은 물신적 성격을 그 조건으로 한다.[24] 이 때
이 물신적 성격은 부정적으로 생각해서는 안 된다. 여기서 말하는 물신적
성격이란 객체화(objectify)의 의미를 갖는다. 예술의 객체화로서의 물신성은
현실의 교환 원칙(exchange value)에 순응하지 않는 무용성(useless)에 의해서
만 가능하다. 이것은 순수 예술이 교환에 의해 더 이상 손상되지 않은 사물
들의 대변인으로 역할을 수행하기 때문이다. 이청준의 장인 계보 소설들은
(순수)예술이 '거기 있음'으로 해서 현실과 대립한다는 측면을 강조한다. 이
러할 때 예술은 총체적 교환가치를 지향하는 조건에 의한 인간의 타락을
묵시적으로 비판할 수 있다.


### 4) 藝와 藝의 공간의 파괴

　순수 예술은 현실과 절연된 채 이상화된 藝의 지평에 존재하는 것은 아니
지만, 현실의 논리가 藝에 침투하게 되면 藝의 본래적 기능은 사라지고 속화
(俗化)의 길을 걸을 수밖에 없다. 이청준의 장인 계보 소설에서 이러한 藝의
파괴와 속화의 문제를 다루고 있는 작품으로 <과녁>을 들 수 있다.

　이 작품은 나이 스물 아홉에 어느 지방 검찰 지청으로 부임한 '석주호'
검사가 새벽 산책길에 북호정이라는 정자에서 반백이 다 된 한 사람의 노인
과 젊은 여인이 활을 쏘는 장면을 우연히 발견하면서 이야기가 전개된다.

---

24) T. W. Adorno, *op. cit.*, p.352.

활쏘기는 흰 손부채를 들고 있는 '건'이라고 불리우는 어린 사내아이가 건너편 언덕으로 달려가 과녁판 곁에 서고, 노인과 젊은 여인이 활시위를 당기면서 시작된다. 부채를 든 사내아이는 화살의 명중도에 따라서 부채를 놀리는 고전동(告傳童)이다. 석 검사는 젊은 여인과 어린 아이가 노인의 친자식이 아니라 거지 남매가 찾아든 것을 붙잡아 기른 것이라는 사실을 사무실의 권 서기를 통해서 알게 된다. 그날 오후 청(廳)을 나선 석 검사는 자신의 개 '폴'을 데리고 북호정으로 나선다. 거기서 그는 노인에게 궁술을 배울 것을 청하고 의외로 쉽게 승낙을 얻게 된다.

여기서 석 검사가 활을 배우고자 하는 의도를 놓쳐서는 안 된다. 그가 새벽 산책길에서 반백의 노인과 젊은 여인이 활을 쏘는 장면의 신비성에 매혹된 것은 사실이지만, 궁술 그 자체를 배우기 위한 목적으로 시작된 것은 아니었다는 사실이 중요하다. 그에게 보다 실질적인 이유는, 첫째 이 고을의 유지들과의 내기 바둑에서 지게 된 것에 대한 앙갚음이고, 둘째 도회(都會)의 부임지에 남은 동료들이나 자신이 도회에 남았을 경우에 비해 값진 것을 만들기 위한 방편에서 선택된 것이라는 사실이다. 즉, 그는 '북호정에서 활을 겨누고 설 자신의 기품 있는 모습'(p.53)을 머릿속에서 그려보며, 바둑집에서 그 친구들을 끌어내고 거기서 당한 것을 갚아 주겠다는 유지들에 대한 제압 의지와 벽촌에서도 '자신에 대한 무위의 시간이란 있을 수 없다'(p.52)는 실리적인 자기 경험의 의지 때문에 활쏘기를 배우고자 한 것이다. 따라서 석 검사가 배우고자 하는 활쏘기는 궁술(弓術)이지, 궁도(弓道)는 아닌 것이다. 그는 노인을 만나 활을 배우겠다는 청을 하고 나서, 너무 쉽게 활을 잡는 게 아니라는 노인의 만류에도 불구하고 성급하게 활을 잡는 등 경솔한 행동을 하게 된다.

장 노인, 저 세상 사람이 되기 며칠 전까지도 이 북호정을 찾아준 지기
지우(知己之友). 어린애처럼 장난을 좋아하면서도 북호정을 자기 집처럼
아끼고 궁도에 대한 훼손에는 크게 혀를 차며 잘 노하던 노인. 그의 얼굴
이 지나갔다.

뿐이랴. 전근으로 이 고을을 떠난 뒤로도 이따금 북호정 소식을 물어주
던, 그러다가 해방으로 아주 소식이 끊어져버린 일본인 군수. 세상을 떠난
지 벌써 스무 해가 가까운 곱사등이 한의원. 꼽추라도 그 영감의 활 솜씨
는 단(段)을 넘었었다. 그리고 누구보다도 북호정의 옛 주인, 그 백발 수염
의 위풍당당하고도 인자스럽던 백부의 얼굴……, ― 너밖에 이 북호정을
지킬 사람이 없다 ― 굵은 목소리가 아직도 귀에 쟁쟁했다.

(과녁, pp.57 - 58)

그가 산을 내려가고 노인이 사정(射亭) 대청마루에서 천장에 매달린 활집
을 쳐다보며 과거 이 사정을 찾던 사람들을 떠올리는 것은 우연이 아니다.
이는 활을 배우겠다는 석 검사의 경솔한 언행과 행동에 기인한다. 물론 그의
이러한 태도에서 노인은 그가 궁도(弓道)를 배울만한 자세가 아님을 발견한
것은 당연한 것이다. 석 검사가 자신의 재능을 드러내기 위해서 혹은 무위의
시간을 허용하지 않는 용의주도한 자기 개발의 현실적인 욕구에서 출발한
여기(餘技)로서의 궁술은, 위에서 노인이 떠올리게 되는 인물들과 전적으로
대비된다. 궁도의 훼손을 안타까워하던 ‘장 노인’, 북호정을 떠나도 가끔씩
소식을 물어주던 ‘일본인 군수’, 활솜씨가 단을 넘는 ‘한의원’, 그리고 노인
에게 북호정을 지키라고 당부하던 그의 ‘백부’는 궁술이 아닌 궁도의 경지에
다다르거나 이를 즐길 줄 아는 사람들인 것이다. 이때 석 검사의 활쏘기에
대한 욕망은 또다른 현실의 불순한 의도가 개입된 속화된 의지이며 이것이
‘장 노인’이 안타까워하던 궁도의 훼손인 셈이다.

석 검사는 다음날 우선 네 사람 ― 자동차 회사 사장, 양조장 영감, 국회의

원 아우가 되는 파나마모자, 권 서기 — 을 동행하여 북호정에 올라간다. 이 자리에서 양조장 영감이 노인의 과년한 딸 아이(젊은 여인)의 혼사와 같은 가십성의 질문을 던짐으로써 일종의 금기(禁忌)를 깨자, 여인에 대한 이런 저런 말들을 주고받는다. 이에 노인은 몇 마디 준엄한 힐책을 하고 나섰지만, '이미 활터의 질서 속에 있지 않은'(p.69) 그들은 여인의 화살 시범을 요구하게 된다. 노인은 이러한 희롱기가 섞인 그들의 요구에 의해서 늙은 사내들 앞에서 딸이 활을 쏘게 하는 것에 대해서 모욕감을 느낀다.

이로 인해 노인이 수모감을 꾹꾹 참고 있는 것을 알지 못했던 주호는 고전동 소년을 과녁판에 보내주지 않는 노인에 대해서 조그만 반역의 음모를 시작한다. 그는 자신의 분신과도 같은 개 '폴'을 사정 기둥에 매어놓게 함으로써 폴을 아프게 한 것이 노인의 횡포라는 생각이 들자, 그 개를 풀어준다. 워낙 개를 무서워하는 고전동 소년은 질겁을 하며 달아났으나 주호는 그것을 모른 척한다. 그 뒤로 주호는 폴을 기둥에 매기로 한 약속을 어기고 폴을 풀어놓기 시작한다. 며칠이 더 지나고 나서 주호는 노인이 보는 자리에서 소년에게 '건너가서 화살이나 주우면 좋지 않아.'(p.73)라고 말하자, 노인은 소년에게 건너갈 것을 명령하기에 이른다. 그러자 소년은 쏜살같이 골짜기를 건너갔고 노인은 절망적인 얼굴이 되어갔다. 잠시 후 주호가 일시(一矢) 후 매긴 두 번째 화살을 맞고 소년은 쓰러지고 만다. 이렇게 진정한 궁도의 세계에 입문하고자 하는 것이 아니라 현실적인 승부욕과 자기 경험의 욕망에서 시작된 석주호 검사의 활쏘기는 藝의 공간을 파괴하고 마침내 고전동 소년을 죽게 만들고 만 것이다. 즉, 궁도라는 藝와 활터라는 藝의 공간은 용의주도한 현실의 논리로 무장한 한 개인의 속화된 욕망과 그를 둘러싼 속물적 인간들에 의해서 파괴되고 만다. 이렇게 볼 때, 궁도라는 藝의 지평의 훼손은 타락한 현실의 논리와 가치에 의한 것임을 알 수 있다.

## Ⅲ. 결 론

이청준의 장인 계보 소설에서 주인공의 직업은 산업사회에서 유용성을 상실한 직업군과 근대적 제도 안에서 인정되는 예술가로 이대분(二大分)할 수 있다. 전자의 경우는 <줄광대>의 '줄광대', <과녁>의 궁사, <불 머금은 항아리>의 도공, <매잡이>의 '매잡이'이고, 후자의 경우는 <시간의 문>의 '사진 작가', <지관의 소>의 '화가'이다.

전자의 경우, 작가 이청준은 단순하게 사라져 가는 전통 문화에 대한 아쉬움과 그것을 지켜내려는 장인으로서의 의지를 형상화하기 위해서 작품을 쓴 것은 아니다. 후자의 경우는 전통 문화와는 관련이 없는 예술가이지만, 범속한 시류에 따르거나 상업적 전략으로 작품활동을 하는 사람들이 아니라는 점에서는 장인정신의 범주에 포함시킬 수 있는데, 이들의 예술적 역경도 진정한 예술정신의 추구라고 범박하게 평가할 수 있는 성질의 것이 아니다.

이들 작품에서 형상화되는 장인과 예술가는 모두 현실의 논리와 가치와 절연된 경지에 있다는 공통점을 떠올려 볼 필요가 있다. 이것은 단적으로 말해, 예술이 경험적 현실의 목적 — 수단 관계에서 벗어나 있기 때문에 무목적적인 것을 의미한다고 할 수 있다. 또한 현실의 가치기준과는 구분되는 예술의 독자적인 자립성을 의미하는 것이기도 하며 이러한 자율성이 타락한 현실을 비판할 수 있는 미적 준거가 될 수 있다.

한편, 이청준 소설에 나타나는 장인적 삶과 예술가의 정신은 '예술의 탈예술화'(Entkunstung)25)를 지향하는 현대 문화 산업의 논리와는 정면으로 배치되는 것이다. 문화 산업 하에서 예술은 규격화된 상품 중의 한 가지 물건으로 전락하며 이러한 대중의 메커니즘은 상업 논리 속에서 철저하게 이용

---

25) *Ibid.*, p.36.

당하게 된다. 물론 예술의 자율성이라는 개념이 예술의 본질적인 구성 개념이긴 하지만, 그것도 형성되어진 것이지 아프리오리한 것은 아니다.[26] 즉, 선험적인 예술의 개념이 있는 것이 아니라 제도에 의해서 형성되어진 것임을 부인할 수 없다. 하지만, 예술이 예술 외적인 영역에 종속되거나 수단적 가치로 전락할 때, 예술의 예술로서의 가치는 상실된다. 이청준의 장인 계보 소설들은 철저하게 외적인 목적이 표백된 순수한 藝의 지평을 추구하는 예술가적 면모가 형상화되고 있는데, 이는 현재 문화 산업이라는 새로운 제도 하에서 문화 상품으로 양산되는 속화된 예술에 대한 묵시적 비판력을 가지고 있다.

요컨대, 이청준의 장인 계보 소설에서 나타나는 예술의 모습은 유용성과 목적 합리성으로 무장한 산업사회의 논리에 대한 최후의 보루이다. 예술은 미적 형식을 통해서 예술적 완전성을 지향한다. 또한 아도르노가 「시와 사회에 대한 강연」에서 서정시는 사회로부터 연역되어야 하는 것이 아니라고 말한 것처럼, 예술은 현실에서 유도되는 것이 아니라 바로 그 속에서 생겨나는 자발성(Das Spontane)에서 기인한다. 이러한 예술의 무목적성과 객체로서의 물신성은 미학적 실존태로서 예술이 지니는 가치이다. 이것은 사회와의 관계 속에서도 예술이 현실의 가치에 구속됨이 없이 자족적으로 존재할 때, 비판력을 행사할 수 있다는 말과 통한다. 이청준의 장인 계보 소설들은 바로 예술이 지니고 있는 미적 자율성을 통해서 현실 세계의 문화 전반의 논리를 반성할 수 있는 기회를 던지고 있다. 문화 산업이라는 우리 시대의 새로운 제도는 예술의 가치를 변화시키고 있다. 문제는 현실적으로 이러한 새로운 제도로부터의 탈주를 기대할 수 없을 만큼 현실의 논리가 강력하게 문화 전반을 지배하고 있다는 점이다. 문제는 이러한 탈주선을 모색하기 이전에

---

26) *Ibid.*, p.38.

예술이 본질적으로 가지는 가치와 의의에 대해서 성찰하고 그 안에서 해답을 얻으려는 노력에서 출발해야 한다는 점이다. 따라서 이청준의 장인 계보 소설은 예술의 가치 회복이라는 측면에서 교환 가치와 유용성으로 무장한 현실 세계에 대한 강한 비판력을 행사하고 있는 것이다.

## 1. 텍스트

<줄광대>(원제:<줄>)(1966), <과녁>(1967), <매잡이>(1968), <불 머금은 항아리>(1977), <시간의 문>(1982), <지관의 소>(1990) (출전 : 이청준, 『시간의 문』, 열림원, 2000.)


## 2. 동양서

김환희, 「미궁 속에서 새의 비상을 꿈꾸는 예술가 」—이청준의 <지관의 소>와 <날개의집>에 나타난 새와 소의 문학적 상징성에 대한 비교문학적 고찰—,『비교문학』, 한국비교문학회, 2000.

戴 聖, 李民樹 譯解,『禮記』, 惠園出版社, 1995.

염무웅, 「리얼리즘」, 이선영 편,『문예사조사』, 민음사, 1986.

원용희,『Thomas mann과 이청준 소설에 나타난 예술가의 위상 비교』—주인공의 내면체험을 중심으로, 고려대 대학원 박사학위 논문(독문학), 1992. 2.

윤재근,『문예미학』, 고려원, 1984.

_____,『東洋의 美學』, 도서출판 둥지, 1993.

이묘우,『이청준의 예술가 소설 연구』, 명지대 대학원 석사학위 논문, 2000. 8.

장영우, 「이청준 초기 소설에 나타난 작가의식」—<매잡이>를 중심으로—,『동악어문논집』36집, 동악어문학회, 2000. 12.

조정래, 「카프카와 이청준의 예술가 소설 비교 연구」, 『독일언어문학』, 독일
　　언어문학연구회, 2001.
최은영, 『이청준의 예술가 소설 연구』, 고려대 대학원 석사학위 논문, 2000.
　　8.
한용환, 『소설학사전』, 고려원, 1992.
한정식, 『사진예술개론』열화당 미술선서 52, 열화당, 1986.
현길언, 「소설 읽기와 인물 이해」 — 이청준의 「시간의 문」에 나타난 예술가
　　초상 —, 『소설은 어떻게 읽을 것인가』, 나남출판, 1997.
______, 「이야기방식과 소설의 의미」 — 현진건과 이청준의 소설에서 —, 『소
　　설은 어떻게 읽을 것인가』, 나남출판, 1997.


## 3. 서양서

Adorno, Theodor W, 홍승용 옮김, 『미학이론 *Ästhetische Theorie*』, 문학과지성
　　사, 1997.
______________, 김주연 역, 「시와 사회에 대한 강연 *Rede über Lyric und
　　Gesellschaft*」, 『아도르노의 문학이론』, 민음사, 1985.
Benjamin, Walter, 반성완 옮김, 「기술복제 시대의 예술작품 *Das Kunstwerk
　　im Zeitalter der mechanischen Reproduktion*」, 『발터 벤야민의 문예이론』,
　　민음사, 1995.
Sheppard, Anne, 유호전 옮김, 『미학개론 *Aesthetics —An introduction to the
　　philosophy of art*』, 동문선, 2001.
Stolnitz, Jerome, 오병남 옮김, 『미학과 비평철학 *Aesthetics and philosophy of Art
　　Criticism*』, 이론과실천, 1991.

# 찾아보기

미적 완전성  291, 292, 295
미적 자율성  92, 295, 299, 305
미적 효과  70, 74
미학적 상상력  13, 20, 92, 149
미학적 저항  92


ㅂ

반공 이데올로기  193, 194, 201, 202, 203,
        240
반륜적(反倫的) 행위  26, 29, 38, 133
반영론적 접근  18
반플롯  19
방어 기제 (defense mechanism)  39, 40,
        147
배금주의  45, 207, 215, 216, 241
법식  293, 294, 295
변형문법  69
병리적 상징  200
副 스토리 라인  106, 125
부성상실  38
비동일화  256, 257, 266
비역사성  19
비유적 이미지  82
빠롤(parole)  248, 249, 250
뿌리뽑힌 자(déraciné)  177


ㅅ

사각형의 이미지  88
사물화  24, 46, 50, 67, 96, 147
사실적 시간  99, 100
4·19  15, 17, 39, 103, 137, 138, 139, 232

사전제시(prolepsis)  94
사투리(patois)  256
사회학적 연구  16
산업화  15, 17, 23, 24, 41, 56, 66, 147,
        203, 204, 235, 241
삽입 서사  74
삽화적 기법  126
상경인(上京人)  43, 67, 109, 123
상품 숭배(commodity fetishism)  216
상황성의 의미  184, 185
새로운 감수성  20, 149
서사학  15, 68
서술 상황  14, 15, 23, 67, 68, 148, 149
서술되는 시간(erzählte Zeit)  183
서열화  56
선형성(linearity)의 원리  130
선형적 구성 논리  92
설명 의문문  77, 78
성년 화자  131, 136, 149
세속화  41, 44, 127, 203
세태 소설  95, 144
소급제시(analepsis)  94, 97, 98, 100, 102,
        103, 106, 107, 110, 111, 112, 113
소외(alienation)  15, 39, 41, 44, 45, 46,
        47, 67, 73, 89, 90, 144, 146, 147,
        159, 160, 161, 163, 166, 167, 168,
        171, 173, 176, 178, 180, 181, 182,
        186, 192, 193, 195, 196, 203, 207,
        213, 216, 217, 218, 220, 221, 225,
        226, 230, 231, 238, 239, 240, 241,
        242
속한(salaud)  210
수사 의문문  77, 78

저자 **김정남(金正男)**은 1970년 서울에서 태어나 한양대학교 대학원에서 박사학위를 취득했다. 그는 월간 ≪현대문학≫2002년 6월호(통권 570)에 평론 <디지털 사회의 풍경 — 윤대녕의 「사슴벌레 여자」論>으로 등단하여 문학평론가로 활동 중이다. 현재 관동대·한양대·한양여대 등의 대학에 출강하고 있다.

대표적인 논문에는 <김승옥의 "확인해본 열다섯 개의 고정관념"의 텍스트성 연구>, <최수철 소설에 나타난 언어적 병리학>, <김승옥 소설의 텍스트 언어학적 연구>, ≪이호철 소설 연구≫, <김승옥 소설의 시·공간 구조 연구>, ≪김승옥 소설의 근대성 담론 연구≫, <이청준 소설에 나타난 예술관 연구> 등이 있다.

# 한국 소설과 근대성 담론

인쇄일 초판 1쇄  2003년 08월 13일
          2쇄  2015년 08월 20일
발행일 초판 1쇄  2003년 08월 29일
          2쇄  2015년 08월 23일

지은이 김 정 남
발행인 정 찬 용
발행처 국학자료원
등록일 1987.12.21, 제17-270호

서울시 강동구 성내동 447-11 현영빌딩 2층
Tel : 442-4623~4 Fax : 442-4625
www. kookhak.co.kr
E- mail : kookhak2001@hanmail.net
ISBN 978-89-541-0093-9 ★93810
가 격 17,000원

★저자와의 협의 하에 인지는 생략합니다.